国家社科基金
后期资助项目
GUOJIA SHEKE JIJIN HOUQI ZIZHU XIANGMU

自然描写与中古诗歌语言演进研究

刘燕歌 著

陕西新华出版
陕西人民出版社

图书在版编目（CIP）数据

自然描写与中古诗歌语言演进研究／刘燕歌著.—西安：陕西人民出版社，2024.8
ISBN 978-7-224-15399-6

Ⅰ.①自… Ⅱ.①刘… Ⅲ.①古典诗歌—诗歌语言—研究—中国 Ⅳ.①I207.22

中国国家版本馆 CIP 数据核字（2024）第 100812 号

责任编辑：晏　藜
封面设计：蒲梦雅

自然描写与中古诗歌语言演进研究
ZIRAN MIAOXIE YU ZHONGGU SHIGE YUYAN YANJIN YANJIU

作　　者	刘燕歌
出版发行	陕西人民出版社
	（西安市北大街 147 号　邮编：710003）
印　　刷	西安市建明工贸有限责任公司
开　　本	787 毫米×1092 毫米　1/16
印　　张	15.5
字　　数	270 千字
版　　次	2024 年 8 月第 1 版
印　　次	2024 年 8 月第 1 次印刷
书　　号	ISBN 978-7-224-15399-6
定　　价	78.00 元

如有印装质量问题，请与本社联系调换。电话：029-87205094

国家社科基金后期资助项目出版说明

后期资助项目是国家社科基金设立的一类重要项目,旨在鼓励广大社科研究者潜心治学,支持基础研究多出优秀成果。它是经过严格评审,从接近完成的科研成果中遴选立项的。为扩大后期资助项目的影响,更好地推动学术发展,促进成果转化,全国哲学社会科学工作办公室按照"统一设计、统一标识、统一版式、形成系列"的总体要求,组织出版国家社科基金后期资助项目成果。

全国哲学社会科学工作办公室

序

燕歌的《自然描写与中古诗歌语言演进研究》一书即将出版,她让我为此书撰序,我深感欣愉。因为作为她的博士导师和学术同道,我见证了其志存高远,执着求索,勉力登攀学术峰岭,一步步踏实前行,而进到一个研究的高地的过程。这部著作的前身是她的博士学位论文《中古诗歌中的自然描写》,在指导论文过程中,我感觉她是一位对学习和研究相当自律而又有很好悟性的学生,自确定选题到完成论文,在整个前期准备和正式撰写过程中,她始终十分投入,从不懈怠,并且无论是对相关问题的思考,还是最终将思考形之于文字,都能感受她不断提升的自我跃进,这是我颇感欣慰的。毕业之后,燕歌入职高校,虽然日常教学和其他科研工作占据了不少时间,但她从未放弃原先的研究课题,对这部博士学位论文反复打磨,并于2019年申请到国家社科基金后期资助项目,如今出版在即,这也是她勤励耘耨而取得的一份重要收获。

推察起来,本书所探讨的是中古诗歌自然描写与语言形态的关系问题,或者如作者所言,"着眼于自然描写与语言形式不断加深融合的发展演化规律,探讨语言形式如何服务于诗歌自然描写内容的艺术"①。应该说,关于中古诗歌的自然描写,学人关注也已不少,但从语言的维度探讨自然在中古诗歌中的具体表现情形,则是一个并未得到充分开展甚至还留有较多空阙的课题。从这个意义上说,本书围绕此课题所从事的作业富有拓展性。"语言是文学艺术的材料","每一件文学作品都只是一种特定语言中文字语汇的选择"②,而诗歌更是一门语言的艺术,因此,语言学批评也理所当然成为诗歌研究的一条重要路径。"如果一个批评家从语言学角度分析诗歌,那他该做些什么呢?他可以把某种特定语言中的现象与用这种语

---

① 参见本书《绪论》。
② [美]勒内·韦勒克、奥斯汀·沃伦著,刘象愚等译:《文学理论》,江苏教育出版社,2005,第195页。

言写作的诗所具有的特征联系起来加以考察"①。如此看来,针对中古诗歌自然描写和语言形态关系的探析,也可以说是诗歌语言学批评的某种尝试。不过,在这样的尝试过程中,基于"诗歌语言的具体表现"构成的是"一个鲜活的想象空间",作者所确立的研究宗旨,并非机械和技术性地将中古诗歌"作为语料进行语言学分析"②,而是更愿意顾及诗歌语言特殊的呈现方式,这或许可以视为更合乎诗歌艺术的一条语言学批评路径。还需指出的是,中古时期是古典诗歌语言形态变化发展的一个重要阶段,也是早期古典诗歌经典塑造的一个积储过程。从语言的维度考察这一时期诗歌自然描写的艺术,它的意义不啻在于观照中古诗歌表现自然在语言形态上呈示的样貌,并且通过此,可以检察后世诗坛习学中古诗歌甚至以此作为楷范的接受渊源。

鉴于中古诗歌广泛涉及自然描写与语言形态的关系问题,无论是课题开展的程序,还是学术品质的保障,都要求研究者首先对大量诗歌文本进行系统而深入的研读和清理,建立充足详备的文献语汇库,以有力支撑整个课题的相关作业。在这方面,本书作者所做的工作可谓极为用心,也是相当成功的。从书中引证的各类诗例来看,作者面向的是自汉末至隋代这一漫长历史时期的整个诗歌系统,其对以五言诗为中心的一系列文本所开展的相关考察,遍及各个时段不同身份诗人的作品,称得上是全体性的,这自然为研究工作的完整铺开,奠定了坚实的文献基础。与此同时,作者所投入的诚属一项系统性的研究工程,不仅指向中古诗歌自然描写的语词炼造、句式组织、意象营构、情景艺术创设等各个经营环节,而且关涉诗赋不同文体之间的语言流通,由此出发,全方位究析中古诗歌表现自然景物的语言经验及其形成要素、自然描写与情感传递之间构成的精微关系、表现自然的语言艺术所蕴含的诗史价值等诸多重要的问题,从而为全面探察中古诗歌自然描写及其语言艺术的审美价值和诗学价值,提供了多角度的认知路径。

在另一方面,从语言的维度开展研究的基本策略,已向相关作业本身提出了精细化的要求。而本书所展开的相关讨论,也已显示了这一研究特色。如第一章探析中古诗歌自然描写的语词炼造,涉及各类诗歌文本中物象名词、动词、数词、双声、叠韵、叠词、副词等多种词语的具体运用,剖析这些词汇趋向紧缩精准的构造特点和包蕴其中的求新旨趣,揭橥诗人扩张语

---

① [美]高友工、梅祖麟著,李世耀译,武菲校:《唐诗的魅力——诗语的结构主义批评》,上海古籍出版社,1989,第186页。

② 参见本书《结语》。

词审美意涵的显在意图。单以此章考察物象名词的新异形态为例，作者详细分析了这一时期诗歌物象名词如平行结构的物象语词、跨类组合的物象新词等多重组合方式，后者又具体包括时间和空间方位名词与物象的组合，天文名词、植物名词、动物名词、宫室名词、人事名词与其他物象的组合等等，在此基础上，阐释物象名词更多呈现的自由组构、扩张语意而趋于丰繁的特点，诗人变易传统语言形态的创新思维，以及寻求新异审美体验的表现心理。并且以为，这类新异物象名词的大量组构，同时也形成诗歌中多种对仗类型，为近体诗语言演化过程中对仗类型的丰富和对仗艺术的成熟奠定了基础。又如第二章探析中古五言诗自然描写的句式经营，乃以南朝五言诗自然描写作为观察中古五言诗句式发展的重点。作者认为，时至南朝，五言诗与自然描写趋向深度融合，景物描写成为诗歌的主体内容，诗歌句式构造呈现出有别于魏晋诗歌重抒情的诸多特点。并在系统透视南朝五言诗句式结构的基础上，细致梳理出这一时期五言诗写景句以"二一二""二二一""二三"三种句型及其相应构成的六类句式为主要类型的表现脉络，说明由这三种句型相应构成的六类句式，原系汉代以来诗歌抒情的常态句式，而在南朝诗歌中则体现了写景语言的诗性意义，以及五言诗句式结构趋于精细化和复杂化的演变倾向，成为调动和活跃景物摹写语言功能的重要标志。不难发现，上述研究结论的得出，并非出自作者的主观臆断，而是完全有赖于其对中古诗歌尤其是南朝五言诗写景句式的精察细析。

值得指出的一点是，以对诗歌文本的考察而言，研究者的阅读感知能力又是必不可少的，如何深度认知字面空间相对有限而艺术程度相对较高的有关文本，成为检验研究者基本素质的一个重要方面，也是决定研究成果是否具备创新性或超越性的一个关键环节。本书作者之所以能深入诗歌语言内部加以精细化考察，很大程度上得益于她在细读文本之际对诗歌语言较为敏锐的感知力，而这种良好的感知能力，有助于她辨识各类诗歌文本特别是表现在语词炼造、句式组织中的变化迹象，并且由是判断诗歌语言形态的演进趋势。兹仅举一例，如第一章第五节讨论的是副词对诗歌内在肌理的细化问题，作者结合对于诸多诗歌文本的考察，指认南朝诗歌在语词创化方面显露的独特探索，认为这一阶段诗歌语词炼造的特点，除了锤炼实词以张大写景表现力之外，还反映在全面激活以副词为标志的虚字的抒写功能方面。而副词活力的提升，展示了细化诗语意脉、意象表现、情感流动的审美意义，在这一语词新变趋势中，副词升至与实词同等重要的地位，它们在各类诗歌文本中的融入，改变了主要由动词与形容词构成的平面化语言表现范式，有利于精细表现自然风物变化过程以及微细的动态,并将诗人的审美情韵寄寓其中,这在总体上显现了诗歌语言内在结构趋向精致富馀①的发展情势。

不只如此,基于本书作者以中古诗歌自然描写与语言形式渐趋融合过程为核心论题这一基本的观照立场,决定了其更加注意从动态的视角审视自然描写反映在诗歌语言形态中的演进特征,这又是本书问题考察所呈现的一个鲜明特点。如以第三章为例,此章着重围绕中古诗歌自然意象的营构问题展开讨论,系统分析了从魏晋至南朝诗歌自然意象不同的构造特点。在作者看来,魏晋诗歌以情感的发抒为审美基质,总体上并不特别致力于意象的创构,故而诗歌自然意象的表现,主要以"情"为纽带,"象"的构造则以适情为目的,或可称之为"意"中之"象"。同时,重点分析了魏晋诗歌意象呈示的移情和象征之两大特征,大旨在于阐明,前者突出了意象的情感基础,以及情感对于景物的强烈统摄意识,后者则构成诗歌情感抒写的重要支撑,成为诗人自我意识的对象化表现。而在南朝诗歌中,伴随写景意识的增强,自然意象的营构则更多透露了艺术润饰的表现匠心,由魏晋诗歌意象的情感对象化的构造倾向,逐渐转向更具独立审美价值的意象的创构;由魏晋诗歌自然描写主要表现审美主体的情感世界,逐渐转向重在反映审美客体的物质属性。而与这些变化相对应的,则是诗歌熔炼情景具足意象的语言艺术的提升,包括循此路径而加强对于意象内蕴之美的开掘。归结起来,诗人逐渐注重内外兼具的审美意象的整体塑造,而意象构造变化的重要表征,则是自然描写语言审美属性的强化。可以说,这一基于动态视角的观照立场,有效帮助作者梳理中古诗歌自然意象经营的演进脉络以及揭示语言形态的变化导向,因此也更昭显了这一时期诗歌意象和语言发展的运动轨迹。

必须要说,长期以来,作为中国古典诗歌早期形成的文本系统,中古诗歌已受到学人充分的关注,成为诗歌史研究的一个重要领域,相关的成果迭出。但无论如何,燕歌这部历时数载修订、凝聚极大心力的著作,以其考察中古诗歌自然描写与语言形态关系的系统性和独创性,必将在中古诗歌史乃至整个古典诗歌史的深刻描画当中,留下色彩浓重而勾描独特的一笔。然而研究无止境,我也衷心希望她以此为学术新起点,拓辟研治新天地,认准目标,奋力进取,推出更多高品质的研究成果。我热切期待着。

郑利华

2024 年 5 月 20 日于复旦大学光华楼

---

① 据《汉语大词典》,"余"的另一简体形式为"馀",可表示多出、剩余、余留之意,为了与表示第一人称的"余"区别,故前者在本书中一律用"馀"。

目 录

绪　论 …………………………………………………………………… 1
　一、研究背景 ………………………………………………………… 1
　二、研究现状 ………………………………………………………… 5
　三、理论方法 ………………………………………………………… 12

第一章　中古诗歌自然描写的语辞琢炼 ………………………………… 21
　第一节　物象名词张力的凸显 ……………………………………… 24
　　一、物昭晰而互进:物象名词的基本形态 ………………………… 24
　　二、物色虽繁而析辞尚简:物象名词的新异形态 ………………… 28
　　三、物象呈现与遣言贵妍的形式追求 …………………………… 37
　第二节　动词新准特点的强化 ……………………………………… 40
　　一、魏晋诗歌写景动词的惰性特点 ……………………………… 41
　　二、南朝诗歌写景动词琢炼的求新旨趣 ………………………… 45
　第三节　数词意涵的扩张 …………………………………………… 53
　　一、彰显数词与景抒情的感性意趣 ……………………………… 53
　　二、庾信诗歌经营数词的语言造诣 ……………………………… 59
　第四节　双声叠韵与叠音词音义兼美语言效果的延伸 …………… 64
　第五节　副词对诗歌内在肌理的细化 ……………………………… 71

第二章　中古五言诗自然描写的句式经营 …………………………… 79
　第一节　五言诗写景句的句式发展 ………………………………… 79
　　一、中古五言诗句式发展趋于精健的整体特点 ………………… 79
　　二、"二一二"句式在南朝五言诗景物描写中的标志意义 …… 85
　　三、"二三"结构景句在南朝五言诗中的无限活力 …………… 86
　　四、南朝五言诗运用"动宾/介宾"结构营造婉曲景句的形式追求
　　　………………………………………………………………… 90

第二节　五言诗写景句的对仗艺术 ………………………… 93

第三章　中古诗歌自然意象的营构 ………………………… 101
第一节　魏晋诗歌自然意象的移情与象征特点 ……………… 103
　　一、敷染情感色彩的移情意象 ……………………………… 103
　　二、具有符号功能的象征意象 ……………………………… 109
第二节　南朝诗歌意象圆融的语言经营 ……………………… 115
　　一、写景意识的萌生与自然意象的语言变化 …………… 115
　　二、写景的全面渗透与自然意象的精炼 ………………… 121
　　三、齐梁陈诗歌对意象内蕴美的掘发 …………………… 132

第四章　中古诗歌情景结构的经营 ………………………… 138
第一节　魏晋抒情诗由松散渐至有序的结构变化 …………… 139
第二节　宋齐山水诗章法由绵密趋向简约的结构示范 ……… 143
第三节　梁陈诗歌情景结构趋向近体诗的端倪 ……………… 149

第五章　两汉魏晋赋自然描写语言对南朝诗歌的浸润 …… 157
第一节　汉赋自然描写语言对南朝诗歌的影响 ……………… 155
　　一、汉赋写景模式对南朝诗歌的启发 …………………… 158
　　二、汉赋自然描写语言对南朝诗歌的沾溉 ……………… 160
第二节　魏晋赋自然描写与南朝诗歌的传承关系 …………… 165
　　一、题材上的前后接续 ……………………………………… 166
　　二、语言上的广泛渗透 ……………………………………… 174
　　三、诗赋共同的尚辞追求 …………………………………… 181

第六章　中古诗歌自然描写语言艺术散论 ………………… 183
第一节　中古闺情诗自然描写的隐喻意象与女性化特征 …… 183
　　一、闺情诗的感物传统 ……………………………………… 184
　　二、中古闺情诗自然描写的隐喻意象 …………………… 188
　　三、南朝闺情诗自然描写的女性化特征 ………………… 192
第二节　南朝诗歌的写"影"风气 ……………………………… 196
　　一、绘"影"的先声 …………………………………………… 197
　　二、写景而嗜"影"的浓厚风气 …………………………… 199
　　三、"影"意象风靡的文化背景 …………………………… 203
第三节　北朝诗歌自然描写的内容倾向与语言表现 ………… 206

一、偏尚苍雄阔远的塞垣风景 …………………………………… 206
二、追逐萧瑟枯寒的景物意象 …………………………………… 210
三、对南朝诗歌写景语言形态的摹拟与疏离 …………………… 214

结　语 ………………………………………………………………… 219

参考文献 ……………………………………………………………… 223

后　记 ………………………………………………………………… 233

绪　论

在中国古典文学的艺术世界中,诗歌与山水景物形成了紧密的审美关系,因而诗人常被称为"自然之子"。法国哲学家霍尔巴赫在其名著《自然的体系》中曾说,"人是自然的产物,存在于自然之中,服从自然的法则,不能超越自然,就是在思维中也不能走出自然"①。在诗歌这一审美创造活动中,江山自然的助力滋育了诗人的灵性诗心,使其获得了丰厚的精神慰藉和创作灵感,也扩展了诗歌的表现空间和情感境界。刘勰云:"山林皋壤,实文思之奥府。"②自原初的经典文本《诗经》开始,自然物象就融入了诗歌抒情言志的审美思维中,以其所指的丰富性成为诗歌中常在的书写对象。清人黄宗羲在阐说"诗以道性情"的观念时就曾说道:"诗人萃天地之清气,以月露风云花鸟为其性情,其景与意不可分也。"③黄氏诗学思想中关于诗歌抒情特质的认识,强调诗歌"既显忠臣孝子、思妇劳人的情愫,也含对风云月露、草木虫鱼的感触,面向多重的情感体验"④,尤其是其所揭示的景与意的密切关联性,正是诗歌审美表现和内在结构所特有的艺术原则。

一、研究背景

纵向审视中古阶段即从汉末建安年间至南北朝时期诗歌发展演进的途程⑤,可以看到诗体的语言形式和承载内容的丰富性都步入了活跃的状

---

① 〔法〕霍尔巴赫:《自然的体系》上卷《论自然》,管士滨译,商务印书馆,1964,第10页。
② 刘勰:《文心雕龙注释》,周振甫注,人民文学出版社,1981,第494页。
③ 黄宗羲:《景州诗集序》,平慧善校点,《黄宗羲全集》第19册《南雷诗文集》(上),浙江古籍出版社,2012,第13页。
④ 郑利华:《明代诗学思想史》,上海古籍出版社,2022,第711页。
⑤ "中古"这一时间概念现在一般有两种指向:一是指建安时期到南北朝阶段;二是指汉魏六朝至唐宋更广泛的时代。就前者而言,由于隋代建都长安,从地缘上讲其政治文化中心仍然在北方,文人构成也与北齐、北周渊源深厚,卢思道、薛道衡、李德林等河朔地区的文士大多历仕北齐、北周、隋代,故其诗风在南北融合过程中仍不免倾向北方,因而各类北朝文学研究专书在讨论时多有沿及隋代的惯例,如吴先宁《北朝文化特质与文学进程》(东方出版社1997年版)以及曹道衡、沈玉成编著《南北朝文学史》(人民文学出版社1991年版)等,因而"中古"的时限也往往涵括隋代。本书"中古"的时间断限是综合刘师培、曹道衡等学者的提法,具体指汉末至隋朝这一历史时期。

态。诗歌的审美旨趣从绵延于魏晋诗坛感物而思深的性情发抒模式，以及对人的生存境遇和存在意义等根本问题的哲理沉思，逐渐转向对人的物质生活和游赏情趣的细致呈现，其中具有标志性的现象，就是自然景物以蔚然成风之势进入了诗歌的抒写视域。早期诗歌中作为抒情背景的草木鸟兽、节序物候的描写，慢慢过渡成了山水风景、声色光影的描摹，构成了蝉联而下的自然文学长河，亦蕴蓄成中古诗歌特有的抒情基质和审美格调。正如章培恒先生在为日本学人小尾郊一的论著《中国文学中所表现的自然与自然观——以魏晋南北朝文学为中心》所作的序言中强调的："由于自然的描写本来是中国文学的一个重要方面，而魏晋南北朝文学与自然尤有密切的关系，这其实也在很大程度上显示了魏晋南北朝文学与其他时代文学的异同、它在文学观念与艺术手法上的革新、它在中国文学史上的重大贡献和地位。"[1]钱志熙先生对这一诗学史上的审美倾向也有过总结，以为"江左风流的最大成果就是晋宋以降渐次发展的吟咏山水田园，以寄托丘园之隐、山林之游的思想意识的诗歌创作"[2]。

如果说诗歌是诗人存在的精神家园，那么活跃于此家园中的自然描写绝非情感的装饰物，而是与家园融为一体的不可或缺的部分。自然描写在诗歌的内容中承载着体物抒情的丰富意蕴，景语与事语、情语、理语融汇交织而构形为诗语精微深眇的形态和"言-象-意"统一的形象思维活动。我们不妨以中古时期最重要的诗体五言诗为观照对象，从自然描写含量的变化来审视它与诗歌书写的亲密关系。两汉五言诗中的景物描写句约有300句，庶几占到总句数1947句的15%[3]，经历魏晋诗歌的发展，五言诗景语的成分已体现出明显的增长趋势，比如曹植五言诗的景句有141句，占其此类诗总句数542句的26%[4]；陆机五言诗景句224句，占到其五言总句数596句的38%[5]。再历经南朝自宋迄陈约170年的文学创作，自然山水描写不啻成为五言诗的显要内容，而且体量更趋丰厚，若从大小谢诗歌的描写内容来看，谢灵运五言诗写景句567句，在总句数1444句中占比

---

[1] [日]小尾郊一：《中国文学中所表现的自然与自然观——以魏晋南北朝文学为中心·序》，邵毅平译，上海古籍出版社，2014，第3页。

[2] 钱志熙：《论王维"盛唐正宗"地位及其与汉魏六朝诗歌传统之关系》，《北京大学学报》2011年第4期。

[3] 此处统计依据的是逯钦立辑校《先秦汉魏晋南北朝诗》中的汉诗部分，中华书局，1983。

[4] 统计依据赵幼文校注《曹植集校注》，人民文学出版社，1984。

[5] 统计依据刘运好校注整理《陆士衡文集校注》，凤凰出版社，2007。

39%①,谢朓五言诗写景句则有738句,在总句数1580句中占比达到了47%②。最明显的是在齐梁诗坛,景句在一位作家的五言诗中占比超过40%已是比较普遍的现象。

在诗歌的思想内容随时代思潮推演而潜转暗换的同时,中古诗歌的语言艺术也伴随内容的发展呈现出渐次丰富、推陈出新、韵律稳切的形式主义趋向。语言学界普遍认为,中古汉语(东汉至隋)语法的演进具有上承先秦、下启唐宋的枢机作用。诗歌语言向精雅方向的发展正体现着中古汉语语法演进的重要面向。此际正是诗歌语言之本体意义和情感价值得以初步彰示、同质状态的普通诗歌语言中不断介入愈渐丰富的异质诗性语言的转折时期,诸诗家凭借一己的语言锐力和个性才情,寻求字句的工秀美感,在一定程度上焕发了诗性语言相较普通语言来说精密紧健、感官流通、变化万端的艺术魅力,从而以一种丰富的语言形态彰显了诗语的生命活力。基于自然描写抒情价值和体物美感的显著增强,景语便愈渐成为融汇诗歌最为鲜明的语言形式技巧、最为集中地施展语言艺术魅力的部分。朱光潜先生说:"山水诗的盛行与声律词藻的追求有密切的连带关系。"③林庚先生也曾对自然景物之于诗歌语言发展的重要意义作过更为具体的阐发,他说:

> 诗歌语言诗化的过程,不止是语言的精炼灵活而已,更重要的是形象性的高度。展开对于形象的捕捉,活跃诗人们的形象思维,最广阔的天地便是大自然界的景物,这也就是大自然的对象化。从曹操的《观沧海》起,诗歌开始把内心丰富的思想感情通过自然界的景物集中地表现出来。自然景物从《诗经》时代作为起兴的语言发展着,这时便开始进入诗歌的全部领域中。这就加深了语言的形象性和丰富性,于是逐渐出现了山水诗的发展阶段。当然,诗歌语言的形象性并不完全依靠自然景物,但山水诗的出现无疑地促进了这个发展,而成为形象语言的新的标志。④

在这一探讨山水自然描写与诗歌语言发展之关系的诗学方向上,也有

---

① 统计依据顾绍柏校注《谢灵运集校注》,中州古籍出版社,1987。
② 统计依据曹融南校注集说《谢宣城集校注》,上海古籍出版社,1991。
③ 朱光潜:《朱光潜美学文集》第三卷,《山水诗与自然美》,上海文艺出版社,1983,第323页。
④ 林庚:《略谈唐诗的语言》,《文学评论》1964年第1期。

当代学者指出,自建安时代起"山水诗以及诗中景物的描写,对五言诗体制形成的最为重要的影响,就是使诗歌写作,限定在一个具体的时间和空间,从而达到具体、生动、形象、精练的审美效果"①。

究察中古诗歌语言形式诸层面的特点,可以说景物描写往往是锤炼语词、凝结意象、讲求对仗的浓缩形态,是诗作者刻意雕琢的"秀句"。这一点我们可以通过一组数据来加以印证:学者王建疆曾据《汉魏六朝诗鉴赏辞典》(上海辞书出版社1992年版)统计该辞典附录部分所摘录的诗歌名句,其中写景句就有498句,占到名句总数的54.97%②,由此可见景句锤炼在诗歌语言中的示范意义,甚至说景句经营是诗歌语言艺术的集中体现也不为过。自然描写对于南朝诗歌的意义不单单表现在"山水方滋"的内容变化,更是诗歌精丽语言形式的重要载体。因而它不仅是具有丰蕴审美价值的书写内容,而且彰显了诗歌语言实践的成熟形式,对中古诗歌诗性语言的发展具有推动作用。

基于对自然书写在古代诗歌文体中重要审美价值的体认,王建疆等学者在《自然的空灵——中国诗歌意境的生成和流变》一书中提出了开拓中国古代诗歌史写作新维度的主张,指出以往的诗歌史向来注重"围绕着人与社会、人与人的关系展开",而对人与自然的关系则在理论认识上有所忽视,从而导致"诗歌史写作的自然之维的失落",进而倡导应该把"人与自然的关系维度作为整个诗歌史写作的纲骨和中心维度重新树立起来"③。这样的新见对于我们审视中古诗歌也是具有启示意义的。我们可以说中古时期不仅是文学的自觉时代,也是文学中人与自然关系以及自然描写艺术自觉的时代。若从人与自然、诗与自然的维度来索味中古诗歌的审美基质,那么诗歌的自然之维不仅应该有伦理层面的天人关系、思维层面的主客关系、抒情层面的情景关系,还应该有存在层面的"言-象-意"关系,也就是说,它应该包含人与自然、主体与客体、情感与景象、语言与自然在内的丰富向度。

基于这一视角,当我们回顾以往中古诗歌的研究时,会看到论者在探究山水诗体形成、发展历程及语言技艺中所表现出的浓烈兴趣,实际上已属于对自然之维的深切观照。然而从研究的对象上来讲,聚焦于山水诗的

---

① 木斋:《论建安山水题材五言诗及其诗歌史意义》,《社会科学战线》2006年第5期。
② 王建疆等:《自然的空灵——中国诗歌意境的生成和流变》,光明日报出版社,2009,第220页。
③ 王建疆等:《自然的空灵——中国诗歌意境的生成和流变》,光明日报出版社,2009,第45—46页。

讨论固然捕捉住了中古诗歌的灵魂,但也容易将研究窄化在有限的题材论域中,因为严格意义上的山水诗在中古诗歌中并非大宗①。钱志熙先生就指出:"在齐梁陈隋时代,山水诗的边界是很模糊的。如果拿元嘉山水诗的涵义来考察齐梁诗坛,则传统形式的山水诗是衰落了。但是山水景物却广泛地进入各种主题的诗中,甚至在宫体盛行时代,山水与艳情也曾一度融合,出现艳情化的山水描写。"②这说明从真正的"山水诗"视角来考察中古诗歌的自然书写,范围显然是比较窄小的。因而,我们从自然维度观照中古诗歌的发展历程,是讨论包含一切季候风物、山水景象、花鸟草虫在内的自然描写,而把"山水诗"也纳入自然描写这样一个更广泛的题材中加以考察,所以探察的对象更确切地说是自然诗、写景诗。探察的出发点是从语言与自然的向度入手,旨在将自然之维与语言形式的发展紧密相连,把诗歌中愈见显要的抒情媒介和描写对象——自然景物,作为凝聚诗性语言菁华的感性内容和基本语料来对待,在审视诗歌文体语言艺术发展的前提之下,抽绎自然描写所承载的诗性语言新质素以及它在中古诗歌抒情模式变化和审美效应生发方面的特殊意义。

二、研究现状

要从语言之维探察中古诗歌自然描写的诗性特质以及诗歌语言演进与自然描写发展相互依存的关系,学界已有的研究成果是我们展开进一步探讨的重要基础。中古诗歌的研究近年来最显著的一个特点就是语言的转向,从方法愈见科学的语言分析的角度讨论自然诗、景物诗、山水诗的表现艺术和语言特点,构成了自成体系的支流,研究涉及的问题也不断地走向精微。总体来看,这些成果主要聚焦于以下几个向度的诗学思考:

第一,具有代表性的中古诗歌史论著中注重对景物描写艺术经验和语言特点的提炼,凸显了自然景物描写在诗歌发展史中的独特价值。比如,

---

① 台湾学者林文月就认为,山水诗"是指南朝宋齐那一段时期的风景诗而言;更具体地说,乃是指以谢灵运为代表的那种模山范水的诗而言",山水诗最重要的特色是"诗人以山水大自然为写作的主要对象,同时,他们对大自然都有热烈的爱好与深入的体悟"。(参见林文月《山水与古典·中国山水诗的特质》,生活·读书·新知三联书店2013年版,第20、22页)也有学者从量与质两个向度上衡量,认为严格意义上的山水诗是"客体表现对象应是以山水为表征的大自然景色","与山水相关的摹写应在全诗中占有相对多数的分量","山水景物描写不是处于比喻、象征或陪衬的附庸地位","它提升为诗人直面的真正的审美实体,诗人的情感直接诉诸山水本身",以此为标准,统计出唐前山水诗共有485首。(参见王刚《唐前山水诗的量化统计分析》,《宝鸡文理学院学报》2008年第2期)

② 钱志熙:《中古山水诗主客关系的转变》,《文史知识》1998年第4期。

王钟陵的《中国中古诗歌史——四百年民族心灵的展示》(人民出版社2005年版),就注重对诗歌艺术特征的变化进行细致丰富的文本分析,重点对南朝作家自然景物描写的艺术表现特点作了一贯而下的勾勒,其中涉及谢朓诗歌对物象动态的细微刻画、永明体新诗细腻的刻画技巧、梁陈诗人景物描写的情思化特点等,比较周全地梳理了南朝诗人在自然美表现方面的新鲜艺术经验。还有傅刚的《魏晋南北朝诗歌史论》,该书通过对各时段文学突出特质的准确评价,缀连起近体诗进入历史的流动轨迹。作者敏锐认识到不同阶段诗歌在抒情模式和诗法技巧上向近体诗转变的倾向性特点,特别是认为南朝山水诗的意义"绝不仅局限于一种题材的建立"①,它树立了"寓目"的写物传统,启发了诗人对"丽辞和声律的追求"以及诗人"关于自然景物影响创作构思的认识"②,因而山水诗的发展"促进了诗歌形式美技巧的发展,加速了诗歌近体化进程"③。作者还在更细致的层面上区分了谢灵运与谢朓在山水诗形式技巧演进中各有侧重的贡献,指出谢灵运建立了以俳偶句法模山范水的写景模式,而谢朓则推动了山水诗情景交融的艺术表现方式。另外,前面已提及王建疆与其学生合著的《自然的空灵——中国诗歌意境的生成和流变》,该书梳理先秦至唐宋诗歌景物工具化、对象化、主体化的存在意义,从人与自然关系角度观照文学发展的规律,探析诗歌意境生成的原理,其研究视角和相关论述对于从审美思维与情感表现层面讨论景物描写的意义拓出了深度。

第二,学界对自然描写审美特征和题材价值的探究更趋细致。比较有代表性的论述如钱志熙《论初唐诗歌沿袭齐梁陈隋诗风及其具体表现》一文,认为齐梁陈隋诗歌的写景艺术"所表现出来的空间感是线条化、平面化的",其巧构形似的特点突出表现为赋景笔法,即"细腻地赋咏由特定的时间与空间等因素规定着的一种特定的景物主题"④。又如赵沛霖的《南朝山水诗的美学特征及其贡献》一文,认为南朝山水诗的美学特征不仅体现为"在历史上第一次充分展示了多种不同形态的自然美",而且"创造了多种多样的符合审美规律的视点移动模式和自然景观的安排方法"⑤。

关于自然描写与诗体题材演进的关系,具有创见的论述如前引木斋《论建安山水题材五言诗及其诗歌史意义》(《社会科学战线》2006年第5

---

① 傅刚:《魏晋南北朝诗歌史论》,商务印书馆,2017,第266页。
② 傅刚:《魏晋南北朝诗歌史论》,商务印书馆,2017,第269页。
③ 傅刚:《魏晋南北朝诗歌史论》,商务印书馆,2017,第272页。
④ 刊载于《励耘学刊(文学卷)》2005年第1期。
⑤ 刊载于《文学遗产》2009年第5期。

期),指出建安山水诗的出现具有促进五言诗体形成的重要意义,在语言表达模式上实现了由言志叙写向抒情描写的转换。而余开亮、贾瑞鹏的《刘勰对山水诗的创造性误读与中古诗学的转向》一文则将从《诗》《骚》传统到山水诗定型梳理为"诗、骚言志—汉赋铺陈—物感诗缘情—玄言诗与谢灵运诗的理景结合—山水诗情景相融"的发展过程,认为"从《诗》《骚》的心物关系发展到山水诗的情景交融关系,其间是存在着巨大的历史跨越与诗学转折的","在物感诗与山水诗之间,玄言诗起到了反转前者开启后者的桥梁之用"①,可谓是立足于辨察心物关系、情景关系基础上的有益考论。杨照《论山水描写习惯在南朝的形成过程及其与近体诗写景联之关系》(《中国韵文学刊》2019年第1期),分析了南朝诗歌山水描写成为愈趋固定的在场内容并渗透至多种题材的生成过程及历史原因,并指出"背景-山水-情感"的抒情结构和山水描写承载对偶句法的功能丰富了诗歌的艺术层次。如上论说多是将文本的细密扎实解读与深切的理论阐析充分融合,彰示了近年来中古诗歌语言形式研究向纵深层次掘发的新趋向。

  第三,从诗歌语言内部结构入手考察自然描写语言的生成机制得到细化与深化。此方面涌现出的成果甚为丰富,其中不乏富有深度的论述和新颖的观点。传统诗学的语言视阈对意象的关注度是比较高的,中古诗歌的自然意象就是一个受到侧重的领域。比如钱志熙《魏晋诗歌中的飞翔形象》(《文学遗产》1989年第5期),透过飞鸟形象分析此意象从两晋到南朝所呈现出的由"寄兴言志"向"体物缘情"的审美转变以及其间凝聚的时代精神和审美观念的变迁,这实际上是对意象审美机制和生成缘由的深入探研。同样,自然山水描写与诗歌语言结构的深层关系也获得了更为深细的讨论。其中孙绿江《语言结构与山水组合——关于中国古代山水诗的一点思考》就认为山水诗改变了诗歌语言的结构方式,其突出特点是诗人的审美心理与诗歌语言的同构性,诗人"以人的心理情感为轴线,或依据语言结构来组合山水,或依据山水组合(表象)来结构语言,这就使山水诗从一般抒情诗'借景抒情'的传统中独立起来"②。这种基于语言结构的论述为探讨诗歌书写自然山水的抒情价值增添了新的意义。另有郭本厚的《南朝山水诗的艺术结构特征》,提炼出南朝山水诗艺术结构的具体特点:"在语音上注重音、韵、调的和谐,超越了古诗的自然音律阶段;语词上强调应用意象语词和动词、形容词的美感效果;句法上创造有利于意象生成和山水画

---

① 刊载于《南京大学学报》2020年第4期。
② 刊载于《社科纵横》1991年第1期。

面描绘的句型;语义上追求对自然山水的摹拟和审美情趣的真实传达,从而形成一套完整的传达山水审美经验的装置。"①他的落实在语音、语词、语义层面的论析无疑是语言结构研究走向细致化的一种标志。学位论文中对山水诗语言特征的关注也不在少数,如刘雪璠《六朝山水诗研究》(哈尔滨师范大学2015年硕士学位论文)、齐婷婷《南朝山水诗意象分析》(陕西师范大学2017年硕士学位论文)等,都有涉及六朝山水诗意象、结构等方面的讨论。

  讨论中古诗家自然描写的语言个性特点也出现了不少专论。近年来谢灵运、鲍照、谢朓的山水诗研究仍然是学界关注的热点。谢灵运方面,较早一些的如钟优民《谢灵运论稿》(齐鲁书社1985年版),专章讨论谢灵运山水诗的语言艺术、结构特征及写景风格;邢宇皓《谢灵运山水诗研究》(河北大学2005年博士学位论文),探讨前代诗赋对谢灵运山水诗的影响,以及山水诗写景裁度、意象构筑、情志表达等内容;吴冠文、陈文彬《庙堂与山林之间:谢灵运的心路历程与诗歌创作》(复旦大学出版社2013年版),对谢诗意象、炼字、琢句以及在谋篇布局上的苦心经营进行了详细的讨论;林静《谢灵运山水诗对句艺术探微》(《北京大学学报》2011年第1期),揭示谢灵运诗歌写景对句结构及语言的独创性特点,分析深细且有独到的见解;蔡丹君《理来情无ворот:谢灵运山水诗的篇体思想》(《文学遗产》2022年第5期),发掘谢灵运山水诗以"情理此消彼长的哲思意脉"为特点的隐性结构,认为景色的描摹是服务于其诗哲学底蕴的艺术手段。鲍照方面,龚斌《鲍照山水诗细读——兼谈鲍照、谢灵运山水诗之异同》(《中文自学指导》2005年第2期),通过细读的方式讨论了鲍照山水诗的语言、结构及情景关系特点;王志红《鲍照山水诗研究》(闽南师范大学2014年硕士学位论文),专章对鲍照山水诗的意象塑造、语言风格、修辞方法、韵律、结构作了阐析;李晓蓉《论鲍照山水田园诗的艺术新变》(《石河子大学学报》2019年第1期),通过细致的作品分析总结了鲍照山水诗的艺术因革和情感表现特征。谢朓方面,如魏耕原《谢朓诗论》(中国社会科学出版社2004年版),对谢朓诗的飞鸟意象、山水诗的画意及大小谢山水诗语言艺术的比较诸方面作了细致分析,实属谢朓诗歌研究的一部力作。在上述山水诗创作三大家之外,中古其他诗家的写景语言艺术也受到越来越广泛的关注,例如黄鸿秋《论庾信诗歌写景场域及艺术的新变》(《中国典籍与文化》2020年第4期),就从写景场域、情景关系、表现艺术等层面深细考察了庾信诗

---

① 刊载于《社会科学家》2010年第4期。

歌个性化的景语特点。

　　中国港、澳、台地区学者对从语言视角探讨中古山水诗及自然景物描写的艺术特质，同样保持着浓厚的研究兴趣，体现出思想内容与语言形式并重的鲜明风格，在方法论上多有启迪意义，尤其是台湾学人的成果积淀甚为厚重。较有影响力的有林文月《山水与古典》，包含多篇关于六朝山水诗的论述。如《从游仙诗到山水诗》一文通过文本分析厘清了从游仙诗发展为山水诗的过程，区别了游仙诗与山水诗写景旨趣之根本差异；《中国山水诗的特质》对南朝宋齐山水诗"巨细靡遗的细腻写实精神"，"在技巧上致力于'名章迥句''丽典新声'之经营"，"在句型结构上造成繁富凸出的意象，以期把握变化无穷的大自然的形象、光影、色泽、音响"诸特点给予了清晰揭示[1]，总结出二谢、鲍照等山水诗人奠定了"记游—写景—兴情—悟理"井然有序的结构布局；《鲍照与谢灵运的山水诗》则突破了人们对谢灵运与谢朓山水诗密切联系的惯常认知，在大量文本对比的实证分析中阐说鲍照山水诗在辞采繁艳、句眼雕琢、细腻描摹诸方面对谢灵运山水诗的紧密步趋，敏锐指出："鲍照的山水诗，无论遣词造句，乃至全篇之结构布局，大体皆沿袭谢灵运之山水诗而来。而历代论诗者，于山水诗发展情形，每每仅举谢朓，谓为谢灵运之继承发扬者，实未为妥当。"[2]同时还对鲍照山水诗的诗史意义进行了重新评估，认为"从元嘉时代到永明时代，山水诗由兼谷情理变为咏物诗式之写法，鲍照的山水诗却真正扮演了过渡的身份"[3]。其新鲜的解说颇能代表20世纪八九十年代港澳台学者细腻爬梳山水诗发展脉络及渊源关系的研究旨趣和新见卓识。台湾大学王国璎(曾任教于新加坡国立大学)的《中国山水诗研究》(中华书局2007年版)，对山水诗的渊源、产生、流变的过程作了纵向勾勒，同时从"形象摹拟"与"物我关系"两方面对中国山水诗整体性的艺术特征进行了横向总结。王力坚(原任教于新加坡国立大学，后任职台湾国立中央大学)强调六朝文学的"唯美"特点，他发表在《广东社会科学》1996年第1期的《"选自然之神丽"——谢灵运山水诗之探讨》，分析了玄思的山水诗和审美的山水观交融于谢灵运诗歌的具体表现；发表于《学术交流》1996年第3期的《山水以形媚道——论东晋诗中的山水描写》，分析了东晋诗歌由体道悟玄的宗旨到重形尚美、追求"清丽"美学风貌的变化；再者，其《性灵·佛教·山

---

[1] 林文月：《山水与古典》，生活·读书·新知三联书店，2013，第31、35页。
[2] 林文月：《山水与古典》，生活·读书·新知三联书店，2013，第93页。
[3] 林文月：《山水与古典》，生活·读书·新知三联书店，2013，第94页。

水——南朝文学的新考察》一文，究索南朝"性灵"思潮的形成原因以及在佛教心性学说影响下"趋向对心灵、精神的探索"的新特点，认为南朝山水文学是这一变化的集中体现，"开拓了以追求神韵灵趣为特征的新的诗歌美学境界"①。

海外学界文本细读与文化观照相融合的相关研究，也对本课题提供了镜鉴，其间尤值得重视的是日本和欧美地区的成果。

日本学者小尾郊一《中国文学中所表现的自然与自然观——以魏晋南北朝文学为中心》（邵毅平译，上海古籍出版社2014年版），可谓日本汉学界研究此论题系统性与深入性兼备的一部力作，作者立足于细致的文本解读，勾勒先秦到南北朝各时段自然描写之内容特征、审美心理、自然观演变等问题，在文本细读的研究方法和文体融合的研究视角方面无疑具有典范意义。日本汉学界历来重视中古诗歌自然意象的研究，涌现出一系列细腻考察的成果，以兴膳宏、小川环树、松浦友久等人为代表。兴膳宏《嵇康的飞翔》一文，结合社会背景分析了飞鸟意象在嵇康诗中的象征意义及具体表现，认为嵇康诗中的飞鸟"象征着嵇康精神世界中的至上境地"②；他的《枯木上开放的诗——诗歌意象谱系一考》，检讨了中国古典诗文中枯树意象的表现方式和承继轨迹③。另一位汉学家小川环树长期关注"中国的叙景诗（landscape poetry）或自然诗（nature poetry）"，收入其著作《论中国诗》的《风景的意义》一文，主要阐析了"风景之观念是怎样地发展、变化的问题"④，作者对六朝唐代诗文中所出现的"风景""风物""物色""景气""景物""景色""风光"等词的含义进行了辨析，认为六朝诗人偏爱的风景多是"光所映照的山水景象"，而中唐以后"风景"一词则更多指称的是"景象""景致"之义⑤；同书收入的《风与云——中国感伤文学的起源》一文，将"风云"意象作为感伤文学的源头，分析了"风景"一词在中国文学里的语义嬗变，认为汉魏六朝诗中的"风""云"起到了触发哀情之作用，并由此分析了从上古到中古自然观的转变⑥。松浦友久对古典诗歌时间性的探

---

① 刊载于《海南师范学院学报》2000年第1期。
② 收入[日]兴膳宏：《六朝文学论稿》，彭恩华译，岳麓书社，1986，第7页。
③ 收入蒋寅编译《日本学者中国诗学论集》，凤凰出版社，2008，第179页。
④ [日]小川环树：《论中国诗》，谭汝谦、陈志诚、梁国豪合译，贵州人民出版社，2009，第3页。
⑤ [日]小川环树：《论中国诗》，谭汝谦、陈志诚、梁国豪合译，贵州人民出版社，2009，第4—27页。
⑥ [日]小川环树：《论中国诗》，谭汝谦、陈志诚、梁国豪合译，贵州人民出版社，2009，第48—62页。

究也具有开拓性,他在《中国诗歌原理》一书的首篇以《诗与时间》为题探讨诗歌与"时间意识"的关系,指出"在中国古典诗里,季节与季节感作为题材与意象,几乎构成了不可或缺的要素",进而认为中国古典诗中"有关春秋的诗众多而有关夏冬的诗贫乏"的原因在于"春与秋作为季节是象征着人的变化推移的感觉(时间意识)的","而那抒情的最主要的源泉,应就存在于以对时不再来的自觉为核心的时间意识之中。正是在这个意义上,春与秋由于其推移变化的属性,当然被当作了诗歌更优先表现的季节"①。如上所举足可见出日本学人普遍对中古诗歌自然描写研究所倾注的热情②。

就欧洲汉学成果而言,应予关注的首先是德国学者顾彬的《中国文人的自然观》,是书对先秦至唐代文学中所反映的自然观念进行了系统考察,指出先秦至唐宋自然观经历了"把自然作为标志""把自然作为外在世界""转向内心世界的自然"三个阶段的转变,其中魏晋南朝是自然观发展的核心阶段,认为魏晋文学集中表现了"对时令及昼夜时间的揭示""游览诗与山水诗对自然的揭示""招隐诗中由荒野的自然到田园村舍的自然",而南朝文学是把"自然当作艺术"③。作者特别把自然"向内心世界转化"作为山水诗进步的重要标志,认为"只有当自然向诗人的内心世界转化(谢朓、何逊),情与景彼此交融,并且不失自己的特点,景物的排列也才结束了其随意性"④。另外有法国学者侯思孟的《中国上古与中古早期的山水欣赏:山水诗的产生》(台湾清华出版社1996年版),通过考索上古及中古早

---

① [日]松浦友久:《中国诗歌原理》,孙昌武、郑天刚译,辽宁教育出版社,1990,第4—13页。
② 据胡建次、邱美琼编著《日本中国古典诗学研究500家简介与成果概览》(江西人民出版社2010年版)一书的梳理,日本学者对中国古典诗歌自然描写的研究成果极为丰富,具有代表性的专著有:前野直彬《风月无尽——中国的古典与自然》(东京大学出版会2002年);阿部正次郎、山田胜美《中国文学中的悲秋诗(汉魏六朝)》(南窗社1976年);田部井文雄《中国自然诗的系谱——从〈诗经〉到唐诗》(大修馆书店1995年)等。论文方面如:横山永三《关于山水诗的兴起》(《山口大学文学会志》10—2,1959年12月);增野弘幸《论汉魏六朝诗中的飞鸟现象》(《大妻国文》13,1988年);户仓英美《"风景"的诞生及其崩溃——自然描写中所见世界观的变化》(《中国——社会与文化》8,1993年6月)等。作家个案研究以谢灵运、谢朓的成果高居首位,如:小西升《谢灵运山水诗考——自然素材的选择与美意识》(《福冈教育大学纪要》第1分册文科编26,1976年);衣川贤次《谢灵运山水诗论——山水中的体验与诗》(《日本中国学会报》36,1984年10月);牧角悦子《谢灵运山水诗中自然描写的特质》(《二松学舍大学东洋学研究所集刊》28,1998年);森野繁夫《谢灵运的山水描写——光辉、生气、清新》(《中国学论集》40,2005年7月);古田敬一《谢朓的对句表现——其自然描写中的抒情性》(《日本中国学会报》24,1972年10月);森野繁夫、山田小百合《谢朓诗札记——"风"与"光"的表现》(《山本昭教授退休纪念中国学论集》,白帝社2000年);等等。
③ [德]顾彬:《中国文人的自然观》,马树德译,上海人民出版社,1990,第65、88、118、150页。
④ [德]顾彬:《中国文人的自然观》,马树德译,上海人民出版社,1990,第172页。

期中国文学中的风景描写揭示山水自然观念的转变。这些研究均体现了欧洲汉学家的文化观念,侧重于探讨诗歌中自然描写所体现出的自然观念及其哲理意蕴。

美国汉学界的代表性论著中,对六朝诗歌文化语言与诗性语言交织融合特点的阐析值得关注。如蔡宗齐《语法与诗境:汉诗艺术之破析》一书就秉承以语言学方法分析中国诗歌艺术的路径,着重对中国古典诗歌的语言法则以及由此生成的审美意境进行透视。该书对先秦汉魏六朝诗歌节奏、句法、结构、诗境有精深透辟的论析,特别是充分发掘了汉语的特殊句式题评句("主题+评语"句型)在古典诗歌中的意义,认为题评句形成断裂性章节结构,是诗歌兴章之法的语言基础。同时,对于汉魏六朝五言诗句法上的创新性,主要以《古诗十九首》为观照点,指出其中简单和复杂主谓句的丰富形态及其对诗境形成的作用,并以谢灵运和谢朓山水诗为代表,揭示六朝诗人以对偶联状景的鲜明句法,指出二谢山水诗的成功主要是通过"挖掘反对和复合对偶联的时空表现能力"、创造"情景结合的对偶联"来实现的①。孙康宜《抒情与描写:六朝诗歌概论》(钟振振译,上海三联书店2006年版),重点讨论了谢灵运所创造的新的描写形式、鲍照写景对抒情的追求、谢朓诗歌山水的内化等内容。田晓菲多年来致力六朝文学研究,在其探讨梁代文学的专著《烽火与流星:萧梁王朝的文学与文化》一书中,她对梁代诗歌进行了精细解读,敏锐指出梁代诗歌意象的特殊性在于"诗歌不仅仅显示了新的诗律",更在于"诗人对现象界有全新的感知"②,"很多宫体诗描写的是虚幻、飘渺、捉摸不定的意象,比如水中倒影,尘土,阴影,清凉或者烛光"③,"宫体诗在读者和现象界之间创造了一种新的关系:它引导读者在一个至为具体、至为特殊的时空层次上观察物像"④。如上所述,新颖的诠解视角往往在国内学者习而不察之处生发出新的观点,无疑是将六朝诗歌研究推向了更加深细的方向。

三、理论方法

在依托上述研究背景和研究现状的前提下,我们的论题集中于从语言层面对中古诗歌自然描写的语艺形式、情景关系、文体渗透进行多面阐析,论述所得以展开的理论基础是近年来学界以语言形式为中心研究中古诗

---

① [美]蔡宗齐:《语法与诗境:汉诗艺术之破析》,中华书局,2021,第233页。
② 田晓菲:《烽火与流星:萧梁王朝的文学与文化》,中华书局,2010,第156页。
③ 田晓菲:《烽火与流星:萧梁王朝的文学与文化》,中华书局,2010,第148页。
④ 田晓菲:《烽火与流星:萧梁王朝的文学与文化》,中华书局,2010,第173页。

歌诗性审美特征的学术思潮。

　　语言形式与思想内容的关系是诗学领域绵亘古今的一个重要问题。诗歌艺术水准的高低与诗人主体的生活经验、思想境界、精神境界、审美趣味皆有密切关系，而诗人的语言能力则是直接决定其能否将心中情思化炼为诗歌艺术品的关键所在。

　　我国传统文论反复申发的"文质论"或者"文意论"，经过不断的丰富修正，形成了一脉相承的体系，对于文与意如何形成和谐有机的整体，有着颇为形象的解说。南朝刘勰《文心雕龙·附会》云："夫才童学文，宜正体制，必以情志为神明，事义为骨髓，辞采为肌肤，宫商为声气。"①北朝学者颜之推曰："文章当以理致为心肾，气调为筋骨，事义为皮肤，华丽为冠冕。"②唐初史学家令狐德棻在《周书·王褒庾信传论》中也强调："原夫文章之作，本乎情性。""其调也尚远，其旨也在深，其理也贵当，其辞也欲巧。"③以上所显示的是中国古代文论家总体上所秉持的文质相宜、以"意"为主的文学观念。此种观念更为明晰的表露则见于范晔所云："常谓情志所托，故当以意为主，以文传意。以意为主，则其旨必见；以文传意，则其词不流。"④清代作家袁枚亦云："意似主人，辞如奴婢。主弱奴强，呼之不至。"⑤上述传统文论对于语言形式功能的揣意与辨析，肯定语言形式对于内容而言不可或缺的表现意义，认识到语言与文本内容的关系犹如形骸之于精神，主要还是凸显了语言工具论的诗学意识。若提到对诗歌语言独特审美价值和本体意义的标举，则不可不对西方文学批评中的相关论说予以关注。如美国诗人乔治·桑塔亚纳在其《诗歌的基础和使命》一文中提出："诗歌是一种为了语言、为了语言自身的美的语言。"⑥德国的格罗塞也说："诗歌是为达到一种审美目的，而用有效的审美形式，来表示内心或外界现象的语言的表现。"⑦美国学者韦勒克与沃伦所著《文学理论》一书中引用贝特森的话说："一首诗中的时代特征不应去诗人那儿寻找，而应去诗的语言中寻找。我相信，真正的诗歌史是语言的变化史，诗歌正是从这种

---

① 周振甫注《文心雕龙注释》，人民文学出版社，1981，第462页。
② 颜之推：《颜氏家训》，阎福玲等注，天津人民出版社，1998，第152页。
③ 令狐德棻等：《周书·王褒庾信传论》，中华书局，1971，第744—745页。
④ 范晔：《狱中与诸甥侄书》，穆克宏、郭丹主编《魏晋南北朝文论全编》，上海远东出版社，2012，第161页。
⑤ 刘衍文、刘永翔合注《袁枚续诗品详注》，上海书店出版社，1993，第3页。
⑥ 刘保端等译《美国作家论文学》，生活·读书·新知三联书店，1984，第121—122页。
⑦ [德]格罗塞著，蔡慕晖译《艺术的起源》，商务印书馆，1984，第175页。

不断变化的语言中产生的。"①这显然与我国传统诗论以性情为诗之本体、以语言为诗之外饰的导向存在明显的差异,代表了语言与诗歌相统一的语言本体论。特别是历经20世纪西方文学理论界的"语言学转向",俄国形式主义、英美新批评以及后起的结构主义,纷纷将文学的研究对象转向文学的文本,以向内看的方式细致讨论作品的材料组成、语言策略、结构规律,追寻"文学的文学性"。综合来看,西方的文学思想为文学语言尤其是诗歌语言的本体意义注入了丰富的内涵。

基于中国传统文学思想的丰厚底蕴和外来的文学新思潮的浸染,中国现当代学人对文学语言的审美质性和本体意义保持着高度的敏感意识,他们积极融入前沿的学术话语,以主动的姿态诠释并丰富着文学语言的观念。像老舍在《关于文学的语言问题》中就曾表达:"我们的最好的思想,最深厚的感情,只能被最美妙的语言表达出来。若是表达不出,谁能知道那思想和感情怎样的好呢?"②这显然与传统论家所说的"意"主"文"末、将"辞"放在"意"之外围的认识不同,而是将"辞"提升到与"意"相当的地位进行考虑。因而在现代学人的观念中,对文学作品的接受不仅仅止于思想内容,还倡导重视语言艺术的学习。如曹禺在《语言学习杂感》中说:"一个语言的艺术家选择每一个字,都有用心,有理由。我们学习语言,就是要寻觅、体会,找到'语'与'意'之间的最精微的关系,探索语言艺术家们是如何用最恰当的言辞,以及人民生活里最美、最好的语言,表达难以表达的思想和感情的。"③这正强调了从语言世界中体味文学作品的重要性。

与上述前辈作家的观点一脉相承的是当代学人在更充分地吸纳世界文学理论菁华的基础上形成的对于文学语言本体价值更为深刻的认知。比如有些当代作家把语言看成作家的"符号"和职志,认为"语言代表了一个作家的尊严","一位作家终生都是在为创造一种独属于他的语言而劳作的","作家的工作,其实就是用自己的语言造房子,透过这个房子,表达他们对世界的所爱所恨"④。这种对语言艺术与创作行为同一性的认识,显然受到前述西方学界语言本体论的沾溉。与之产生共鸣的观点不在少数,使得语言的前意识功能、独立的美学价值得到了进一步的确立。如现当代诗人兼诗评家郑敏先生指出:"语言不再是单纯的载体,反之语言是意

---

① [美]勒内·韦勒克、奥斯汀·沃伦著,刘象愚等译《文学理论》,浙江人民出版社,2017,第163页。
② 老舍:《老舍谈写作》,百花洲文艺出版社,2019,第52页。
③ 曹禺:《曹禺戏剧集:论戏剧》,四川文艺出版社,1985,第26页。
④ 张莉、葛亮对谈《和而不同:关于时代与语言的那些事儿》,《天涯》2022年第5期。

识、思维、心灵、情感、人格的形成者,语言并非人的驯服工具,语言是人类认知世界与自己的框架,语言包括逻辑,而不受逻辑的局限。语言之根在于无意识之中,语言在形成'可见的语言'之前是运动于无意识中的无数无形的踪迹(一种能)。"①评论家王一川也提出"语言对内容的创造或生成意义"的观点,认为"语言不仅是文学的美的材料,而且就是文学的美的基本组成部分"②。由此可见,学术界在对语言作为思维情志载体的工具价值不断深化认识的前景下,更注重在中西文论思想互鉴会通的开放视域中打开探索文学语言本体价值的深幽之径。

随着这一学术思潮的纵深发展,中古诗歌研究也迎来了语言学的转向,形成了面向丰富、剖析深细的研究态势,为本课题的探索奠定了重要理论基础和方法示范,我们在此有必要进行一番缕述。

从宏观层面辨察汉魏六朝诗歌的语言转向与语言发展为中古诗歌研究辟出了新的路径和讨论空间,深化了对诗歌语言本体质性、审美特质以及诗史影响的认识。如徐艳《中国中世文学思想史——以文学语言观念的发展为中心》一书,旨在通过"文学语言观念的发展"这一核心,"使创作中体现的语言观念与批评中体现的语言观念互相映衬、阐发,以描述语言的文学性质逐步被体认的历史过程",认为"文学是用富有想象力的语言组织表现丰富、动人的审美情感的艺术"③,在此逻辑起点的基础上展开对中世文学语言发展的描述。其中将建安至盛唐作为文学语言本体意识确立的自觉时期,提炼出不同历史阶段文学语言的差异性特点:建安时期"注重内质的语言美追求",魏晋时期"语言对描写对象的升华",南北朝至初唐时期"语言审美情感表现技能的拓展与基本完成"。特别是在论析永明体诗歌"以声律为焦点的均衡性、整体性语言追求"以及梁陈宫体诗"以辞采经营为中心的深细层面的语言想象"等部分时,都有独到精辟的见解,令人耳目一新④。对于汉魏六朝诗歌与诗学语言转向的确认和剖析,还可关注蔡彦峰《从"巧构"到"自然"——玄学与魏晋六朝诗歌的语言转向和发展》一文,指出魏晋诗歌"从抒情言志的情性本质观到以语言艺术形式的创造

---

① 郑敏:《语言观念必须革新——重新认识汉语的审美与诗意价值》,《文学评论》1996年第4期。
② 王一川:《"文学是语言的艺术"吗?》,《文学自由谈》1997年第5期。
③ 徐艳:《中国中世文学思想史——以文学语言观念的发展为中心》,上海古籍出版社,2012,第1页。
④ 徐艳:《中国中世文学思想史——以文学语言观念的发展为中心》,上海古籍出版社,2012,第223—265页。

为诗歌之本质的转变"①；韩仪《永明新变与形式主义诗学的语言转向》(《文学评论》2014年第3期)，总结了永明诗歌语言秀美、平易、音乐美的新变特征以及诗学中的形式主义倾向。

伴随着学界对于诗歌语言研究的认识不断深化，近年来诗歌语言研究意识和研究方法不断明晰，学术界对于语言形式研究的具体内涵和理论方法所作的更深层次的开掘是显而易见的。其中颇具取鉴意义的当数香港中文大学冯胜利教授(现任职于北京语言大学)关于诗歌语言具体分析方法的相关论述。他在《汉语诗歌研究中的新工具与新方法》一文中指出，有三个方面的理论新工具为考察汉语诗歌语言发展提供了新的角度，即韵律学、语体学、语言类型论。分而言之，韵律学"相对轻重律"的发现为我们分析汉语诗歌的音步节奏指示了方向；语体学在音调、词汇和语法的语用类型方面的开掘有利于我们解读汉语诗歌不同语体的语法形态；语言类型论发现了汉代以前的汉语与东汉以后的汉语具有综合型语言和分析型语言的显著区别，这一变化对汉语文学的语音、词法、句法、文体、韵律等都有重要影响。他进一步指出，"如果说汉语在两汉之际发生了整体性的类型转移，我们在研究中国古典文学的时候就应从'什么样的语言孕育什么样的诗、什么样的语言产生什么样的文学形式'这个角度，进一步来观察、探索和总结变化以后的文学形式和规律"②，同时他强调在运用新工具的基础上，文学研究还应充分运用现代化的学术方法，具体有：语言分析法，即对作品的"语音特点、组词方式、句法结构"等进行具体的语言分析；验证法，即摆脱习惯的感悟鉴赏式分析法，注重运用语言学原理进行理证、实证式语言分析；交合生成法，即"从韵律与语体的交合组配结果上考察文学语言的艺术特征"③。冯氏的语言理论以及对新工具的利用和新方法的提出，为古典文学研究提供了新的参照点，学界对他的成果多有引用和汲取。

与此形成映照与互补的学术话语交流还应注意韩经太、葛晓音、冯胜利《走向诗性语言的深层研究——中国诗歌语言艺术原理三人谈》，冯胜利先生在谈话中再次申说"诗歌的语言艺术，说到底是语法艺术"的观念，指出其具体包含"语音之法(音系学)、构词之法(构词学)、造句之法(句法学)、表义之法(语义学)"几个层面；韩经太先生补充认为，"诗歌语言的'语法'既可以指区别于诗歌词汇学的语法学，也可以指包括语法、词汇、

---

① 刊载于《文学评论丛刊》2013年第1期。
② 刊载于《文学遗产》2013年第2期。
③ 刊载于《文学遗产》2013年第2期。

语义在内的诗歌语言的艺术法则";葛晓音先生的划分更趋细密,强调诗歌语言研究要突破以往"把炼字和句法视为研究诗歌语言艺术要义"的传统范式,"将研究拓展到与语言艺术相关的声调、韵律、节奏、语感、语调、用典、比兴等多个方面",语言研究的旨趣应趋向于"从语言艺术的角度思考诗歌为什么能够充分调动人们的感觉、情绪和想象,超越概念的局限,表现出日常语言所不能穷尽的境界","要找到诗人运用和提炼语言的独特方式及其原因所在,要说清楚诗人如何实现语言的自我超越"①。这次对谈推进了诗歌语言观念和实质的阐发,进一步明确了语言研究的指涉范围。

这种呼吁诗歌语言研究明确具体指向、细微客观地把握诗语内在结构的主张,也散见于其他学人的学术见解中。比如郑利华先生就指出:"文本是一种语言形态,而我们目前对于文本的研究很大程度上还处于鉴赏层次,并没有进入文本的内在肌理。为什么汉魏诗歌具有浑朴、自然的风格?为什么汉大赋具有整饬的特点?这不仅与当时的社会历史背景有关,也与词汇、意象、结构多要素所构成的相对稳定的语言系统有着密切的关联。"②再如徐艳的《关于从文学形式角度研究中国古代文学的思考》一文强调"文学形式是文学内容是否具有个性化内涵的关键",因而"对文学形式的研究其实是对形式、内容合二为一的文学整体的研究",形式研究的旨归"不再是通过形式去揣摩作者预先设定要表现的情感内容,而是分析现存的形式所传达出的个性化情感内涵,以及形式如何在语言、意象、结构等诸要素的独特表现中达到了对此情感的揭示"③。此类表述可与上述冯氏等学者的研究导向形成有益参照。

这种诗歌语言研究渐趋精微的走向也促使中古诗歌研究在声律、语词、句法、意象、用典等细部层面结出了丰硕果实,并臻于深细化、微观化。在此我们也对各方面的代表成果进行罗列,以呈示目前的微观研究所达到的细密程度。

声律论方面,戴燕《论六朝诗歌声律说的美感效应》(《文艺研究》1990年第1期),阐析六朝诗歌声律构想的基本内容,指出这种声律审美通过错综和谐的声调运动变化产生诗歌语言的美感效应。李晓红《永明声律审美的继古与新变——兼及谢灵运文学史地位之失落》(《中山大学学报》2016年第5期),详尽探讨了永明声律审美理论的文化品格、自然旨趣以及对永

---

① 刊载于《文艺研究》2021年第5期。
② 该观点出自郑利华先生2016年在上海师范大学所作的题为《文学史研究的再思考》的学术报告。
③ 刊载于《中国文学研究》第3辑,江西教育出版社,2000,第47页。

明新体诗篇章格局的影响。杜晓勤先生近年来倾注颇多心力于中古诗歌声律分析与研究,其《六朝声律与唐诗体格》(北京大学出版社 2017 年版)以考证翔实、析理严谨的风格展现了六朝声律的实际情况和齐梁诗的音韵特点。

论诗歌的语词与句法,有王云路《中古诗歌语言研究》(世界图书出版公司 2014 年版),将汉魏六朝诗歌视为中古汉语的重要语料,以词汇学和训诂学知识为基础,通过语境考释语词,作者具体运用语言学、认知语义、句法与行文关系等方法,枚举诗歌语词并逐一考释其含义,挖掘汉魏六朝诗歌语词的丰富相貌,尤其对诗语中的双音词按结构进行分类辨析,明晰其构造趋向和特点。谢思炜先生以统计为主要研究方法细致分析中古诗歌语词、句式的特点,也为研究中古诗歌语言标举了新的范式。其中《汉语造词与诗歌新语》(《河北学刊》2015 年第 3 期)、《魏晋南北朝至唐代诗歌词语的演变——以〈文选〉五言诗、〈唐诗三百首〉等为对象》(《社会科学战线》2018 年第 5 期)、《五言诗基本句式的历史考察》(《西北师大学报》2019 年第 3 期)等文章,主要通过翔实的统计和科学的考察,剖析魏晋南北朝至唐代诗歌的语词构造规律和句式运用特点,旨在厘清语言发展的内在机制。此外,马德富先生多年付出心血在杜甫诗歌语言研究,相继发表数十篇论文对杜诗的遣词、铸句、音韵、结构方面的语艺现象进行了深入探究,这些论述结集为《杜诗语言艺术》一书,作者明确提出诗歌语言研究的理论内涵至少应包含三个方面:"诗歌语言选择组合的艺术个性、艺术追求、艺术创造及成就","诗人别具匠心的语言建构与意象营构、情思表达的关系","诗人的语言建构在诗史上的开拓创新之处,及与时代艺术风气、与作者艺术心理的关系"①,其论证之深细、察识之敏锐标示了诗歌语言研究的深层境界,对中古诗歌的语言研究可谓极具借鉴价值。

在意象的讨论方面,祝菊贤《魏晋南朝诗歌意象论》(陕西师范大学出版社 2000 年版),将意象作为诗歌的"内形式",在讨论魏晋南朝诗学思想和诗歌创作意象自觉的基础上,提出了"宣叙意象""比喻意象""象征意象""感兴意象""赋体意象"等类型,并大量结合文本解读纵向考察各类意象的审美内涵,横向比较意象的美学风貌,同时开掘典型意象的精神文化渊源,体现了挖掘意象艺术内在结构的深度。陈伯海《意象艺术与唐诗》一书对唐前诗歌意象艺术的演进作了细致的考察,认为汉代至南北朝是诗歌意象艺术的演进期,意象思维的方式经历"感事言志""感物缘情""观物

---

① 马德富:《杜诗语言艺术》,四川大学出版社,2022,第 7 页。

入理""体物赏心"几个阶段的变化①,意象的构成方式由重情思转向了重物象,意象语言的锻造也走向了成熟的"诗家语"。同时还可提及的有李鹏飞《中古诗歌用典美学研究》一书,着眼于"中古五言诗以用典为主的形式美学演进"②,通过美学分析的方法,对汉魏六朝以《古诗十九首》、左思《咏史诗》及永明新体诗为代表的诗体的事典意象和美学特征作了剖析。

在诗歌结构的讨论中,吴小平《中古五言诗研究》(江苏古籍出版社1998年版)着重在永明诗歌声律格律化的理论基础和实际形态、五言八句式诗篇制的格律化、五言诗对偶的格律化及五律的形成过程等方面作了细致客观的阐发。葛晓音的《先秦汉魏六朝诗歌体式研究》对汉魏六朝七言诗的生成原理、五言诗的生成途径、结构特征等作了翔实讨论,从分析诗歌的节奏韵律、句式构成、篇章结构等层面入手探究诗体生成的语言机制,"发掘表现艺术和诗歌体制之间的内在联系"③。可以说,诗歌体式研究比较集中地涉及各体诗的结构特点。

近年来,关于中古诗家语言个性的讨论也多见新的诠释,以往聚力于大小谢诗歌艺术的研究倾向得到了扭转。比如陶渊明诗歌自然平淡的语言风格虽已得到公认,但陶诗形成此种风格的语言内质要素却并没有得到充足的究察辨明,在这一点上有多篇文章进行了有效的弥补。章文发表于《湘潭大学学报》1985年第2期的《也谈陶诗语言风格的形成原因》,认为玄学思潮影响下所形成的"坦易""清淡"的语言特征对陶诗语言影响很大,而质朴真淳的生活也促成了陶诗语言风格的形成,汉魏诗文对陶诗语言的影响亦不可低估。戴建业《回归自然与澄明存在——论陶渊明诗歌语言》(《九江师专学报》1993年第1期),指出陶诗语言自然真淳的特质以及由此形成的浑融和谐的意境是其突破传统语言熟套模式的创新体现。而张国民的《陶渊明诗歌语言艺术新论》一文认为陶渊明诗歌的语言个性表现在"本真生活构建高超的写实性""物我融汇构建优美的艺术性""深味生活构建深刻的思想性",因而"陶诗的革命,首先是语言上的革命"④,其进入语言肌理的分析讨论亦开掘了陶诗语言研究的纵深视野。

关注六朝诗家的语言个性也形成了视野不断拓开的研究倾向。或零散或系统地论及六朝诗家语言艺术的硕士学位论文对于广泛钻研作家语

---

① 陈伯海:《意象艺术与唐诗》,上海古籍出版社,2015,第44—86页。
② 李鹏飞:《中古诗歌用典美学研究》,武汉大学出版社,2016,第2页。
③ 葛晓音:《先秦汉魏六朝诗歌体式研究》,北京大学出版社,2012,第12页。
④ 刊载于《青岛大学师范学院学报》2005年第4期。

言个性色彩颇有助益之功。如朱梦雯《萧纲诗歌研究》(复旦大学 2011年)主要结合西方形式主义诗学对萧纲诗歌语言、意象、结构诸层面的文体特点加以阐析;彭秀红《庾信诗赋语言艺术研究》(湖南师范大学 2014 年)对庾信诗赋的炼字琢句艺术、对仗声韵的合律因素、用典等修辞艺术以及整体语言风格作了逐一分析。其他如伍文林《谢朓山水诗探微》(安徽大学 2005 年)、曾燕芬《阴铿及其作品研究》(华南师范大学 2007 年)、荣丹《刘孝绰及其诗歌研究》(湖南大学 2007 年)、王燕香《何逊及其诗歌研究》(首都师范大学 2009 年)、王盼盼《庾肩吾研究》(浙江大学 2009 年)等,多涉及对作家诗歌情景融合效果、意象经营等诗艺特征的分析,基于作家诗歌语言构成因素的文本论析时发新意。而一些单篇论文也同样汇成了精密审视中古作家诗语特质的涓涓细流,如许勇《从虚字的用弃看东晋南朝五言诗风的转变——以陶渊明、谢灵运为中心的个案探讨》(《语文学刊》2013 年第 2 期)、刘奕《形容的尺度:陶渊明诗歌的选词手段》(《古典文学知识》2021 年第 1 期)、隋雪纯《诗歌词汇视角下的齐梁诗风新变——以何逊诗歌叠音词为例》(《江苏科技大学学报》2020 年第 3 期)、梁成龙《徐陵诗歌的审美艺术》(《河北大学学报》2016 年第 5 期)、包秀艳《论庾信宫体诗的语言艺术》(《沈阳师范大学学报》2011 年第 2 期)等,皆注目于诗歌的声律、用韵、俳偶、用典、炼字诸方面以提炼各诗家独擅胜场的诗性精髓。

  从以上蔚为大观的研究成果中,我们已可领略中古诗歌语言研究的新气象。之所以要如此不厌其烦地缕述中古诗歌语言研究的新趋势和如上所举翔实的成果,是因为本书要展开探讨的正是立足于这些前辈时贤所树立的研究方法、考论视角和所得创见。笔者尝试从内容与语言统一性的角度出发,本着将内容维度与语言维度紧相结合的原则,着眼于自然描写与语言形式不断加深融合的发展演化规律,探讨语言形式如何服务于诗歌自然描写内容的艺术。研究的对象主要是魏晋南北朝阶段的自然诗、景物诗、山水诗,体式上以五言诗为中心,从文本细读切入,集合了诸如中古诗歌自然描写辞采的组织、句法的特点、意象的营构、情景结构艺术、诗赋自然描写的语言流通等具体内容,重点揭示诗人描写自然景物的语言经验及其形成要素、自然描写与情意表达的精微关系、描写自然的语言艺术所呈现的诗史价值等问题,力求把从大量诗歌作品中提取出来的感性材料尽可能纳入知性、理性的论述,从形式与内容统一、历史与审美统一的整体意义上把握自然描写及其语言艺术的独特审美价值和诗学价值。

第一章　中古诗歌自然描写的语辞琢炼

钱锺书先生指出,"诗藉文字语言,安身立命;成文须如是,为言须如彼,方有文外远神、言表悠韵,斯神斯韵,端赖其文其言","是以玩味一诗言外之致,非流连吟赏此诗之言不可;苟非其言,即无斯致"①。诗歌语言的特殊审美价值在于,它不依赖于语言的普通性,而是一种创生语言特殊性和表现张力的艺术活动。

诗歌是以语言构成的艺术存在,语词作为一种质料,就是诗歌的物性因素。海德格尔说,"艺术作品里的物性因素犹如一种基层结构,其他的、本真的东西皆以此为根基而构筑于其上"②,"作品里的物性因素就是它所构成的质料,质料是艺术家进行形式化活动的基础和天地"③。诗歌正是建基于具有物性的语词来达到"其他的、本真的东西"。诗歌作品作为一种抽象的物性存在,是作家思想情感与语词质料相统一的结合体,因此语言的组织艺术是我们感受作品审美内容的直接对象。

在中国传统文学批评视域中,历代论家切磋赏论诗歌艺术优劣时总是会关注到诗歌的语言材料即语词,从接受心理而言,论家是将之视为可以表现诗歌艺术审美质性的基本美感单元来对待的。在西方文学批评中,我们看到语言形式随着20世纪语言转向的学术思潮而有了独立的意义,这与我国传统诗学将语言视为载体的观念相比,形成了以语言为本体的讨论空间。尤其是以俄国形式主义为代表的欧美思想界,注重讨论语词材料在文学作品中的结构方式和审美功能,究察文学语言"文学性"的生成肌理。如俄国形式主义批评家鲍里斯·托马舍夫斯基就认为:

---

① 钱锺书:《谈艺录》,生活·读书·新知三联书店,2007,第238页。
② [德]马丁·海德格尔:《诗·语言·思》,张月、石向骞、曹元勇译,黄河文艺出版社,1989,第28页。
③ [德]马丁·海德格尔:《诗·语言·思》,张月、石向骞、曹元勇译,黄河文艺出版社,1989,第35页。

> 艺术作品的本质不在于具体表达的特性上,而在于将表达结合成为某些统一体,在于词语材料的艺术构成。①

美国批评家韦勒克与沃伦在《文学理论》中也表达了这样的观点:

> 诗歌不是一个旨在以单一的符号系统表述的抽象体系,而是把字词组织成一个独一无二、不可重复的模式,它的每个词既是一个符号,又表示一件事物,这些词的使用方式在诗之外的其他体系中是没有过的。②

这种诗学观念将语言材料作为构成诗歌艺术独特性的根本,把语言视为诗之为诗的塑形因素。也有我国当代学者揭示语言的本体价值云:

> 文学作为语言的艺术并不把语言视为一个孤立的手段,而是把语言看成是欲望和真理自身的言说。于是语词的使用、句子的结合和章法的构成都不是一个与内在内容相对的外在的形式问题,而是相关于所说话语的意义。这样语言不是要切中外在现实和内在情感,而是让自身自由地显现。③

魏晋南北朝是文学语言艺术的自觉阶段。从诗学思想层面而言,"文词"兼有"辞采"与"文学"的复义色彩,始终是文学创作与批评的要义所在。陆机《文赋》对文学构思活动中"选义按部,考辞就班""言恢之而弥广,思按之而愈深""辞程才以效伎,意司契而为匠""其会意也尚巧,其遣言也贵妍"诸层面的析论④,具体呈示了对文词之道内在结构的摸索与总结。钟嵘《诗品》则更明确地显示了对诗歌语辞的重视,不仅强调五言诗"居文辞之要"而"有滋味"的独特品性乃与其在"指事造形,穷情写物"方面"最为详切"的特点关系至切,也在具体的品评中实在把握不同诗家的辞采特色,诸如评价班婕妤诗"辞旨清捷,怨深文绮"、曹植诗"词采华茂"、

---

① [俄]鲍里斯·托马舍夫斯基:《艺术语与实用语》,[俄]什克洛夫斯基等:《俄国形式主义文论选》,方珊等译,生活·读书·新知三联书店,1989,第84页。
② [美]勒内·韦勒克、奥斯汀·沃伦:《文学理论》,刘象愚等译,浙江人民出版社,2017,第175页。
③ 彭富春:《文学:诗意语言》,《哲学研究》2000年第7期。
④ 杨明:《文赋诗品译注》,上海古籍出版社,1999,第7、9、11页。

陆机诗"才高辞赡"、张协诗"辞采葱蒨"、陶潜诗"辞兴婉惬"、谢灵运诗"尚巧似"、张华诗"巧用文字,务为妍冶"、鲍照诗"善制形状写物之词"、齐高帝诗"词藻意深"、王融与刘绘诗"辞美英净"等褒誉之论①,其中已涵示了对诗歌语词层妍丽旨趣和状物功能的充分认同。刘勰《文心雕龙·明诗》云:"宋初文咏,体有因革,庄老告退,而山水方滋;俪采百字之偶,争价一句之奇,情必极貌以写物,辞必穷力而追新:此近世之所竞也。"②不仅说明诗入南朝所展现出的题材变化,而且揭示了山水自然的滋生与诗歌辞句新巧、极貌写物之语言特征的深层关系。《文心雕龙》创作论中所涉及的熔裁、声律、章句、丽辞、比兴、夸饰、事类、练字等专题,已触碰到文学语言多层面的艺术经验,尽显其重视语言琢磨之诗学取向。此时的"文辞"观念显然已摆脱了上古春秋时代立言不朽、文辞为功的实用功利社会意义,而是一种纯粹的文艺价值评判。由此可见,中古诗论已将言词的表现功能和基本价值置于一个引人注目的位置上。因而要把握魏晋南北朝诗歌语言的内在特征,言词与诗意之关系是一个重要向度。

有学者指出:"具体到各类新兴的语法形式对后世的影响来看,中古语法的发展确实为唐宋语法的演变提供了厚实的基础,许多后世流行的语法现象正是从此期开始萌芽发生的,据此,我们更不当低估中古语法的历史地位。"③中古诗语发展过程中,词汇的纷繁丰富以及趋于紧缩精准的构造特点与诗歌语言抒情写景的深微细密审美倾向有直接的关系,诗家尤其在名词、动词、数词、双声叠韵词、叠音词、副词的炼造方面表现出扩张语词审美意涵的显在意图,其中潜含的新趣值得辨察。谢思炜先生《汉语造词与诗歌新语》(《河北学刊》2015 年第 3 期)、《汉语诗歌词语管窥——以〈唐诗三百首〉为样本》(《清华大学学报》2015 年第 3 期)、《〈古诗十九首〉词语考论》(《中山大学学报》2015 年第 5 期)、《试论汉语中的"诗语"》(《清华大学学报》2017 年第 5 期)、《魏晋南北朝至唐代诗歌词语的演变——以〈文选〉五言诗、〈唐诗三百首〉等为对象》(《社会科学战线》2018 年第 5 期)等系列文章已在探讨中古诗语的构成特点和形态规律方面开辟了纵深境界。循此研究趋向,本章拟以魏晋南北朝诗歌中的语词作为对象,考察其生成、表现与创造的特点。

---

① 杨明:《文赋诗品译注》,上海古籍出版社,1999,第 46、47、51、55、75、57、65、81、106、111 页。
② 刘勰:《文心雕龙注释》,周振甫注,人民文学出版社,1981,第 49 页。
③ 柳士镇:《试论中古语法的历史地位》,《南京大学学报》2001 年第 5 期。

第一节　物象名词张力的凸显

这里所说的"物象",主要指表示自然物色的名词,即如旧题白居易《金针诗格》所云:"象,谓物象之象,日月、山河、虫鱼、草木之类是也。"①亦接近于蒋寅先生给出的定义:"物象是语象的一种,特指由具体名物构成的语象。"②物象名词是营构意象、结缀诗篇的基本单元,也是诗歌绮丽语言的微缩形式。物象名词的创化在唐诗中形成个性化的言语景观③,而这种诗性语言的生成机制和构造技巧是在魏晋南北朝诗歌中定型的,因而是值得关注的语言现象。

一、物昭晰而互进:物象名词的基本形态

陆机《文赋》描绘文学构思中灵感激发的状态是"情瞳昽而弥鲜,物昭晰而互进",从"情"与"物"两方面传达了思想内容与语言文字融合时由朦胧而清晰的过程。在诗歌语言"物象—意象"的表达链条上,通过精练的语词呈示物象鲜明的形象美是实现"物昭晰而互进"审美语言的基本途径之一。

在魏晋南北朝诗歌的审美语言系统中,单音物象词语数量明显少于双音或三音结构,复合词中"形+物象"结构是最常见的形态,占据大宗的首推"色彩+物象"的组合。从《诗经》《楚辞》开始,颜色字就是自然描写中不可缺少的亮点。魏晋以降,诗歌描摹自然景物尤其注重鲜艳靡丽、对比分明的色彩效果,倾向于以大自然中的基本色彩绿(青、翠、碧)、红(丹、朱、赤、绛、彤)、黄(金)、白(素)、玄(黑)、紫为主色调,绘染明丽清发、缤纷绚丽的自然景象。如"白雪停阴冈,丹葩曜阳林"(左思《招隐诗二首》其

---

① 张伯伟:《全唐五代诗格汇考》,江苏古籍出版社,2002,第351页。
② 参见蒋寅《语象·物象·意象·意境》,《文学评论》2002年第3期。毛宣国在《意象与形象、物象、意境——"意象"阐释的几组重要范畴的语义辨析》(《中国文艺评论》2022年第9期)一文中也提出"物象"一词应有广义与狭义之分,广义的"物象"是融入了主观情意的"象",而狭义则主要指自然界的事物、景物。本文讨论取其所谓狭义的"物象"概念。
③ 如马德富先生所著《杜诗语言艺术》(四川大学出版社2022年版)一书就有《杜诗单音物象名词缀合的语言艺术》《杜诗名词缩略语的言说形式》两篇涉及杜诗物象名词的诗性表现特点,其他如蔡先金《张九龄诗中物象计量分析》(《合肥学院学报》2013年第2期)、张亚杰《白居易诗歌名物词研究》(四川师范大学2017年硕士学位论文)、周丽莉《白居易诗歌物象运用研究》(江西师范大学2012年硕士学位论文)、张文利《贾岛诗选择物象的特点》(《西北大学学报》2001年第1期)、甄强《唐诗的物象世界》(《德州学院学报》2009年第5期)、孙立《唐宋词物象分析》(《社会科学战线》1993年第3期)等,对中古诗歌物象表现的语言特点均有分析揭示。

一)、"寒花发黄采,秋草含绿滋"(张协《杂诗十首》其三)、"丹泉溧朱沫,黑水鼓玄涛"(郭璞《游仙诗十九首》其十)、"碧林辉英翠,红萼擢新茎"(谢万《兰亭诗二首》其二)、"登山摘紫芝,泛江采绿芷"(颜之推《古意诗二首》其一)、"黑米生菰叶,青花出稻苗"(庾肩吾《奉和太子纳凉梧下应令诗》)诸联,对仗工稳的色彩词最能夺人眼目。① 在南朝诗人中,江淹、沈约、吴均、萧衍诸子都有择炼颜色字的浓厚兴致,"色彩+物象"结构在江、沈诗中均超过100例,在吴、萧诗中也多达50馀例,有如碧草、翠烟、绛气、素蕊、绿蒎、彩虹、青云等,物象皆因明丽色彩的映照而凸显了形象之美。有时诗人甚至会使两句之内的所有物象都以明晰的色彩出现,像"紫箨开绿篠,白鸟映青畴"(沈约《休沐寄怀诗》)、"素茎表朱实,绿叶厕红蕤"(王筠《摘安石榴赠刘孝威诗》)之类,也是出于更为强烈的形象审美诉求。

在以色彩彰发物象外在特征的基础上,大量涌入景句中的"形+物象"结构名词,随着两晋以后诗歌语言绮靡妍丽的诗性化追求不断走向精致,汇成诗语中表现自然风物鲜明质性特点的语词场。从语词的出现频次来看,诗人选取形容词对单个物象加以润饰有着明显的审美倾向性。比如,表现山水的清朗明秀,多用清、明、湛、澄等字眼;呈现高峻深险的山水景观,频用高、重、层(曾)、深、峻、危、崇、叠、悬、乔、绝、洞等字;敷染迥旷的山水远景,惯常择取的字眼有远、平、修、遥、迥、广、连、长、通、洪、巨等;描摹草木的繁茂,反复出现密、繁、茂、丰、丛之类语词;而呈现山林凉野的寒瑟萧疏则屡用寒、疏、孤、古、馀、宿、荒、幽、凉、凝、阴、故、野、枯、残、衰、旧、严等字。语词的选用显示诗人在描写景象时注重借取山水花鸟画的呈象经验,在诗意空间中同样追求山水风物高远、深沉、平远的空间布局以及远景、中景、近景的比例谐调。其中组合最为丰富、姿态变化多端的是形容词"寒""清""高""长"与物象的关联,由之生成了纷繁的辞藻。如以"寒"字笼括的物象就有如下之多:

> 寒气、寒氛、寒烟、寒旭、寒日、寒霭、寒晖、寒月、寒光、寒色、寒彩、寒阴、寒风、寒飙、寒云、寒雾、寒霜、寒霰、寒露、寒冰、寒地、寒关、寒陇、寒城、寒郊、寒山、寒峰、寒谷、寒野、寒隰、寒窟、寒皋、寒田、寒园、寒台、寒井、寒堂、寒庭、寒埤、寒阶、寒壁、寒江、寒洲、寒渚、寒浦、寒水、寒溪、寒泉、寒潭、寒塘、寒渠、寒涧、寒池、寒潮、

---

① 书中所引中古诗歌皆出自逯钦立辑校《先秦汉魏晋南北朝诗》,中华书局,1983。为避繁冗,后文不再一一注明。

寒波、寒流、寒沙、寒林、寒木、寒树、寒枝、寒条、寒叶、寒松、寒槐、寒樗、寒翠、寒丛、寒草、寒蓬、寒藤、寒葭、寒芦、寒藻、寒苔、寒藓、寒花、寒荣、寒英、寒瓜、寒荄、寒蔬、寒菜、寒苞、寒禽、寒鸟、寒鸡、寒雁、寒鸢、寒兕、寒乌、寒鸦、寒猿、寒蝉、寒兔、寒鱼、寒虫、寒蜻、寒纬、寒蛩、寒律、寒音、寒声、寒漏、寒灯、寒灰。

沈约诗中以"寒"字作定语的物象名词就达 24 个,有"寒隰""寒蔬""寒兔""寒霰""寒芦""寒苔""寒荄"等独特的表达。庾信诗中也有"寒藤""寒鱼""寒堂""寒苞"等新警物象。

梁陈诗坛语辞轻靡的风气甚为浓郁,诗人摹写自然时就更偏好撷取新嫩细小的景物,在物象语词的组织上多出现的是早、新、初、弱、嫩、鲜、轻、细等词。如梁代鲍泉的《奉和湘东王春日诗》句句含"新"字,诗句中纳入了新莺、新蝶、新花、新树、新月、新辉、新光、新气、新水、新绿、新禽、新景、新叶、新枝、新云等物象。还有以"轻""细"二字构成的物象名词层出不穷,"轻"有轻云、轻雾、轻雪、轻露、轻烟、轻阴、轻波、轻浪、轻舟、轻鸿、轻燕、轻槐、轻花、轻蒂、轻红、轻香等,而"细"则有细雾、细雪、细火、细尘、细泉、细波、细漪、细碛、细树、细松、细椹、细笋、细萍、细果、细草、细蕊、细跗等。总之"形+物象"语词的丰富性体现出诗人尽可能扩大形容词修饰边界以造生新语的自觉意识,这种语言追求既有利于呈现物象姿态万千的特点,也在一定程度上(如寒、轻等字与物象的配合)改变了以视觉印象直呈物象的传统语言技巧。

如果说"形+物象"结构名词为诗歌描绘静态山水风色提供了形态丰富的语用素材,那么大量"动+物象"被引入诗中,将动词与物象凝合以增添启人想象的动态过程,也成为构造物象名词另辟蹊径的表现。

南朝诗山水描写擅长选用力度鲜明且惊人心魄的动词焕发自然景色的壮阔气象。譬如以下诸例:

奔星上未穷,惊雷下将半。(谢朓《和刘中书绘入琵琶峡望积布矶诗》)
惊麇去不息,征鸟时相顾。(沈约《宿东园诗》)
愤风急惊岸,屯云仍触石。(何逊《和刘谘议守风诗》)
腾猿疑矫箭,惊雁避虚弓。(庾肩吾《九日侍宴乐游苑应令诗》)
惊流注陆海,激浪象天河。(薛道衡《奉和临渭源应诏诗》)
弦猿时落木,惊鸿屡断行。(庾信《从驾观讲武诗》)
联雪隐天山,崩风荡河澳。(庾徽之《昭君辞》)

> 日见<u>奔沙</u>起，稍觉转蓬多。（沈约《昭君辞》）
> 远林响<u>咆兽</u>，近树聒<u>鸣虫</u>。（沈约《八咏诗·被褐守山东》）
> <u>翔禽</u>抚翰游，<u>腾鳞</u>跃清泠。（谢万《兰亭诗二首》其二）
> <u>落猿</u>时动树，<u>坠雪</u>暂摇花。（庾肩吾《侍宴饯湘东王应令诗》）
> <u>窜雉</u>飞横涧，<u>藏狐</u>入断原。（庾信《同州还诗》）
> <u>腾麏</u>毙马足，<u>饥鼯</u>落剑锋。（张正见《和诸葛览从军游猎诗》）
> <u>跳波</u>鸣石碛，<u>溅沫</u>拥沙洲。（薛道衡《入郴江诗》）

上述诗句皆含工整的"动+物象"对仗，其中"惊雷""惊麏""惊岸""惊雁""惊流""激浪""骇猿""崩风""奔沙""咆兽"等词，引人想象自然界中震人心魄的形象，极具夸张色彩，而"翔禽""腾鳞""落猿""坠雪""窜雉""藏狐""腾麏""饥鼯""跳波""溅沫"等，都是在单个物象之前添加极富跳跃、腾飞、坠落之力量美的动词以强化矫健奇劲的动态，从而由明晰的物象聚成了鸟兽物类、自然山水的宏壮之曲。

南朝梁陈诗家描写花鸟昆虫小景时也擅长雕琢动态轻盈的物象，与上述壮美的描写交相辉映，如以下之例：

> <u>息雨</u>清上郊，<u>开云</u>照中县。（鲍照《侍宴覆舟山诗二首》其一）
> <u>鸣鹂</u>叶中舞，<u>戏蝶</u>花间鹜。（刘令娴《答外诗一首》其一）
> 满池留<u>浴鸟</u>，分桥上<u>戏人</u>。（庾信《和回文诗》）
> <u>栖禽</u>动夜竹，<u>流萤</u>出暗墙。（刘孝威《苦暑诗》）
> <u>开花</u>已匝树，<u>流莺</u>复满枝。（沈约《三月三日率尔成章诗》）
> 依楼杂<u>度月</u>，带石影<u>开莲</u>。（陈叔宝《三善殿夕望山灯诗》）
> <u>度鸟</u>或逾檐，<u>飘丝</u>屡薄薮。（陈叔宝《上巳宴丽晖殿各赋一字十韵诗》）
> 波文散<u>动楫</u>，荵花拂<u>度航</u>。（陈叔宝《采莲曲》）
> <u>漾色</u>随桃水，<u>飘香</u>入桂舟。（张正见《赋得岸花临水发诗》）
> <u>行舟</u>逗远树，<u>度鸟</u>息危樯。（阴铿《渡青草湖诗》）

诗人将惯常作谓词的开、戏、浴、流、度、飘、漾等词直接移至物象之前，以具体的动感呈现微观景象轻盈细小、灵动婀娜的姿态，语词的新妙组合显示出对轻靡诗风的偏好。

使物象以动态出场作为构词的法则，也表现为调遣语词产生静中含动的效果。首先，诗人总是有意运用凝炼的"动+物象"语词以凸显物象的动势。如谢庄《游豫章西观洪崖井诗》云："游阴腾鹄岭，飞清起凤池。"在物象前缀以"游""飞"二字,使阴气的升腾、清凉的飘动更易感知。又如萧综《悲落叶》云:"夕蕊杂凝露,朝花翻乱日。""凝露""乱日"亦凸显了露水的凝结滞重感和朝光的晃动之状。在这一语言策略的具体实施中,南朝诗人通常偏好将"接""连""分""断"等动词置于物象之前细化独特的形态,如:"接树隐高蝉,交枝承落日"(何逊《登禅冈寺望和虞记室诗》)、"分城碧雾晴,连洲彩云密"(杨广《季秋观海诗》)、"断涛还共合,连浪或时分"(杨广《望海诗》)、"叠峰如积浪,分崖若断烟"(李巨仁《登名山篇》)。有些物象诗语则是通过凝缩的方式,以物象前的一个动词包蕴一种动态的过程,引人体味其中的动感韵律。像阴铿诗中的景语"写虹晴尚饮,图星昼不收"(《渡岸桥诗》),"写虹""图星"浓缩了倒映的虹和图画的星之意,紧缩语词中包含着形象的动态画面。其次,通过"动+物象"加强情感色彩。如"劳舟厌长浪,疲旆倦行风"(鲍照《与荀中书别诗》),把人的劳顿、疲惫之感赋着于舟和旆之上。南朝诗中甚为多见的是将"去""归""行""离""别"等动词与物象结合。阴铿诗中的"去帆收锦纴,归骑指兰城"(《奉送始兴王诗》)、"行人引去节,送客舣归舻"、"离舟对零雨,别渚望飞凫"(《广陵岸送北使诗》)、"漫漫遵归道,凄凄对别津"(《罢故章县诗》)等描写,其中"去帆""归骑""去节""归舻""离舟""别渚""归道""别津"等词皆具有离别、漂泊的动态指向,强化了分离的情感意蕴。

趋于精紧的偏正式物象名词以双音词为主体,同时也衍生了丰富的三音词,其形式可以说是双音结构的延伸。如"既伤檐下菊,复悲池上兰"(沈约)、"寒云轻重色,秋水去来波"(陈叔宝)、"俱看依井蝶,共取落檐花"(丘迟)等,包含了南朝诗人最擅创造的"偏正语+物象""平行语+物象""述宾语+物象"三种结构,这类三音词更能凸显物象的形态美感。

二、物色虽繁而析辞尚简:物象名词的新异形态

刘勰在《文心雕龙·物色》篇中缕述自诗骚以来自然景物描写的语言艺术,提出"物色虽繁而析辞尚简"的语言技巧。魏晋南北朝诗歌物象名词的组构同样体现着这种物繁辞简的思维。追求诗语的紧缩与密度,是魏晋迄于南北朝一贯而下、愈趋浓厚的语言审美取向,将两个物象名词直接联结的构词方法,乃是扩张语意的有效方式。

诗人在精炼偏正结构物象名词的同时,广泛地将两个物象直接组接形成平行形态的双音物象词。譬如汉代诗中"春风南北起,花叶正低昂"(宋子侯《董娇娆诗》)、"城郭为山林,庭宇生荆艾"(蔡琰《悲愤诗》)等诗句,其中"南北""花叶""低昂""城郭""山林""庭宇""荆艾"都是平行结构,

词意形成双向辐射。曹魏五言诗依然延续着这种稳定的语言模式,如曹丕的《于玄武陂作诗》:

> 兄弟共行游,驱车出西城。野田广开辟,川渠互相经。黍稷何郁郁,流波激悲声。菱芡覆绿水,芙蓉发丹荣。柳垂重荫绿,向我池边生。乘渚望长洲,群鸟欢哗鸣。萍藻泛滥浮,澹澹随风倾。忘忧共容与,畅此千秋情。

其中平行语词不仅有"兄弟""川渠""黍稷""菱芡""萍藻"等名词,也包括"行游""开辟""互相""欢哗""泛滥"等谓语或副词,这些平行词语与联绵词"芙蓉""容与""千秋"以及叠词"郁郁""澹澹"相互交织,共同构成了诗歌音义和谐的语言链条。

晋宋之际,平行物象名词在诗歌写景语言中的出现频率显有增加,强化诗语蕴藉特点的倾向甚为明晰。如陶渊明诗中的"榆柳荫后檐,桃李罗堂前"(《归园田居诗五首》其一)、"草木得常理,霜露荣悴之"(《形影神诗三首·形赠影》)、"桑竹垂馀荫,菽稷随时艺"、"荒路暧交通,鸡犬互鸣吠"(《桃花源诗》)等,平行构词法体现出物象密集的语言机制。到了南北朝诗坛,编织平行词形成词繁意密的景句已是流行之势,其构词范围不仅限于名词,也多用于动词或形容词,以之作为生成紧健秀句的基本艺术手段,从以下诗例中即可看出此类并列语词的丰繁:

> 江山共开旷,云日相照媚。(谢灵运《初往新安至桐庐口诗》)
> 云日相辉映,空水共澄鲜。(谢灵运《登江中孤屿诗》)
> 践夕奄昏曙,蔽翳皆周悉。(谢灵运《登永嘉绿嶂山诗》)
> 残红被径隧,初绿杂浅深。(谢灵运《读书斋诗》)
> 洲岛骤回合,圻岸屡崩奔。(谢灵运《入彭蠡湖口诗》)
> 峦陇有合沓,往来无踪辙。昼夜蔽日月,冬夏共霜雪。
> 　　　　　　　　　　　(谢灵运《登庐山绝顶望诸峤诗》)
> 川渚屡径复,乘流玩回转。蘋萍泛沉深,菰蒲冒清浅。
> 　　　　　　　　　　　(谢灵运《从斤竹涧越岭溪行诗》)
> 山行穷登顿,水涉尽洄沿。岩峭岭稠叠,洲萦渚连绵。
> 　　　　　　　　　　　(谢灵运《过始宁墅诗》)
> 池渎乱蘋萍,园援美花草。(鲍照《在江陵叹年伤老诗》)
> 霜露迭濡润,草木互荣落。(鲍照《岁暮悲诗》)

波澜异往复,风霜改荣衰。(鲍照《梦归乡诗》)
江渠合为陆,天野浩无涯。(鲍照《发长松遇雪诗》)
冈涧纷萦抱,林障杳重密。(鲍照《从庾中郎游园山石室诗》)
昼夜沦雾雨,冬夏结寒霜。(鲍照《登翻车岘诗》)
花木乱平原,桑柘盈平畴。(鲍照《代阳春登荆山行》)
平原周远近,连汀见纤直。(谢朓《望三湖诗》)
荒隩被葳莎,崩壁带苔藓。鼯狖叫层嵁,鸥凫戏沙衍。
(谢朓《游山诗》)
翔集乱归飞,虹蜺纷引曜。(谢朓《和萧中庶直石头诗》)
岬岫款崇崖,派别朝洪河。(谢朓《和王长史卧病诗》)
状锦无裁缝,依霞有舒敛。(何逊《咏杂花诗》)
且望沿溯剧,暂有江山趣。(何逊《晓发诗》)
岸险每增减,湍平互浅深。(沈约《登玄畅楼诗》)
云山离晻暧,花雾共依霏。
(吴均《同柳吴兴乌亭集送柳舍人诗》)
云日自清明,蘋芷齐靡靡。(柳恽《赠吴均诗二首》其一)
物我一无际,人鸟不相惊。(王僧孺《秋日愁居答孔主簿诗》)
松篁日月长,蓬麻岁时密。(周舍《还田舍诗》)
渔人惑澳浦,行舟迷溯沿。(伏挺《行舟值早雾诗》)
云树交为密,雨日共成虹。(刘孝威《和皇太子春林晚雨诗》)
竹水俱葱翠,花蝶两飞翔。(萧纲《和湘东王首夏诗》)
蘋荇缘涧壑,萝葛蔓松楠。(孔焘《往虎窟山寺诗》)
风景共鲜华,水石相辉媚。(王同《奉和往虎窟山寺诗》)
花月分窗进,苔草共阶生。(阴铿《班婕妤怨》)
云前来往色,水上动摇明。(江总《赋得三五明月满诗》)
春池已渺漫,高枝自岋嶘。
(陈叔宝《祓禊泛舟春日玄圃各赋七韵诗》)
水雾遥混杂,山云远相似。
(陈叔宝《春色禊辰尽当曲宴各赋十韵诗》)
花蝶俱不息,红素还相乱。(温子昇《咏花蝶诗》)
当阶篁筱密,约岸荷藻长。(裴讷之《邺馆公宴诗》)
花草共荣映,树石相陵临。
(杨素《山斋独坐赠薛内史诗二首》其二)
野平葭苇合,村荒藜藿深。(李密《五言诗》)

浅深闻度雨,轻重听飞泉。(李巨仁《登名山篇》)

如上所举嵌入诗句中的近义或反义的平行语词,是增加诗语审美意蕴的基本语言策略。

与上述平行结构语词相比,将两个物象直接捏合起来塑成物象新词的语言艺术更值得注意,时令、天文、地理、草木花果、鸟兽虫鱼、宫室、珍宝、人事等各类名词跨类组合成为新的趋势。从语法上来讲,这种形态既不同于"形+物象""动+物象"的主从结构,也比语意上无主次之分的并列结构物象名词的意涵更加丰赡和饱满,倾向于一种自由的结构,我们且称之为"物象+物象"结构。

南朝诗中时间与空间意识的增强助推了此类物象语词的迅速衍生。一方面,中古诗人习惯以"时+物象"的形式将"晨""朝""晓"等时间名词与日月星辰风雨结合成词,这种与空间交织的时间维度物象在南朝诗歌中更能显示其情境美感,时间名词从原有的与天象相伴随延伸到山水风物上,而且时间与物象的关系变得陌生,以此作为对普通诗语的一种突破。此种着染时间色彩的凝缩语词在谢灵运诗中已有丰富的表达,之后在齐梁陈诗中则涌现出更显新异的组合。且看以下各例:

春颜遽几日,秋垄终茫茫。(谢朓《秋夜讲解诗》)
春潭无与窥,秋台谁共陟。(刘绘《饯谢文学离夜诗》)
潺湲夕涧急,嘈嘈晨鹍鸣。(江淹《渡西塞望江上诸山诗》)
雨足飞春殿,云峰入夏池。(庾肩吾《侍宴饯湘州刺史张续诗》)
朝莺日弄响,暮条风叵结。(何逊《咏春雪寄族人治书思澄诗》)
夕鱼汀下戏,暮羽檐中息。(吴均《谜柳吴兴竹亭集诗》)
晨禽争学啭,朝花乱欲开。(萧纲《晓思诗》)
昼花斜色去,夜树有轻阴。(萧纲《十空诗六首·如影》)
池红早花落,水绿晚苔生。(萧绎《纳凉诗》)
暮烟生远渚,夕鸟赴前洲。(刘孝绰《夕逗繁昌浦诗》)
春溪度短葛,秋浦没长莎。(昙瑗《游故苑诗》)
来风韵晚径,集凤动春枝。(贺循《赋得夹池修竹诗》)
秋窗被旅葛,夏户响山禽。(张正见《陪衡阳王游耆阇寺诗》)
华亭宵鹤唳,幽谷早莺鸣。(孙万寿《远戍江南寄京邑亲友》)
朝兴候崖晚,暮坐极林曛。(朱异《还东田宅赠朋离诗》)
水夜看初月,江晚溯归风。(何逊《赠韦记室黯别诗》)

桂晚花方白,莲秋叶始轻。(阴铿《奉送始兴王诗》)

其中的"春潭""夕涧""春殿""暮羽""春溪""秋浦""晚径"等新词,时间的强化使物象被锁定于春光秋色或是朝夕光阴里,刷新了平常的物理感知。而"崖晚""林曛""水夜""江晚""桂晚""莲秋"等词,是赋予了时间以物性,把一般对时间的心理感受融入对场景空间的感知。

另一方面,空间方位名词与物象的组合在魏晋诗中大多停留于普遍的指示性,到了南朝诗中则衍生成了一种具有特殊空间趣味的物象名词。南朝诗中此类名词大为丰富且更趋细微,花处、水前、水上、月中、风前、云前、云里、雾中、霜外、浪中、塘上、庭中、井上、林前等词屡现,显然丰富了景象描写的层次美感。如:

白云山上尽,清风松下歇。(张融《别诗》)
浦口望斜月,洲外闻长风。(何逊《夜梦故人诗》)
荇间鱼共乐,桃上鸟相窥。(萧纲《春日想上林诗》)
落照堑中满,浮烟槐外通。(萧纲《大同八年秋九月诗》)
芙蓉露下落,杨柳月中疏。(萧悫《秋思诗》)
人归落雁后,思发在花前。(薛道衡《人日思归诗》)
残星落檐外,馀月罣窗东。(王衡《宿郊外晓作诗》)

诗句中"浦口""洲外""荇间""桃上""堑中""槐外"等词都倾向细腻的空间体验,使背景的画面浓缩为由物象指引的微观镜像,凸出了心理空间与自然空间相统一的审美体验。

在上述时空融合的铸辞方式基础上,魏晋诗中一般性的属类名词如山、水、石、岩等在南朝诗歌语言中被推向细小的方向,江、池、海、河、溪、涧、泉、浦、磴、沙、岸、桥、野、城、村、垄、塞、关、戍、冰等字眼与其他自然物象的关联度更显紧密,集中营造出山水描写的疏野趣味。如以下诸句:

山桃发红萼,野蕨渐紫苞。(谢灵运《酬从弟惠连诗》)
荒径驰野鼠,空庭聚山雀。(鲍照《秋夜诗二首》其二)
山禽背径走,野鸟历塘飞。(萧纲《大同十一月庚戌诗》)
野竹交临浦,山桐迥出城。(庾肩吾《山池应令诗》)
野花夺人眼,山莺纷可喜。(王囧《奉和往虎窟山寺诗》)
野禽喧曙色,山树动秋声。(萧悫《和崔侍中从驾经山寺诗》)

野鸟繁弦啭，山花焰火然。（庾信《奉和赵王隐士诗》）
野炉然树叶，山杯捧竹根。（庾信《奉报赵王惠酒诗》）
野衣缝蕙叶，山巾篸笋皮。（庾信《入道士馆诗》）
野鹤能自猎，江鸥解独渔。
（庾信《奉和永丰殿下言志诗十首》其九）
野人相就饮，山鸟一群惊。（同上《奉答赐酒诗》）
野藤侵沸井，山雨湿苔碑。（张正见《行经季子庙诗》）
野花宁待晦，山虫讵识秋。（江总《山庭春日诗》）
水鹳巢层甍，山云润柱础。
（江淹《杂体诗三十首·张黄门协苦雨》）
水馆次文羽，山叶下暝露。（江淹《池上酬刘记室诗》）
海榴舒欲尽，山樱开未飞。（杨广《宴东堂诗》）
暧暧江村见，离离海树出。（谢朓《高斋视事诗》）
潮鱼时跃浪，沙禽鸣欲飞。（杨广《早渡淮诗》）
渚蒲变新节，岩桐长旧围。（萧统《晚春诗》）
城花飞照水，江月上明楼。（张正见《溢城诗》）
原叶或委低，岫云时吐欲。
（陈叔宝《五言画堂良夜履长在节歌管赋诗列筵命酒十韵成篇》）

  诗句中所置入的山水物象，强化了山光水色对万物的笼罩，审美景象兼容自然大天地与近前微景观，通过视线上既发散又聚焦的审美移动营构出颇有距离感的立体空间，从而形成具有独特趣味的物象呈现方式。

  不仅如此，天文、草木、鸟兽、名物、人事等词类的自由组合亦衍生出丰繁的物象新词，成为南朝诗歌首开局面的语言现象。魏晋诗中尚未形成风气的用法，到了南北朝诗歌中成为构词的基本法则，物与物的配合更趋细巧。比如动植物名词作词首，魏晋诗歌多用兰、草、林、树、莺、鸟等，南北朝诗则扩展出竹、花、松、叶、麦、槐、桂、柳、桐、蒲、莲、荷、梅、菊、蕊、菱、荻、荇、萤、虫、燕等具体物象。魏晋诗歌物象较少使用宫室名词，在南北朝诗人笔下则屡用庭、园、闺、户、楼、亭、井、檐、窗、阶、砌、帘、帷等字眼与景物组合，形成建筑与景色相得益彰的明媚园苑景观。而名物类名词中的金、玉、珠、弓、剑、扇以及人事类名词中的歌、舞等也被化入物象以增加语词的丽靡之感，或是呈示贵族生活的场景。以下分类举若干五言诗例。

  （1）天文名词与其他物象组合：

风帷闪珠带,月幌垂雾罗。(鲍照《可爱诗》)
月殿曜朱幡,风轮和宝铎。(刘孝绰《酬陆长史倕诗》)
风亭翠旆开,云殿朱弦响。(江总《咏采甘露应诏诗》)
日羽镜霜浔,云旗落风甸。(王融《侍游方山应诏诗》)
风轩动丹焰,冰宇澹青辉。(沈满愿《咏灯诗》)
风岩朝蕊落,雾岭晚猿吟。(陈叔宝《巫山高》)
风窗穿石窦,月牖拂霜松。(江总《入龙丘岩精舍诗》)
霜村夜乌去,风路寒猿吟。
　　　　　(陈叔宝《同江仆射游摄山栖霞寺诗》)
烟崖憩古石,云路排征鸟。(江总《游摄山栖霞寺诗》)
雾烽黯无色,霜旗冻不翻。(虞世基《出塞二首》其二)
制荷依露壑,搴若逗霜洲。(袁伯文《述山贫诗》)
露庭晚翻积,风闱夜入多。(刘绘《和池上梨花诗》)
露槐落金气,风寮上新凉。
　　　　　(庾肩吾《和卫尉新渝侯巡城口号诗》)
腾龙蔼星水,翻凤映烟家。(郑道昭《登云峰山观海岛诗》)
月磴时横枕,云崖宿解鞍。
　　(江总《摄山栖霞寺山房夜坐简徐祭酒周尚书并同游群彦诗》)

(2) 植物名词与其他物象组合:

朝日映兰泽,乘风入桂屿。(陶功曹《采菱曲》)
花坞蝶双飞,柳堤鸟百舌。
　　　　　(萧衍《子夜四时歌·春歌四首》其四)
向岭分花径,随阶转药栏。(庾肩吾《和竹斋诗》)
花风暗里觉,兰烛帐中飞。(萧纲《又三韵》)
花庭丽景斜,兰牖轻风度。(刘令娴《答外诗二首》其一)
兰庭动幽气,竹室生虚白。
　　　　　(杨素《山斋独坐赠薛内史诗二首》其一)
梧台开广宴,竹苑列英贤。(于仲文《答谯王诗》)
松龛撤暮俎,枣径落寒丛。(庾肩吾《乱后经夏禹庙诗》)
洞户临松径,虚窗隐竹丛。
　　　　　(刘孝先《和亡名法师秋夜草堂寺禅房月下诗》)
玲珑绕竹涧,间关通槿藩。(萧纲《山斋诗》)

麦垄一惊𪅂,菱潭两飞鹭。(萧悫《春日曲水诗》)
叶尽桐门净,花秋菊岸明。(张正见《与钱玄智泛舟诗》)
桃蹊日影乱,柳径秋风起。(虞绰《于婺州被囚诗》)
张帆渡柳浦,结缆隐梅洲。(诸葛颖《春江花月夜》)
仿佛萝月光,缤纷筜雾阴。(鲍照《月下登楼连句》)
缓步遵莓渚,披衿待蕙风。(谢朓《同赋杂曲名·曲池之水》)
临炎出蕙楼,望辰跻菌阁。(刘孝绰《侍宴诗》)
草萤飞夜户,丝虫绕秋壁。(萧纲《代乐府三首·楚妃叹》)
藕树交无极,花云衣数重。(萧纲《正月八日燃灯应令诗》)
槐庭垂绿穗,莲浦落红衣。(庾信《入彭城馆诗》)

(3)动物名词与其他物象组合：

燕泥衔复落,鼯吟敛更扬。(萧纲《和湘东王首夏诗》)
虫音乱阶草,萤光绕庭木。(萧子范《夏夜独坐诗》)
丰茸鸡树密,遥裔鹤烟稠。(卢思道《河曲游》)

(4)宫室名词与其他物象组合：

庭雪乱如花,井冰粲成玉。(谢朓《咏竹火笼诗》)
庭花对帷满,隙月依枝度。(萧纲《贞女引》)
庭树发红彩,闺草含碧滋。
　　　　　　(江淹《杂体诗三十首·张司空华离情》)
园梅敛新萼,阶蕙结初芳。(萧纲《饯庐陵内史王修应令诗》)
园菊抱黄华,庭榴剖珠实。(江总《衡州九日诗》)
窗尘岁时阻,闺芜日夜深。(江淹《悼室人诗十首》其六)
窗梅落晚花,池竹开初筍。(萧悫《春庭晚望诗》)
砌水何年溜,檐桐几度春。(徐陵《山斋诗》)
檐芝逐月启,帷风依夜清。(萧纲《九日赋韵诗》)
泛沫萦阶草,奔流起砌苔。(朱超《对雨诗》)
池莲隐弱芰,径筱落藤花。(萧祗《和回文诗》)
井桃映水落,门柳杂风斜。(张正见《轻薄篇》)
井莲当夏吐,窗桂逐秋开。(王融《临高台》)
苑朱正葱翠,梁乌未销铄。(庾仲容《咏柿诗》)

帷风自卷舒,帘露视成行。(鲍照《秋夜诗二首》其一)
帘萤隐光息,帘虫映光织。(刘孝绰《望月有所思诗》)

(5) 名物名词与其他物象组合:

紫茎垂玉露,绿叶落金樱。(王金珠《秋歌二首》其二)
玉津花色亮,银溪锦碛明。(释惠标《咏水诗三首》其一)
桃花舒玉涧,柳叶暗金沟。(庾肩吾《三日侍兰亭曲水宴诗》)
环梨悬已紫,珠榴折且红。(谢朓《和沈祭酒行园诗》)
珠露春华返,璿霜秋照晚。(王融《青青河畔草》)
河低扇月落,雾上珠星稀。(萧绎《咏池中烛影诗》)
剑花寒不落,弓月晓逾明。(明馀庆《从军行》)

(6) 人事名词与其他物象组合:

舞阁悬新网,歌梁积故埃。(李昶《奉和重适阳关诗》)
吹台有山鸟,歌庭聒野虫。(元行恭《过故宅诗》)

  如上所举已足可见出南北朝诗歌新造物象语词的丰富程度。现代诗人艾青说过:"诗人愈能给事物以联系的思考与观察,愈能产生活的形象;诗人使各种分离着的事物寻找到形象的联系。"①"物象+物象"结构名词在南北朝诗中的大量涌现,突破了语词组构的传统模式,物象的雕饰成分和语法关联被取消,字词便有了自由的姿态,其效果类似于当代诗人顾城在描述诗歌语言特点时所说的:"文字会自己行动,像一粒粒水银,滚动或变成空气,每个字都是自由的,不再代表人加与它的意义,就像我们辞去了外在的职务恢复了原本的性情。"②这种通过物象的直接会合所激发出的构词活力,使诗歌语言的物象园囿绽放出繁盛的花朵,其中的深趣亦耐人寻味。两个物象之间并非各自独立、互不相干,而是暗含一种互相联结与彼此吸收的关系。如"岸荠""村梅""水苔""山樱""露花""泉月"等语词所包含的两个物象之间因凝合而难分伯仲,"意象愈具体,它展示出的特征也

---

① 艾青:《诗论》,复旦大学出版社,2005,第24页。
② 顾城:《你看我时很远:顾城诗选》,程一身主编,河南文艺出版社,2018,第250页。

就愈多,观看者也就愈不容易明确究竟它的哪一种特征是主要的"①,它们是既并出又相互映衬的关系,可以实现物象焦点的自由切换,生成在不同的物象间停留、细味、转换的审美体验。有些语词已涵容几分模糊与歧义,蕴含着寻求新异审美体验的写景心理,譬如前引陈叔宝诗中的"霜村夜乌去,风路寒猿吟"两句,"霜"与"村"、"风"与"路"的组合,就不再遵循普通的直摹视线,其中明显带有刻意使物象之间的联想关系陌生化的语言技巧。南朝诗人尝试物象自由遇合的丰富可能性,复归名词原有的美感,扭转审美的固有感受,把语言空间中鲜有人走过的小径拓成了通衢,其构造方式尤能体现此际诗坛变异传统语言形态的创新思维。此类物象名词的大量创构,也形成诗歌中时令对、方位对、天文对、地理对、植物对、动物对、宫室对、人伦对等对仗类型蔚为大观的局面,为近体诗语言发展过程中对仗类型的丰富和对仗艺术的成熟奠定了基础。

三、物象呈现与遣言贵妍的形式追求

刘勰《文心雕龙》之《丽辞篇》云:"至魏晋群才,析句弥密,联字合趣,剖毫析厘。"《明诗篇》曰:"晋世群才,稍入轻绮。张潘左陆,比肩诗衢。采缛于正始,力柔于建安,或析文以为妙,或流靡以自妍,此其大略也。"②是对魏晋诗歌句法语辞之流丽趋向的概括。从物象名词的视角亦可观照魏晋至南朝诗歌语言审美思维的显著变化。且看以下诸诗:

> 北上太行山,艰哉何巍巍。羊肠坂诘屈,车轮为之摧。树木何萧瑟,北风声正悲。熊罴对我蹲,虎豹夹路啼。溪谷少人民,雪落何霏霏。延颈长叹息,远行多所怀。我心何怫郁,思欲一东归。水深桥梁绝,中路正徘徊。迷惑失故路,薄暮无宿栖。行行日已远,人马同时饥。担囊行取薪,斧冰持作糜。悲彼《东山》诗,悠悠使我哀。
>
> (曹操《苦寒行》)

> 明发心不夷,振衣聊踯躅。踯躅欲安之,幽人在浚谷。朝采南涧藻,夕息西山足。轻条象云构,密叶成翠幄。激楚伫兰林,回芳薄秀木。山溜何泠泠,飞泉漱鸣玉。哀音附灵波,颓响赴曾曲。

---

① [美]鲁道夫·阿恩海姆:《视觉思维》,滕守尧译,四川人民出版社,2019,第 180 页。
② 刘勰:《文心雕龙注释》,周振甫注,人民文学出版社,1981,第 384 页,第 49 页。

至乐非有假，安事浇淳朴。富贵苟难图，税驾从所欲。

（陆机《招隐诗》）

玲珑绕竹涧，间关通<u>槿藩</u>。<u>缺岸</u>新成浦，<u>危石</u>久为门。<u>北荣</u>下<u>飞桂</u>，<u>南柯</u>吟<u>夜猿</u>。<u>暮流</u>澄锦磧，<u>晨冰</u>照<u>彩鸾</u>。

（萧纲《山斋诗》）

曹操《苦寒行》诗中用于承载物象的复合语词主要是专有名词（太行山、羊肠坂）、普通偏正名词（车轮、树木、北风、桥梁）、平行名词（熊罴、虎豹、溪谷、人马）等，代表了汉魏五言诗简单平易的语词特点；而在陆机《招隐诗》中，精炼的"形+物象"或"动+物象"名词已经开始密集起来，体现出诗语发展较为明显的印记；萧纲诗歌更是"形+物象""动+物象"与"物象+物象"结构共同汇成靡丽的诗语风格，物象名词在诗行间已不像魏晋时那样偶尔映出光彩，而是形成了处处闪耀的稠叠效果，彰示着写景语言的新丽特色和丰美意蕴。

南朝诗人充分打开了语词构造的视域，使工致密丽的语词艺术走向娴熟。这里我们可以把谢灵运与鲍照诗歌的构词特点视作语言转型来看待。谢灵运诗歌审美语言的一个重要向度就是语词的创新，他反复实践着把原本由长短语承载的信息浓聚于一个复合双音词中，熔炼高密度的"形+物象"与"动+物象"结构，显示其诗歌语言的个性色彩。如"<u>隐汀</u>绝<u>望舟</u>，<u>骛棹</u>逐<u>惊流</u>"两句，"隐汀""望舟""骛棹""惊流"分别意指隐约可见的汀洲、遥望中的舟船、奔骛向前的棹楫和奔腾若惊的急流，都是以缩略的方式新造的名词。同样，鲍照虽然对颜延之诗歌有"铺锦列绣，雕缋满眼"的评价，而实际上他的诗文也是大量经营新词警语，汇集于诗中丰富且鲜明的物象名词引人瞩目。如以凸显动态的方式构造的物象新词有巢蜂、驰波、飞霞、行月、饥猿、骛舲、息雨、开云、崩波、腾沙、翻浪、攒楼、摛堞、驰霜、飞縠、归月、惊雀、号鸟、流雾、断云、隘石、卷河、震风、倾晖、泄云等；两个物象的组合有春禽、春畦、晨径、旦潮、早蒲、晚篁、夕羽、夕尘、候虫、菌露、芦洲、松磴、筥路、松雾、雁路、鳞馆、云潭、云萼、云舻、霜崖、雾岑、辉石、山雀、岭云、陂石、屿木、石露、海鹤、泉花、野籁、冰苔、珠渊、金堤、瑶波、闺景、园蘦、帷风、帘露、桁苑、岩庭等。后人评价鲍诗屡称其"造句奇峭生创""句重字涩""措语新特""字字清新，而通篇造语生辣"[1]"琢句取异，用字必生"[2]

---

[1] 方东树：《昭昧詹言》卷六，吴闿生评，朝华出版社，2019，第 275、283、285、299 页。
[2] 陈祚明评选，李金松点校《采菽堂古诗选》，上海古籍出版社，2008，第 581 页。

等,这些特点在其物象名词的组构中有明晰的体现。当时追趋这种语言创造技法的并不只限于谢灵运、鲍照,而是直到陈、隋诗坛愈见浓厚的语言现象。清人沈德潜就曾对南朝后期诗歌的琢句艺术作过分析:

> 梁、陈、隋间人,专工琢句,如庾肩吾《泛舟后湖》"残虹收度雨,缺岸上新流",张正见《赋得白云临浦》"疏叶临稻竹,轻鳞入郑船",江总《赠人》"露洗山扉月,霜开石路烟",隋炀帝"鸟击初移树,鱼寒欲隐苔",皆成名俊,然比之"池塘生春草""天际识归舟"等句,痕迹宛然矣,于此足觇风气。①

沈氏所举诗句典型代表了南朝诗歌句法轻俊、语词工巧的语言旨趣,诗例中"残虹""度雨""缺岸""新流""疏叶""稻竹""轻鳞""郑船""山扉月""石路烟"等物象名词,与"池塘""春草"等普通名词相比,前者因在物象前增加了新颖的限定语,附着了更为细腻的观物体验,这也正是所谓"痕迹宛然"之处。

法国诗人圣琼·佩斯曾说:"诗人是为我们扯断习惯这根线的人。"②英国诗人艾略特也指出,真正的诗人"开掘别人能够利用的新的感受形式,并且在表达它们的同时,诗人发展和丰富了他所使用的语言"③。刻炼具有凝缩特点的物象名词,从诗人的"语象—符号"语言思维而言,物象名词的缩容形态保障了诗语的整炼密丽,有利于生成自然风物交相辉映的审美视境;而对于阅读者的"符号—语象"审美体验而言,则需要经过物象的解开、铺展过程以感知其内在意蕴。南朝诗歌所体现出的语词形态变革便是通过如此方式形成充分激发审美感知的语言旨趣,这种通过词语把形象化炼为诗性物象的语言潜力,表征着诗歌语言抒写和审美双向价值的强化。

特别是南朝诗家广泛表现出打造"物象+物象"名词的炼词兴趣,是与魏晋诗歌语言异趣的凸出体现。以魏晋南北朝诗坛留存作品数量超过30首的作家为考察对象梳理其语词构造特点,可以明显看到魏晋诗家普遍偏重构造"形+物象""动+物象"结构名词,而南北朝诗家以"物象+物象"作

---

① 〔清〕沈德潜《古诗源》卷十三,中华书局,1963,第312页。按:"残虹"二句今见于张正见《后湖泛舟诗》;"疏叶"二句今见于张正见《赋得白云临酒诗》;"露洗"二句今见于江总《赠洗马袁朗别诗》,"露洗山扉月"今作"露浸山扉月"。

② 〔法〕圣琼·佩斯:《诗歌——在接受诺贝尔文学奖金仪式上的讲话》,收入王忠琪等译《法国作家论文学》,生活·读书·新知三联书店,1984,第484页。

③ 〔英〕艾略特:《诗的社会功能》,收入王恩衷编译《艾略特诗学文集》,国际文化出版公司,1989,第243页。

为主要构词形态的则可数出二十多位。就语词形态所体现的审美趣味而言,南朝诗语中的"物象+物象"名词与唐诗中诗性程度较高的同类语词相比,大多还是侧重通过自由的粘结产生前象笼映后象的效果,还未表现出较大的张力。马德富先生《杜诗单音物象名词缀合的语言艺术》一文就将杜诗构造此类物象名词的艺术效果概括为三个方面:一是"由于物象之间不同程度模糊和隐匿了语法逻辑关联,不同程度脱略了分析性、演绎性,物象便以一种原初自然状态凸显,因而便具有更强的直观感性效果";二是"扩大了诗句的容量,增加了诗句的密度";三是"简约丰美,朦胧浑厚。诗人从复杂的自然景象中提出两个物象,并省去物象之间的关联,这无疑是一种高度的简约。但两个物象的并置、叠加暗示了丰富的内容,可以唤起读者生动的想象,因此又显出一种丰美"①。魏晋南北朝诗歌中此类物象名词带有朦胧特点的虽不多见,然而这种语言策略已为成熟语态中更具跨度和跳跃的意象经营指示了方向,对后世的诗语艺术影响甚深。法国诗评家让·贝罗尔说:"要获得诗歌,必须通过词语及其出乎意料的组合,必须通过一种话语。月光、花朵、小鸟、星星是通过词语化成诗的。"②凝缩于物象名词中的炼词倾向和构造技巧表征着魏晋南北朝诗人在创作实践中凸显语言审美价值的追求,为唐诗形成更为醇熟的意象语言提供了艺术基础。

第二节　动词新准特点的强化

德国语言哲学家恩斯特·卡西尔说过:"一切伟大的诗人都是伟大的创造者,不仅在其艺术领域是如此,而且在语言领域也是如此。他不仅有运用而且有重铸和更新语言使之形成新的样式的力量。""这些语言不仅为新的词汇所丰富,也为新的形式所丰富。""诗人好象是把普通言语之石点化为诗歌之金。"③在南朝诗歌景物描写所凝聚的语言琢炼艺术中,诗人对动词的选择也注入了革新意识和点化功力,强化了动词的诗性内涵。

---

① 马德富:《杜诗语言艺术》,四川大学出版社,2022,第43页。
② 〔法〕让·贝罗尔:《论诗》,收入杨匡汉、刘福春编《西方现代诗论》,花城出版社,1988,第678页。
③ 〔德〕恩斯特·卡西尔:《语言与神话》,于晓等译,生活·读书·新知三联书店,1988,第142页。

一、魏晋诗歌写景动词的惰性特点

前后比较来看,动词的调遣在魏晋诗歌语言中具有相对保守的特点,也可以说它带有一些惰性。从魏晋五言诗自然景物描写选用动词的情况来看,熟语多而新语少是比较突出的现象,因而景语类同化也是比较明显的。虽然在遣词造语初具自觉意识的建安诗人笔下,景句琢炼对动词体现出特别的加工,如明人谢榛云:"陈思王《白马篇》:'俯身散马蹄。'此能尽驰马之状。《斗鸡诗》:'觜落轻毛散。'善形容斗鸡之势。'俯''落'二字有力,一'散'字相应。然造语太工,六朝之渐也。"①此处即指明了曹植诗歌动词的神韵。但就诗歌语言的整体情形而言,是处于一种相较稳定的、持守传统的状态。

我们从魏晋五言诗自然景物描写动词的使用情况来看,诗人描绘日月光彩、霜风雨露、草木鸟兽均凝定了惯用的动词库,这便造成魏晋诗歌景句中熟语多而新语少的面貌。我们在此不避烦冗,特将魏晋自然描写诗语中重现率较高的动词及相关诗句胪列于此,以显示这种造语的特点。

表1 魏晋五言诗写景句常用动词

常用动词	五言景句
生	芝草生殿傍｜蕙草生山北｜蒲生我池中｜双桐生空井｜芙蓉生木末 蒹葭生床下｜江蓠生幽渚｜堂上水衣生｜秋草生两边｜幽兰生前庭
有	田中有转蓬｜南山有大石｜北柳有鸣鸠｜桑梓有馀晖｜山冈有馀映 西北有浮云｜圆丘有奇草｜严霜有凝威｜玄泉有清声｜园蔬有馀滋 秋菊有佳色
多	临川多悲风｜边地多悲风｜白杨多悲风｜高墉多鸟声｜高树多悲风 高台多悲风｜江介多悲风｜浮云多暮色｜夏云多奇峰｜桐庭多落叶
照	毛羽照野草｜明月照缇幕｜明月照高台｜明月照高树｜明月照高楼 曈光照玄墀｜晨月照幽房｜朝日照北林｜落日照阶庭｜旭日照万方 白日照园林｜朱光照绿苑｜朗月照闲房
曜（耀）	明月曜清景｜列宿曜紫微｜白日曜青春｜朗月耀其辉｜荣彩曜中林 若花曜四海｜朝日耀华精｜振藻耀芳春｜时菊耀秋华｜灵圃耀华果 灵景耀神州｜明月耀秋晖
垂	皦月垂素光｜上天垂光彩｜松柏垂威神｜鲜云垂薄阴｜嘉谷垂重颖 零露垂鲜泽｜朗月垂悬景｜扶疏垂清藻｜桑竹垂馀荫

---

① 谢榛:《四溟诗话》卷四,丁福保辑《历代诗话续编》,中华书局,2006,第1206页。

续表

常用动词	五言景句
含	方塘含清源｜方塘含白水｜初春含寒气｜朝日含丹辉｜浮云含愁气 樱桃含红萼｜清川含藻景｜绿房含青实｜秋草含绿滋
起	玄云起西山｜玄云起高岳｜回风起闺闼｜玄云起重基｜凄风起东谷 山阿起云雾｜灵飙起回浪｜温风起东谷｜长河起秋云｜凉风起将夕 清朝起南飔
吹	凉风吹沙砾｜谷风吹我襦｜寒风吹我骨
振	悲风振林薄｜刚风振山籁｜和风振柔条｜芳林振朱荣｜芳兰振蕙叶 朱华振芬芳｜春风振荣林
拂	迅风拂裳袂｜谷风拂修薄｜流风拂桂渚｜寒风拂枯条｜飞蛾拂明烛 上枝拂青云｜寒露拂陵苔｜融风拂晨霄｜翔霄拂翠岭
飘	凯风飘阴云｜清风飘飞阁｜惊飙飘白日｜清风飘我衣｜晨风飘歧路 冷风飘落松
激	流波激清响｜挥羽激清风｜流飙激棂轩｜清池激长流｜湍流激墙隅 丹泉激阳溪｜惊湍激岩阿｜白水过庭激｜渌水激素石｜通波激枉渚 长川激素冰｜长啸激清风｜峥嵘激清崖｜惊飙激中夜｜下泉激洌清 清商激西颾｜回沼激中逵｜幽涧激清流｜寒气激我怀
扇	回飙扇绿竹｜金风扇素节｜冲气扇九垠｜光风扇鲜荣｜烟煴柔风扇 春风扇微和
流	暾暾流素光｜大火流坤维｜回风流曲櫺｜清风流繁节｜激水流芳醪
入	明月入我牖｜悲风入我轩｜寒木入云烟｜白日入西津｜芳气入紫霞 温风入南牖
结	屯云结不解｜玄林结阴气｜遗芳结飞飙｜寒冰结冲波｜凝冰结重涧 寒冰盈渠结｜鲜冰迎流结｜停阴结不解｜白露中夜结｜悲歌结流风 浮云为我结｜绿萝结高林｜岩阿结重闱｜虚岫结凝霄｜严霜结野草
沾	草露沾我衣｜白露沾衣襟｜白露沾我裳｜寒露沾衣裳｜雾露沾衣裳 渥露沾我裳｜凝霜沾蔓草｜夕露沾我衣
洒	零雨洒尘埃｜零雨洒微尘｜雨足洒四溟｜回飙洒微吟｜湛露洒庭林
翳	浮云翳日光｜浮云翳白日｜微阴翳阳景｜重阳翳朝霞｜布叶翳芙蕖 油云翳高岑｜密云翳阳景｜庭宇翳馀木
蔽	浮萍蔽绿水｜浮云蔽昊天｜玄云蔽高岑｜朝云蔽日光｜绿叶蔽朱柯 重云蔽白日

续表

常用动词	五言景句
荫	密云荫朝日 | 繁华荫绿渚 | 弱柳荫修衢 | 玄景荫素蕤 | 朱轩荫兰皋 青松荫修岭 | 庆云荫八极 | 长杨荫清沼 | 停云荫九皋 | 榆柳荫后檐
薄	振风薄绮疏 | 回芳薄秀木 | 悲风薄丘榛 | 浮霄薄悬岨 | 鸣雁薄云岭
列	紫芝列红敷 | 茂林列芳梨 | 通衢列高椅 | 险雨列秋松
夹	葭菼夹长流 | 丹霞夹明月
被	朱草被洛滨 | 秋兰被长坂 | 绿草被阶庭 | 零雨被秋草 | 高岸被华丹 积雪被长峦 | 长秀被高岑 | 绿蘩被广隰 | 丰翘被长条 | 琼草被神丘 寒草被荒蹊
发	芙蓉发红晖 | 芙蓉发丹荣 | 树木发春华 | 秋风发微凉 | 岁暮凉风发 广庭发晖素 | 芳树发华巅 | 寒华发黄采
吐	幽兰吐芳烈 | 嘉树吐翠叶 | 百卉吐芳华 | 高山吐庆云 | 重岩吐神溜 秋风吐商气 | 因风吐微音 | 高泉吐东岑 | 清泉吐翠流 | 崇岩吐清气
敷	列树敷丹荣 | 百草敷英蕤 | 百卉敷时荣 | 青天敷翠采 | 峻岩敷荣条 仰观嘉木敷
冒	朱华冒绿池 | 川气冒山岭 | 山气冒冈岭 | 丰林冒重阿 | 寒气冒山泽
挺	百卉挺葳蕤 | 松竹挺岩崖 | 冈峦挺茂树 | 芳谷挺丹芝 | 承春挺素华 芳林挺修干
映	秋兰映玉池 | 绿叶映长波 | 浮景映清湍 | 夕影映玉芝 | 层霄映紫芝 浮阳映翠林 | 丰林映绿薄 | 鲜葩映林薄 | 灵鼍映万重 | 艳藻映渌波 丹沙映翠濑 | 云盖映朱苞
鸣	黄鸟鸣高桑 | 朝雁鸣云中 | 春鸠鸣飞栋 | 好鸟鸣高枝 | 悲风鸣我侧 寒蝉鸣我侧 | 翔鸟鸣翠偶 | 悲风鸣树端 | 寒蝉鸣高柳 | 百舌鸣高树 素骥鸣广陌 | 丛雁鸣云霄 | 离鸥鸣清池 | 枯林鸣悲风
翔	飞鸟翔故林 | 飞鸟翔我前 | 游鸟翔故巢 | 凤鸟翔京邑 | 孤雌翔故巢 轻禽翔云汉 | 鹓雏翔穹冥
戏	翔鸥戏其巅 | 澎濞戏中鸿 | 群飞戏太清 | 玄池戏鲂鲤 | 跃鳞戏兰池 游鱼戏绿波 | 游鳞戏澜涛 | 游鳞戏清渠 | 猿猴戏我侧 | 翡翠戏兰苕
跃	潜鱼跃清波 | 朱鳖跃飞泉 | 文鱼跃中波 | 潜龙跃洪波 | 腾鳞跃清泠
吟	蟋蟀吟户庭 | 蟋蟀吟深樹 | 蜻蜓吟床下 | 蜻蜓吟阶下 | 俯闻蜻蜓吟 莺语吟修竹 | 时禽吟长涧

在以上动词复现较为频繁的写景语言中，由于写景句中物象名词变化生新的纵向聚合关系以及名词与动词横向的组合关系都不够活跃，语辞的相近导致景语类同化的现象比较凸出，这成为魏晋诗歌景物描写的一个显著特点。如果说上述举例因摘取自不同诗人的作品还显得比较分散，那么我们从当时诗坛领袖的作品中探察，也同样能感受到这种语言的惯性。比如阮籍的五言诗就颇能代表当时诗人的用词倾向，他更习惯于选取诗歌表达中已趋稳定的常见动词。我们具体来看阮籍八十二首《咏怀诗》景物意象的动词选用：

风：清风吹我襟｜秋风吹飞藿｜回风吹四壁｜微风吹罗袂
　　寒风振山冈｜顺风振微芳｜惊风振四野｜素风发微霜
　　朔风厉严寒｜翔风拂重霄
云：玄云起重阴｜仰观浮云征｜青云蔽前庭｜回云荫堂隅
水：绿水扬洪波｜飞泉流玉山
日月：炎光延万里｜白日陨隅谷｜明月耀清晖｜素月垂景辉
霜露：凝霜被野草｜清露被皋兰｜凝霜沾野草｜凝霜沾衣襟
草木：皋兰被径路｜荆棘被原野｜松柏翳冈岑｜扶桑翳瀛洲
　　　临堂翳华树｜芝英耀朱堂｜木槿耀朱华｜修竹隐山阴
　　　芳树垂绿叶｜葛藟延幽谷｜堂上生荆杞｜泽中生乔松
　　　梁东有芳草
鸟兽：孤鸿号外野｜蟪蛄号中庭｜翔鸟鸣北林｜飞鸟鸣相过
　　　蟋蟀鸣床帷｜蟪蛄鸣荆棘｜晨鸡鸣高树｜鹍鸪鸣云中
　　　群鸟飞翩翩｜鸣雁飞南征｜黄鹄游四海｜焦朋游浮云
　　　高鸟翔山冈｜飞鸟相随翔｜燕雀栖下林｜日夕栖山冈
　　　云间有玄鹤｜崇山有鸣鹤｜林中有奇鸟｜蟋蟀在户牖
　　　走兽交横驰｜鸣鸠嬉庭树｜连翩戏中庭｜蟋蟀吟户牖
　　　抗志扬哀声

我们可以看到，阮籍《咏怀诗》动词使用的重复现象是很明显的，同一个动词常常在不同的意象描写中进行串用，这种写景语词的特点代表了当时已趋稳定的语词使用范式。趋于稳定的语词库对于呈现具体的、丰富的自然世界显然是有限制的，正如诗人顾城《学诗笔记》所云：

　　诗的大敌是习惯——习惯于一种机械的接受方式，习惯于一种"合法"的思维方式,习惯于一种公认的表现方式。习惯是知觉的厚茧,使冷感和热感都趋于麻木;习惯是感情的面具,使欢乐和痛苦都无从表达;习惯是语言的轴承,使那几个单调而圆滑的词汇循环不已;……当诗人用他崭新的诗篇,崭新的审美意识,粉碎习惯之后,他和读者都将获得一次再生——重新地感知自己和世界。①

对于魏晋诗歌动词的锤炼而言,语言的"钝化"正体现在这种较高的重复性和"习惯"的表达中,它使得诗歌在表现诗人心理空间与自然外物的对接时处于平面化的冷静审视状态,这实是一种主客疏离的关系,也反映了诗人对语言抒写功能普通性、一般化特点的把握,而还不具有体认并大力开掘语言诗性化表现艺术的自觉观念。这种现象在南朝诗歌中方才有了明显改观。

二、南朝诗歌写景动词琢炼的求新旨趣

进入南朝诗坛,动词的景观大为开阔,在趋向新异精准的动词琢磨中体现着南朝诗家凸显句眼的语言追求。特别是永明以后诗歌借由语词活化意象的艺术新趣显有加强,诗人在对动词(尤其是句腰动词)的嵌入方面也寄示了刻意求新的语言观念。

由于南朝诗家"辞必穷力而追新"的普遍语言追求,诗歌"下字贵响,造语贵圆"②的琢炼旨趣日益彰显,在语词上所寄示的新趣也显著提升,如方东树《昭昧詹言》评鲍照诗:"于去陈言之法尤严,只是一熟字不用。"③又评谢朓诗"造语必新,而不袭熟,……同一写景,而必清新"④。王夫之《古诗评选》中也注意到了梁陈诗家用字的精妙,他评赏江总《三日侍宴宣猷堂曲水诗》云:"用字大有权力,逼出好景好句。"⑤都显示出诗人对于措辞的新异性的重视,这一语言特点自然也体现于动词的下字功夫。陈祚明《采菽堂古诗选》对南朝诗歌的动词运用屡加称赞,如评谢灵运《从游京口北固应诏诗》"原隰荑绿柳,墟囿散红桃"一联云:"'荑'字生新,'散'字萧

---

① 顾城:《顾城文选 卷1 别有天地》,北方文艺出版社,2005,第256页。
② 严羽:《沧浪诗话校释》,郭绍虞校释,人民文学出版社,1983,第118页。
③ 方东树:《昭昧詹言》卷六,吴闿生评,朝华出版社,2019,第268页。
④ 方东树:《昭昧詹言》卷七,吴闿生评,朝华出版社,2019,第302页。
⑤ 王夫之评选,张国星点校《古诗评选》,河北大学出版社,2008,第375页。

远。"①评其《过始宁墅诗》"白云抱幽石,绿篠媚清涟"二句曰:"'抱'字、'媚'字,自是古诗中句眼。"②又评谢朓《和徐都曹出新亭渚诗》"日华川上动,风光草际浮"二句说道:"'浮'字、'动'字,极难入诗。此二句景极活。语不浮,以其切也。"③钟惺评谢朓《游东田诗》"鸟散馀花落"句云:"'落'字、'散'字,说得花鸟相关有情。"④

着力激发动词的颖异之趣,尽可能扩大动词所指使之承担妥帖而新鲜的意趣,是南朝诗歌写景语言中动词选炼的凸出特点。如齐代诗人孔稚珪的《游太平山诗》就颇能体现凝注于动词上的措辞特点:"石险天貌分,林交日容缺。阴涧落春荣,寒岩留夏雪。"吴小如先生在解释此诗时就对其中动词的深眇旨趣作过具体分析,他指出诗中的"分"与"缺"用词精准,"分"指的是岩石险峻,"仿佛把一块完整的天给分割开来","缺"指的是由于林木交错,"太阳光线不能普照林间",而"落"与"留"则更耐咀味,"落"不能按一般情况理解为"凋落",它恰是反义,即"遗、留、馀、剩"之义,与下句的"留"合观,诗意是指"在山中幽涧背阴处,竟还保留着晚谢的春花;而在高峻的寒岩上,竟还存留着夏天的积雪"⑤。由此解释,可以感知诗中动词所凝聚的精微诗意以及齐梁诗歌深隐的字面功夫,说明诗人在调遣新鲜动词时颇为注重动词对于景象独特形态特点的包容性和指示的妥帖度。

美国诗学批评家劳·坡林说:"(诗人)总在寻求字词的亲密关联,把它们放到一处,以产生爆炸性意义。"⑥在南朝诗歌的景语经营中,集中涌现出诸多新颖妥帖的动词,标志着诗家对诗坛存在的普遍性语言表达的不满以及力求扩展更新语言的语词域的创作诉求。能够代表此种语言风气的景象描写在在皆是,颇能展示蔓延于诗坛的精炼诗语的气息以及新语的丰富状况,其中的动词因其新鲜的意涵而引人注目,我们且举如下数例,于此呈示南北朝诸诗家倾注于动词上的匠意诗心。

乱流灇大壑,长雾匝高林。(鲍照《日落望江赠荀丞诗》)
复涧隐松声,重崖伏云色。(鲍照《行京口至竹里诗》)

---

① 陈祚明评选,李金松点校《采菽堂古诗选》,上海古籍出版社,2008,第524页。
② 陈祚明评选,李金松点校《采菽堂古诗选》,上海古籍出版社,2008,第525页。
③ 陈祚明评选,李金松点校《采菽堂古诗选》,上海古籍出版社,2008,第661页。
④ 钟惺、谭元春选评,张国光、张业茂、曾大兴点校《诗归·古诗归》卷一三,湖北人民出版社,1985,第246页。
⑤ 吴小如等:《汉魏六朝诗鉴赏辞典》,上海辞书出版社,1992,第817—818页。
⑥ 〔美〕劳·坡林:《怎样欣赏英美诗歌》,殷宝书编译,北京出版社,1985,第34—35页。

阴风振凉野,飞云瞥穷天。(颜延之《北使洛诗》)
睿思缠故里,巡驾匝旧坰。
　　　　　　　(颜延之《车驾幸京口侍游蒜山作诗》)
停琴伫凉月,灭烛听归鸿。(谢朓《移病还园示亲属诗》)
回潮溃崩树,轮囷轧倾岸。
　　　　　(谢朓《和刘中书绘人琵琶峡望积布矶诗》)
严驾伫霞昕,浥露逗光晓。(萧衍《藉田诗》)
初松切暮鸟,新杨催晓风。(萧子隆《经刘瓛墓下诗》)
素沙匝广岸,雄虹冠尖峰。出风舞森桂,落日暧圆松。
　　　　　　　　　(江淹《悼室人诗十首》其四)
阶前水光裂,树上雪花团。(江淹《悼室人诗十首》其七)
凉草散萤色,衰树敛蝉声。(江淹《卧疾怨别刘长史诗》)
水馆次文羽,山叶下暝露。(江淹《池上酬刘记室诗》)
开襟夹苍宇,拓远局溟洲。(江淹《从萧骠骑新亭诗》)
悲风挠重林,云霞肃川涨。(江淹《望荆山诗》)
轻蜂掇浮颖,弱鸟隐深枝。(丘迟《芳树诗》)
长林带朝夕,孤岭枕江村。(虞骞《游潮山悲古塚诗》)
草低金城雾,木下玉门风。(范云《别诗》)
长风倒危叶,轻练网寒波。(吴均《送柳吴兴道中诗》)
飞镜点青天,横照满楼前。(刘孝先《草堂寺寻无名法师诗》)
戍楼侵岭路,山村落猎围。(庾信《和宇文内史春日游山诗》)
轻云飘马足,明月动弓弰。(庾信《拟咏怀诗二十七首》其十五)
山禽韵管弦,野兽和钟石。(张正见《从籍田应衡阳王教作诗》)
高峰落回照,逝水没惊波。(张正见《伤韦侍读诗》)
入窗轻落粉,拂柳驶飞绵。(张正见《咏雪应衡阳王教诗》)
云根飞烧火,鸟道绝禽踪。(张正见《和诸葛览从军游猎诗》)
峰幽来鸟哢,洲横拥浪波。
　　(陈叔宝《上巳玄圃宣猷嘉辰禊酌各赋六韵以次成篇诗》)
长林啸白兽,云径想青牛。(杨广《临渭源诗》)
月影凝流水,春风含夜梅。
　　　　(杨广《正月十五日于通衢建灯夜升南楼诗》)
涧满新流浊,山霭积翠浓。(诸葛颖《赋得微雨东来应教诗》)
野花开石镜,云叶掩山楼。(孔德绍《南隐游泉山诗》)
长川落照日,深浦漾清风。(祖孙登《莲调诗》)

高天澄远色,秋气入蝉声。(薛道衡《夏晚诗》)
曲浦腾烟雾,深浪骇鲸螭。(薛道衡《从驾天池应诏诗》)
夕风凄谢暑,夜气应新秋。(萧琮《奉和御制夜观星示百僚诗》)
北风嘶朔马,胡霜切塞鸿。(杨素《出塞二首》其一)
白云飞暮色,绿水激清音。
　　　　　　　(杨素《山斋独坐赠薛内史诗二首》其二)
荡雾销轻縠,鲜云卷夕鳞。
　　　　　　　(虞世南《奉和月夜观星应令诗》)
人愁惨云色,客意惯风声。(孙万寿《东归在路率尔成咏诗》)
落照侵虚牖,长虹拖跨桥。(释慧净《和卢赞府游纪国道场诗》)

　　诸如此类景句显然具有精炼五言诗核心动词的诗法追求。比如"乱流灇大壑,长雾匝高林"(鲍照),"灇""匝"二字在表达乱涌的水流汇入深谷、浓重的雾气密罩高林的意象中更具有强调水流纷涌、雾气滞重的形象指示性。又如"长林带朝夕,孤岭枕江村"(虞骞)、"轻云飘马足,明月动弓弰"(庾信)、"峰幽来鸟啭,洲横拥浪波"(陈叔宝)等句,"带""枕""飘""动""来""拥"等动词的姿态都具有轻俏的活力。在"阶前水光裂"(江淹)、"月影凝流水"(杨广)、"深浦漾清风"(祖孙登)诸句中,水光之"裂"、月影之"凝"、清风之"漾",是以抽象的形态出现,带有明显的幻丽美感。

　　在广泛地雕琢动词句眼的诗学趣味之中,南朝诗人凝系于其中的诗心特别体现出对于动词力度的强化,这一点可以说是炼字的基准。从动词琢炼所蕴含的审美倾向来说,南朝诗人着力凸显五言诗句腰响字的音声效果,对于动词的惊异力度甚为注重,由此体现其字法方面的匠意与创新。诗人惯常将一种放大或变形力量美的理念系于动词之中,显示自然景象壮丽的基调或是微观世界的生机活力,前面我们在讨论"动·名"结构物象名词时已对此有所揭示,在句腰谓语动词的营造方面,更加凝聚着此种审美旨趣。魏晋诗中彰发动词力度美较为经典的如曹植"惊风飘白日,光景驰西流"(《野田黄雀行》)的描写,"飘""驰"二字所涵示的浩荡奔涌的壮阔空间和闪烁飞逝的短暂时间震撼人心,令人惊恐伤嗟于生命的短促。南朝诗歌更倾向于通过动词这一关键元素发露微观自然空间中那些生命跃动的瞬间和触发美感的契机。从语词斟酌的特点来说,南朝诗歌景物描写中新颖动词的密度要高于抒情叙事描写,形成诗家扩展并更新语词的一种标志性表达范式。这一现象在南朝诗语中有大量诗例可寻,此处且举例来说明。比如庾信诗中有"荷风惊浴鸟,桥影聚行鱼"(《奉和山池诗》)之句,

"惊""聚"两个动词就能容缩诗人精微敏锐的审美感知力和沉浸流连于景物世界中的深度体验,"惊浴鸟"比一般的"吹浴鸟"更能体现荷风对正在沐浴的鸟突然之间的惊扰,"聚行鱼"比之普通的"引行鱼"或"集行鱼"更能显示桥影对游走之鱼强烈的吸引力。在此方面的用心,是诗人择炼动词所表现出的甚为明晰的语言旨趣。

为了体察这种广泛的诗坛风气,我们还可举清代张澍对杜甫承袭陈代诗人阴铿诗法的评鉴,其云:

> 澍按:阴铿诗有"天舟逗远树",杜诗"残生逗江汉""远逗锦江波"用之。又阴诗有"天际晚帆孤""天边看远树""大江静犹浪",老杜"江流静犹浪""云中辨烟树"用之。阴诗有"薄云岩际出,初月浪中生",老杜"薄云岩际宿,孤月浪中翻"用之。又阴诗有"中流闻棹讴",老杜"中流闻棹讴"。阴诗有"花逐下山风",老杜"云逐度溪风"均用之。而老杜"寒日出雾迟,清江转山急",亦用阴诗"野日烧中昏""山落入江穷"之意。①

张氏所举之例虽是就杜诗与阴铿诗语言关系而言,但实际是杜诗对何逊与阴铿诗歌句法精髓的承袭,其间对动词是甚为重视的,杜诗对阴诗"逗""逐"等经典动词直接沿用,或将何诗"薄云岩际出,初月浪中生"改为"薄云岩际宿,孤月浪中翻",透露的是阴、何与杜甫对于动词的斟酌心思。

客观而言,魏晋诗歌中已熟用的动词在南北朝诗歌中仍是写景的基本词汇,但总体上南朝诗歌在为诗语注入新鲜活力方面确实比魏晋诗人更胜一筹。这表现在即便是对同一动词的反复运用,南朝诗歌更注重动词与不同物象的碰撞,遂使一字衍生出多向的内涵。如在南朝诗人笔下出现了"白云抱幽石"(谢灵运《过始宁墅诗》)、"朱华抱白雪"(鲍照《望孤石诗》)、"浮云抱山川"(江淹《还故园诗》)、"烟景抱空意"(江淹《惜晚春应刘秘书诗》)、"月晕抱龙城"(萧纲《陇西行三首》其一)、"寒藤抱树疏"(庾信《奉报穷秋寄隐士诗》)、"园菊抱黄华"(江总《衡州九日诗》)等表达,"抱"字分别带有拥抱、覆盖、笼罩、映照、饱含等意旨,是诗人赋予语词新意的执着表现,其对意象特征的指示具有差别,使得词的所指有所

---

① 〔清〕张澍辑录,周鹏飞、段宪文点校《凉州府志备考·遗事记卷一》,三秦出版社,1988,第336页。其所举之例有将何逊诗误作阴铿诗的现象,如"天边看远树"出自何逊《晓发诗》,"薄云岩际出,初月浪中生"应来自何逊《入西塞示南府同僚诗》"薄云岩际出,初月波中上"之句,"中流闻棹讴"应出自何逊《春夕早泊和刘谘议落日望水诗》"中川闻棹讴"之句。

扩展。

在赋予语词新鲜意涵方面,对动词进行变形也是南朝诗歌尝试较多的语言策略。首先是加强其他词类化身为动词的语言活力。将形容词借用为动词在魏晋诗歌中已不鲜见,像"春岑蔼林木"(阮瑀《诗》)、"明月皎素辉"(枣据《五言诗》)、"姜芋纷广畦"(潘岳《在怀县作诗二首》其一)、"春苔暗阶除,秋草芜高殿"(陆机《班婕妤》)、"微霜凄旧院"(张载《诗》)、"丹泉漂朱沫"(郭璞《游仙诗十九首》其十)、"秀岭森青松"(张翼《赠沙门竺法頵三首》其一)、"流声馥秋兰"(潘尼《赠河阳诗》)、"桑竹残朽株"(陶渊明《归园田居诗五首》其四)、"灌木荒余宅"(陶渊明《饮酒诗二十首》其十五)、"素砾皛修渚"(陶渊明《述酒诗》)等等,句腰形容词多由于景句中倒置法的运用而化身为使动词,在原本的词性意味之上皆附带了一种意想中的促动能量,彰显了意象鲜明的状态。南朝如谢灵运就比较频繁地将此法施用于景物描写,其诗句"白华皦阳林,紫蘴晔春流"(《郡东山望溟海诗》)中的"皦"与"晔"原都有明亮之意,诗人赋予其使动效果表现白华紫蘴映照林木水流的清新光彩;"定山缅云雾"(《富春渚诗》)的"缅"本指"遥远",在诗句中则凭此一字涵盖了"定山远远地被笼罩于云雾中"之意;"荒林纷沃若"(《七里濑诗》)的"纷"本是"纷然"之意,此处是指示树叶纷纷飘落的动态;还有"白芷竞新苕,绿蘋齐初叶"(《登上戍石鼓山诗》)句中的"竞"与"齐"是在"竞相""整齐"的意思上承担了"竞生"与"齐出"的动词意。在南朝诗坛这是甚为普遍的炼字之术。我们还可举出若干丰富的用例,如:"平湖旷津济,菰渚迭明芜"(刘骏《济曲阿后湖诗》)、"春江壮风涛,兰野茂荑英"(颜延之《车驾幸京口侍游蒜山作诗》)、"分渚蔓青莎"(王融《饯谢文学离夜诗》)、"朱日光素冰"(萧衍《子夜四时歌·春歌四首》其三)、"春色缥春泉"(江淹《贻袁常侍诗》)、"风光肃入户"(江淹《悼室人诗十首》其五)、"轻烟澹柳色"(何逊《落日前墟望赠范广州云诗》)、"秋云静晚天"(吴均《与柳恽相赠答诗六首》其六)、"秋风凄长夜"(吴声歌曲《子夜四时歌·秋歌》)、"丹崖颓久壤"(任昉《济浙江诗》)、"夹筱澄深渌"(阴铿《经丰城剑池诗》)、"修篁壮下属,危楼峻上干"(徐悱《古意酬到长史溉登琅邪城诗》)、"严飙肃林薄,暖景澹江湖"(虞世南《奉和幸江都应诏诗》)、"晚霞澹远岫,落景藻长川"(于仲文《答谯王诗》)、"早梅香野径"(王由礼《赋得岩穴无结构诗》)、"叠浪轻凫影"(李巨仁《赋得方塘含白水诗》)等,诗人对景句核心动词的选炼变形凸出体现了诗歌词法上的灵活度。

将名词汲引入动词的行列以显示语意的留白在南朝诗中也时有出现,

如谢庄诗中的"青苔芜石路,宿草尘蓬门"《怀园引》,庾信诗中的"昨夜鸟声春"(《咏画屏风诗二十五首》其四)等表达,"芜""尘""春"都是以名词的身份行使动词的权力,遂使单字的意涵非比寻常。这种语词的串用以及动态的强化显示了扭曲词语的艺术先声。我们在此还可举两晋南朝诗中常用的"溜"字来分析。"溜"本指水流或小瀑布,如"山溜何泠泠"(陆机《招隐诗》)、"陵阳挹丹溜"(郭璞《游仙诗十九首》其六)等,东晋以后的山水诗中常把此字用为"水在山石间细细地流淌"或"水珠滚动""随水而动"之意,比如"悬岩溜石髓"(庾阐《采药诗》)、"峭壁溜灵泉"(张翼《赠沙门竺法頵·三首》其一)、"叶卷珠难溜"(吴均《采莲曲》)、"回沙溜碧水"(萧纲《三月三日率尔成诗》)、"菊潭溜馀水"(周弘正《和庾肩吾入道馆诗》)、"砌水何年溜"(徐陵《山斋诗》)、"滴沥寒泉溜"(王褒《和从弟佑山家诗二首》其二)、"溜船惟识火"(阴铿《五洲夜发诗》)、"水急溜杯轻"(陈叔宝《上巳玄圃宣猷堂禊饮同共八韵诗》)等,"溜"字语意的变化使原本的"小水流"之意被转移为形象体现水流轻快的动感,其背后所蕴含的同样是诗人在一字之间的新巧情趣。

其次是修辞手段的融入。南朝诗歌普遍的炼词兴趣总体上是朝着在景象中隐示情思的方向发展,因而诗中拟人化的写景方式甚为丰富,在动词的选择上也自然体现出充分唤醒字词情感力量的主动态度,以此展现更具生命内涵的自然万象。这里特别要提到萧纲利用拟人修辞焕新动词和意象内蕴的语言旨趣。比如萧纲诗中有"断云留去日,长山减半天"(《薄晚逐凉北楼迥望诗》)的描写,表现断开的浮云挽留着离去的日光,长长的山峦减去了一半的天空,动词的拟人化使得诗意深蕴情思。又其"雾崖开早日,晴天歇晚虹"(《奉和登北顾楼诗》)二句,表现雾气弥漫的山崖打开了早上的日光,晴朗的天空歇宿着晚上的彩虹,动词拟人化的用法也充满新趣和生意。这种人格化的书写在南朝诗中大多施用于风云日月、花鸟草虫等物象的呈现。如以下诸例:"阴谷曳寒烟"(颜延之《应诏观北湖田收诗》)、"罗帐延秋月"(刘铄《拟明月何皎皎诗》)、"乳燕逐草虫,巢蜂拾花萼"(鲍照《采桑》)、"清风松下歇"(张融《别诗》)、"凉风开窗寝"(《子夜四时歌七十五首·秋歌十八首》)、"藻露挹行衣"(萧悫《春日曲水诗》)、"乔木啸山曲,征鸟怨水湄"(江淹《刘仆射东山集诗》)、"夜月窥窗下"(吴均《赠周散骑兴嗣诗二首》其二)、"花舞依长薄,蛾飞爱绿潭"(吴均《和萧洗马子显古意诗六首》其一)、"春草醉春烟"(范云《闺思诗》)、"夜月夺灯光"(庾肩吾《未央才人歌》)、"柳枝皆朝燕,桑叶复催蚕"(吴孜《春闺怨》)、"暄迟蝶弄花,景丽鸟和春"(虞羲《春郊诗》)、"风月守空闺"(薛道衡《昔昔盐》)、"春光催柳色"(虞世南《奉和献岁宴宫臣诗》)、"花惊度翠羽"(于仲文《侍宴东宫应令诗》)、"夜蛩扶砌响"(阳休之《秋诗》)、"轻辇逐晨飙"(何胥《赋得待诏金马门诗》)、"凉飙惨高树"(释洪偃《游故苑诗》)、"长风送晚声"(卢思道《听鸣蝉篇》)、"夕风吟宰树"(卢思道《春夕经行留侯墓诗》)、"落景促馀晖"(周若水《答江学士协诗》)等。这些诗句中的动词都因情感的附着而体现出颖异的特点,成为诗语中引人瞩目的部分,意象也因之显出生命的律动。

诗人为了加强动词与物象之间的陌生化关系,也会以感官打通的方式安排动词,形成不同寻常的审美体验。如刘贞《上湘度琵琶矶诗》有"颉颃鸥舞白,流乱叶飞红"之句,以"舞""飞"幻化色彩的舞动飞起,使鸥鸟、落叶的姿态定格在色彩鲜明的形象美中,"鸥舞白""叶飞红"的配合较之"白鸥舞""红叶飞"的普通表达更具有奇丽的效果。再如薛道衡的"檐阴翻细柳,涧影落长松"(《展敬上凤林寺诗》),以"翻"写檐阴、以"落"写涧影,是光影反射随着细柳的飘动、涧水的流淌而晃动的结果,动词的抽象化准确呈现了光影摇荡的心理感受。与之类似的还有庾信的"水影摇丛竹,林香动落梅",按常理表达应是"丛竹水影摇,落梅林香动",加入倒装法后动词便产生了非同一般的效果,似乎是水影摇动着丛竹,林中的香气引动了梅花飘落。此种借动词表达的特殊感受还可撷举多例,如:"莺啼春欲驶"(萧纲《杂句春情诗》)、"歌声上扇月,舞影入琴弦"(庾信《咏画屏风诗二十五首》其七)、"吐绿变衰园,舒红摇落苑"(谢瑱《和萧国子咏奈花诗》)、"山边歌落日,池上舞前溪"(刘删《侯司空宅咏妓诗》)、"苔色随水溜,树影带风沉"(陈叔宝《献岁立春光风具美泛舟玄圃各赋六韵诗》)、"山阶步皎月,涧户听凉蝉"(江总《明庆寺诗》)、"秋城韵晚笛"(江总《秋日登广州城南楼诗》)、"忽听晨鸡曙"(江总《卞山楚庙诗》)、"触浪莲香动,乘流叶影披"(阮卓《赋得莲下游鱼诗》)、"流乱鸟啼春"(卢思道《城南隅宴》)等,动词皆具有沟通感官知觉的效果。这里的动词与物象之间产生了陌生化的关系,诗人以审美之眼对其作了抽象变形,使之以感官沟通的方式引发了新的体验和隐形的动感力量。正如有学者所云:"陌生化的表达出自言说者对于逻辑思维的超越和背离,经过言说者内省式的加工和处理,形成非常规的感觉体验,一旦将这种体验外化成话语便形成了新奇的词句。"① 这种寄寓着新鲜审美感受的动词甄选,代表诗人寻求异质诗语、打破诗歌惯性表达的造语倾向。

---

① 葛中俊:《语言哲学视域中钱锺书对文学话语的解读》,《同济大学学报》2015年第4期。

对动词新异特点的标举,显示诗人是将动词作为诗句的关键转环部分进行强化凸出,并以之作为节奏变换及语意伸展的标志字眼。甘阳先生曾指出:"语言在其活生生的言说中总是有一种锐意创新、力去陈言的冲动,而且总是有点石成金、化腐朽为神奇的力量,因此它总是要求并且能够打破以前已形成的界限和规定,从而使语言文字本身处于不断的自我否定中,亦即不断地打破自身的逻辑规定性。正是这种既设定界限又打破界限、既建立结构又拆除结构、既自我肯定又自我否定的运动,使语言成了'最纯真的活动'。"①语言的创新能量在诗的语言中有最集中的体现,如上所述南朝诗人对动词颖异特质的强化,使意象的呈现增添了语词所触发的独特审美体验,这也可以说是诗语"锐意创新"的显在表征。

第三节 数词意涵的扩张

凭借物象名词的新型结构与动词的颖异性,南朝诗歌给予写景语言的审美空间扩展,这种对语词写景潜力的开掘,同样表现于对数词的辐射。中国古典文学与数字的渊源至深,有学者将之称为文学的"倚数"传统②。数词在自然描写中同样是具有特定意涵和表现张力的语词。

一、彰显数词写景抒情的感性意趣

中古五言诗运用数词在汉代诗歌中已比较多见,如"两鬟何窈窕,一世良所无"(《辛延年《羽林郎诗》》)、"南山一树桂,上有双鸳鸯"(《古绝句四首》其四)等,全句来看虽然不属工整对仗,然所嵌之数量词则对偶整齐,代表了五言诗发展初期诗人对数目对的偏重。魏晋以降,数目对成为五言诗中相较固定的对仗形式,包含数词的醒目佳句不在少数,并显示出富有规律的章法。从语言结构的特点来看,数词常用于五言诗一、三、四字位置。也有特殊的情况,那就是数词在出句和对句的不同位置,一般的规律是在上下句的一、三、四字形成互相弥补呼应的关系,也可在隔句以此规律相呼应,类似于律诗声律的拗救原理。下面所举的就是比较常见的数词对仗变化法则。

---

① 甘阳为[德]恩斯特·卡西尔著《语言与神话》一书中译本所作序言,生活·读书·新知三联书店,1988,第22页。
② 杜贵晨《数理批评与小说考论》(齐鲁书社2006年版)一书提出中国古代文学的"倚数"传统,并从"倚数"称名、"倚数"谋篇、"倚数"行文等方面作了详细分析,第3—22页。

数词在上下句一、四字位置：

九州咸宾服，威德洞八幽。（曹植《鼙舞歌五首·圣皇篇》）
三景秀郁玄，霄映朗八方。
　　　　　　　　　　（杨羲《九月十八日夜云林右英夫人作》）
一圣智比明，帝德光四海。（王筠《奉和皇太子忏悔应诏诗》）
徂暑未一旬，重阳翳朝霞。（傅玄《雨诗》）
奇踪隐五百，一朝敞神界。（陶渊明《桃花源诗》）
鸣鹤时一闻，千里绝无俦。（鲍照《拟阮公夜中不能寐诗》）

数词在上下句一、三字位置：

三山多云雾，散乱一相失。（鲍照《代别鹤操》）
六代旧山川，兴亡几百年。（沈约《登北固楼诗》）
一闻流水曲，行住两沾衣。（周弘正《陇头送征客诗》）
忽有一飞鸟，五色杂英华。（张翰《杂诗三首》其三）
平生几种意，一旦冲风卷。（庾信《拟咏怀诗二十七首》其十四）

数词在上下句三、四字位置：

勿轻一篑少，进往必千仞。（谢混《诫族子诗》）
今朝一壶酒，实是胜千金。（庾信《奉答赐酒鹅诗》）
乘飙溯九天，息驾三秀岭。（杨羲《云林与众真吟诗十首》其二）
草树非一香，花叶百种色。（萧衍《襄阳蹋铜蹄歌三首》其二）

从东晋末开始，数目对渐次增多，南朝诗歌数词对的运用则更讲究艺术性。就章法布局而言，诗人往往将数词对置于诗篇开首位置以求醒目，比如谢朓多首诗歌都以数词对句开篇，"二仪启昌历，三阳应庆期""六宗禋配岳，五时奠甘泉""帝图开九有，皇风浮四溟""二别阻汉坻，双崿望河澳""九河亘积岨，三襄郁旁眺""金液称九转，西山歌五色""上客光四座，佳丽直千金"等，形成了语境宏大的效果。

而从意涵拓展的角度审视，更显现出诗人系于数词的精蕴诗趣。在中古诗歌中，数词一般较少指向普通意义上的时间或数量，更多是作为一种涵盖事典、夸示描写的修辞手段。古代礼乐制度文化的语言系统中多以数词概举文化事象，因而诗歌在其简练的语言空间中便常常选取此类语词作为概称或指代。如萧绎《和刘尚书侍五明集诗》："治家陈五礼,功成奏六英。""五礼"指的是吉、凶、宾、军、嘉五种礼仪制度，"六英"是帝喾时代的古乐名，二者都是中国古代礼乐制度中的专有成词①。同时，在涵容佛教思想的诗歌中包含有大量数词，大多是宗教语言中的专有名词，是作家渊博佛理知识和佛学修养的体现。数词表达的意旨还有一个重要面向就是对典故成词的浓缩。如萧绎《咏雾诗》有"三辰生远雾，五里暗城闉"之句，"三辰"即指日、月、星，"五里"则是化用《后汉书·张楷传》"性好道术，能作五里雾"的典故②。这几个向度的表现作用是数词在诗歌中的基本定位。

六朝诗家积极将数词纳入情感抒发与景句构造的艺术策略，形成描写中的特殊语言趣味。从使用习惯上来看，"百""千""万"等大数目对仗以及"一"与多的对比是六朝诗人描写山水景物甚为偏重的铸句特点。大数词在诗歌的抒情语言中主要是有利于彰显深沉的情感，如陶弘景《和约法师临友人诗》"我有数行泪，不落十馀年"，"数行泪"与"十馀年"强调临别时泪水的奔涌和落泪感慨的经历已时隔多年，数词极好地形容出友情的深重和情绪积蓄很久之后的迸发状态。南北朝诗家则进一步标举数词在情感抒发与景句构造方面的特殊趣味。比如以"百""千""万"之类大数词夸张呈现自然山水的亘久与奇险景观，在谢灵运、鲍照、江淹等南朝诗家的行旅诗中时有出现。我们且举以下诸例：

千圻邈不同，万岭状皆异。（谢灵运《游岭门山诗》）
千顷带远堤，万里泻长汀。（谢灵运《白石岩下径行田诗》）
千涧无别源，万壑共一广。（鲍照《望水诗》）
汀洲千里芳，朝云万里色。（刘绘《饯谢文学离夜诗》）
千亩土膏紫，万顷陂色缥。（萧衍《藉田诗》）
万壑共驰骛，百谷争往来。（江淹《渡泉峤出诸山之顶诗》）
沄沄百重壑，参差万里山。（江淹《秋至怀归诗》）
残杌千代木，廧崒万古烟。（江淹《游黄蘖山诗》）
千仞写乔树，百丈见游鳞。
（沈约《新安江至清浅深见底贻京邑游好诗》）
百年积死树，千尺挂寒藤。（何逊《渡连圻诗二首》其一）

---

① 参见陈志平、熊清元校注《萧绎集校注》，上海古籍出版社，2018，第270—272页。
② 参见陈志平、熊清元校注《萧绎集校注》，上海古籍出版社，2018，第295—296页。

千株同落叶,百丈共寻霞。(萧纲《临后园诗》)
百戏俱临水,千钟共逐流。(庾肩吾《三日侍兰亭曲水宴诗》)
云开万里澈,日丽百川明。(沈炯《从驾送军诗》)
百年馀古树,千里暗黄尘。(王褒《入关故人别诗》)
神山千叶照,仙草百花荣。(魏收《喜雨诗》)
岭松千仞直,岩泉百丈飞。(宇文毓《贻韦居士诗》)
楚山百重映,吴江万仞清。(卢思道《赠别司马幼之南聘诗》)
蔷薇花开百重叶,杨柳拂地数千条。(王褒《燕歌行》)
前瞻叠嶂千重阻,却带惊湍万里流。(薛道衡《豫章行》)

数词的置入明显带有强化自然景观阔壮风格的意味,于此也映照了诗人的山水情怀。

相比对大数字情感力量的彰显,数词"一"同样也具有蕴藉的情思意涵,成为一个醒目的字眼。如"江南无所有,聊赠一枝春"(陆凯《赠范晔诗》)、"庭梅对我有怜意,先露枝头一点春"(侯夫人《春日看梅诗二首》其一),"一枝春""一点春"都形象表现了春天风物初萌、景气稍露的状态。又如"无论去与住,俱是一飘蓬"(尹式《别宋常侍诗》),"一飘蓬"特别凸显出人生漂泊的孤独心境。"一"所体现出的表达力度和强调意味显而易见。将"一"与"百""千""万""数"对举形成诗意上的张力也屡被南北朝诗人用于构造意涵深厚的诗句。程千帆先生在《古典诗歌描写与结构中的一与多》一文中曾说:"诗人在描写景物的大小、高低、明暗、强弱时,常常利用一与多的对立统一这个规律,来展示其所突出的方面。"①嵌入诗句中具有反差效应的数词便形象体现了一与多的对立规律。如:"数年共栖息,一旦各联翩"(朱超《别席中兵诗》)、"一朝游桂水,万里别长安"(苏子卿《南征诗》)、"一朝牵世网,万里逐波潮"(孙万寿《远戍江南寄京邑亲友诗》)、"羁恨虽多绪,俱是一伤情"(孙万寿《东归在路率尔成咏诗》)、"一朝时运合,万古传名谧"(李密《五言诗》),这些书写离别情感的诗语,均以"一"与"数""万"等大数词的对映造成悬殊的时空跨度,强调短暂时间中即将迥别万里的深重遗憾和情绪交集的心理。在景物描写方面,此种对数词的刻意雕琢也具有语简意丰的表达效果,其中也显露出大小数目对举所形成的特有的意境,具体看以下各句:

梅花一时艳,竹叶千年色。(鲍照《中兴歌十首》其十)

---

① 程千帆:《唐代进士行卷与文学 古诗考索》,商务印书馆,2017,第109页。

杂闻百虫思,偏伤一鸟声。
　　　　　　　(王僧孺《与司马治书同闻邻妇夜织诗》)
绮花非一种,风丝乱百条。(萧纲《三月三日率尔成诗》)
江陵一柱观,浔阳千里潮。(阴铿《和登百花亭怀荆楚诗》)
聊持一樽酒,共寻千里春。(卢思道《上巳禊饮诗》)
万里风烟异,一鸟忽相惊。(韦鼎《长安听百舌诗》)
八川兹一态,万里导长波。(薛道衡《奉和临渭源应诏诗》)

上下句数词之间广阔的距离区隔在时间或空间上产生同向或反向的意涵,能够构成一种张力,旨在夸张呈示人的心灵对自然世界广大范围的拥有,人所处场景的有限性与心驰于广阔自然的超越性,或是强调自然生灵对人的心灵的偶然触动,由此传达诗人内心深处的孤寂感。还可看到"一"与"数"的对举在诗中也比较多见,独具诗意构图的视觉美感。如:

数萤流暗草,一鸟宿疏桐。
　　　　　　　(刘孝先《和亡名法师秋夜草堂寺禅房月下诗》)
望枝疑数处,寻空定一声。(沈君攸《同陆廷尉惊早蝉诗》)
罗裙数十重,犹轻一蝉翼。(施荣泰《杂诗》)
莺鸣一两啭,花树数重开。(宗懔《早春诗》)
脆梨裁数实,甘查唯一株。(庾信《有喜致醉诗》)
行云数番过,白鹤一双来。
　　　　　　　(庾信《咏画屏风诗二十五首》其二十五)
散云非一色,连岩异众峰。(王褒《和从弟佑山家诗二首》其一)
惊鹭一群起,哀猿数处愁。(江总《别南海宾化侯诗》)
丛花曙后发,一鸟雾中来。(江总《诒孔中丞奂诗》)
一峰遥落日,数花飞映绶。
　　　　　　　(陈叔宝《上巳宴丽晖殿各赋一字十韵诗》)
慈门数片叶,道树一林花。(何处士《春日从将军游山寺诗》)
寒鸦飞数点,流水绕孤村。(杨广《野望诗》)

这里的"一"与"数"形成数量上少与多的区分,强化了观察景象时具体的视觉印象和心理感受,营造出繁多与稀疏相映的画面布局,其中也暗示诗人的心绪。如刘孝先诗中"数萤流暗草,一鸟宿疏桐"的细腻描写,以"数"与"一"二字具体勾画出秋夜禅寺静幽的气氛和虫鸟自在游止的情状,更以"数萤"所映衬的"一鸟"暗示诗人的幽寂心绪。宗懔诗中"莺鸣一两啭,花树数重开"二句的新巧之处亦在于以"一两啭"强调春莺的鸣叫还非常稀少,只有那么一两声,而"数重开"则说明转瞬之间花树上已经开放了层叠的花朵,数词的提示使早春物象的迅速变化更有具体的画面感。江总的"丛花曙后发,一鸟雾中来",特别提示一丛繁茂的花朵在天明时分开放,一只鸟儿从雾气中飞来,暗含着诗人宦游天涯的孤寂和惆怅。再如陈叔宝的"一峰遥落日,数花飞映绶",描绘的是一座山峰与遥遥的落日相伴,数片飞花映照丝带,展现了春日黄昏日暄风暖、山景清寂的景象。这些景句中数词的安排显然是有匠心的。

　　大数词或是大小数词的对立固然在诗歌描写中占据醒目的地位,而从大的范围来看,小数目词在诗歌语言中同样具有相应的分量,因而也形成纷繁的态势。其中复现频率较高的有一对双、一对三、双对双、双对三、三对九、三对五、三对四、三对六、八对九等,三、九与其他数字对仗的频次最高。从对仗的习惯来看,六朝诗歌不仅善于将"一"与大数字相对,也多将"一(孤)"与"二(两、双、并、再)"相对,体现诗人在构象和申发情意方面的对比思维,如:

　　　　惟见双黄鹄,千里一相从。(鲍照《代陈思王京洛篇》)
　　　　向光抽一缕,举袖弄双针。(刘遵《七夕穿针诗》)
　　　　独鹤凌空逝,双凫出浪飞。(何逊《日夕出富阳浦口和朗公诗》)
　　　　时欣一来下,复比双鸳鸯。(萧纲《鸡鸣高树颠》)
　　　　一水斜开岸,双城遥共云。(萧纲《登城北望诗》)
　　　　碧玉成双树,空青为一林。(庾信《道士步虚词十首》其九)
　　　　一茎孤引绿,双影共分红。(杜公瞻《咏同心芙蓉诗》)
　　　　零露一朝团,中夜两垂泣。
　　　　　　(费昶《和萧洗马画屏风诗二首·秋夜凉风起》)
　　　　窗开两片月,霜足一重寒。(朱超《咏贫诗》)
　　　　麦垄一惊翬,菱潭两飞鹭。(萧悫《春日曲水诗》)
　　　　户馀双入燕,床有一空帷。(阴铿《和樊晋陵伤妾诗》)
　　　　但画双黄鹄,莫作孤飞燕。(高爽《咏画扇诗》)
　　　　崖成二鸟翼,峰作一芙莲。(释惠标《咏孤石》)
　　　　一听春莺喧,再视秋虹没。
　　　　　　(谢朓《冬绪羁怀示萧谘议虞田曹刘江二常侍诗》)
　　　　一弹哀塞雁,再抚哭春鹍。(吴尚野《咏邻女楼上弹琴诗》)

这里的"一"与"双"构成鸟兽草木成双出现与孤单对象的比较,表达期冀相伴相随的情感隐喻,如"独鹤凌空逝,双凫出浪飞""户馀双入燕,床有一空帷";又或表现单线条与复线条交映的画意,如"麦垄一惊雉,菱潭两飞鹭";也用于勾勒时光的流转,如"一弹哀塞雁,再抚哭春鹍"。数词的多面意蕴和审美情思寄寓其中,显示诗人以数词所涵示的精巧诗心,此类描写也因此着染了几分画意,或是隐含成双的祈愿。诗人对数词的雕琢用意由此显现。

从上述举例分析中已可看到,善用数词、追求数词对的颖异是六朝诗人创新语言的一条途径。数词被赋予高度的概括性和丰富的所指,显示出诗人张大语词表现力的意图,特别在自然景物的描写语言中,具有情感力度和审美趣味的数词安排实际上已成为展现自然世界壮幽景观的艺术手段,其在诗人重构自然的语言策略中同样体现出丰富诗意层次的特有价值。

二、庾信诗歌经营数词的语言造诣

上述张大数词审美意涵的语言技巧在南朝诗坛诸子的创作中都有不同程度的融入,其中最堪代表数词炼造之精眇特点的则要属庾信诗歌的创造性表现。庾诗青睐数词显而易见,开拓了诗歌以数词写景抒情的语言技艺,展示出精造独创的语言个性风格。

庾诗数词的运用加强了用典婉曲的特点。如其以下各诗都以数词包举典故,使潜藏的诗意深趣更耐人寻味。其《赠周处士诗》是寄赠隐士周弘让之作,诗篇开头即云:"九丹开石室,三径没荒林。""九丹"即道家多次炼就的九转丹,"三径"则概指古代隐士于门前为知交开三径之典,以此暗示隐逸者的道行深厚以及深居简出的生活。又如《和王少保遥伤周处士诗》是应和王褒哀悼周弘让所作,诗中"三山犹有鹤,五柳更应春"两句也含纳典故,"三山"即传说中海上蓬莱、方丈、瀛洲三座仙山,"五柳"则暗指陶渊明的志趣追求,以此表达对周弘让驾鹤西去的悲惋以及对他隐逸山林的高洁情怀的知赏,特别是这里的"五柳"不仅是借柳谐留,也是以五柳逢春而生表达生者对逝者绵长的思念。此种多层次的语言意蕴足以显示庾信对语言之深趣的掘发。类似的语言效果可举出不少例子。如其《归田诗》开头"务农勤九谷,归来嘉一廛",以"九谷"强调农事的繁杂,以"一廛"突出所居的普通,数词一方面暗示着归田农耕的繁忙,同时也有彰显恬淡自适心境的意味。在其《拟咏怀诗二十七首》其二中,诗人抒写有志不获骋的感慨,末尾以"既无六国印,翻思二顷田"结束,"六国印""二顷田"

化用了苏秦游说六国获得政治地位的故事,自嘲进则不像苏秦那样持有六国相印而荣耀飞腾,退则没有苏秦的良田二百亩,表达了双重的失落感。在《将命至邺诗》中,诗人表现东魏接待使臣的隆重仪式曰"四牢盈折俎,三献满罍樽","四牢"指的是重大宴会中贡祭物品丰富齐全,"三献"指的是多次斟满美酒以示对来宾的重视,数词中营造出东魏盛情迎接的景象画面。

庾信以数词涵容典故的方式增强诗歌意蕴的饱满度,也普遍体现在他的从军描写及叙景咏物的篇章中。如《侍从徐国公殿下军行诗》开头的"八风占阵气,六甲候兵韬"二句,以道家术数中的专有名词"八风""六甲"借指用兵占卜之神奇,表现战斗前夕的深谋远略,暗示着执政者对此次军行的重视。《同卢记室从军诗》中有"函犀恒七属,络铁本千群"之描写,"七属"即铠甲由七节甲片连缀而成,与"千群"并举,强调的是战场上兵马众多、军队声势浩大的状态。《拟咏怀诗二十七首》其二十三中"鼓鞞喧七萃,风尘乱九重"之句,"七萃"指战鼓声惊起的七支精锐部队,"九重"则是战火风尘扰乱的九重深宫,数词显然更为有力地暗示着战争中调遣军将之紧急以及军情战事对宫中惊扰之强烈。

在景物的描摹中将数词与修辞、用典结合而达到一种典丽的状物语言,也是庾信诗歌的突出特点。其《郊行值雪诗》中所描写的"雪花开六出,冰珠映九光"景象,"六出"即雪花呈六瓣花状,"九光"即汉宫九光之灯,形象地凸显了雪花的晶莹和透亮,后又缀以"薛君一狐白,唐侯两骕骦"二典故,将眼前之雪景喻为孟尝君家中珍贵无双的狐白裘、唐侯所骑毛色洁白的骏马,进一步强调雪之皎洁。再有《望月诗》描写月光云:"照人非七子,含风异九华。""七子"指古人装有七面镜的镜台,"九华"则是汉宫的九华扇,是以古人宫室中的名贵物事来比喻月光的明亮。数词所凝缩的典故和喻旨使得对雪景的刻画并不停留于直接的摹拟,而是附着了对贵族精致生活的想象,显示出更为丰厚的意趣。

庾诗铸造警句在数词运用的审美指向和情感表现方面,亦显出一种自觉性更高的技巧思维和醇厚功力。一方面,其诗中对大小数词的运用甚为娴熟。如《燕歌行》中把思妇的心情融入景物和生活事象描写,以"洛阳游丝百丈连,黄河春冰千片穿"表现春日游丝满城飞舞、千里春冰逐渐融化的迢阔景象,暗示闺妇相思之情的萌芽,诗末的"蒲桃一杯千日醉,无事九转学神仙。定取金丹作几服,能令华表得千年"几句也是连用数量词,勾勒饮酒服丹的生活情状,更旨在强化相思的浓郁和百无聊赖的心绪。《寄王琳诗》中"独下千行泪,开君万里书"的对句,数词对诗意的张大,富有力量地表现了处于南北形势紧张、音信阻绝的情况下收到梁朝旧将来信时泪眼婆娑的激动之情。其《和颍川公秋夜诗》中"千秋流夕景,百籁含宵唳"的表达,"千秋"与"百籁"也有力地体现了夜景在千秋岁月中悄然流逝、纷杂的秋声都集聚在夜晚鸣响的境界,表现了对亘古不变的夜色和夜晚清寂气氛的深切感受。

在自然景物的描写中,庾诗同样善用大数词彰发山河草木的神气风姿和壮美气象,以呈露一种宏大视境。如"千金高堰合,百顷浚源开"(《奉和潘池初成清晨临泛诗》)对于堤堰绵长开阔壮观气象的展现;"郭门未十里,山回已数重"(《送炅法师葬诗》)对于山势深杳回环的凸显;"千寻文杏照,十里木兰香"(《登州中新阁诗》)极言杏梁之高、香气之远;"绿房千子熟,紫穗百花开"(《忽见槟榔诗》),体现的是槟榔花开结实的繁茂状态;"交柯乍百顷,擢本或千寻"(《咏树诗》)则描写的是树木参天的形态;而"短松犹百尺,少鹤已千年"(《奉和赵王隐士诗》),是以短矮的松树犹有百尺、少鹤业已千年的夸张描写展现隐居之山的亘久。自然山水描写中对大数字的青睐是显而易见的。

庾诗对小数词也注入了特别的情感韵味,使之在大数词生成的语象中呈现一脉清瑟的格调。这特别表现在以"半""独"等小数词表现单薄清寂的景象。如《望月诗》中的"赏新半璧上,桂满独轮斜","半璧"与"独轮"表现月未圆满的姿态和月光清疏的感觉,比喻的形象性颇能予人以醒目的印象。其《别庾七入蜀诗》中描写蜀地山景云:"山长半股断,树古半心枯。"连用两个"半"字,展现绵长的山脉一半断开,衰老的树木一半已经枯朽,数词的重复正是离别时心意摧折的映射。《寒园即目诗》中"游仙半壁画,隐士一床书"也以"半壁""一床"体现了隐居的高雅情趣和幽寂的情怀。此类数词所透露的情思心境与前面大数词的壮大深沉意涵是个不同的语言风格,也因此构成了庾信诗歌语言多面的审美特征。

另一方面,一与多的对比修辞在庾诗中更显深厚的旨意。如其《奉和平邺应诏诗》有"阵云千里散,黄河一代清"的描述,"千里"与"一代"更为有力地赞誉北周武帝带兵扫平北齐的神威气势以及迎来升平景象的功业。《咏画屏风诗二十五首》其五描写云:"管声惊百鸟,人衣香一园。"百鸟相惊与衣香满园并举,展现的是群鸟集聚、百花盛开的园苑风光。《拟咏怀诗二十七首》其十九中抒写天明早起的景象"一郡催曙鸡,数处惊眠鸟",到处都是鸡鸣声和被惊起的鸟声,形象表达转瞬天明的时间感受。《晚秋诗》描写雁行远去的景象"可怜数行雁,点点远空排",形象勾勒出大雁众多、渐行渐远直至如同无数黑点的画面,在雁的形象由线及点的变化中表现冷清萧瑟的季节特点,其中透露出一种怅然若失的心境。如此之类描写中的"一"在与"千""百""数"的对比中,总带有醒目醒心的意味。

这种具有距离的对比思维在庾信的语言创造中还有更为深沉的表达,那就是刻意把分手时浓重的离别哀情聚缩于"一"与"多"的对比当中,涵映一种因南北政治对峙而产生的离别的无望感和朝代更迭中强烈的失落感。比如庾诗描写分别场面的沉重笔调"此中一分手,相逢知几年"(《别周尚书弘正诗》),一旦分手便不知是几年的离别;"一面还千里,相思那得论"(《徐报使来止得一相见诗》),一次会面又要相隔千里,悲重沉痛。又其"从今一别后,知作几年悲"(《伤往诗二首》其一)、"离关一长望,别恨几重愁"(《和庾四诗》),数词皆表达深埋心中的乡思之愁长久难以散去。特别是《重别周尚书诗二首》其一中"阳关万里道,不见一人归"的抒写,"万里"与"一人"对比,越发显出道路的空寂和强烈的落寞感,象征性地表达北周与南朝交通疏隔、使者杳然无踪的局面,政治上的坚冰未破导致归乡的困境,"一人"在"万里"迥途的映照下,尤其显出孤独与失落。这种因政治局面而导致的失落心绪的流露还有如此的表达:"平生几种意,一旦冲风卷"(《拟咏怀诗二十七首》其十四),内心激涌的理想一朝就被疾风吹散,时代的变革和个人的无所适从在"几种意"和"一旦"的对比中显露出来;"千年水未清,一代人先改"(《拟咏怀诗二十七首》其二十四),也是讽刺改朝换代之迅速,强调千年的国运与一代人的命运紧相牵系。在通过数词"一"所强调的情思意境表现中,更加可以体味数词对于庾信诗歌情感抒写的特别意义。

若是我们再以前述六朝诗歌中所体现的单双构图美感衡量庾信诗歌,会看到庾信也特别留意借取数词形成双景的映照或者是单与双的构图美,以之化炼山水中富有特色的奇观秀景。如《上益州上柱国赵王诗二首》其一中描写四川铜梁山景色遥看是"两江如溃锦,双峰似画眉","两江"与"双峰"相映如画,表现了白昼时山色的秀美气质;其二描写入山狩猎时眼前山景是"寒沙两岸白,猎火一山红",两岸的白沙与猎火满山的红光形成了色彩上的鲜明效果,暗示了猎队人数众多给寒寂的山中带来喧闹的气氛,表现的是夜幕中山色的壮观气象。还有其《和宇文内史春日游山诗》描写山色中的奇景:"雁持一足倚,猿将两臂飞。"通过"一足倚"与"两臂飞"的奇特景象突出了山的荒迥。又如"沙洲两鹤迥,石路一松孤"(《咏画屏风诗二十五首》其十六)、"惊心一雁落,连臂两猿腾"(《北园射堂新成诗》)、"长虹双瀑布,圆阙两芙蓉"(《陪驾幸终南山和宇文内史诗》)、"漳流鸣二水,日色下三台"(《聘齐秋晚馆中饮酒诗》)等,皆形成单与双的形象美。在对生活景象的描写中,"一"与"两"也经常入诗,如"榖皮两书帙,壶卢一酒樽"(《拟咏怀诗二十七首》其二十五),"两书帙"与"一酒樽"特别强调隐居的原生态生活;在"仙人一遇饮,分得两三杯"(《蒙赐酒诗》)的抒述中,"一遇饮"与"两三杯"则表现的是美酒的香醇和心情的闲适潇洒。其两首咏镜诗中也有"光如一片水,影照两边人"(《镜诗》)、"何须照两鬓,终是一秋蓬"(《尘镜诗》)的描写,"一"与"两"的置入,使意象产生镜像的幻感,表达照镜之人或喜悦或惆怅的特殊心理感受。

这些数词在庾诗中的频频出场,更进一步显示了六朝诗人利用数词构造精巧意象的审美经验,特定的数词所指示的美感空间是不同的,这一点在庾诗中大数词、单数词以及一与多、单与双的对比等数词形态中有更为密丽的体现,于此也显示其寓于语言锤炼中的丰厚旨趣。

还要特别提到的是,庾信诗文的数词运用在数词与量词的结合上显示出新巧细腻的审美感知,创生出诸多较之时人更为新细的语言表达。比如在书写退居赋闲、寂寞人外生活的《小园赋》中,所云"若夫一枝之上,巢父得安巢之所;一壶之中,壶公有容身之地","一枝""一壶"表达物质欲望之淡泊以及小园的面积狭小、种植简单,又云"犹得敧侧八九丈,纵横数十步,榆柳两三行,梨桃百馀树",园中有"一寸二寸之鱼,三竿两竿之竹",因屋宇简陋,故"落叶半床,狂花满屋",因生活简朴,仅有"燋麦两瓮,寒菜一畦"①。赋中数量词的嵌入,形象表现了作者幽居小园性情恬适、生活朴素的状态。庾诗中此类富有新趣的数量词也用得颇为灵活。如其《游山诗》所描写:"涧底百重花,山根一片雨。"以"百重"写涧底倒映之花,突出山花层叠团簇的繁茂特点,以"一片"描绘山脚之雨,展现的是云雾缭绕的湿润特点,"百重"与"一片"精准地概括了山中峦嶂层叠、山云翁郁的独特景象。这种数量化的体物比一般的描写往往更能展现独特新奇的境界。又《咏画屏风诗二十五首》其十四开首云:"高阁千寻跨,重檐百丈齐。""千寻""百丈"夸张描写楼阁的高耸和屋檐的重叠,紧接着又以"云度三分近,花飞一倍低"表现一种空间高度上的距离感,意指飘度的浮云距离高阁近至三分,飘起的飞花低至楼阁的二分之一左右,"三分""一倍"使楼阁的高峻姿态呈现具体可感的视觉画面。还有《奉报寄洛州诗》中以"星芒一丈焰,月晕七重轮"描写战争的形势,"一丈焰"是指彗星长尾的光芒,"七重轮"则显示月晕的深重,旨在喻写兵事的严峻和形势的危急。身仕北朝,庾信经常书写北地天寒的景象,如"雪高三尺厚,冰深一丈寒"(《正旦上司宪

---

① 〔清〕严可均校辑:《全上古三代秦汉三国六朝文·全后周文》,中华书局,1958,第3921页。

府诗》)、"雪花深数尺,冰床厚尺馀"(《寒园即目诗》)、"木皮三寸厚,泾泥五斗浊"(《和张侍中述怀诗》),前两例描写北地冬日雪深冰厚的景象,后一例表现的是北方严寒天气中树木的特点和河流的浑浊,皆在暗示身处北朝所体验到的冰冷的政治环境和萧索寂寥的心境。此类数量词在诗意表达中所产生的新趣效果,是庾信诗歌独具特色的语言创意。

数词言语功能的彰显与作家深沉的情感世界和思想境界紧密相关,构成庾信诗歌语言特殊的修辞元素。庾诗以突出数词的方式彰示深重意涵的语言表现形成典型的表达模式,强化了诗歌语言内在结构和意蕴的深眇特点,构成其诗不同于齐梁诗坛清浅诗风的个性化语言趣向。

概言之,以庾信为代表的南朝诗家寄托于数词中的炼字用心,进一步显示了对语言美感和深趣的追求,推展了诗歌语言的创化艺术。数词在诗歌抒情写景中的特殊表达效果,使得这一原本具有理性色彩的语词形态也化入诗歌的感性话语中,以具体的指示或强调的意味开掘了数词在诗歌语言中的特别价值。

第四节　双声叠韵与叠音词音义兼美语言效果的延伸

从表音的向度而言,具有音声和情感交融之语言魅力的双声、叠韵或叠词在南朝诗歌中也进一步彰显出音情义兼美的语言优势。

在传统诗学的认知中,乐声谐和乃是诗歌鲜明的语言质性。明人李东阳《麓堂诗话》指出:"乐始于诗,终于律,人声和则乐声和。又取其声之和者,以陶写情性,感发志意,动荡血脉,流通精神,有至于手舞足蹈而不自觉者。"[1]李东阳的观点反映其对诗歌审美程式独特性的体认,正如有研究者所指出的,李东阳此说乃重在强调"诗之'音韵'的构成或者说作为诗乐合一的表征,体现在诗人'情性'或'志意'的发抒与乐声之音的融合","成功的'音韵'营构应当是一种朗畅而谐和的音声表现"[2]。这种对于诗歌音声元素特殊意义的揭示,西方诗学的相关言说也值得注意,如美国诗学批评家劳·坡林就说:"诗人和使用语言表达信息的人不同,选字时既注重意思也注重声音,而且用声音加强意思。""语言的音乐性,不管它应否取得这样重要地位,是和意义、意象、比喻等一样,成为诗人传达诗意的一种重要

---

[1] 丁福保辑《历代诗话续编》,中华书局,2006,第1369页。
[2] 郑利华:《明代诗学思想史》,上海古籍出版社,2022,第162页。

手法。诗人不应单纯为语言的音乐之美而使用语言,但至少对第一流诗歌说,音乐之美是传达诗的意思的重要帮手。"①他将语言的音乐特性视为诗歌传情达意必要修辞手段的观点,与传统诗学形成了映照关系。在诗歌有别于其他韵文的体制特征中,声音的谐和是诗性语言内在结构的一个重要标志。

中西诗论所强调的诗歌语言不可或缺的音乐性或者乐声谐和的特殊质性,不仅应包括平仄、节奏、音韵等乐感因素,还体现于汉语天然的音义兼蓄特点,其最典型的便是诗歌以丰繁的双声、叠韵以及叠词构成情意抒写和景物描摹的基本形态。傅庚生先生说:"双声者,同母之字(即声母相同),一声之转也,古人多用为形容词;如丁冬、芬芳之类是也。叠韵者,同韵之字,其音最近也;如堂皇、雍容之类是也。前者古谓之'和',后者古谓之'谐'。"②叠字可以说是兼合双声叠韵的特殊形态。由于契合"属采附声"的诗美旨趣,双声、叠韵及叠字是助力古典诗歌达到音声协畅、回环悠扬的重要艺术手段,也是诗人描摹物色的基本语词。《诗经》中就早已奠定了原初的体物方式,那就是多用双声、叠韵、叠字作为貌词摹拟自然天籁的律动,描绘山水草木、禽鸟虫鱼、阴晴风雨的状貌。《楚辞》在《诗经》的基础上进一步丰富了此类描状物象的基本词汇,刘勰《文心雕龙·辨骚》评屈原、宋玉赋曰:"论山水,则循声而得貌;言节候,则披文而见时。"③肯定了楚骚作品在自然描写方面的表现艺术。如"石濑兮浅浅"(《九歌·湘君》)、"观流水兮潺湲"(《九歌·湘夫人》)、"浩浩沅湘,分流汩兮"(《九章·怀沙》)、"惮涌湍之礚礚兮,听波声之汹汹"(《九章·悲回风》)等都是对水的描写,"浅浅"是形容水之清浅,"潺湲"是水缓之状,而"浩浩""礚礚""汹汹"则是浪涛盛大腾涌之貌,这些诗句中的叠词既具有凸显水流声音的音声效果,同时也有区分水的不同状态的形象美感,由此显示早期文学在描摹方面于较为简单的语言形式中寻求语词变化的倾向。王力先生就曾总结中国语言中的"绘景法"云:"中国的绘景法,虽也利用别的描写手段,但它的主要的而且最普通的办法就是利用联绵字(双声、叠韵、叠字)。"④刘勰在《文心雕龙·物色》中特别强调此类声音语辞对于物色描写的重要支撑作用,对这种词汇的丰富性和表现功能予以揭示:

---

① [美]劳·坡林:《怎样欣赏英美诗歌》,殷宝书编译,北京出版社,1985,第121页。
② 傅庚生编,傅光续编《国学指要》,生活·读书·新知三联书店,2019,第189页。
③ 刘勰:《文心雕龙注释》,周振甫注,人民文学出版社,1981,第36页。
④ 王力:《中国语法理论》,中华书局,2015,第301页。

灼灼状桃花之鲜,依依尽杨柳之貌,杲杲为出日之容,瀌瀌拟雨雪之状,喈喈逐黄鸟之声,喓喓学草虫之韵;皎日嘒星,一言穷理,参差沃若,两字穷形:并以少总多,情貌无遗矣。①

刘勰所云诗歌描写语言的特点,颇可代表先秦汉魏诗歌广泛使用联绵词的倾向,与此相比,双声、叠韵、叠字在南朝诗歌的自然描写中不仅具有普遍性,而且体现出进一步强化诗歌音声方面柔性要素的创作气象。如果说沈约在《宋书·谢灵运传论》中对"声律说"的总结主要是就"宫羽相变,低昂互节,若前有浮声,则后须切响"的平仄规则而言②,那么刘勰在《文心雕龙·声律》中则进一步为"声律说"注入了更为完备的内容,那就是强调通过语音配合达到音韵谐和的语言美感,他于此提出明确主张:"凡声有飞沉,响有双叠,双声隔字而每舛,叠韵杂句而必睽;沉则响发而断,飞则声扬不还,并辘轳交往,逆鳞相比,迕其际会,则往蹇来连,其为疾病,亦文家之吃也。"以为将双声、叠韵与平仄交相融合,方能达到"声转于吻,玲玲如振玉;辞靡于耳,累累如贯珠"的理想诗歌语言③。

与魏晋诗歌广泛调用此类联绵词的语言机制相比,南朝诗歌在双声、叠韵、叠词的处理方面更显示出强化音义兼合的细腻审美取向。观照南朝诗坛的创作实际,双声、叠韵词就是诗歌语言音乐性的基本符号。比如沈约《咏檐前竹诗》有云:"繁荫上蓊茸,促节下离离。风动露滴沥,月照影参差。"这里竹的繁茂秀美姿态主要通过"蓊茸""离离""滴沥""参差"之类语词呈示出来,以取得一种音韵与形象兼合的语言美感。从语言美感强化的角度观之,南朝诗歌此类语词的运用更多带有随篇创制的自觉意识,诗语中大量存在的描写词汇已不止局限于魏晋诗中常出的"联翩""飘飘""廖戾""岩峣""徘徊""泱漭""苍茫""窈窕""缥缈""烂熳""潺湲""萧条""暧瞱""萧瑟""逦迤""徙倚""悽怆""菡萏""葱青""涟漪""霍靡""朣胧""参差""峥嵘""蓊茸""崚嶒""崴蕤""崔嵬"等单纯词,而是涌现出丰富的新造双声叠韵词,即便不严格遵守同声或同韵,也讲求声部与韵类的一致或相近。此处且拈出南朝诗歌写景句中的若干诗例来一窥其中双声叠韵语词的音韵构成与相互呼应④:

---

① 刘勰:《文心雕龙注释》,周振甫注,人民文学出版社,1981,第493页。
② 沈约:《宋书》,中华书局,1974,第1779页。
③ 刘勰:《文心雕龙注释》,周振甫注,人民文学出版社,1981,第364页。
④ 此处对诗句中双声叠韵词在中古的音韵地位的标示是以郭锡良编著《汉字古音手册》(商务印书馆2010年版)为依据。

"藐眄覯青崖,衍漾观绿畴。"(颜延之《车驾幸京口三月三日侍游曲阿后湖作诗》)"藐""眄",同属明母;"衍""漾",同属餘母。

"沧潦联霄岫,层岭郁巉崱。"(刘峻《登郁洲山望海诗》)"霄岫"中"霄"为心母,"岫"为邪母,声母同属齿头音;"巉崱"中"巉"为从母,"崱"为崇母,声母同属齿音。

"堂皇更隐映,松灌杂交加。"(刘孝威《登覆舟山望湖北诗》)"堂""皇",同属唐韵;"隐""映",同属影母;"交""加",同属见母。

"凄叶留晚蝉,虚庭吐寒莱。"(江洪《和巴陵王四咏·秋风曲三首》其二)"晚""蝉",分别归阮韵、仙韵,皆属山摄;"寒""莱"分别归寒韵、代韵,韵母相近。

"山花临舞席,冰影照歌床。"(徐陵《奉和简文帝山斋诗》)"山""花",分别在山韵、山摄和麻韵、假摄,韵摄相近;"冰""影",分别在蒸韵、曾摄和梗韵、梗摄,韵摄相近。

"烧田云色暗,古树雪花明。"(徐陵《征虏亭送新安王应令诗》)"烧""田",分别在宵韵、效摄和先韵、山摄,韵摄相近;"古""树",分别在姥韵、遇韵,同属遇摄。

"摧残枯树影,零落古藤阴。"(陈叔宝《同江仆射游摄山栖霞寺诗》)"摧""残",同属从母;"枯""树",分别归模韵和遇韵,皆属遇摄;"零""落",同属来母。

"寒光带岫徙,冷色含山峭。"(陈叔宝《关山月二首》其二)"寒""光",分别在寒韵、山摄和唐韵、宕摄,韵摄相近;"岫""徙",分别归邪母、心母,声母相近,同属齿头音。"山""峭"分别在山韵、山摄和笑韵、效摄,韵摄相近。

"终南云影落,渭北雨声过。"(江总《秋日游昆明池诗》)"云""影",分别归云母、影母,声母同属喉音;"渭""北",分别归未韵、德韵,韵母相近。

"涧芳十步草,崖阴百丈松。"(孔德绍《送舍利宿定晋岩诗》)"涧""芳",分别在谏韵、山摄和阳韵、宕摄,韵摄相近;"崖""阴",分别在疑母、影母,声母相近,同属喉音。

如上所举虽然只是从南朝诗歌中择取的片言只语,但已能见出诗人意在通过此类语词在诗语中的绵密组织达到彰显语言内在韵律的明确意图,因而它成为诗歌审美属性得以强化的一个重要经营维度。而且从南朝诗歌整体性的音义组织特点来看,这种经营不仅体现于如上写景秀句的局部性音声凸显,诗人亦注重诗章整体谐和的音声呼应,特别是梁陈诗歌大多以密集的双声叠韵词语抒情构象,既措意于句间的呼应与回环,而且将此种对音声的强化向一般描写语词辐射，或者是打破词的界限，在相邻的音步之间形成双声叠韵，形成词断而音未断的效果，充分显示了诗人重视诗语语音层面美感的普遍追求。这样的炼词特点形成诗坛的风气，我们且以庾信的《山斋诗》来看诗人是如何在全诗的语句中实现音声效果的：

> 寂寥寻静室，蒙密就山斋。滴沥泉浇路，穹窿石卧阶。浅槎全不动，盘根唯半埋。圆珠坠晚菊，细火落空槐。直置风云惨，弥怜心事乖。

诗中加点字所标示的双声词中，"蒙密"同属明母；"直""置"，分别属澄母、职韵和知母、志韵，声母同是舌上音，韵类亦相近。以横线点示的叠韵词中，"山""斋"分别在山韵、山摄和皆韵、蟹摄，韵摄相近；"滴沥"同属锡韵；"泉""浇"，分别在仙韵、山摄和萧韵、效摄，韵摄相邻；"穹窿"同属东韵；"浅""槎"，分别在狝韵、山摄和麻韵、假摄，韵摄相近；"盘""根"，分别在桓韵、山摄和痕韵、臻摄，韵摄相邻；"半""埋"，分别在换韵、山摄和皆韵、蟹摄，韵摄相近；"火""落"，分别在果韵、果摄和铎韵、宕摄，韵摄相近。若从诗句间单音词的音声呼应效果来看，全诗中同属从母的有"寂""静""就""泉""全"，同属来母的有"寥""沥""路""窿""落""怜"，同属见母的有"浇""阶""根""菊""乖"，同属明母的有"埋""晚""弥"。同属萧韵的有"寥""浇"，同属东韵的有"蒙""空""风"，同属皆韵的有"斋""阶""埋""槐""乖"，同属仙韵的有"泉""全""圆"。由此可见诗人对语言内部结构中音声谐和的重视，这种声音上的精密组织，对诗意的深层表现是具有隐性作用的，即如前引劳·坡林所说，它是有助于"以声音加强意思的"。若就此首诗而言，语言的声音特点便在一定程度上有利于营造出一种杳深幽静的画面感和清瑟的乐声效果。

这种对语言自身音乐性的彰发和组织，在上述南朝诗歌中有颇为突出的体现，特别是双声、叠韵的音乐美对一般性描写语词的濡染，使得语言的乐感特点得到更明显的强化。南朝诗人对叠词的锻炼也更为明显地寻求音声与意涵生动糅合的语言效果。叠词作为一种整饬谐和、附着情思意趣的基础辞藻，是诗歌陶写情性、摹画景物的语言标识。相比双声叠韵词，古代文人注重将汉语的音声特点与情思暗示功能相融合营造语言的境趣，尤措意于叠词的使用。比如唐代诗僧寒山的《杳杳寒山道》一诗云："杳杳寒山道，落落冷涧滨。啾啾常有鸟，寂寂更无人。淅淅风吹面，纷纷雪积身。

朝朝不见日，岁岁不知春。"①诗的内容中句句含叠词，声义相叠形成音声整饬抑扬的效果，同时也集中涵示了杳深疏寂、凄冷清寒、时日寂寥的山中气氛，因此它其实是发露了叠词意韵上的诗性色彩。

　　对于中古诗歌描写语言的特点而言，叠词作为音意统一的生动词汇，其首先在声韵的规律性方面具有比较明显的音声倾向。笔者依据逯钦立先生《先秦汉魏晋南北朝诗》对魏晋至隋诗歌中的叠词使用和音声情况进行了考察，统计此时段诗歌中叠词共有约 637 个。在声韵母的特点上，以声母 y 构成的叠字出现数量最多，以舌音 l，唇音 m 以及牙音 h，齿音 zh、sh、j、q、x 等构成的叠字也保持着较高的使用率，叠字韵母出现最频繁的是开口呼的 an、ao、ang、ei、i、in、ing 以及合口呼的 u、ui、ong。从词义的方面看，魏晋诗歌叠词的运用承继诗骚者多，自创者少，以陶渊明诗歌为界标，琢炼创生叠词的语言追求显有强化。汉魏诗人创作五言诗一般习惯于将叠字用于首二字，至南朝广泛延伸至三四字或诗尾四五字，如谢朓五言景句叠字置于诗尾四五字的情形就有半数之多。除了一般性的叠用形容词，将单音动词、名词合为叠词成为新鲜手段，如"客子行行倦，年光处处华"（何逊《渡连圻诗二首》其二）、"绿叶朝朝黄，红颜日日异"（《萧纲《寒闺诗》）、"黄鹄飞飞远，青山去去愁"（江总《别袁昌州诗二首》其一）等，叠词皆具有改变平熟语言的新意。

　　南朝诗歌中丰富的叠词超逾了其简单的状物功能，强调其新巧趣味和情感含藏的价值，此特点在梁陈诗歌中有甚为明晰的体现。如在以下景物描写中，叠词是彰发形象美感的关键所在。庾肩吾《三日侍兰亭曲水宴诗》云："春生露泥泥，天覆云油油。""泥泥"是露水浓重貌，予人以湿润的感觉，"油油"指云彩飘动之态，使人感到云朵悠悠飘流的柔美，叠词体现了春季万物鲜润的景象。再如"浅浅满涧响，荡荡竟川鸣"（宇文逌《至渭源诗》），"浅浅"是近处清浅的水流，"荡荡"是远处水流汇合后水面广阔、水花激荡的景象，叠字体现了渭水的地理风貌和水势的变化。"飞飞双蛱蝶，低低两差池"（萧衍《古意诗二首》其二），"飞飞"表示飞的动态一直持续，"低低"表示越飞越低的状态，叠字将蝴蝶翩飞向低处的姿态表现得更为细腻。这些诗句中叠词的运用无疑都使形象的刻画更加具体可感。还有如"幽谷响嘤嘤，石濑鸣溅溅"（萧衍《游钟山大爱敬寺诗》）二句描写山中景色，"嘤嘤"与"溅溅"相对，造成音声的复沓与呼应，形象地表现出声音在山谷间传递、回荡、飘扬的效果。"萤飞夜的的，虫思夕喓喓"（萧纲

---

① 项楚：《寒山诗注》，中华书局，2000，第 86 页。

《秋夜诗》)中的叠字描绘出萤光的明亮闪烁及虫声的清亮,对于烘托秋夜的寂静氛围也具有特别的效果,使诗歌的意境美得以更婉曲地展露。

在细化形象美感的表现功能基础上,叠字所透射的深长绵丽的情韵美感在梁陈诗歌中尤其得到了呈露,所附着的意涵更显深细。如吴均诗中的"莓莓看细雨,漠漠视浓烟"(《答萧新浦诗》),"莓莓"本是形容草的茂盛,此处用来描写雨的细密,以"漠漠"状写烟气浓密的景象,叠字所营造的迷蒙恍惚的细雨境界,已然着染了惆怅与伤感,契合于诗中所叙离别的心境。何逊《日夕望江山赠鱼司马诗》中"的的帆向浦,团团月映洲"的描写,"的的""团团"突出夜江远景中白帆明亮、月光圆美的景象,其反衬游子羁客黯然孤凄心境的情感色彩也比较明白。何诗中的"黯黯连嶂阴,骚骚急沫响"(《入西塞示南府同僚诗》),"黯黯"状云之黑暗,"骚骚"状水之湍急,也具有强化羁旅之人沉重焦虑心情的隐喻意味。如果说这几例叠词的运用还是比较传统的彰明意境的特点,那么一些新颖的叠字经营则更能体现耐人咀味的情意力量,因而使人关注到叠字特有的深意。如江总送别诗中的"别鹤声声远,愁云处处同"(《别袁昌州诗二首》其二),"声声"说明鹤的叫声连绵延续,"处处"意指愁云延展弥漫,叠字从声音和空间上喻示了离愁别绪的久远绵长。又其"故殿看看冷,空阶步步悲"(《奉和东宫经故妃旧殿诗》)所描写的还是宫怨之情,但是语言使孤寂的情感更具有穿透力。"看看"与"步步"的复沓,传达出人在殿中左顾右盼时徘徊的情景和沿着空阶慢慢走下时悲哀渐渐袭上心头的沉重感觉,其意味与一般的描写自是不相同的。还有他的"黄鹤飞飞远,青山去去愁"(《别袁昌州诗二首》其一)二句也是叠用动词,"飞飞"与"去去"延长了离开的动态过程,使黄鹤、青山所沾染的不舍离别的绵长情思更见深沉。这里我们所看到的叠字经营,已不啻是一种形象化的语言,而且是通过复加效果在时空境界中延长、伸展了具体的情景形象,使情思意志得以与自然物色更为细贴地融合起来,由此可见梁陈诗歌在细化叠词表现形象美感的同时,附着于其间的情感意味也更显深细。

南朝诗歌对语词音声美和意涵丰厚度的格外讲求,表现在双声、叠韵向一般描写语言的着染以及叠字形象性的细腻和情感的隐示意义,其间所显示的是在诗语内在结构中加强美感因子的语言旨趣,更进一步发展了双声、叠韵及叠词音情义统一的语言价值。

第五节　副词对诗歌内在肌理的细化

在炉锤实词以张大其写景表现力的基础上,南朝诗歌亦注重全面激活以副词为标志的虚字的抒写功能①。

虚字虽然大多并无实义,但是作为语言结构中不可或缺的要素,它的功用早已得到古代批评家的辨明。刘勰在《文心雕龙·章句》中提及虚字的作用时说:"据事似闲,在用实切。巧者回运,弥缝文体,将令数句之外,得一字之助矣。"②由于这种辅助的功能,虚字看似闲散,实则具有弥补句意空白、助力语辞转合的作用,故而它也有"助语""助辞""助字"等别称。就虚字在文学语言中所承当的衔承意脉的作用而言,清人魏维新在《〈助语辞补义〉序》中说:"苟无之乎者也诸语辞,以起承转合其中,将见断断续续,意不宣而语不贯,又乌可谓之文哉!"③同时人陈雷在《〈助语辞补义〉题辞》中也说:"若欲行文生动,全在助语得宜,正如川泽之周流,筋血之连运也。"④清代袁仁林将此类助辞统称为"虚字",其所纳的范围与现代汉语不尽相同。解惠全在注解清人袁仁林《虚字说》的前言中总结袁氏对于虚字的划界时进一步解释说,"虚字就是那些意义不实在,用在句子里以表示实字(词)之间各种关系或表示种种语气的字眼儿","也就是古之所谓辞或语助之类,与今一般文言虚词著作中所说的虚词大体相当,包括副词、介词、连词、助词、语气词以及部分代词和类似词头词尾的附加成分"⑤。

就南朝诗歌的抒情表现和意象运化而言,诗人在发挥虚字的助语功能时,特别使副词得到了凸显。南朝诗歌中措辞更为精巧细贴的副词活力明显提升,具有细化诗语意脉、意象表现、情感流动的审美意义。法国汉学家程抱一认为,"在中国诗的修辞传统中,佳句应该考虑到'实字'与'虚字'之间的平衡",从而"保障'气韵'的流动"⑥。在诗歌的写景语言中,以动词、形容词为核心的谓词一般承担呈现物象平面状态的作用,而副词的加

---

① 副词在现代汉语中被归入实词的行列中,但在古代汉语体系中,它是古人所谓的"虚字"的一部分,因而此处仍从其作为虚字的功能来阐说。
② 刘勰:《文心雕龙注释》,周振甫注,人民文学出版社,1981,第376页。
③ 〔元〕卢以纬:《助语辞》,刘长桂、郑涛点校,黄山书社,1985,第49页。
④ 〔元〕卢以纬:《助语辞》,刘长桂、郑涛点校,黄山书社,1985,第51页。
⑤ 〔清〕袁仁林:《虚字说·前言》,解惠全注,中华书局,1989,第3页。
⑥ 〔法〕程抱一:《反思:中国诗歌语言及其与中国宇宙论之关系》,收入乐黛云等编选《欧洲中国古典文学研究名家十年文选》,江苏人民出版社,1998,第156页。

入更有利于展现物象的空间关系或物理关联、捕捉景象的细微变化,因而能够配合实词化生细切逼真的意象,亦能调节景句之节奏,它的弥补助衬的意义较之其他虚词更为显豁。

魏晋诗歌凝聚于景物描写中的炼句思维是以实词为其主要成分,副词尚处在一种质朴的状态,其所承载的语法功能大于其语意功能,因而没有彰发出独特的优势。如"众星何历历""白杨何萧萧""北风何惨慄"等表达,副词"何"作为状语反复出现,更多是在较为疏简的句法中起到强化语势的作用。在南朝诗歌所形成的新变追求中,副词则被提升到了与实词同等重要的地位。山水诗、写景诗中副词的明显增加以及其精致的形态,已能说明诗人激活副词诗性语言潜力的用心。在南朝诗歌的景物描写中,副词的融入改变了主要由动词与形容词构成的平面化语言表现范式,有益于细贴表现自然风物变化的过程以及微细的动态,并于其中蕴藏诗人的审美情韵,这是语言内在结构更趋精致富馀的体现。副词的使用较之魏晋更为活跃,频频出现的有时间副词"初""始""尚""已""犹""方""乍""正""暂""欲",频度副词"屡""复""恒""仍""还""渐",程度副词"更""稍""转",范围副词"唯""独""俱",情态副词"自""空""应""忽",肯否副词"不""未""非",语气副词"岂""何"等。副词进入了诗人融化烹炼语词的视野之中,便改变了诗歌语言平直简明的格调,使之趋向于一种细密准确的语言模式。副词在写景对仗句中的嵌入,不仅强化了景句的整饬性,而且特别能够彰显景象的细节特征,这就使诗歌在描写上更能切近景物的原本状态和变化的姿貌,而往往在这样的细腻表达中,也可以渗透诗家主体精准的观察眼力和细巧的审美体验,这是诗人从语言结构上使写景摆脱一般性表达模式的一个基本策略。

比如谢灵运五言诗就着意通过丰富的副词运用把写景语言带入细微体物的方向。其《游南亭诗》中"泽兰渐被径,芙蓉始发池"的描写,"渐"字突出泽畔兰草由初生渐至翁郁的状态,"始"字捕捉住了荷叶初生时嫩绿轻小的形状,若与建安诗人笔下"菱芡覆绿水,芙蓉发丹荣"(曹丕《于玄武陂作诗》)、"秋兰被长坂,朱华冒绿池"(曹植《公宴诗》)、"芙蓉散其华,菡萏溢金塘"(刘桢《公宴诗》)的描写相比,谢诗含纳副词的描摹更能显示勾画景象变化特征的细致美感。清人方东树认为谢、鲍诸子"于闲字语助,看似不经意,实则无不坚确老重成炼者,无一懦字率字"[①],在其副词的运用上即可窥见此种下字法则。再比如萧纲诗中如下诗句:

---

① 方东树:《昭昧詹言》,吴闿生评卷一,朝华出版社,2019,第40页。

紫兰叶初满,黄莺弄不稀。石蹲还似兽,萝长更如衣。

(《晚春诗》)

雷音稍入岭,电影尚连城。雨馀云稍薄,风收热复生。

(《雨后诗》)

乍摇故叶落,屡荡新花开。暂舞惊鸟去,时送蕊香来。已拂巫山雨,何用卷寒灰。

(《咏风诗》)

风旗争曳影,亭皋共生阴。林花初堕蒂,池荷欲吐心。

(《上巳侍宴林光殿曲水诗》)

这些景物描写凭借副词的稳妥置入增加了千姿百态的变化情状和诗人细微的感官感受,通过这种变化状态和审美知觉的细化表现,诗语增添了一种情蕴细贴的美感。还可再举陈代高丽定法师《咏孤石》一诗来看:"迥石直生空,平湖四望通。岩根恒洒浪,树杪镇摇风。偃流还渍影,侵霞更上红。独拔群峰外,孤秀白云中。"诗中因有副词的辅助描摹,彰显孤石与碧水红霞相映而愈发秀美的状态以及高标独立于群峰白云之中的卓异之姿,遂产生了细腻表现孤石坚固挺立姿态的语言韵味,若是缺少其间的副词,便不足以表达这些内在的含蓄意蕴和诗人附着于意象中的独特心理感受。南朝诗歌在深眇的语言结构中隐含深趣,形成与魏晋诗歌显有区别的语言风格,副词的大量介入正是形成此种风格差异的因素之一。句法的精微和语意的深秀需要副词出场以保障语言的细密特征,副词的参与使诗歌语言中心理感受的线索明显丰富,易于展现时间与空间的流转跳跃,相比绘画的平面视觉效果,这种诗语形态伸张了诗歌在表现和重构方面的语言优势。

具体来看,副词的语言趣味首先表现在自然描写内在时空结构的细致展开,这是诗歌语言精细化的凸出表现。葛兆光先生指出:"靠着虚字的产生,语言才能清晰而且传神,有了虚字的插入,诗歌就更能传递细微感受,凭着虚字的铺垫,句子才能流动和舒缓,虚字在诗歌里的意义是,一能把感觉讲得很清楚,二能使意思有曲折,三是使诗歌节奏有变化。"[①] 从时间维度来看,诸如"二月莺声才欲断,三月春风已复流"(萧悫《春日曲水诗》)、"入春才七日,离家已二年"(薛道衡《人日思归诗》)、"画梁才照日,银烛已随风"(薛德音《悼亡诗》)各句,都以时间副词"才""已"等形成承续关

---

① 葛兆光:《汉字的魔方——中国古典诗歌语言学札记》,复旦大学出版社,2008,第162页。

联,暗示光阴的流逝、物象的更新以及人事的衰歇。在诗人对副词时间性的发掘中,尤其注重副词在彰示自然景物初始、渐变、瞬时动感、程度持久状态、不完全形态等方面所拥有的独特优势,通过副词使得语言能够更为细巧地表现短暂即逝的空间镜像和时间的流转。比如表现自然物象初萌的状态和渐变的形态在南朝诗歌中有甚为精巧的表达,多借助"已""初""欲""始""未""犹"等时间副词点示物象物理性状的细节,以显示摹刻的精确性,其间亦渗透审美主体对自然世界瞬时切入式的体验方式,以此体现对自然物理及时令变化微观现象的追踪与感知。如:"涧水初流碧,山樱早发红"(萧瑱《春日贻刘孝绰诗》)、"萌开箨已垂,结叶始成枝"(沈约《咏檐前竹诗》)、"寒瓜方卧垄,秋菰亦满陂"(沈约《行园诗》)、"野棠开未落,山樱发欲然"(沈约《早发定山诗》)、"于时春未歇,麦气始清和"(何逊《车中见新林分别甚盛诗》)、"莺林响初转,春畦药欲含"(孔焘《往虎窟山寺诗》)、"鸟击初移树,鱼寒欲隐苔"(杨广《悲秋诗》)"中峰云已合,绝顶日犹晴"(王褒《云居寺高顶诗》),这些诗句中都通过副词连缀成春秋时物消长兴歇的变化动态以及动态中的细部,使写景具有层次美感,体现了观物者细微的观察和情思的迁移与渗透。再如"薄云初启雨,曙色始成霞"(萧纲《守东平中华门开诗》)、"星稀初可见,月出未成光"(何逊《敬酬王明府诗》)、"水白先分色,霞暗未成红"(王衡《宿郊外晓作诗》)等,皆是以副词勾勒景象短暂的移变状态,凸显了描写中的时间因素。在对时间流动的感知方面,诗人对景象渐次变化状态的捕捉,常常通过"渐""稍"等程度副词予以细化,体现观察的持久性。如谢朓《京路夜发诗》中描写黎明征行景象:"晓星正寥落,晨光复泱漭。犹沾馀露团,稍见朝霞上。"其中"正""复""犹""稍"几个副词轻巧地表现出曙色渐明、朝霞初升的天象变化过程。其他还有如:"寒槐渐如束,秋菊行当把"(谢朓《落日怅望诗》)、"阶蕙渐翻叶,池莲稍罢花"(何逊《秋夕仰赠从兄寘南诗》)、"扁舟已入浪,孤帆渐逼天"(朱超《别席中兵诗》)、"菊寒花稍发,莲秋叶渐枯"(刘邈《秋朝野望诗》)、"繁星渐寥落,斜月尚徘徊"(薛道衡《和许给事善心戏场转韵诗》)、"晨霞稍含景,落月渐亏弦"(虞世基《奉和幸江都应诏诗》),副词的加入比较明晰地勾勒出节序的推迁和时间的变化,使得诗意中时间性的线索更加细致,这显然已成为南北朝诗家描摹景物微观征象的惯用手法。

在凸显时间性的表达范式中,诗人对瞬时场景的把握大多通过"时""乍""忽""或""还"等副词把瞬间的偶然状态和其中蕴蓄的生机活力加以展示,以增强景物描写的场景效果。比如萧纲的"花絮时随鸟,风枝屡拂尘"(《咏柳诗》)二句,副词"时""屡"尤能突出花瓣轻絮时不时地随鸟而飞,风中的枝条屡次地拂过尘土,一种活泼的气象尽显词间。萧绎的"柳絮时依酒,梅花乍入衣"(《和刘上黄春日诗》)二句,在谓语之前增加"时""乍"二字,显出柳絮反复拂贴酒杯和梅花偶然飘入衣中的鲜活动景,这二字之间深含诗人留恋春色的无限情思。江总《赋得泛泛水中凫诗》描写水中凫鸟云:"出没时衔藻,飞鸣忽扬风。浮深或不息,戏广若乘空。"加入"时""忽""或"几个词便将凫鸟在水中时出时没、时飞时息的瞬间姿态生动逼真地呈现了出来。南北朝诗中以"时"与"乍"形成的对句甚为流行,皆有意追寻对瞬时美感的纤巧表达,再如以下诗句:

> 烟霞乍舒卷,蘅芳时断续。
> 　　　　(王融《同沈右率诸公赋鼓吹曲二首·巫山高》)
> 渔舟乍回归,沙禽时独赴。(何逊《答丘长史诗》)
> 单舻时向浦,独楫乍乘流。
> 　　　　(何逊《春夕早泊和刘谘议落日望水诗》)
> 鹊声时徙树,萤光乍灭空。(萧晔《奉和太子秋晚诗》)
> 荷根时触饵,菱芒乍胃丝。(刘孝绰《钓竿篇》)
> 离禽时入袖,旅谷乍依蘋。(萧纲《卦名诗》)
> 浴禽时侣窜,惊羽忽单飞。(王褒《山池落照诗》)
> 落叶时惊沫,移沙屡拥空。(陈叔宝《陇头水二首》其二)
> 时看远鸿度,乍见惊鸥起。(祖珽《望海诗》)
> 独飞时慕侣,寡和乍孤音。(杨素《赠薛播州诗》其十四)
> 石苔时滑屐,虫网乍粘衣。
> 　　　　(释洪偃《游钟山之开善定林息心宴坐引笔赋诗》)

能够呈现景象中美感的层次性,副词的功劳是显著的。在这种呈现瞬时状态的描写中,副词的介入当然不止于"时""乍"之类字眼,还有其他具有类似效果的表达。如陈叔宝的"啼禽静或喧,花落低还起"(《春色禊辰尽当曲宴各赋十韵诗》),副词"或""还"更加细微地呈现出静中含动的美感,以显示春色的妍丽与活泼。何逊有"蜘蛛正网户,落花纷入膝"(《刘博士江丞朱从事同顾不值作诗云尔》)的描写,"正"与"纷"强调即目所见蜘蛛与落花的自在状态,隐含诗人怡然自得的情思。又如王僧孺诗中的"雪罢枝即青,冰开水便绿"(《春思诗》),也以"即""便"两个时间副词夸张展现春景即刻到来的迅速感。这种借助副词细化语言表现的方式同时体现出诗人把握不同向度时间体验营造新鲜诗意的独特审美趣味。

副词的精练对于更为细密地呈现景物在时间和空间中的不同状态具有直接的作用。这种区别度的鲜明性不仅体现于如上表现瞬时景象的鲜活笔调,也体现为以"还""更""复""转""犹""恒"等表示程度或频度的副词呈现景象程度变化或持久的状态,如以下诸句:

> 日气斜还冷,云峰晚更霾。(庾信《晚秋诗》)
> 飘花更濯枝,润石还侵柱。(张正见《赋得梅林轻雨应教诗》)
> 涧水寒逾咽,松风远更清。(薛道衡《从驾幸晋阳诗》)
> 轻萝转蒙密,幽径复纤威。
> （释洪偃《游钟山之开善定林息心宴坐引笔赋诗》）
> 天寒响屡嘶,日暮声愈促。(褚沄《赋得蝉诗》)
> 晚荷犹卷绿,疏莲久落红。(徐怦《夏日诗》)
> 柳条恒著地,杨花好上衣。(萧纲《春日想上林诗》)
> 露下绥恒湿,风高翅转轻。叶疏飞更迥,秋深响自清。
> （王由礼《赋得高柳鸣蝉诗》）

副词将景气随时间推移时程度的加深表现得甚为明朗,隐含着诗人对自然世界物理状态甚为精准微观的察识。这种纤细的诗心也表现在对景象不完全状态的精细处理上。如丘迟《玉阶春草诗》"杂叶半藏蜻,丛花未隐雀",杂叶、丛花并非完全隐藏了蜻与雀,而是半遮半露,副词"半"暗寓着细心发现隐藏之物的欣喜。又如何逊的"柳黄未吐叶,水绿半含苔"（《边城思诗》）、"落花犹未卷,时鸟故馀声"（《春暮喜晴酬袁户曹苦雨诗》）、"夕鸟已西度,残霞亦半消"（《夕望江桥示萧谘议杨建康江主簿诗》）,庾信"桂亭花未落,桐门叶半疏"（《奉和山池诗》）,丘迟"渔潭雾未开,赤亭风已扬"（《旦发渔浦潭诗》）,萧纲"遥山半吐云,严飙时响谷"（《登城诗》）,这里的"未""半"等副词配合使用,同样具有表现空间形态的准确性。诗句中的副词连缀起自然景物消长兴歇的变化动态,更为细密地呈现出景物在时间和空间中的不同状态,其中隐含诗人对自然物理状态及微观景象的深细感知。副词无疑具有细化诗歌语意、丰富诗语美感层次的潜在作用。

其次,副词承托诗人情思的言外意义也得以舒张。袁仁林在《〈虚字说〉序》中云"虚字者,语言衬贴,所谓语辞也","凡其句中所用虚字,皆以托精神而传语气者"①。如上所述,南朝诗家对副词的调遣已达到精工的高度,这种炼字用心由实词向虚字的延伸,在进一步焕发语词的情感表现力方面更能显示其意义,副词的雕琢就极能体现这一点。

且以擅长琢句的阴铿为例,探察其诗中副词的情感涵容空间。如其《江津送刘光禄不及诗》描写送友不遇的景象:"泊处空馀鸟,离亭已散人。"情态副词"空"与时间副词"已"的呼应,更为明确地暗示送友未及而产生的失落情绪以及未能赶上饯行的遗憾心理。又如其《五洲夜发诗》描写羁途江行所见:"溜船惟识火,惊凫但听声。劳者时歌榜,愁人数问更。"范围副词"惟""但"二字不仅强调船行江上因雾气浓重而导致视野的有限,亦流露出行旅之人百无聊赖、羁行厌倦的心理感受,再接以频度副词"时""数",便更可表现旅者焦虑愁闷的心情。又其描写空寺室内荒凉景象:"香尽奁犹馥,幡尘画渐微。"(《游巴陵空寺诗》),时间副词"犹""渐"展现出馀香仍浓、旗画渐消的景象,暗示寺院昔日的兴旺及长久以来的冷清,其中包含对寺院昔盛今衰的联想和浮世沧桑的慨叹。精隽的副词从一个侧面反映了阴铿诗歌扩张语言情感内涵的措词旨趣和精细诗心。

副词的情感涵示作用还可通过南朝诗中运用"自""空""独"等情态副词时的炼字艺术来进一步探讨。历代论家注目诗歌语词锤炼,有把副词中的"自""独"二字单独提出作为标志之例,如宋代葛立方《韵语阳秋》即云:

> 老杜寄身于兵戈骚屑之中,感时对物,则悲伤系之,如"感时花溅泪"是也。故作诗多用一"自"字。《田父泥饮诗》云:"步屧随春风,村村自花柳。"《遣怀诗》云:"愁眼看霜露,寒城菊自花。"《忆弟诗》云:"故园花自发,春日鸟还飞。"《日暮诗》云:"风月自清夜,江山非故园。"《滕王亭子》云:"古墙犹竹色,虚阁自松声。"言人情对境,自有悲喜,而初不能累无情之物也。②

实际上不止老杜具有如此之语言创造,"自""独"等副词在南朝诗歌中已有工致使用的先例。如庾信《奉和赵王西京路春旦诗》云:"鸟鸣还独解,花开先自薰。""自""独"二字呈现出花鸟如人一般悠然自在的状态,景中含示着孤芳自赏的情韵。其《应令诗》云"路尘犹向水,征帆独背关",着以"犹""独"二字描写飞尘与征帆,含带有离别的眷恋和别后的孤单。还有

---

① 〔清〕袁仁林:《虚字说》,解惠全注,中华书局,1989,第 11 页。
② 葛立方:《韵语阳秋》卷一,〔清〕何文焕辑《历代诗话》,中华书局,2004,第 484 页。

何逊诗中的"山莺空曙响,陇月自秋晖"(《行经孙氏陵诗》)、"旅客长憔悴,春物自芳菲"(《赠诸游旧诗》),"空""自"中皆含有岁月兀自流转、行程中的旅人疏隔于自然万物的孤独无依情绪。诸如此类描写,皆为诗语表现外在自然注入了情感韵味。

南朝诗家倾注于副词的锻炼功力,强化了写景语言整密矫健的句式特点和细密紧承的语意脉络。副词有效介入诗歌写景摹物的语言表现中,把自然景象的时间特点和空间状态区分出细微的层面,以更显精巧的语言组织把诗人的细腻审美体验含藏其间,实现了景物描写精雕细琢的语言可能性,成为写景语言转向微观化方向的一种必要途径。

综上所述,我们以南朝诗歌自然描写作为开掘诗性语言之标志,对诗歌语词层面的语言发展进行了分析,以此揭示南朝诗人在语词创化方面的独特探索。集中表现于南朝诗歌自然描写中对实词与虚字的全面精炼,在一定程度上体现出激发诗歌语言"自由"特性的自觉意识,彰显了构建诗性语言的主动选择。以物象名词的"陌生化"组合改变单向形态的构词模式,为动词注入新异的措辞特色,彰发数词在摹景抒情方面的诗性意义,延伸双声、叠韵和叠词的音声美感与情感内蕴,以副词的点缀细化诗语的内在意涵,都表征着诗人在创作实践中对于诗歌语言具体性、特殊性的探索,更显示诗人借由细腻的艺术知觉和精锐的语言能力更新语言、丰富语言的强烈诉求。当代诗人顾城说:"只有美好的感觉和精练的语言相结合时,诗才可能出现。感觉越美,语言越精,二者结合得越和谐,诗则越成为诗。诗人,就是为美感和精练的语言举行婚礼的人。"①南朝诗人面向诗歌语词层面的全方位磋磨,是把语言作为艺术创新的重要维度,通过对语言经营空间的撑展释放诗性语言,从而将语言从工具形态和思辨形态切实提升到了审美形态。此种追求新变的语言旨趣与自然描写的发展紧相契合,逐渐凝定为一种形态稳定的新鲜语体,使得诗歌的自然描写由魏晋阶段的兴发感怀媒介转变为南朝的语言审美符号。这种言语潮流特别在梁陈诗坛,尤能体现诗歌语言不断释放其自言性、创造性的艺术酝酿,对于开启诗语丰厚的审美空间具有重要意义。

---

① 顾城:《顾城文选 卷1 别有天地》,北方文艺出版社,2005,第255页。

第二章　中古五言诗自然描写的句式经营

明人胡震亨曾作形象比喻曰:"一诗之中,妙在一句,为诗之根本。根本不凡,则花叶自然殊异。"①系结了语言发展生新之标志要素的句法空间向来颇受语言诗学研究界的关注,本节将以南朝五言诗自然景物描写作为观照中古五言诗句式发展的核心,揭示其中的诸种语言艺术新形态。围绕诗歌句法之考察,以前更多是从语法学、音韵学角度的审视与归纳,而对句法、句式与诗歌意象化语言生成之深度关系的察识,仍有进一步讨论的必要。

第一节　五言诗写景句的句式发展

一、中古五言诗句式发展趋于精健的整体特点

五言诗经历由汉代至于南朝漫长时代的演递变化,其语言在保持基本形式的同时,也不断产生新质素,使得语言世界的景观持续丰富,句式的发展也体现出这样的特点。若以汉晋五言诗作为参照,可以更为直观地看到这种承续与变异交错融合的趋势。从五言诗句式发展的规律来看,汉代五言诗的句式形态最为纷杂多样,约可归纳出近 200 种,王力先生《汉语诗律学》一书中就曾将《古诗十九首》的句式细分为 77 个大类②,这种句式结构的自由度以及所体现的多样化特征是早期诗语接近散文句法的典型体现。汉代诗犹如一个渊深的蓄水池,提供了五言诗句式组构的多种可能,此处且依据诗句节奏及其语法结构将其归纳为如下八种主要类型:第一类:二一二式(句腰变化使用动词、副词、名词、形容词、连词),如"青天/含/翠彩""花叶/正/低昂""蟋蟀/夜/悲鸣""岩石/郁/嵯峨""不迎/而/自归";

---

① 〔明〕胡震亨:《唐音癸签》卷四引《诗家一指》,上海古籍出版社,1981,第 32 页。
② 王力:《汉语诗律学》,中华书局,2021,第 508—522 页。

第二类：二三式（前后部分是词语+词语或词语+句子形式的组合），如"池中/双鸳鸯""思古/歌鸡鸣""儿前/抱我颈""涉江/采芙蓉""冬藏/夏来见""鸡鸣/外欲曙""豺狼/号且吠""常恐/秋节至"；第三类：二二一式（二三字可变化使用动宾/介宾结构词语，或偏正式、联合式词语，或副词、动词），如"百鸟/自南/归""蟪蛄/夕鸣/悲""春风/南北/起""萧萧/愁杀/人""兰荣/一何/晚"；第四类：一一三式（后三字可变化使用偏正式复合词或动宾/介宾结构词组），如"鱼/戏/莲叶间""念/当/奉时役"；第五类：一三一式（中三字为动宾/介宾结构或联合式词语），如"客/从远方/来""伤/我与尔/身"；第六类：三二式（前三字为主语、状语或句子形式），如"太仓令/有罪""黄泉下/相见""此是命/矣夫"；第七类：一二二式（二三字为偏正式词语或动宾/介宾结构），如"我/自不/驱卿""多/为药/所误"；第八类：四一式（后四字为述宾结构或同位语），如"生/于大道旁""昔/我同门友"。

汉代五言诗的基本句式成为后世五言诗写作的语言法则，之后魏晋南北朝五言诗的句式在汉代诗歌中都可觅其踪迹，大体未脱出汉代诗所提供的诸种形态，并且正是在其中进行诗句的千变万化、翻陈出新。这里有一个明显的倾向就是魏晋南北朝五言诗整体上偏重采用语法结构简明的句式，这一特点在五言诗景物描写的内容中也有所反映。比如西晋文士陆机的五言诗作为魏晋诗坛语言发展之代表，其中的写景句主要包含如下简单句式（例句选自陆机诗歌）：

1. 主语/方位语+谓+目的语/表语/方位语[谷风拂修薄]
2. 联绵词/叠词+谓语形式/句子形式[熠熠生河侧][䎀䎀孤兽骋]
3. 主语+副词+联绵词/叠词/动宾结构[山溜何泠泠][苦雨遂成霖]
4. 主语+双音副词+谓语[和风未及燠]
5. 主语+并列结构形容词[遗凉清且凛]
6. 主语+形容词+联绵词/叠词/平行词[山泽纷纡馀]
7. 主语+时间/方位名词+谓语[哀风中夜流]
8. 时间/方位名词+主语+谓语[岁暮凉风发]
9. 主语+动词+目的语/方位语[虎啸深谷底]
10. 动词语+目的语[仰瞻凌霄鸟]
11. 动词语+目的语+时间/方位补语[挥泪广川阴]
12. 动词语+双目的语[羡尔归飞翼]

陆诗中的复杂句式主要有：

1. 动宾结构+动宾结构[假楫越江潭]
2. 动词语+动词语/谓语形式[翻飞各异寻][南望泣玄渚]
3. 主谓结构+主谓/主副谓结构[时逝柔风戢][山高马不前]
4. 主谓结构+谓语形式[翰飞戾高冥][日落似有竟]
5. 主语+动宾/介宾结构+动词[丰条并春盛]
6. 谓语+动宾/介宾结构+主语[逝矣经天日]
7. 主语+动词+动宾/介宾结构+名词[目感随气草]
8. 主语+谓语+动补结构[停阴结不解]
9. 谓语形式包孕句子形式[侧听悲风响]

还包含一些不完全句式，如：

1. 联绵词/叠词+时间/方位名词+名词[仿佛谷水阳]
2. 叠词+动宾/介宾结构+主语[习习随风翰]
3. 名词语+名词语[游客芳春林]①

相比汉代五言诗中片断的景物描写，陆机五言诗写景句大多选择的是诗歌中最常见的"二一二""二三""二二一""一一三"节奏句，显示出以稳固句式锻炼景句的意识，总的来看，句式结构趋于简明。特别在句式的进一步并发方面，把汉代五言诗中已比较成熟的"二三"句式施用于自然景物的描写，引发了写景语言走向精丽的先声，只不过在句式的线性排列中对物象审美关系的呈现和措词还处于简单平实的状态，尚未焕发起此类句式的状景活力。魏晋诗歌已然积蓄了语言变化的萌芽，虽然句式形态相对稳定，但是语辞的琢炼正逐步走向靡丽，意象的经营也带有一定的章法，因而从整体上呈现出秀句经营的语言追求。

诗至南朝，五言诗与自然山水描写深度融合，景物描写成为诗歌的主体内容，其句式构造的艺术也就进一步显示出不同于魏晋诗歌重抒情的诸多特点。景物描写代表着诗歌语言追求隽秀的形式美趋向，是构塑情景融

---

① 此处对于简单句式、复杂句式、不完全句式的划分，是参照王力先生对五言古体诗和近体诗的句式分类。参见王力《汉语诗律学》，中华书局，2021，第195—235、508—522页。

合语言模式的核心单元。南朝诗人在发展五言诗描写语言方面的贡献最为集中地体现在景物的书写上,诗人们纷纷将已经稳固的秀句模式进一步精细化,特别倾力于焕发其作为写景语言的艺术活力,使得写景成为诗歌语言具有丽靡色彩的一种保障。从总体上来说,南朝五言诗是以六类主要句式作为景物描写的核心支撑,充分调动并活跃了此类精健句式在摹景构象方面的语言功能。这六类句式自汉诗而下是诗歌抒情描写的常态句式,但是在南朝诗歌中才体现出作为写景语言的诗性意义。这里我们选择以谢灵运、谢朓、何逊、阴铿四位诗人的五言诗作为考察对象,将其五言诗写景句主要句式及占比情况加以统计①,以显示这种句式选择的大体趋势(例句选自何逊诗歌):

表2 南朝四诗人五言诗写景句主要句式及占比情况

句型	主要句式	谢灵运	谢朓	何逊	阴铿
二一二	1. 主/方位语+谓+目的语/表语/方位语 [飞蝶/弄/晚花,清池/映/疏竹]	159句	197句	118句	33句
	2. 主+副词+联绵词/叠词/动词结构 [夕鸟/已/西度,残霞/亦/半消]	50句	71句	40句	25句
一二一	3. 主+动/介宾结构+谓 [黄鹂/隐叶/飞,蛱蝶/萦空/戏]	2句	9句	20句	6句
	4. 主+时间/方位名词+谓(时间/方位名词+主+谓) [寒鸟/树间/响,落星/川际/浮] [檐外/莺啼/罢,园里/日光/斜]	1句	48句	32句	26句
二三	5. 主谓与动宾缀合的前二后三结构 [天暮/远山青,潮去/遥沙出]	88句	39句	43句	36句
	6. 连动句[连镳/戏浅草,游憩/遵长薄]	122句	65句	24句	12句
	六类景句数量	422句	429句	277句	138句
	各诗家五言景句总句数	567句	738句	450句	200句
	六类句式在各诗家五言景句中的占比	74%	58%	62%	69%

① 此处对谢灵运、谢朓、何逊、阴铿诗歌句式的统计依据的分别是:顾绍柏校注《谢灵运集校注》,中州古籍出版社,1987;曹融南校注集说《谢宣城集校注》,上海古籍出版社,1991;李伯齐校注《何逊集校注》,中华书局,2010;塞长春、王会绍、余贤杰注《傅玄、阴铿诗注》,甘肃人民出版社,1987。

第二章　中古五言诗自然描写的句式经营

通过数据统计可以看出，上述六类句式在四位诗人五言诗写景句中的占比皆超过了百分之五十，因而可以视为写景的主体句式。这几种句式在前述陆机诗中已被作为写景语言的基本形态而施用，然而其精练的程度远比不上南朝诗歌之工丽，出于浓重的物感观念及玄思观念的影响，诗歌语言的发展在南朝以前总体呈现出意象在先、辞句趋弱的特点，到了南朝诗坛，欣对山水取代了物感思维，因而语言的辞句与意象也需应和审美观念的变化，表现在写景句的经营上，就有了明显的变化，精炼佳句以显示自然山水世界的无穷魅力成为诗坛的风潮，使得诗歌语言走向了流丽的方向。比如在梁陈诗人何逊、阴铿的五言诗中，如上几种凝定下来的经典句式已被琢炼到了极为精工的程度，凭此构句经验而产生的写景秀句也成为后世诗人竞相推许的语言现象，如明代都穆《南濠诗话》云：

> 阴常侍、何水部以诗并称，时谓之阴何。宋黄伯思长睿跋何诗，尽录其佳句。予观阴诗，佳句尤多。如《渡青草湖》云："行舟逗远树，度鸟息危樯。"《晚泊五洲》云："水随云度黑，山带日归红。"《广陵岸送北使》云："海上春云杂，天际晚帆孤。"《巴陵空寺》云："香尽龛犹馥，幡陈画渐微。"《雪里梅花》云："从风还共落，照日不俱消。"《晚出新亭》云："远戍惟闻鼓，寒山但见松。"皆风格流丽，不减于何，惜未有拈出之者。①

都氏所举阴诗佳句，既代表了南朝后期诗坛注重辞藻琢炼的语言表现，又指示了其间句式结构的多元性，其中佳句大多可归于如上所举六类句式，于此亦可见其五言诗句式选择的倾向性。而从写景主要句式的使用频率来看，上述列表中"二一二"节奏的两种在谢朓、何逊、阴铿的五言诗中显有增加②，后来也演化发展为五言近体诗常见语法之一③。中古五言诗写景句式的总体倾向是"二一二"句式始终具有稳固的地位，然而从诗歌音乐节奏的角度来看，五言诗若堆垛"二一二"句难免会造成节奏和语义结构的单调趋同，比如明人谢榛评价谢惠连诗就曾云："谢惠连'屯云蔽层

---

① 丁福保辑《历代诗话续编》，中华书局，2006，第1354页。
② 杜晓勤先生也曾对梁代五言诗作过统计，指出"在梁代中前期活跃于诗坛的一些诗人的作品中，'二二一'句数量大增，所占比例也渐高"，在刘孝威、刘缓、萧纲、庾肩吾等人的诗中，"越来越重视由谢灵运发端、谢朓推广的'二//二/一'句式"。由此可见这种现象实属齐梁诗坛的普遍趋向。参见杜晓勤《六朝声律与唐诗体格》，北京大学出版社，2017，第128、130页。
③ 王力：《汉语诗律学》，中华书局，2021，第215页。

岭,惊风涌飞流',一篇句法雷同,殊无变化。"①谢榛所引乃谢惠连《西陵遇风献康乐诗》其三,全诗八句都是"二一二"节奏的"主+谓+宾"结构:"屯云/蔽/层岭,惊风/涌/飞流。零雨/润/坟泽,落雪/洒/林丘。浮氛/晦/崖巘,积素/惑/原畴。曲汜/薄/停旅,通川/绝/行舟。"谢榛所云"句法雷同"当就此一特点而发。同样在谢灵运、江淹诸子的五言诗中,连续使用"二一二"句式也是非常普遍的现象。到了齐梁陈阶段,虽然这种趋势仍然没有改变,但是句式的形态显然更加丰富多样。比如与谢灵运相比,谢朓更擅长利用"二二一"句式创造新隽秀句②。从统计来看,谢朓、何逊、吴均、阴铿等诗人在写景句的选择上明显的改变策略是在仍以"二一二"为主体句的大趋势下,加强对"二二一"景句的精心锤炼,这应该说是诗人对五言诗大量运用"二一二"句所作的必要调整,当五言诗句形成"二一二"与"二二一"交替出现并点缀以"一三一"或"一一三"句式时,诗篇显然更具有抑扬调谐的节奏美。如吴均《迎柳吴兴道中诗》云:"团团/日/西靡,客念/已/蹉跎。长风/倒/危叶,轻练/网/寒波。白云/光彩/丽,青松/意气/多。所言/饱恩德,忘我/北山萝。"阴铿《渡青草湖诗》云:"洞庭/春溜/满,平湖/锦帆/张。沅水/桃花色,湘流/杜若香。穴/去茅山/近,江/连巫峡/长。带天/澄/迥碧,映日/动/浮光。行舟/逗/远树,度鸟/息/危樯。滔滔/不可/测,一苇/讵能/航。"两诗都是将"二一二"与"二二一""二三"节奏交替使用,"一三一"节奏也时有穿插,从篇章整体节奏的变化来看,这种错综的形式更加契合"圆美流转"的音声追求,可见梁陈诗人对于不同节奏句的配搭与均衡性更为讲究。也就是说,为了追求诗歌的韵律美,齐梁体五言诗不仅探索声韵谐和、平仄调协之法,也很注重诗章中节奏的递用,这就使得诗篇的内在程序更加显出一种参差有致的节律美感。

南朝五言诗将景句琢炼推向精丽状态的过程,代表着诗性语言的生成过程,在稳固句式中所融入的复杂纤密的语意为景物描写的意象构成创造了多元途径,特别是对"二一二""二三""二二一"句式的琢炼,使之产生了前所未有的写景新趣,丰富了五言诗句式构造的艺术经验。

---

① 〔明〕谢榛《四溟诗话》卷一,丁福保辑《历代诗话续编》,中华书局,2006,第1149页。
② 蔡宗齐先生指出,谢朓的诗歌中不仅"抒情化的2+1+2对偶联景开创了唐人使用情景互动对偶风格之先河","而且还不遗馀力地创造各种新型的简单对偶联,其中2+3与2+2+1两种写景新句式最为引人注目"。〔美〕蔡宗齐:《语法与诗境:汉诗艺术之破析》,中华书局,2021,第243、245页。

二、"二一二"句式在南朝五言诗景物描写中的标志意义

　　谢思炜先生曾经指出:"(中古)五言诗中主 2+动 1+宾 2 是使用频次最高的句式。"①对于景物描写的语言而言,"二一二"句式是贯穿魏晋南北朝诗歌的标志形态。南朝诗歌写景句在琢炼上进一步发扬了"二一二"结构的紧凑特点,注重通过语词的凝缩或省略、颠倒,使这一句式形成更为跳跃的语意关联。在以谢灵运、谢朓为代表的诗人笔下,"二一二"句式多以变形的复杂形态出现,一改魏晋阶段的平实状态。比如用副词、叠词或句子形式代替五言句首尾位置的名词,或是将习惯语法中的句腰动词变成名词、形容词,魏晋诗歌进行自然描写甚少采用此类不太规则的句式,而南朝诗歌则以主动的姿态取用此种形式来增强景语的变化特点。有如"白日/出/悠悠"、"连岩/觉/路塞,密竹/使/径迷"(谢灵运)、"莲叶/尚/田田"、"平置/望/烟合"、"春草/秋/更绿"(谢朓)、"城霞/旦/晃朗,槐雾/晓/氤氲"(何逊)、"何必/横/南渡,方复/似/牵牛"(阴铿)等等景句,它们在结构上都不是平易的"主+谓+宾"三段式,而是划分出了状语或补语的空间,以显示语意上的多层次性。这种现象使得南朝诗歌五言景句在基本句式经营的气象之中显示出变形句法的创新追求和不拘一格的丰富旨趣。

　　作为南朝诗人书写自然山水风景的标志语言,"二一二"句式句法结构趋于复杂紧健的经营方向形成了语意密集丰盈的抒写特点,谢灵运在他的五言诗写景句中就创造了纷繁的粘附词语、平行词语以及倒置词语,以增加语言的密度,同时他所代表的诗歌语言转向还表现在有意识地利用倒装及省略的手法,竭力地将谓语形式变为动词后紧缀目的语的格式,以达到聚敛句意、紧缩句法的效果,使得诗句能在有限的字词中涵容密集且饱满的意涵。比如谢诗中以省略法构造的如下景句:

　　　　析析(的风声)就衰林,皎皎(的光彩)明秋月。
　　　　　　　　　　　　　　　　(《邻里相送至方山诗》)
　　　　援萝聆青崖(之声响),春心自相属。(《过白岸亭诗》)
　　　　溯流触惊急(之流水),临圻阻参错(之山崖)。(《富春渚诗》)
　　　　澹潋(之水)结寒姿,团栾(之竹)润霜质。(《登永嘉绿嶂山诗》)
　　　　过涧既厉急(之流),登栈亦陵缅(之谷)。
　　　　　　　　　　　　　　　　(《从斤竹涧越岭溪行诗》)

---

① 谢思炜:《五言诗基本句式的历史考察》,《西北师大学报》2019 年第 3 期。

诗人在这种精简而又跳跃的"二一二"句式中，可以对语词直接进行截断，使之保留核心信息进入诗语中，创造了高度浓缩密集、语法简省而又留有意涵空白的句式，形成其自然描写略带奥涩的语言特点。这种压缩式的句式构造策略以谢灵运为开端蔓展于整个南朝诗坛，在技巧上拓宽了景语的涵容空间。有学者在分析"诗性语言"的特点时指出："语词以自己的隐匿、缺席，有意造成语言秩序和逻辑锁链的断裂和缺失，以致将严密的语言规则、逻辑网络打开缺口。语言规则、逻辑、秩序对语言的规定，对语词的捆绑也因此松动了，这就使语言与人之间潜在的具体化意向得以释放，于是，语言隐含着的空位也就展现出来了，它成为人自由创造的空间。"①谢灵运等南朝诗家在写景语言上对于"二一二"句式的变形处理，已具有"诗性语言"的特质，使得更多"空位"的想象空间融入了语言的创造机制中。

在诗人频繁选择"二一二"摹景体物的语言实践中，广泛体现出以句式的容缩呈现互动映发意象的审美思维，如以下诗人的景物描写："断云留去日，长山减半天"（萧纲《薄晚逐凉北楼回望诗》）、"玉署散馀热，金城含暮秋"（萧纲《仰和卫尉新渝侯巡城口号诗》）、"早霞丽初日，清风消薄雾"（何逊《晓发诗》）、"茅檐下乱滴，石窦引环流"（阴铿《闲居对雨诗》），赋予物象驱使、变形、萌生、促动的人格化关系，从而使景物描写隐藏了情思的流动，其中所彰示的审美心理正如恩斯特·卡西尔所说："艺术家的眼光不是被动地接受和记录事物的印象，而是构造性的，并且只有靠构造活动，我们才能发现自然事物的美。"②这样的紧缩句意而生成的人格化意象，是南朝诗歌语言的普遍现象，显示了"二一二"句式锻造在自然景物描写中新的魅力。

三、"二三"结构景句在南朝五言诗中的无限活力

与魏晋诗歌句式特点相比，南朝五言诗写景语言全面激活了"二三"句式的组构艺术，以之构成自然描写的新颖形式。赵敏俐先生曾从节奏的角度指出"二三"句式的优势："五言诗是按照对称音步在前的方式，是由一个对称音步与一个非对称音步组成的诗行。与非对称音步在先的楚辞体相比，它不需要咏叹词就可以显示出语言本身的音乐节奏。与四言诗相比，它更显得摇曳多姿。从语言组合的角度来讲，由于五言诗后面的非对

---

① 马大康：《语言空白、空位与存在的家园——诗性语言研究之三》，《文艺理论研究》2001年第2期。
② ［德］恩斯特·卡西尔：《人论》，甘阳译，上海译文出版社，1985，第192页。

称音步可以分解为'二一'和'一二'两种形式,从而为诗歌语言的组合提供了更大的空间,也就可以表达更为丰富的内容。"①在语法层面,南朝五言诗写景句注重把"二三"结构句式后半部分的"三音组"进一步细化,在原本习惯于将两个主谓句子形式或两个谓语形式缀合的基础上,更加灵活地将动宾与主谓结构、名词语与主谓结构加以嫁接,使前后语意之间产生明确的逻辑关系,时而也通过副词的嵌入使五言句后三字结构更显委婉。这种在汉代诗歌中已熟用的语法在南朝诗歌的景物描写中开始得到了推广强化,成为写景的新型句式。其所带来的语法逻辑的变革,杜晓勤先生曾从结构艺术的角度作过分析:"此种句式可分为上二、下三两个小句,两个小句内部又自为主谓结构,或者说明两件事情,或者描写两个物象和场景,而且前后两个小句所表现的事理、物象之间,多存在着并列、因果、转折或相互说明的关系,二者之间又形成一种艺术张力,更增加了诗句的表现深度,最终产生了'1+1＞2'的艺术效果。"②南朝延及隋代,五言诗中此类景句的构造即处处体现以丰富的物理逻辑关系和语法关联构句的技巧,于是体验式地观察景象成为生成新鲜景语的基本途径。如以下诸例:

  箨紫｜春莺思,筠绿｜寒蝉啼。(江洪《和新浦侯斋前竹诗》)
  叶疏｜行径出,泉溜｜远山鸣。(萧纲《蒙华林园戒诗》)
  夏馀｜花欲尽,秋近｜燕将稀。(庾信《入彭城馆诗》)
  涧暗｜泉偏冷,岩深｜桂绝香。(庾信《山中诗》)
  树寒｜条更直,山枯｜菊转芳。(庾信《从驾观讲武诗》)
  风逆｜花迎面,山深｜云湿衣。(庾信《和宇文内史春日游山诗》)
  燕去｜檐恒静,莲寒｜沼不香。(鲍泉《秋日诗》)
  莲摇｜见鱼近,纶尽｜觉潭深。(张正见《钓竿篇》)
  山明｜云气画,天静｜鸟飞高。(张正见《秋晚还彭泽诗》)
  树密｜寒蝉响,檐暗｜雀声愁。(江总《赋得一日成三赋应令诗》)
  鸟归｜犹识路,流去｜不知乡。(江总《赋得携手上河梁应诏诗》)
  水落｜金沙浅,云高｜玉叶疏。(沈君道《侍皇太子宴应令诗》)
  沿流｜渡楫易,逆浪｜取花难。(孔德绍《赋得涉江采芙蓉诗》)
  照日｜秋原净,分花｜曲水香。(庾自直《初发东都应诏诗》)
  野旷｜蓬常转,林遥｜鸟倦飞。(周若水《答江学士协诗》)

---

① 赵敏俐:《论五言诗体的音步组合原理》,《岭南学报》2016 年第 2 期。
② 杜晓勤:《六朝声律与唐诗体格》,北京大学出版社,2017,第 133 页。

如上所列包含多种语法逻辑关系(因果、承接、补充、条件、并列、转折)的"二三"式景句,已然体现了诗人构造此类句式的浓烈兴趣。其间融入了对季序物候变化以及景物物理关联性的深细体验,亦凸显了认识自然、体察自然的经验与感知。如"箨紫｜春莺思,筠绿｜寒蜩啼"(江洪),箨叶的紫色与春莺的鸣叫共同构成春景的典型风物,而筠竹的绿色与寒蜩的啼叫则代表了秋的气象,它们之间彼此形成并置的关系,如同把几个分镜头一起摆放出来,呈现季序的迁转流变。而"风逆｜花迎面,山深｜云湿衣"(庾信)则是强调因果关联,因风是逆吹所以花朵才能迎面而开,因入山已深故云气润湿了衣襟,诗人对自然微观现象有着积极主动的索味兴趣,从中发现了寻常景象中的特殊趣味。又如"鸟归｜犹识路,流去｜不知乡"(江总),前后语意间是一种补充关系,强调鸟儿归去犹能识路,流水东去却不知其乡,以表达天涯漂泊的无奈感。可以看出诗人不仅意在通过细密的构句方式加强意象的密度,更显出一种融入审美感知构造意象的敏锐性,物象之间相互联接、碰撞,产生此起彼应、此移彼动的动态关系,通过审美主体心目的观照突出前者影响后者、生成后者的状态,景物的物理变化明晰,增添了一种自然常识的趣味性,故而经由此种句式重构而成的诗意景象更具有自在本然的形态。

另一方面,在南朝诗人写景所大力构造的"二三"句式中,表现连续动态的连动句也被赋予了新趣。比如在谢灵运的五言诗中,出现了"策马步兰皋,继控息椒丘。采蕙遵大薄,搴若履长洲"(《郡东山望溟海诗》)、"憩石挹飞泉,攀林搴落英"(《初去郡诗》)、"舍舟眺迥渚,停策倚茂松"(《于南山往北山经湖中瞻眺诗》)、"濯流激浮湍,息阴倚密竿"(《道路忆山中诗》)、"攀崖照石镜,牵叶入松门"(《入彭蠡湖口诗》)、"扪壁窥龙池,攀枝瞰乳穴"(《登庐山绝顶望诸峤诗》)等连动句式的写景表达,于是使山水景物中始终有一个寻幽探景的身影活跃其中,强调了人主动融入大自然的主客关系以及遨游山水之中的适性赏心之乐,也形成人与景互相映衬的构象模式。连动句式显然与上述"二一二""二三"复句相配合,使景语的形态更显丰富,齐梁陈诗歌中此类连动式景句频频出现,如:

    停琴伫凉月,灭烛听归鸿。(谢朓《移病还园示亲属诗》)
    送日隐层阁,引月入轻帱。(沈约《休沐寄怀诗》)
    分花出黄鸟,挂石下清泉。(萧纲《往虎窟山寺诗》)
    隔山闻戍鼓,傍浦喧棹讴。(刘孝绰《夕逗繁昌浦诗》)
    随蜂绕绿蕙,避雀隐青微。(刘孝绰《咏素蝶诗》)
    听猿方忖岫,闻濑始知川。(伏挺《行舟值早雾诗》)

闭牖听奔涛，开窗延叠嶂。

（王筠《北寺寅上人房望远岫玩前池诗》）

遏风静华浪，腾烟起薄曛。（朱超《咏孤石诗》）

逆湍流棹唱，带谷聚笳声。（庾肩吾《山池应令诗》）

聚花聊饲雀，穿池试养鱼。（庾信《奉报穷秋寄隐士诗》）

决渠移水碓，开园扫竹林。（庾信《幽居值春诗》）

向浦低行雁，排空转噪乌。（刘邈《秋朝野望诗》）

散粉成初蝶，剪彩作新梅。（宗懔《早春诗》）

临崖俯大壑，披雾仰飞流。（孔德绍《南隐游泉山诗》）

作为写景语言中的一种新异句式，连动句的穿插有益于调节惯常的平面化审美模式，通过动态连贯性的捕捉为景语注入了立位的趣味，在上举齐梁诸子的写景句中即已体现了其在景物描写中的灵活度。如"分花出黄鸟，挂石下清泉"（萧纲）二句，一般应表达为"二二一"结构的"黄鸟/分花/出，清泉/挂石/下"或是"二一二"结构的"黄鸟/出/分花，清泉/下/挂石"，而诗人以连动形式使之出现，不是惯常地将主语放在句首以突出平面的物象，而是将语词加以颠倒，先摹动态再提示物象，这就更能激起对于此种活泼动感画面的想象空间。所以连动句中潜含的审美心理是把物象按照审美主体直觉观感的体验顺序进行描写，而非依照语法逻辑展开，它以对传统写景句法形式的变异而获致了新鲜感。

值得注意的是，两个名词语组合的不完全句在南朝五言诗写景句中已初现萌芽。此种句式在唐诗中被视为具有诗性语言张力的独拔颖异之句，高友工、梅祖麟在《唐诗的魅力》一书中就将这种取消了句法关系连接词的名词短语句视为唐诗诗性语言的一种标识，其特点是两个名词"相互作用以突出其特征的相同或相异"，"词与词的关系不受句法的妨碍"，按照"对等原则"结合起来[1]，从而产生了想象介入的空间。其在南朝乃至隋诗中的出现，已标示了一种新的物象并置式构句倾向。诸如"篱下黄花菊，丘中白雪琴"（庾肩吾《赠周处士诗》）、"沅水桃花色，湘流杜若香"（阴铿《渡青草湖诗》）、"秋水鱼游日，春树鸟鸣时"（杨素《赠薛播州诗》其十三）、"交河明月夜，阴山苦雾辰"（杨素《出塞二首》其二）等景句，都属于两个名词语的无缝组合。甘阳先生在为恩斯特·卡西尔《语言与神话》一书所作

---

[1] [美]高友工、梅祖麟：《唐诗的魅力——诗语的结构主义批评》，李世耀译，上海古籍出版社，1989，第123、124页。

的序言中指出:"中国语言文字(尤其文言)无冠词、无格位变化、无动词时态、可少用甚或不用连接媒介(系词、连词等),确实都使它比逻辑性较强的印-欧系语言更易于打破、摆脱逻辑和语法的束缚,从而也就更易于张大语词的多义性、表达的隐喻性、意义的增生性,以及理解和阐释的多重可能性。"①前后直接以物象名词连接的新型句式正是体现汉语语法自由诗性特质的典型形态。尽管在南朝诗中初露头角的这些景句在前后逻辑关联上尚处于物象距离并不遥远的简单结构(一般前一物象充当的是后一物象的状语),还处于前辅后主或前主后谓的较为紧密的语意联系,但这种直接组合名词的方式已显示出省略语法成分、充实语意联想的抽象审美趣味。

通过对前二后三复句景语、连动句、名词句的打造,"二三"句式中增加了异质的形态,拓展了写景的语言技巧,这在南朝诗歌的语言发展中是极为凸出的现象,诗人将原本在两晋五言诗中普通的"二三"结构变成了旨趣丰盈的写景句式,形成南朝诗歌最为引人注目的语言魅力。

四、南朝五言诗运用"动宾/介宾"结构营造婉曲景句的形式追求

在通过紧缩"二一二"句式、磋磨"二三"句式营构景语的同时,在诗句中不断注入"动宾/介宾"结构以加强句意的曲折性也是南朝诗人丰富句式形态的求新表现。作为对传统的"二一二"句式节奏的变异与打破,诗人对"二二一"句式的调用颇能体现语言流转的特点,前面对南朝诗歌的节奏变化已有讨论。在这种语言追求中,"动宾/介宾"结构句式逐步进入诗人的写景技巧中。比如在西晋诗坛,陆机五言诗中已有诸如"零露弥天坠,蕙叶凭林衰""淑气与时殒,馀芳随风捐""丰条并春盛,落叶后秋衰"之类句式,其中穿插了"弥天""凭林""与时""随风""并春""后秋"等动宾/介宾词组,句意便增添了一些曲折感。此时的用法尚处于简单状态,在自然景物描写中偶一用之,因此未能成为写景的标志句法。步入齐梁诗坛,"动宾/介宾"结构在五言诗的写景语言中真正彰发出光彩,首先是动宾或介宾词组在五言诗句中的位置更具有任意变化的自由度,衍生的形态甚为丰富,如谢朓诗中的"望极/与天/平""兴/以暮秋月""怨/与飞蓬/折""清风/动帘/夜,孤月/照窗/时",何逊诗中的"独/与暮潮/归""君/随春水/驶""霏霏/入窗/雨,漠漠/暗床/尘""的的/与沙/静,滟滟/逐波/轻""衔霜/当路/发,映雪/拟寒/开",阴铿诗中的"聊/持履/成燕,戏/以石/为羊""触石/朝云/起,从星/夜月/离""水/随云度/黑,山/带日归/红",等等,说

---

① 甘阳:《语言与神话·序言》,生活·读书·新知三联书店,1988,第24页。

明诗人善构这一句式。其次是大量借助"动宾/介宾"结构炼造"二二一"节奏景句,成为诗坛流行的一种写景语言模式。《文镜秘府论·地·十体》中专门归纳了一种所谓的"飞动体",特点是"词若飞腾而动",其中所举之例就有"流波/将月/去,湖水/带星/来"(杨广《春江花月夜二首》其一)、"月光/随浪/动,山影/逐波/流"(刘孝绰《月半夜泊鹊尾诗》)二联,即含有"动宾/介宾"结构的"二二一"句式,卢盛江先生于此解释云:"由于用词生动,加之本来就描写动态景象,画面顿生生气与活力。"①这种句式在齐梁诗歌中使用频率很高②,它的妙谛在于通过在静态景象中置入动态过程,形成句意的伸展。诸如以下诗句,其整饬性充分体现了这一句式在写景语言中的成熟状态:

> 石碛/沿江/净,沙流/绕岸/清。(何逊《与崔录事别兼叙携手诗》)
> 黄鹂/隐叶/飞,蛱蝶/萦空/戏。(何逊《石头答庾郎丹诗》)
> 夕云/向山/合,水鸟/望田/飞。(萧子云《落日郡西斋望海山诗》)
> 晓光/浮野/映,朝烟/承日/回。(萧纲《侍游新亭应令诗》)
> 石衣/随溜/卷,水芝/随浪/舒。(萧纲《玩汉水诗》)
> 藜床/负日/卧,麦陇/带经/锄。(庾信《奉报穷秋寄隐士诗》)
> 风光/逐榜/转,山望/向桥/开。(鲍至《山池应令诗》)
> 邑居/随望/近,风烟/对眼/生。(王褒《云居寺高顶诗》)
> 孤舟/隐荷/出,轻棹/染苔/归。(王褒《山池落照诗》)
> 香炉/带烟/上,紫盖/入霞/生。(释惠标《咏山诗三首》其一)
> 秋鬓/含霜/白,衰颜/倚酒/红。(尹式《别宋常侍诗》)
> 落花/入户/飞,细草/当阶/积。
> (杨素《山斋独坐赠薛内史诗二首》其一)

譬如所举之例中的"黄鹂/隐叶/飞,蛱蝶/萦空/戏",中间的动宾结构能够形成景象间前景与背景相互映衬的画面层次感,使景物中的生命活力更显充盈,而"石衣/随溜/卷,水芝/随浪/舒"之类描写,则是更为细腻地刻画了石上之苔随着小水溜而卷起、水中的荷花扶持着波浪舒展开来的意象,

---

① [日]遍照金刚:《文镜秘府论汇校汇考》,卢盛江校考,中华书局,2015,第426、428页。
② 梁简文帝萧纲、元帝萧绎及其侍从文人尤喜将"随""逐"二字加宾语构成的动宾短语置于五言三四字位置,如:"窗阴随影度,水色带风移"(萧纲《饯别诗》)、"青槐随幰拂,绿柳逐风低"(萧绎《洛阳道》)、"湿花随水泛,空巢逐树流"(庾信《奉和泛江诗》)、"日华随水泛,树影逐风轻"(王僧孺《秋日愁居答孔主簿诗》)。

其中赋予静态景物一种审美化的动态关系,以此呈现其中的活泼意趣。在对这一结构的灵活运用中,梁陈诗人时常将兴趣点落在新颖的"一三一"或"一一三"句式上,使景句更为多元化,如:"弦/随流水/急,调/杂秋风/清"(萧悫《听琴诗》)、"悲/随白杨/起,泪/想雍门/来"(陈昭《聘齐经孟尝君墓诗》)、"貌/同朝日/丽,装/竞午花/然"(吴尚野《咏邻女楼上弹琴诗》)、"山/没/清波内,帆/在/浮云中"(吴均《忆费昶诗》)。这些景句显然有意识地通过动宾或介宾短语的过渡效果,在主词和谓词之间增添了画面的距离,于是就拉长了诗句的美感延续性,使意象的呈现具有婉转曲折的动势和幽隐的韵味,其中同样是融入了诗人对于平实物象的审美重构。这种通过"动宾/介宾"结构形成的新节奏景句与"二一二""二三"句式并峙,形成景物描写句式自如转换的流动意脉,构建了南朝五言诗语言表现的新态秩序。

蔡宗齐先生指出:"句意之深浅广窄不仅与参与互动的词语数量有关,更取决于所用句式可以允许词语何种程度的互动。词语互动的方式越灵活越多样化,句子写物、叙事、言情的意旨就愈加丰富而深远。"①南朝五言诗景物描写的句式经营,体现出五言诗的句式结构更趋精细化与复杂化的特点,语义的由简趋繁以及形式上的后出转精,在五字之内留出了灵活多变的摹景策略。诗人通过对"二一二""二三""二二一"写景句的着力开发,注重把意涵细密、映发互动的描写趣味融入其中,为清巧形似的自然山水描写提供了多元实现途径,也使诗篇结构趋于调和谐畅、圆美流转。赵炎秋先生曾对海德格尔所云"关于世界的图像"和"世界被把握为图像"两个命题作过阐析,并将之与"以图像的方式把握世界"作了区分,他认为:"我们虽然可以将世界以图像的方式表现出来,却很难完全将它把握为图像,更无法主要用图像的方式来把握它。要把握世界,主要还得借助语言的方式。因为语言是思想的直接现实,是人类思维的主要载体。"②如果我们把自然山水的世界也看成是一个天然的图像世界,那么作为审美主体的人把握这个世界的方式也不能仅靠图像(山水画),南朝诗人对五言诗写景句语言形式的开拓与精求,正是提供了把握自然世界的语言模式,句式构铸中所蕴含的技巧与构象原理交相融合,体现诗人试图借助图像化的语言表现自然山水世界感性形态的艺术要求。由此确立了五言诗写景语言精致化的范式,使写景句成为五言诗成熟语言机制的重要载体。

---

① [美]蔡宗齐《语法与诗境:汉诗艺术之破析》,中华书局,2021,第163页。
② 赵炎秋:《理解与把握世界中的图像与语言》,《中国中外文艺理论学会年刊》,2008。

第二节　五言诗写景句的对仗艺术

对仗作为近体诗的基本法度规范，其在中古诗歌创作中奠立了重要的艺术程式，因而是我们讨论句式经营时需要关注的方面。自魏晋起，诗歌的主要体式五言诗就以节奏齐整、语法相应、词性相同的偶句作为构成意象语言的重要手段。王力先生《汉语诗律学》一书中所归纳的近体诗之对仗类型，大多在中古五言诗中已发展到了较为成熟的状态，更由于南朝阶段催生了大量的山水诗，自然景物由情感的托付变为五言诗的主要书写对象，对于对仗艺术走向成熟也具有直接的推动作用。

统计中古重要作家五言诗自然描写所占比例的情况，可以清晰看出自然描写的内容相较于情事叙写，在五言诗中所占篇幅日渐增大，而对仗景句在五言诗对仗句中所占比例亦呈现逐渐增大的趋势。明人胡应麟《诗薮》提出"齐、梁、陈、隋句，有绝是唐律者"，他从萧纲、庾信等作家的诗歌中摘引景句凡42例，以为"皆端严华妙"[1]。景句对偶的齐整严密充分说明了对偶在自然描写中的修辞地位。一般来说，景句是诗歌中对偶最密集的部分，大幅度拓展了对仗的类型，故中古五言景句最能体现诗歌语言形式日益精致的发展趋向。

若以景句为视角来探察五言诗对仗艺术的发展之路，我们可以理出其渐至精工的轨迹。从语言结构的细部察之，五言诗对偶艺术首先是从景句音拍节奏与语法结构的渐趋协调开始的。两汉诗歌并没有经营对句的语言要求，景物描写在汉代文人五言诗中也还不具有独立意义，主要是作为比兴的修辞手段达到推动情感抒写和强化情感力量的作用，与情感的自然抒述方式紧相配合的音义节奏大多未形成齐整的规律，因而在语句经营上呈现刘勰所说的"率然对尔"[2]的特点。由于诗歌多以两句或四句的长度集中描写一种意象，几句共用一个物象主语，在出对句节奏的对称性和句间结构的相应方面都没有形成一定的整齐规律，因而呈现的是"不拘对属，偶或有之，语与兴驱，势逐情起，不由作意，气格自高"的语体风貌[3]。这种情况在五言汉乐府民歌和文人五言诗中普遍存在，如：

---

[1]　〔明〕胡应麟:《诗薮》内编卷四,王国安点校,北京科学技术出版社,2023,第58—59页。
[2]　刘勰:《文心雕龙·丽辞》,周振甫注《文心雕龙注释》,人民文学出版社,1981,第384页。
[3]　释皎然:《诗式》,〔清〕何文焕辑《历代诗话》,中华书局,1981,第29页。

灵芝/生/河洲,动摇/因/洪波。兰荣/一何/晚,严霜/瘁/其柯。
（郦炎《见志诗二首》其二）
花花/自/相对,叶叶/自/相当。春风/东北/起,花叶/正/低昂。
（宋子侯《董娇娆诗》）
处所/多/霜雪,胡风/春夏/起。翩翩/吹/我衣,肃肃/入/我耳。
（蔡琰《悲愤诗》）
北风/初秋/至,吹/我/章华台。浮云/多/暮色,似/从/崦嵫/来。
（《古八变歌》）

此处几例多是两句表达一个意象,两句之间音拍节奏与语法结构均有差异,这一语言特点形成了汉代五言诗句式疏松、语意平浅、意象简洁的风格。正如赵敏俐先生在研究诗歌的声音组合规律时所指出的,早期诗歌的语言组合"并不完全遵从语法的规律,更重要的是要符合韵律节奏,有助于情感的表达与意象的营造","诗人在遣词造句的时候,并没有考虑它的语法结构,而只考虑它们如何可以组合成一个一个的对称音组和非对称音组。其复杂的语法结构,只不过是在这一创作过程中自然形成的结果,并不是诗人的有意为之"[1]。在标志着五言诗定型状态的《古诗十九首》中,上述情况已显有改观。《古诗十九首》多采用一句一景的描写方式,对句间的音拍节奏大多趋于齐整和谐,句法结构也渐成规律,景语的整炼特点已初步彰露。比如我们以写景分量较大的《明月皎夜光》一篇来看其特点,此诗前八句写景,后八句抒情,结构安排甚为均衡,其写景部分云:

明月/皎/夜光,促织/鸣/东壁。（主/谓/宾——主/谓/补）
玉衡/指/孟冬,众星/何/历历。（主/谓/宾——主/状/谓）
白露/沾/野草,时节/忽/复易。（主/谓/宾——主/状/谓）
秋蝉/鸣/树间,玄鸟/逝/安适。（主/谓/补——主/谓/补）

此八句都采用齐整的"二一二"节奏,在语法结构上则交替运用三类基本句型——主谓宾、主谓补、主状谓,这种音律节奏和语法结构的渐趋统一便为语词层面的词性对仗提供了可能。

建安诗歌虽然总体上带有"全在气象,不可寻枝摘叶"[2]"其言直致而

---

[1] 赵敏俐:《中国早期诗歌体式生成原理》,《文学评论》2017年第6期。
[2] 严羽:《沧浪诗话校释》,郭绍虞校释,人民文学出版社,1983,第158页。

少对偶"①的特点,而实际上自魏晋以降,对偶的运用已成为一种语言趋势。我们看曹丕的《芙蓉池作诗》以及曹植的《公宴诗》等,已明显具有精炼景语的语言追求。景语一般安排八至十句,基本上都选取"二一二"节奏统摄下的上述三种句法结构,具体看其中的写景部分:

  双渠/相/溉灌,嘉木/绕/通川。(主/状/谓——主/谓/宾)
  卑枝/拂/羽盖,修条/摩/苍天。(主/谓/宾——主/谓/宾)
  惊风/扶/轮毂,飞鸟/翔/我前。(主/谓/宾——主/谓/补)
  丹霞/夹/明月,华星/出/云间。(主/谓/宾——主/谓/补)
          (曹丕《芙蓉池作诗》)
  明月/澄/清影,列宿/正/参差。(主/谓/宾——主/状/谓)
  秋兰/被/长坂,朱华/冒/绿池。(主/谓/宾——主/谓/补)
  潜鱼/跃/清波,好鸟/鸣/高枝。(主/谓/补——主/谓/补)
          (曹植《公宴诗》)

  从西晋开始,诗歌语言"俳偶开矣"②,王夫之选五言近体便"溯自西晋,迄乎陈、隋"③,将西晋诗歌作为律化的开端。此时诗歌的句法组织变得细密,追求对偶的整饬美。其后对偶骈俪风气日甚一日,至南朝初期,谢灵运诗歌"骈俪已极"④,"已是彻首尾成对句矣"⑤。元嘉之后诗歌对偶的追求转趋精严,五言诗走向了"俳偶愈工,淳朴愈散"⑥的方向,"永明、天监之际,吴均、沈约诸人,音节谐和,属对密切,而古意渐远"⑦,"宫体而降,其风弥盛。徐、庾、阴、何,以及张正见、江总持之流,或敷联独调,或全篇通稳,虽未有律之名,已寖具律之体"⑧。特别是自梁代以后,古体诗向近体诗转型的步伐加快,许学夷《诗源辩体》即云:"五言至梁简文而古声尽亡,然五七言律绝之体于此而备,此古律兴衰之几也。"⑨王夫之亦云:"徐孝穆

---

① 〔宋〕魏庆之编:《诗人玉屑》卷十三,上海古籍出版社,1978,第275页。
② 〔明〕胡应麟:《诗薮》外编卷二,王国安点校,北京科学技术出版社,2023,第138页。
③ 〔清〕王夫之评选、张国星点校《古诗评选》,河北大学出版社,2008,第337页。
④ 胡应麟:《诗薮》内编卷二,王国安点校,北京科学技术出版社,2023,第27页。
⑤ 严羽:《沧浪诗话校释》,郭绍虞校释,人民文学出版社,1983,第158页。
⑥ 胡应麟:《诗薮》外编卷二,王国安点校,北京科学技术出版社,2023,第138页。
⑦ 〔清〕李调元:《赋话》,王云五编《丛书集成初编》,商务印书馆,1936,第1页。
⑧ 胡震亨:《唐音癸签》卷一,上海古籍出版社,1981,第3页。
⑨ 许学夷:《诗源辩体》卷九,杜维沫校点,人民文学出版社,1998,第129页。

(徐陵)、张见颐(张正见)健笔标举,而古诗尽,近体成矣。"①从这一语言发展的内在速度来审视六朝诗歌景句结构的特点,可以看到西晋太康沿及南朝,伴随着对仗艺术的发展,五言景句音拍节奏与句法结构的两重对应已拥有彰显诗歌精工语言的标志意义。比如有学者特别指出谢灵运等南朝作家诗歌炼句的特点,明确"(谢灵运)努力将山水与对偶紧密地关联起来,使山水在绝大多数情况下以对偶的形式出现在诗歌中","在谢灵运之后,齐梁陈诗人大量使用对偶山水描写,在使对偶句不断精细的同时,还利用山水对偶句的形式特征为近体诗寻找比较稳定的篇式"②。蔡宗齐先生亦指出,"汉代以后,诗人开始更加自觉地挖掘对偶联状景的特殊功用,创造出各种不同种类风格的对偶联,并加以大量的运用"③,他认为谢灵运山水诗的成功主要在于"挖掘反对和复合对偶联的时空表现能力"④,谢朓五言诗的创新则在于"创造情景结合的对偶联"⑤。从对偶景句具体使用情形来看,谢灵运之后,诗歌的骈偶特色日趋浓重,谢朓、何逊、阴铿、江总等诗人创造的景句对偶联在其五言诗中的占比都达到了50%以上。在此之际,标准意义上的对偶景句在诗中大量出现,诗语的整饬工致之美也由之体现。如以下诸例:

昏旦/变/气候,山水/含/清晖。(主/谓/宾——主/谓/宾)
清晖/能/娱人,游子/憺/忘归。(主/谓/宾——主/状/谓)
出谷/日/尚早,入舟/阳/已微。(状/主/谓——状/主/谓)
林壑/敛/暝色,云霞/收/夕霏。(主/谓/宾——主/谓/宾)
芰荷/迭/映蔚,蒲稗/相/因依。(主/状/谓——主/状/谓)
披拂/趋/南径,愉悦/偃/东扉。(状/谓/宾——状/谓/宾)
虑澹/物自轻,意惬/理无违。(主/谓//主/谓——主/谓//主/谓)
寄言/摄生客,试/用此道/推。(谓/宾——状/状/谓)
(谢灵运《石壁精舍还湖中作诗》)

寒鸟/树间/响,落星/川际/浮。(主/状/谓——主/状/谓)

---

① 王夫之评选、张国星点校:《古诗评选》卷六,河北大学出版社,2008,第363页。
② 杨照:《论山水描写习惯在南朝的形成过程及其与近体诗写景联之关系》,《中国韵文学刊》2019年第1期。
③ [美]蔡宗齐:《语法与诗境:汉诗艺术之破析》,中华书局,2021,第230页。
④ [美]蔡宗齐:《语法与诗境:汉诗艺术之破析》,中华书局,2021,第233页。
⑤ [美]蔡宗齐:《语法与诗境:汉诗艺术之破析》,中华书局,2021,第240页。

第二章　中古五言诗自然描写的句式经营

繁霜/白/晓岸,苦雾/黑/晨流。(主/谓/宾—主/谓/宾)
鳞鳞/逆去/水,弥弥/急还/舟。(定/定/主—定/定/主)
望乡/行/复立,瞻途/近/更修。(谓/宾//谓/补—谓/宾//谓/补)
谁/能/百里地,萦绕/千端愁。(主/谓/补—谓/宾)

（何逊《下方山诗》）

王孙/重/离别,置/酒/峰之畿。(主/谓/宾—谓/宾/补)
逶迤/川上/草,参差/涧里/薇。(定/定/主—定/定/主)
轻云/纫/远岫,细雨/沐/山衣。(主/谓/宾—主/谓/宾)
檐端/水禽/息,窗上/野萤/飞。(状/主/谓—状/主/谓)
君/随绿波/远,我/逐清风/归。(主/状/谓—主/状/谓)

（吴均《同柳吴兴何山集送刘馀杭诗》）

鹫岭/春光/遍,王城/野望/通。(定/主/谓—定/主/谓)
登临/情/不极,萧散/趣/无穷。(状/主/谓—状/主/谓)
莺/随/入户树,花/逐/下山风。(主/谓/宾—主/谓/宾)
栋里/归云/白,窗外/落晖/红。(状/主/谓—状/主/谓)
古石/何年/卧,枯树/几春/空。(主/状/谓—主/状/谓)
淹留/惜/未及,幽桂/在/芳丛。(主/状/谓—主/谓/宾)

（阴铿《开善寺诗》）

以上诗例中,核心的景语部分音拍节奏、语法结构、语词性质都形成了严谨相对的格局,景象的呈现因之有了视象移挪的明晰空间感和状态差异的多面性,景句作为形象性和语言美的结合体,在诗语中便有了双向的艺术趣味。对句结构的简明性和凝紧工致的特点使得意象有了明晰自足的特性,由于这种对偶稳惬的讲求,诗歌语意呈现出画面崭然分明而又相互对接的层次性。

就对仗的谨严法式而言,南朝五言诗景句对偶整体倾向于工对与邻对的结合。从诗意表现的层面来看,工对的精修虽然是诗语整炼劲健的一种标志,但是当其成为诗语的普遍形态后,难免会造成语意内涵的狭窄倾向。因为严格追求天文对天文、地理对地理,就会在一定程度上限制描写的视野范围,使对句成为同一语类物象的罗列,容易造成空间上同向视镜的延伸。由于意象的趋同性,便难以产生空间上的立体感。在传统的文论思想中，先秦典籍《国语·郑语》已提出"和实生物，同则不继"的政治理想①，"和"乃是一种谐调、补充、互裨的和谐君臣关系，而"同"则是趋同、附和、互弊的关系，后世诗学规范上的审美标准，仍然可见早期政教价值观念深重的影响，体现出尚"和"而忌"同"的艺术理念。就诗歌的对偶安排而言，古代诗家崇尚以对立、应和、互补为美，以造就对立和谐、相反相成的偶句为美感基准，避忌上下意同语复的表达。所以古代论家对六朝诗歌的"合掌"之弊多有批评。如明人胡应麟云："作诗最忌合掌，近体尤忌，而齐、梁人往往犯之，如以朝对曙，将远属遥之类。初唐诸子，尚袭此风，推原厉阶，实由康乐。"②这种现象缘于对工对过于苛刻的追求，致使诗语容易陷入意思重合的状态。诗歌中一般避忌的同字对在汉代五言诗景句中较为频繁地出现，是对仗艺术尚处于初级阶段的表征，南朝诗中的同字对则极为少有，已经达成尽量避免同字对的共识，这种法度的要求表明五言诗语言形式的发展。

  细观南朝诗歌景物描写的炼句趣味，我们看到诗家停滞于工对的语言追求实际并未形成一种普遍化的态势，确切地说南朝诗语在后世所云严格的工对形态上还未能发展到非常成熟的状态，其更多是以较宽松的邻对法则来组织对句的。邻对的艺术对于景物描写而言，自有其特殊的价值。因为它容许以宽松的原则对待物象的组织，天文可对地理、地理可对宫室、草木可对鸟兽，这便有利于在景句中形成物类与时空交错的效果，为诗人营构多层诗意美感提供了更大可能。可以说，邻对是南朝诗歌景句最为常态化的经营策略，如以下诸例：

  野岸平沙合，连山近雾浮。（何逊《慈姥矶诗》） 地理对天文
  檐外莺啼罢，园里日光斜。（何逊《赠王左丞诗》） 鸟兽对天文
  霜洲渡旅雁，朔飙吹宿莽。（何逊《宿南洲浦诗》） 鸟兽对草木
  春夜芳时晚，幽庭野气深。（江总《春夜山庭诗》） 时令对地理
  浴鸟沉还戏，飘花度不归。（江总《春日诗》）   鸟兽对花卉
  野花宁待晦，山虫讵识秋。（江总《山庭春日诗》） 花卉对虫鱼

  邻对中核心物象的属类差异形成了变化、立体的虚拟空间，更有利于造成画面的独立与跳转，它特别能体现对偶的精髓，即如法国汉学家程抱一所

---

① 郭丹主编《先秦两汉文论全编》，上海远东出版社，2012，第56页。
② 胡应麟：《诗薮》内编卷四，王国安点校，北京科学技术出版社，2023，第62页。

云,是"把共时性层面引入到历时性语言过程中的尝试","诗人们通过共时性层面打破了语言的常规,建立了一种新型的动态秩序","在这个层面中,两个成分既可相互参照,同时彼此又都是自足的"①。在邻对艺术所体现的"新型的动态秩序"中,物象既"自足"又"相互参照"。如何逊的"檐外莺啼罢,园里日光斜"句,先合而观之,婉转的莺啼与婆娑的光影相对,无声与有声形成互相映衬,光影的摇曳活泼使鸟声更显空灵缥缈;再分开来看,一为听觉,一为视觉,又实现了"感觉体验的挪移与变化"。又如江总的"浴鸟沉还戏,飘花度不归",鸟与花的对立使形象的共鸣丰富了许多。由于叠合的效应,浴鸟泛水便借取了花的姿态优美,与其相映成趣,而花的舒缓飘落更衬托了浴鸟的活泼灵动;若将其各自独立开来,则一为喧闹,一为静美,境界便有了活力和流动之感。法国诗论家保罗·瓦莱里在描述诗的感情时指出,诗使普通世界的东西"有一种难以言喻的密切","音乐化了,互相共鸣"②,他所提出的诗的内在境趣在写景邻对句的语言艺术中有生动的体现,对仗之中潜藏着诗人有意开辟诗意美感空间的经营匠心。在此我们可以说,以邻对艺术施于景物描写的语言特点并非是南朝诗歌自觉的艺术追求,而是对偶修辞发展初期的一种普遍现象,然而邻对所具有的特殊的表现力,在诗意空间的开拓上与工对各有优势,因而也由此建立了对偶艺术的一种固定程式。

当然,工对在南朝诗歌中也形成一股追趋之风,追求景语名词按类成对的严谨性。在对仗结构趋于精严的发展过程中,对仗的类型在南朝诗歌中明显趋于丰富。王力先生《汉语诗律学》一书将近体诗对仗的类型分为11类共28种③,这些类别在南朝五言诗尤其是写景句中大体已经形成并得到了相应的发展,因而五言诗景句锻造对于近体诗对仗类型的确立具有重要推动作用,在诗语中占据着重要的形式地位,充分体现出写景语言整秀密丽的美感。如以下对偶联都属于典型的工对诗语:

---

① [法]程抱一:《反思:中国诗歌语言及其与中国宇宙论之关系》,收入乐黛云等编选《欧洲中国古典文学研究名家十年文选》,江苏人民出版社,1998,第160页。

② [法]保·瓦莱里:《诗与抽象思维:舞蹈与走路》,见[英]戴维·洛奇编,葛林等译《二十世纪文学评论》,上海译文出版社,1987,第430页。

③ 王力先生具体将近体诗的对仗种类归为11类共28门,第1类:天文门、时令门;第2类:地理门、宫室门;第3类:器物门、衣饰门、饮食门;第4类:文具门、文学门;第5类:草木花果门、鸟兽虫鱼门;第6类:形体门、人事门;第7类:人伦门、代名对;第8类:方位对、数目对、颜色对、干支对;第9类:人名对、地名对;第10类:同义连用字、反义连用字、联绵字、重叠字;第11类:副词、连介词、助词。参见王力《汉语诗律学》中近体诗"对仗的种类"一节,中华书局,2021,第163—177页。

风观要春景,月榭迎秋光。（颜延之《登景阳楼诗》）
烟灌共深阴,风筸两萧瑟。（王融《寒晚敬和何征君点诗》）
川霞旦上薄,山光晚馀照。（谢朓《和萧中庶直石头诗》）
樵歌喧垄暮,渔枻乱江晨。（虞羲《春郊诗》）
石藤多卷节,水树绕蟠枝。（范云《登三山诗》）
关树抽紫叶,塞草发青芽。（沈约《有所思》）
岁严摧磴草,午寒散峤木。（沈约《循役朱方道路诗》）
山光浮水至,春色犯寒来。（沈约《泛永康江诗》）
晨风被庭槐,夜露伤阶草。（萧统《拟古诗》）
松涧流星影,桂窗斜月晖。（萧绎《船名诗》）
黄云迷鸟路,白雪下凫舟。（张正见《赋得雪映夜舟诗》）
庭晖连树彩,檐影接云光。（江总《宴乐修堂应令诗》）
关山嗟坠叶,歧路悯征蓬。（江总《别袁昌州诗二首》其二）
岸绿开河柳,池红照海榴。（江总《山庭春日诗》）
绿潋明层殿,青山照近楼。（江总《赋得一日成三赋应令诗》）
谷暗宵钲响,风高夜笛喧。（陈叔宝《折杨柳二首》其二）
回幡飞曙岭,疏钟响昼林。（杨广《谒方山灵岩寺诗》）

赵敏俐先生说:"一个优秀的诗人,其遣词造句的能力,并不是看他运用了多少现成的双音词汇,而是看它如何利用一个个单音词而进行声音的组合,再进一步,则是在诗体的规范下调配词语的对仗,乃至平仄的和谐。"[①]上举写景秀句就充分体现出南朝诗坛一种广泛的语言趣味,语词的组合与句式的对称进入自洽的高级阶段,诗句作为独立审美单元的意义得以凸显,联句之间对映的境趣也得以伸张。

以南朝诗歌作为句式经营的重要阶段来加以审视,我们看到在写景句式精细锤炼的方向上对经典句式的发展创新有效提升了写景语言的表现内涵,而在对仗结构形成和对仗形态趋于稳定的过程中景句所起到的示范意义,也对诗歌语言的形式美追求具有推动力量。在锤锻景语对仗句的语言尝试中,南朝诗歌既通过趋于成熟的邻对形成多元多向的诗意境界,也进一步通过组构工对丰富了对仗的类型,这正是其在句式经营上的重要特点。在句式这一审美单元中的发展与求新同样体现了诗人构建诗性审美语言的深层诉求。

[①] 赵敏俐:《中国早期诗歌体式生成原理》,《文学评论》2017年第6期。

第三章　中古诗歌自然意象的营构

意象作为"所有文体风格中可表现诗的最核心的部分"①,是诗歌诗性语言具象化的呈现形态。德国哲学家恩斯特·卡西尔说:"诗人有一种特殊的秉赋,能把日常语言的抽象的一般名称掷进诗的想象的熔炉,铸出新的样式。由此他能够表达一切具有无限细微差别的情感,欢乐和悲伤、愉悦和苦恼、绝望和狂喜等等别的表达方式不可及的和说不出的微妙情感。诗人不仅用词汇描绘,他激起了,形象地显现了我们最深的情感。"②英国诗评家艾略特也说:"诗人的心灵实在是一种贮藏器,收藏着无数种感觉、词句、意象,搁在那儿,直等到能组成新化合物的各分子到齐了。"③也就是说,把一般形象转化为意象是诗人表达情感的重要审美思维。

在诗歌意象研究的丰富成果中,对于"意象"这一诗学概念目前形成了不同面向的认识。从文艺心理学的角度言之,袁行霈先生提出:"意象是融入了主观情意的客观物象,或者是借助客观物象表现出来的主观情意。"④学者屈光进一步比较具体地探寻并辨析意象作为语言哲学概念的动态形成过程,他对"意象"概念作如此界定:"由于作家的主观情志即'意'与客观对象即'象'互感,而创造出的具有双重意义即字面意义和隐意的艺术形象称为意象。意象的艺术本质是寄托隐含,字面意义称为外意,隐意称为内意。"⑤也有从美学角度阐说意象的内在质性,如朱志荣提出"审美意象"命题,认为:"主体在审美活动中,以物象或事象及其背景为基础,在动情的愉悦中能动创造的产物,这个产物就是意象。""美是意象

---

①　[美]勒内·韦勒克、奥斯汀·沃伦:《文学理论》,刘象愚等译,浙江人民出版社,2017,第145页。
②　[德]恩斯特·卡西尔:《语言与神话》,于晓等译,生活·读书·新知三联书店,1988,第143页。
③　[英]艾略特:《传统与个人才能》,收入王恩衷编译《艾略特诗学文集》,国际文化出版公司,1989,第5—6页。
④　袁行霈:《中国诗歌艺术研究》(第3版),北京大学出版社,2009,第54页。
⑤　屈光:《中国古典诗歌意象论》,《中国社会科学》2002年第3期。

的共相,是抽象的,意象是美的具体呈现。""美是审美活动的成果,是物我交融的产物,美即意象。"①从文学语言学角度言之,蒋寅先生将诗歌文本细分为由语象到意境的四个由小到大的层面:"语象是诗歌本文中提示和唤起具体心理表象的文字符号,是构成本文的基本素材。物象是语象的一种,特指由具体名物构成的语象。意象是经作者情感和意识加工的由一个或多个语象组成、具有某种意义自足性的语象结构,是构成诗歌本文的组成部分。意境是一个完整自足的呼唤性的本文。"②本章从意象层面分析诗歌诗性语言的旨趣,更倾向于从文学语言学的角度审视意象的结构和经营特点,因而参照蒋寅先生的相关观点,将意象视为由物象合成的自足的审美单元。

目前学界对意象的分类也有多重标准,袁行霈和陶文鹏两位先生主张将意象区分为自然意象和社会意象两大类。袁先生认为"意象可分为五大类:自然界的,如天文、地理、动物、植物等;社会生活的,如战争、游宴、渔猎、婚丧等;人类自身的,如四肢、五官、脏腑、心理等;人的创造物,如建筑、器物、服饰、城市等;人的虚构物,如神仙、鬼怪、灵异、冥界等"③,关于自然意象之于诗歌的意义,袁行霈先生指出:"中国诗歌艺术的发展,从一个侧面看来就是自然景物不断意象化的过程。"④也有学者将自然意象视为"中国审美精神的原型"⑤。面对中古诗歌缘情托物、写景咏物交相融合的抒情模式和诗意思维,我们有必要对自然意象的表现对象和呈现技巧加以分析,以彰示其变化轨迹和时代差异。陈伯海先生曾指出,研究中国文学应该归结到"我们的民族是如何审美地感受生活,又如何审美地表现自己的感受这类问题上来,这才能开阔思路,让传统得以生气勃勃地活跃于当下"⑥。中古诗歌紧密融入自然意象的抒情形态与情意申发方式,使得自然物色进入诗境时产生了由主客统一渐至于客观自在的姿采,诗人描写自然的表现对象亦随着时代思潮的潜换而有所变化,于此接榫变化之中促发了更为丰盈的兴象旨趣和愈趋醇熟的构象技巧,也因此激发了中古诗歌审美表现艺术的蓬勃活力。本章即以自然意象为中心梳理考察中古诗歌意象的凝构艺术。

---

① 朱志荣:《论美与意象的关系》,《社会科学》2022年第2期。
② 蒋寅:《语象·物象·意象·意境》,《文学评论》2002年第3期。
③ 袁行霈:《当代学者自选文库:袁行霈卷》,安徽教育出版社,1999,第173页。
④ 袁行霈:《中国诗歌艺术研究·自序》,北京大学出版社,2009,第4页。
⑤ 余开亮、李满意:《自然意象批评及其美学性》,《船山学刊》2009年第2期。
⑥ 陈伯海:《历史传统与当代语境——我的探索之路》,参见荣跃明、张炼红、朱红编《历史传统与当代语境——〈陈伯海文集〉出版研讨会纪念集》,上海社会科学院出版社,2016,第3页。

第一节　魏晋诗歌自然意象的移情与象征特点

现代诗人艾青说:"诗是由诗人对外界所引起的感觉,注入了思想感情,而凝结为形象,终于被表现出来的一种'完成'的艺术。"① 魏晋诗歌以情感的抒发作为其审美基质,因此总的来说并不特别着力于意象的雕琢与创化,此时的意象主要在于增强情感的力度和深度,意象的形象性显然未得到充分开掘。这种意象营造的特点恰如恩斯特·卡西尔引用华兹华斯的话说:"对每一种自然形态:岩石、果实或花朵,甚至大道上的零乱石头,我都给予有道德的生命。我想象它们能感觉,或把它们与某种情感相连:它们整个地嵌入于一个活跃的灵魂中,而一切我所看到的都吐发出内在的意义。"② 魏晋诗歌自然意象的呈现多是以"情"为纽带,"情"一般居于主导地位,而"象"则是适情择取之物,简单地说是一种"意"中之"象"。

早期诗歌中的自然景物或自然形象,只是抒情空间中分量较小的一部分,因而还谈不上刻意的意象经营,如朱光潜先生所说,"《诗经》只用意象作引子,汉魏诗则常在篇中或篇末插入意象来烘托情趣"③,其所云"意象"指的就是自然景象,这种"作引子"或"插入意象来烘托情趣"的出场方式表明意象是比兴修辞的一种形态。随着日月霜风、山水胜迹、花鸟草虫逐步进入诗人的审美视野,自然的精神情感价值获得充分发掘,诗歌的抒写内容呈现出由"体情"悄然转为"体物"、由情感事象审美转向自然物色审美的诗学趣味之变,而在自然意象的表现对象上则流衍为嗟叹时序、流连风景、模山范水与写景状物此伏彼起的丰富意趣。前后比较来看,魏晋诗坛最为眷注的是时序意象,在意象的营造上明显体现出移情与象征的艺术基质。

一、敷染情感色彩的移情意象

在魏晋阶段,山水景物还没有大范围进入诗歌的书写视域,表现四季往复流转的时序景象是这一时期自然意象的主要形态。

汉魏诗弥漫着浓重的时序之哀,自然界的节物变迁、物候气象映射着

---

① 艾青:《诗论》,复旦大学出版社,2005,第2页。
② [德]恩斯特·卡西尔:《符号形式的哲学》,赵海萍译,吉林出版集团股份有限公司,2018,第181页。
③ 朱光潜:《诗论》,朱立元导读,上海古籍出版社,2001,第60页。

万物盛衰循环的生息规律,适宜诗人资取作为发抒自嗟式敏感情思的性情渊源。这种捕捉自然讯息以兴发感怀的意象构成模式可以追溯至上古时代以阴阳相生为核心思想的朴素唯物主义自然观。先秦原典《周易》即提取天、地、山、泽、雷、风、水、火八种自然物为世界的本原,阐说人道应乎自然的道理,其自然观念的基础是天地气交、阴阳调和以化生万物的自然规律,四时节序的推移循环代表着万物消长不息的规律。如"恒"卦象辞云"日月得天而能久照,四时变化而能久成"①,"解"卦象辞曰"天地解而雷雨作,雷雨作而百果草木皆甲坼"②,"姤"卦象辞曰"天地相遇,品物咸章"③,天地阴阳调和使得万物昭彰、风调雨顺、草木丰茂,四季流转运行方能使物象永久地产生,这些生动的表述凸显的是天地万物动静协配促动生息变化的能量,孕化了阴阳律动、气运流形的自然观念。《周易》成书的时代虽未形成独立明晰的文学观念,偶尔有所流露的关乎文学创作的审美因子基本上是被包孕于政德教化、社会文明的主张之中,但其间的一些哲学思想和美学倾向却已开启了影响后世文学艺术创作的清源。之后的《礼记·乐记》从音乐产生的心理因素角度提出"物感"说,认为"人心之动,物使之然也。感于物而动,故形于声"④,这里把音乐也视为天地和畅的象征:"地气上齐,天气下降,阴阳相摩,天地相荡,鼓之以雷霆,奋之以风雨,动之以四时,暖之以日月,而百化兴焉。如此,则乐者天地之和也。"⑤因而礼乐昭彰之道也是天地万物遵循自然规律的艺术体现:"天地䜣合,阴阳相得,煦妪覆育万物,然后草木茂,区萌达,羽翼奋,角觡生,蛰虫昭苏,羽者妪伏,毛者孕鬻,胎生者不殰,而卵生者不殈,则乐之道归焉耳。"⑥这种对礼乐自然功用和德教功能的强调以及将礼乐与社会政教德治相比配的文艺思想,对诗歌创作的艺术心理影响甚深,其中对音乐艺术所蕴含的自然内涵的揭示,强调阴阳和合以化生万物以及四季轮回中草木鸟兽的兴歇,不仅孕化了诗歌抒情的自然观念,也成为意象语言的重要根基。汉魏诗中对四序迁换、物候兴衰的感性表达正是这种艺术观念的回响,诗中择选自然意象多是从物候变化即"动植物的生长、发育、活动规律以及某些非生物现

---

① 黄寿祺、张善文:《周易译注》,中华书局,2016,第302页。
② 黄寿祺、张善文:《周易译注》,中华书局,2016,第374页。
③ 黄寿祺、张善文:《周易译注》,中华书局,2016,第414页。
④ 王文锦译解《礼记译解》,中华书局,2001,第525页。
⑤ 王文锦译解《礼记译解》,中华书局,2001,第536页。
⑥ 王文锦译解《礼记译解》,中华书局,2001,第547页。

象对节候变化的反应"落笔①,描写大多措意于草木虫鸟在秋冬季节的活动变化以及风云月露等非生物现象的气象变化,通过表现季节变迁时萧衰的景象抒发诗人对自然运化与生命有限性的沉吟,体现出鲜明深重的时间意识。

自汉武帝刘彻《秋风辞》"秋风起兮白云飞,草木黄落兮雁南归"的慨叹开始,时序之悲响彻汉魏诗坛,所谓"感时序之易移,悲草虫之多变"②的内容成为诗歌发抒情志的基本素材。季候衰飒意象乃是诗歌表现广阔社会生活的形象背景,与感时伤乱、游子流离等人生哀苦境遇紧密相连,使情感抒发的悲哀浓度更为加强。如战乱中为胡人所虏的蔡琰以回忆的笔体感时伤乱而作《悲愤诗》,其中对岁暮景象的描写渗透着凄冷气氛:"玄云合兮翳月星,北风厉兮肃泠泠。胡笳动兮边马鸣,孤雁归兮声嘤嘤。"玄云蔽日、北风凄肃、笳动马鸣、孤雁声哀诸种意象形成一种合力,意在外化诗人万绪悲凉的沉痛心境。类似的抒情笔调也普遍融入汉代乐府古辞的情感表达中,譬如《古诗为焦仲卿妻作》中,刘兰芝不为婆家所容致使美满婚姻惨遭离毁,又兼被亲人的歧视与冷眼所逼,遂产生轻生之念,诗中借"寒风摧树木,严霜结庭兰"的深秋意象不仅形象抒写人物内心的剧烈痛苦,也隐喻式地痛斥封建家长对年轻女性爱情和生命的残酷摧折。同样,乐府《古八变歌》也以"北风初秋至""浮云多暮色""枯桑鸣中林,络纬响空阶"的衰落秋景意象起兴,点染游子怀乡的悲郁情怀。日本学者松浦友久先生对"诗与时间"的话题有过关注,他认为中国古典诗中对四季中春与秋的描写比较频繁的原因在于,春秋相较夏冬的短暂特点更能引起人对时间变化推移的感觉③。诸如此类文人诗或乐府诗中不断复现的对北风、寒霜、浮云、枯枝等秋季物色的集中描写,或者从更广泛的诗歌书写内容而言,自然意象频频着眼于秋风白云、落叶大雁、寒风严霜、明月星汉、白露野草、蟋蟀蝼蛄等物象的聚合,皆以托情于景的蕴藉方式将情感的表达变得细腻委婉,以自然界的衰残状态对应抒情主体内心世界的怫郁愁闷和低沉衰弱的生命处境,其中也潜露出对自在生活状态和强健生命意志的吁求。这种对季序短暂景象的敏锐感知是形成意象的情感基础。

在化生意象的基本方式上,汉魏诗歌熔炼意象主要是提取与情感深相

---

① 惠富平:《物候学》,收入卞孝萱、胡阿祥主编《国学四十讲》,湖北人民出版社,2008,第663页。
② 〔清〕李因笃辑评、张耕点校《汉诗音注》,中华书局,2020,第226页。
③ 〔日〕松浦友久:《中国诗歌原理》,孙昌武、郑天刚译,辽宁教育出版社,1990,第13页。

契合的自然景象,发掘其情意内涵。比如《古诗十九首·去者日以疏》是从对丘坟景象的注视,感慨世事沧桑、生涯短促,并抒发思归不得的遗憾,诗中"白杨多悲风,萧萧愁杀人"之描写,被认为是首创了"白杨秋风"意象,此中的独特情韵在于风吹白杨的萧萧之声,是自然界天籁中极能与悲哀之人的感伤情绪相契合的声音,这种察识的焦点是寻找最具触发力量的自然景象或其中某一方面特征进行描写,用以将悲秋的情感形象化。为了强化诗人情感的渗透,"建安七子"的意象描写颇讲技巧。曹植诗里常常以"我"作为描写的代词,形成物我为一的写法,如其借孤雁抒情时云"翩翩伤我心",描写蓬草随风飘转则云"吹我入云中"。又如王粲《从军诗五首》其三描写征夫悲怀,其中的自然意象甚为鲜明:"白日半西山,桑梓有馀晖。蟋蟀夹岸鸣,孤鸟翩翩飞。"为了渲染羁愁,诗人对白日半落西山、夕阳映照桑梓、蟋蟀隐岸而鸣、孤鸟翩然飞翔等意象作了视线挪移式的描述,烘托出了萧瑟的情感。

这种感时兴思、感物兴情的诗性思维在西晋的诗歌创作中获得了重要推动,以物感观念化炼意象的语言经营有了比较成熟的规范和法式。为了说明物感观念在诗中的渗透,我们且拈出从汉代至南朝诗歌语词中出现的与"感物"相关的词汇,以此观照"物感"观念在诗中的盛行状态以及创作主体自然审美心态的变化:

  汉诗:感四时、感时、感物
  魏诗:感物、感时、感时物、感慨、心感、感动、感悟、感心
  西晋诗:感物、感心、感切、感时、感激、感慨、触物感、目感、
    感伤、气感、触物、悼物、与物、悟物、玩万物
  东晋诗:感物、感时、触物、感兴、时兴、兴情、目玩、悟心
  南朝诗:感物、物感、矜物、恻物、遇物、览物、悦物、怀赏、趣
    赏、玩景

在此胪举的语词中,"感物"类词汇在西晋诗歌中出现频次是最高的。此种诗性审美思维一方面集中体现于其时的文学思想中,如作为太康文士代表的陆机就明确提出将"玄览"万物作为抒写情感的出发点,强调四时景物变迁对人心的感发力量,并以"遵四时以叹逝,瞻万物而思纷。悲落叶于劲秋,喜柔条于芳春"[①]的感性话语描述灵感兴发的状态。另一方面在

[①] 杨明:《文赋诗品译注》,上海古籍出版社,1999,第4页。

文学创作中也有明确的表露,陆机赋作中屡屡表达缘情触物"历四时以迭感,悲此岁之已寒"(《感时赋》)①、"怆感物而增深"(《思归赋》)②、"触万类以生悲"(《叹逝赋》)③的深沉情绪,诗人心理上产生的人生易逝之哀与节序上四季迁转之悲同频共振,令人感到时光之速;在其诗中也可见"鼻感改朔气,心伤变节荣"(《壮哉行》)、"目感随气草,耳悲咏时禽"(《悲哉行》)的感物表达。陆机在文学思想和文学创作两个向度上对四时物象与情意抒张之密切关系的深度体认,可以说是对汉代以来较为朦胧的"物感"思想的自觉总结。沿此观照西晋诗歌的抒情风格,多是在"感时悼逝"的情感基调中进行四时景象描写,这种特点正如有研究者所揭示的,魏晋诗坛"确立起来的'物感'诗学传统,其核心内容是'叹逝',换言之,这里的'感物'也即'感时'","时间被情感化,成为一种色泽和调式,遍布于每一个诗人的字里行间"④。

相较汉魏诗歌而言,晋诗自然意象的营造具有突出的特点,情感对景物的统摄意识更强,形成心灵与外物相接的抒情模式,意象的呈现与情感的表达有更为充分的融合。如陆机诗中总是将时序迁化的景象与人生易逝的感触紧密结合,形成感性与理性交织的哲思式写景语言,如以下诸诗皆具这一特点:

> 遨游出西城,按辔循都邑。逝物随节改,时风肃且熠。迁化有常然,盛衰自相袭。靡靡年时改,苒苒老已及。行矣勉良图,使尔修名立。
>
> (《遨游出西城诗》)
>
> 希世无高符,营道无烈心。靖端肃有命,假楫越江潭。亲友赠予迈,挥泪广川阴。抚膺解携手,永叹结遗音。无迹有所匿,寂寞声必沉。肆目眇不及,缅然若双潜。南望泣玄渚,北迈涉长林。谷风拂修薄,油云翳高岑。鼍鼍孤兽骋,嘤嘤思鸟吟。感物恋堂室,离思一何深。伫立慨我叹,寤寐涕盈衿。惜无怀归志,辛苦谁为心。
>
> (《赴太子洗马时作诗》)
>
> 羁旅远游宦,托身承华侧。抚剑遵铜辇,振缨尽祗肃。岁月

---

① 〔清〕严可均校辑:《全上古三代秦汉三国六朝文·全晋文》,中华书局,1958,第2008页。
② 〔清〕严可均校辑:《全上古三代秦汉三国六朝文·全晋文》,中华书局,1958,第2011页。
③ 〔清〕严可均校辑:《全上古三代秦汉三国六朝文·全晋文》,中华书局,1958,第2011页。
④ 詹冬华:《时间视域中的山水诗境——以中古为中心》,《贵州社会科学》2008年第3期。

一何易,寒暑忽已革。载离多悲心,感物情凄恻。慷慨遗安豫,永叹废寝食。思乐乐难诱,日归归未克。忧苦欲何为,缠绵胸与臆。仰瞻凌霄鸟,羡尔归飞翼。

(《东宫作诗》)

在上述诗歌中,诗人从现实境遇和时序变化的感触中涌动出浓厚的情感,这种情感话语占据突出地位,密集地渗透于季节变迁的景象中,因而其时序意象总是跟随着诗人的情感取向和情思底蕴组织起来。清人陈祚明与吴淇在评鉴陆机诗时所云"述景流宕,景中有情""言情于景物之中,情乃流动不滞也"①"心为悲之因,景为悲之缘""而要以心为主,心有情,景无情"②等论断,颇可概括陆机诗歌时序意象的总体特点。这种因"情"择"象"、取"象"适"情"的抒写风格,使得季序景物意象笼罩于情感的基调中,在促进情感与景象的交融方面产生了重要意义。

由于描写语言的初步发展,意象的形象性渐趋鲜明,其契合情感的紧密性也显著提升。移情意象在西晋诗歌中更发展成为典型的意象表现模式,我们仍以陆机如下二诗来看:

总辔登长路,呜咽辞密亲。借问子何之,世网婴我身。永叹遵北渚,遗思结南津。行行遂已远,野途旷无人。山泽纷纡馀,林薄杳阡眠。虎啸深谷底,鸡鸣高树巅。哀风中夜流,孤兽更我前。悲情触物感,沉思郁缠绵。伫立望故乡,顾影凄自怜。

(《赴洛道中作诗二首》其一)

北游幽朔城,凉野多险难。俯入穷谷底,仰陟高山盘。凝冰结重涧,积雪被长峦。阴雪兴岩侧,悲风鸣树端。不睹白日景,但闻寒鸟喧。猛虎凭林啸,玄猿临岸叹。夕宿乔木下,惨怆恒鲜欢。渴饮坚冰浆,饥待零露餐。离思固已久,寤寐莫与言。剧哉行役人,慊慊恒苦寒。

(陆机《苦寒行》)

前诗中浓郁的情感在"呜咽""永叹""悲情""沉思""凄自怜"等词中充分呈露,其间以旷野、山泽、林薄、虎啸、鸡鸣、哀风、孤兽诸物象为核心的意象

---

① 陈祚明评选,李金松点校《采菽堂古诗选》,上海古籍出版社,2008,第301页。
② 吴淇:《六朝选诗定论》卷十,汪俊、黄进德点校,广陵书社,2009,第265页。

群都抹上了悲哀色彩,可谓"寓目皆乡思"。后诗中由景入情,以凉野、凝冰、积雪、阴云、悲风、寒鸟、猛虎啸、玄猿叹为核心的意象群也极力浸染苦寒的色调。这里的意象紧随情感流动,"就像一系列放置在不同角度的镜子,当主题过来的时候,镜子就从各种角度反映了主题的各个不同侧面。但它们不是一般的镜子,而具有惊人的魔力:它们不仅仅反映了主题,而且也赋予主题以生命和外形,它们足以使精神形象可见"①。其中所体现的艺术心理也正如艾略特所说的:"用艺术形式表现情感的唯一方法是寻找一个'客观对应物';换句话说,是用一系列实物、场景,一连串事件来表现某种特定的情感;要做到最终形式必然是感觉经验的外部事实一旦出现,便能立刻唤起那种情感。"②

魏晋诗歌对时序意象的眷注寄示着特殊的时代心理和文化内涵,其以陆机诗歌为代表的自然意象择取及熔炼的艺术特点,强调诗人精神空间与自然界兴衰节奏的呼应,形成了特点鲜明的意象语言风格。

二、具有符号功能的象征意象

魏晋诗歌移情意象的大量出现,逐渐使一组客观物象较为固定地"表现某种特定的情感"③,这时移情意象便凝定成为象征意象。中西学者都对象征意象有所阐释。陈植锷先生指出,象征意象的特征是"其所指称的意义在同一个作者或不同作者的许多作品中都被不断地重复着"④,美国学者韦勒克和沃伦也指出:"'象征'具有重复与持续的意义。一个'意象'可以一次被转换成一个隐喻,但如果它作为呈现与再现不断重复,那就变成了一个象征,甚至是一个象征(或者神话)系统的一部分。"⑤我们借用这些理论来审视汉魏两晋诗歌,可以说汉代诗歌中的一些意象已经具有象征意象的特征,如法国学者桀溺便指出了《古诗十九首》中象征意象的运用:"有时作者在诗的开首便展露一幅半象征性的景象,背景不但实物化,而且

---

① [英]辛·刘易斯:《意象的定式》,汪耀进编《意象批评》,四川文艺出版社,1989,第96页。
② [英]艾略特:《哈姆雷特》,收入王恩衷编译《艾略特诗学文集》,国际文化出版公司,1989,第13页。
③ [英]艾略特:《哈姆雷特》,收入王恩衷编译《艾略特诗学文集》,国际文化出版公司,1989,第13页。
④ 陈植锷:《诗歌意象论——微观诗史探微》,中国社会科学出版社,1990,第141页。
⑤ [美]勒内·韦勒克、奥斯汀·沃伦:《文学理论》,刘象愚等译,浙江人民出版社,2017,第179页。

也很精神化,例如秋冬的景色、荒野的坟丘、月下独处空房等等。"①汉魏两晋诗歌中普遍化的时序意象经诗人反复的抒写,逐渐成为表达悲哀愁情的固定程式。

与时序意象的浓重情感色调相比,时序书写的又一面向是哲思理趣的渗透,这其中便具有更强的象征意蕴。汉代的时序之嗟流衍于魏晋,正始诗歌犹如夹缝中生出的璀璨花朵,以哲思意趣的融入丰富了时序自然意象的内涵。诗歌多是从具象转向抽象,因感物悟入哲思,其自然描写总体表现出一种超离现实的抽象性色彩,这可以说是《老子》中"大象无形"哲学命题在诗学艺术思维中的表现。我们以阮籍诗歌作为一个观照点来看,他具有言近旨远特征的抒情诗中就密布着凋零衰颓的自然景象,但并不注重感性抒写。其《咏怀诗八十二首》多以理思提炼组织感性纷繁的物象,捕捉体现生灭规律的自然现象,通过这种对宇宙之道的探寻,灌注对生存有限性的审视和对人生的终极关怀,重在申说"自然有成理,生死道无常"(其五十三)的哲思旨趣。在营造自然意象时,阮籍《咏怀诗》常在描写中突出对立矛盾,像"荣好未终朝,连飙陨其葩"(其八十一)、"荧荧桃李花,成蹊将夭伤"(其四十四)等表达,更为侧重在自然物兴衰荣枯的对比中发露生存的哲思。与嵇康阐发老庄哲学侧重于持生之道、强调形神统一相比,阮籍显然侧重于对人生有限与宇宙无限的理性思考,并且通过鲜明的时间意象给予了集中呈示。《咏怀诗》中反复以写实或想象之笔描写白日西颓的景象:"灼灼西颓日,馀光照我衣"(其八)、"逍遥未终宴,朱华忽西倾"(其二十四)、"白日颓林中,翩翩零路侧"(其七十一)、"忽忽朝日颓,行行将何之"(其七十九)、"白日陨隅谷,一夕不再朝"(其八十),这里的日光西落意象在诗中映射出一种时间速逝、焦灼无依的心绪。阮诗中也通过对蟋蟀、蟪蛄等自然微物生存状态的描写标示季节的迁转,如:"开秋肇凉气,蟋蟀鸣床帷"(其十四)、"蟋蟀在户牖,蟪蛄号中庭"(其二十四)、"蟋蟀吟户牖,蟪蛄鸣荆棘"(其七十一),其中多带有悯物伤己的悲哀之情。诗中更密布着凝霜、清露、寒风、衰草、孤鸟、离兽、旷野等萧条凄清的意象,反复强化感物伤时的自嗟,如:"凝霜被野草,岁暮亦云已"(其三)、"清露被皋兰,凝霜沾野草"(其四)、"良辰在何许,凝霜沾衣襟"(其九)、"朔风厉严寒,阴气下微霜"(其十六)、"清露为凝霜,华草成蒿莱"(其五十)、"秋风吹飞藿,零落从此始"(其三)、"回风吹四壁,寒鸟相因依"(其

---

① 桀溺:《论〈古诗十九首〉》,收入钱林森编《牧女与蚕娘——法国汉学家论中国古诗》,上海古籍出版社,1990,第212页。

八)、"寒风振山冈,玄云起重阴"(其九)、"惊风振四野,回云荫堂隅"(其五十七)、"孤鸿号外野,翔鸟鸣北林"(其一)、"鸣雁飞南征,鹍鸡发哀音"(其九)、"松柏翳冈岑,飞鸟鸣相过"(其十三)、"走兽交横驰,飞鸟相随翔"(其十六)、"孤鸟西北飞,离兽东南下"(其十七)、"绿水扬洪波,旷野莽茫茫"(其十六)、"荆棘被原野,群鸟飞翩翩"(其二十六),所有这些萧瑟意象的汇集是附着在哲理经验基础上的景象书写,构成阮籍诗歌清峻理性的语言风格。

若从更广泛的魏晋诗坛来观照,从汉末绵延到两晋,大量秋景意象的频繁出现,形成白日易逝、月明星稀、白露寒霜、寒风衰草、蟋蟀寒蝉、离鸟孤兽等物象为中心的秋季意象群,作为诗人自我意识的对象化表现,构成诗歌情感抒写的重要支撑,从诗歌语言理思与感性交融的境界而言,其象征性和隐喻性是十分浓郁的。意象的类型化成为魏晋诗歌自然描写的主要形态。如以下类举之例。

白日意象:

> 原野何萧条,白日忽西匿。(曹植《赠白马王彪诗》)
> 浮云翳日光,悲风动地起。(曹植《杂诗》)
> 浮云翳白日,微风轻尘起。(何晏《言志诗》)

星月意象:

> 仰看星月观云间,飞鸽晨鸣声可怜。(曹丕《燕歌行二首》其二)
> 怅延伫兮仰视,星月随兮天回。(曹丕《寡妇诗》)
> 仰首看天衢,流光曜八枢。(嵇康《五言诗三首》其二)
> 清风何飘飘,微月出西方。繁星衣青天,列宿自成行。
> 　　　　　　　　　　　　(傅玄《杂诗三首》其一)

蟋蟀、寒蝉意象:

> 秋风发微凉,寒蝉鸣我侧。(曹植《赠白马王彪诗》)
> 凉风动秋草,蟋蟀鸣相随。冽冽寒蝉吟,蝉吟抱枯枝。
> 　　　　　　　　　　　(徐幹《于清河见挽船士新婚与妻别诗》)
> 朗月照闲房,蟋蟀吟户庭。翻翻归雁集,嘒嘒寒蝉鸣。
> 　　　　　　　　　　　　　　(陆机《拟明月皎夜光诗》)

蜻蜩吟床下,回风起幽闼。(傅玄《朝时篇》)
阳鸟收和响,寒蝉无馀音。(张载《七哀诗二首》其二)
唎唎林蜩鸣,翩翩鸣鹏翔。(李颙《羡夏篇》)
鸣雁薄云岭,蟋蟀吟深树。寒蝉向夕号,惊飙激中夜。

(江逌《咏秋诗》)

白露、寒霜意象：

日月一何速,素秋坠湛露。(陆机《为周夫人赠车骑诗》)
凄凄朝露凝,烈烈夕风厉。(潘岳《悼亡诗三首》其三)
繁霜降当夕,悲风中夜兴。(张华《杂诗三首》其一)
秋风何冽冽,白露为朝霜。(左思《杂诗》)
轻风摧劲草,凝霜竦高木。(张协《杂诗十首》其四)
严霜凋翠草,寒风振纤枯。(曹摅《思友人诗》)
凝霜沾蔓草,悲风振林薄。(卢谌《时兴诗》)
烈烈玄飙起,粲粲繁霜凝。(司马彪《诗》)

寒风、蓬草意象：

北风行萧萧,烈烈入吾耳。(曹植《怨诗行》)
秋草卷叶摧枝茎,翩翩飞蓬常独征。(曹睿《燕歌行》)
荣华尽零落,槁叶纵横飞。(傅玄《诗》)
秋蓬独何辜,飘飘随风转。(司马彪《诗》)

孤鸟、走兽意象：

雉雊山鸡鸣,虎啸谷风起。(曹丕《十五》)
草虫鸣何悲,孤雁独南翔。(曹丕《杂诗二首》其一)
飞鸟翻翔舞,悲鸣集北林。(曹丕《善哉行》)
归鸟赴乔林,翩翩厉羽翼。孤兽走索群,衔草不遑食。

(曹植《赠白马王彪诗》)

孤雁飞南游,过庭长哀吟。(曹植《杂诗七首》其一)
孤雏攀树鸣,离鸟何缤纷。(傅玄《放歌行》)

孤雌翔故巢,流星光景绝。(傅玄《朝时篇》)
　　仰听离鸿鸣,俯闻蜻蛚吟。(张载《七哀诗二首》其二)
　　嘤嘤南翔雁,翩翩辞归燕。(张载《诗》)
　　俯悼孤行兽,仰叹偏翔禽。(陆冲《杂诗二首》其一)

旷野意象:

　　中野何萧条,千里无人烟。(曹植《送应氏诗二首》其一)
　　旷野何萧条,顾望无生人。(傅玄《放歌行》)
　　下泉激冽清,旷野增辽索。(卢谌《时兴诗》)

　　上述诗句所示意象在魏晋诗中不断复现,作为一种悲哀情感笼罩下的形象,已成为一种固定化的情感表现模式。意象大多是对秋景的描写,把对岁月驰速、生命短促的惶恐移情于自然界时移节变的清凄景象中,其中寄寓着深沉的感物意识以及对人的生存困境或政治困境的感慨思索,在这种观照季序景象的情感活动中,诗人寄托了一种精神孤独的情绪,获得了自我反思和内在超越。此类意象的经营在很大程度上代表着时人共同体验的情感思绪,其象征的意义已超越了本身的审美内容。
　　魏晋玄学的发展对诗歌象征意象的表现方式产生了重要影响。正始时期作为玄学基本问题的"言意之辩",指出了"象"在"言""意"之间所承当的重要作用,强调"象"的择取与表现以"意"为主,必须"立象以尽意""寻象以观意",但同时又要"得意而忘象",认为"言""象"只是得"意"的工具,因而不必拘执于"象"本身。以嵇、阮为代表的正始诗歌正是在景物描写中渗入了理思,从而使体验景物成为得"意"的过程,在对"象"的感悟中得到"理",又因其以得"意"为目的,故作为"象"之其一的自然意象尽量追求超越具体、感性、直观的物象呈现。东晋诗歌一脉相承,受理思支配的意象成为玄言诗的标志。正始的哲思之音与东晋的玄理之思前呼后应,通过对四时速迁之景的感悟达致澹然之情的抽象化描写,"感彼时变,悲此物化"(郭璞《答贾九州愁诗》)的哲思体验成为玄言诗写意的基础。玄言诗重在体现适合于显现理的特征的意象,比如天清水澈的景象,在诗人眼中就是理的显现。我们看嵇康诗歌就擅长借自然物类托志,偶尔也以清丽的山水描写表现涤汰俗世纷扰的情感诉求,着意于清丽明朗的自然风景,表现人在其中"感悟驰情"(《四言赠兄秀才入军诗》)、"形陋体逸心宽"(《六言诗》)的自在状态。当诗人置身于自然界的"清原""清歌""清风""清流"中,表现自然之景与天籁琴声的交融境界,便呈现出摆脱现实束缚、获得情感超越的意向,以景的审美描写冲淡俗世的哀情忧愁,引向对现实的超越。东晋玄言诗自然表现的对象也更贴近嵇康诗歌的格调,喜择澄流、清波意象,描写景象的清爽、声音的清泠、色彩的清亮、气息的清新,旨在表达情感开豁、拔俗离尘的精神境界,这种由清澄的山水描写臻至虚冲萧散的玄思体验是玄言诗抒情写意的基本模式。笔者统计东晋诗歌景句中"清"字出现约50次(仅陶渊明诗中就出现20余次),"澄""远""闲"等字眼的复现频次也较高。《兰亭》组诗中"清氾""清泉""翠流""素濑"等意象络绎而出,形成幽静清泠、明朗清远的山水世界。由此可见,诗人对此类清澄意象的倾重是与其旨在揭示的哲思意境紧相映合的。

在意象的具体表现方面,玄言诗注重敷染整体境界,而不拘泥于细致的描摹,诗歌有意略去声、色、形、味、气等细微的景象成分,旨在超脱境界的营造。如庾阐描写石鼓山景:"翔霄拂翠岭,绿涧漱岩间。手澡春泉洁,目玩阳葩鲜。"(《观石鼓诗》)重在展现人于其中获得的视觉及心理感受。顾恺之点染四季景象:"春水满四泽,夏云多奇峰。秋月扬明辉,冬岭秀寒松。"(《神情诗》)亦重在写神而非形,引人透过物象感受勃勃的生气与力量。殷仲文《南州桓公九井作诗》:"独有清秋日,能使高兴尽。景气多明远,风物自凄紧。爽籁惊幽律,哀壑叩虚牝。"这里的清秋意象摆脱了悲哀情绪的符号功能,是诗人超脱尘俗、"肃此尘外轸"的理想象征。陶渊明诗歌自然描写中也具有偏重虚笔勾勒的特点,如其状雪云"凄凄岁暮风,翳翳经日雪。倾耳无希声,在目皓已洁"(《癸卯岁十二月中作与从弟敬远诗》),不用咏物笔法状写雪之形色特征,而是重在耳听目感的体验描写,侧重借雪景之寂静洁白暗示脱离世俗的心境。从语言的深层旨趣来看,陶渊明的诗歌意象描写达到了理与情的融合。如其《辛丑岁七月赴假还江陵夜行塗口》写景:"叩枻新秋月,临流别友生。凉风起将夕,夜景湛虚明。昭昭天宇阔,晶晶川上平。"择取了夜景、天宇、长川等广远的物象,广阔的天宇、皎洁的月光、奔腾不息的河流,象征着宇宙的永恒,将征人的惆怅提高到了人类生存的普遍困境的高度,同时也在清朗开阔的境界中使愁绪得以消解。古来诗论家曾指出陶诗"清腴简远"的特点①,在这种离形得似的景物描写中有比较突出的体现。

---

① 沈德潜评《停云》《时运》等篇,〔清〕沈德潜:《说诗晬语笺注》,王宏林笺注,人民文学出版社,2013,第93页。

象征意象旨在"用具体的意象(imagery)去表达抽象的思想感情"①，诗人仅在意象的感性层面稍作停留，进而便移向对理思的抽取，应该说，东晋玄言诗歌是象征意象更高程度的集中体现。

第二节　南朝诗歌意象圆融的语言经营

一、写景意识的萌生与自然意象的语言变化

中古诗歌自然描写展露独立审美价值的意象经营是从南朝诗歌开始的。如上所述，魏晋诗歌的自然意象具有将情感对象化的鲜明倾向，处于"意"的成分浓重而"象"的美感稀薄的状态。诗歌在意象的语言呈现上也大多停留于白描笔法，就是把自然物象直接地呈托出来。如陶渊明诗中的"榆柳荫后檐,桃李罗堂前"(《归园田居诗五首》其一)、"果菜始复生,惊鸟尚未还"(《戊申岁六月中遇火诗》)等描写，意象中出现的"榆柳""桃李""果菜"等都是指称属类的词，它隐去了物象的细节特征，有一种未加雕琢的朴质感。南朝以降，自然意象的经营明显带有艺术润饰的语言匠心，此种意象经营的风气，是伴随着中古诗歌逐渐显露的写景意识而积淀起来的。

当时序景象作为诗人抒写情思的主要寄托物或者说是诗人自我有限性的情感对象时，弥漫于魏晋诗坛的节序变迁景象在内容上是以秋景衰飒气象为中心的。由于具有季节性标志现象的意象在诗中复现频率较高，意象语言表现也有接近的特点，因而这种季候的反复书写往往体现出一种经验式的倾向，渗透情感的物象选择并不一定是作者亲眼所睹的实景，带有明显的经验化和模式化表达特点，那么它在一定程度上会对情感与自然外物的交融程度产生弱化的作用，也就会销蚀情感抒发的个性色彩，使诗歌的性情表现容易陷入重复僵化的境地。在这种情志抒写的局限性视野之中，诗歌写景意识的萌生可以说逐渐引发了审美意象的经营，改变了意象的呈现特点和营炼趣味。

"景"在早期诗歌的描写语言中多指"光影"之意，诗语中的"风景"一词是在晋宋之际诗歌文本中才露面的，而含有"风景"性质的自然描写在汉代诗歌中其实已零星存在了，所涉诗作往往成为后世评家追溯写景艺

---

① [英]查尔斯·查德维克:《象征主义》,肖聿译,北岳文艺出版社,1989,第1页。

的源头。例如汉昭帝《淋池歌》因有"云光开曙月低河"之句,沈德潜的评鉴以为其"已开六朝风气"①;后汉灵帝刘宏《招商歌》因写及园林之景"凉风起兮日照渠,青荷书偃叶夜舒",也被陈祚明誉为"语颇流动"②的佳作。至如蔡邕《翠鸟诗》前半段的"庭陬有若榴,绿叶含丹荣。翠鸟时来集,振翼修形容。回顾生碧色,动摇扬缥青"诸句,俨然可归入细描翠鸟"振翼""修形容""回顾""动摇"活泼动态的咏物小诗;张衡《歌》诗有"浩浩阳春发,杨柳何依依。百鸟自南归,翱翔萃我枝"的春色描写,也可说是绘出了一幅和煦生动的图景。这些散见于诗歌中的景色描写片断,正是风景描摹的先声。建安贵族文士在游乐宴会盛行的文化氛围中创作视野有所拓宽,便催生了一系列"怜风月、狎池苑、述恩荣、叙酣宴"的诗作,随着这种宴乐赏景意识的萌发和五言诗体语言形态的发展,表现出与汉代诗歌迥异的审美意趣,那就是经验化、模式化的季序描写与现实环境中所睹的自然景象有了更多的交织结合,呈现由熟套的季候描写语言向细摹式写景语言变化的自觉趋向,自然风景作为独立审美存在形态的抒写之路得以开启。清代吴乔指出"建安之诗,叙景已多,日甚一日"③的现象,这里所说的"景",就是自然景物、山水风景。如前引曹丕《于玄武陂作诗》描写步出西城所见田野开阔、河流秀美、春华发荣、鸟鸣和谐的景象,清新的诗句对自然光采的点染色籁俱清,陈祚明评曰:"柳垂有色,色美在重;群鸟有声,声美非一。水光泛滥,与风澹荡,佳处全在生动。"④又如陈琳的《诗》虽是从"节运时气舒,秋风凉且清"的时序感触起笔,但具体内容上已摒弃了汉代诗歌惯常出现的意象,直接描绘随友登城所见的眼前实景:"东望看畴野,回顾览园庭。嘉木凋绿叶,芳草纤红荣。"这样的直摹内容具有场景的真实性,因而更能表达诗家的个性化情思。

写景意识的萌生也促进了精致规范的摹景语言的发展。曹丕、曹植兄弟及"建安七子"所作公宴诗以及游赏诗、杂诗典型代表了当时文士措意于细致写景的创作风尚,游宴诗作多注重以对偶精工的语言表现绿树夹道、芙蓉吐芳、池水清澈、飞鸟翩翩的意象,景的背后闪烁着动荡时代君臣文士们及时行乐的生活态度和生命意识,在汉魏时序兴叹模式化景象描写的浓重风气中悄然蕴蓄了新鲜的抒情眼界和自觉的语言开发意识,初步激

---

① 〔清〕沈德潜:《古诗源》,卷二,中华书局,1963,第50页。
② 陈祚明评选,李金松点校《采菽堂古诗选》,上海古籍出版社,2008,第92页。
③ 吴乔:《答万季野诗问》,〔清〕王夫之等:《清诗话》,丁福保辑,上海古籍出版社,2015,第34页。
④ 陈祚明评选,李金松点校《采菽堂古诗选》,上海古籍出版社,2008,第147页。

活了五言诗抒情写意"造怀指事,不求纤密之巧,驱辞逐貌,唯取昭晰之能"的语言表现功能①。钟嵘《诗品序》所总结的五言诗"指事造形""穷情写物"的优势正是由此种语工字秀的写景模式开启的。如王粲《杂诗》写游园所见:"曲池扬素波,列树敷丹荣。"在"曲池"与"列树"对映成的静态构图中,"扬"字写出水波飞溅的姿态,"敷"字写出花的繁盛艳丽,意象颇为生动。又其《诗》"幽兰吐芳烈,芙蓉发红晖"摹状幽兰、芙蓉耀眼的光彩,着一"吐"字动感顿出,张扬了鲜活的生命力。这种具有独立审美意义的风景描写的出现,不仅引起诗歌从比德写物渐变为极貌写物的趋向,而且通过对景象进行平面化兼立体化的审美呈现,发展了经营诗歌意象层面的语言艺术。

应该注意的是,在建安及两晋诗歌中曾一度出现了注重审美意象营构的绮靡风气,自然描写中具有感性层面形式美的意象时有露面,特别是在以陆机、潘岳为代表的太康诗坛,感物兴思的抒情思维不仅促进了情与景的融合,而且进一步推动了新兴的赏景细描的诗风。创作主体与自然的审美关系正悄然由"感物重郁积"的深沉哀情体验转向"闲居玩万物"的适快愉情体验,因而在景物描写中也体现出相较于汉魏更为细致的笔法和赏景情趣。诗人对四时代谢景象的描写更为频繁地与即目所见的景物描写相结合,季候景象描写朝着更为细致化的方向发展,融入真实体验的风景描写也愈见丰富,已愈渐广泛地排斥着经验为先的时序节物描写。如陆机《悲哉行》所呈现的是生机盎然的春日景象:"和风飞清响,鲜云垂薄阴。蕙草饶淑气,时鸟多好音。翩翩鸣鸠羽,喈喈仓庚吟。幽兰盈通谷,长秀被高岑。"其明昂具有意象鲜明、语言丽靡、对仗精稳等特点,尤其"蕙草"以下几句营造了草香与鸟音交汇的感觉融通意象以及幽兰满谷、草木蔽岑的远景意象,使诗意停驻于山间荟蔚的画意中。清代王夫之评此诗即云:"音响节族全为谢客开先,平原所云'谢朝华''启夕秀'者,殆自谓此。"②又如潘岳《内顾诗二首》其一:"芳林振朱荣,渌水激素石。""芳林""朱荣""渌水""素石"等物象汇合而成芬芳的林木振落红色的花朵、清澈的水流激荡洁白的石头的意象,其间以鲜明的色彩对比和花落水激的动态形成意象的视觉美感,使之具有清新逼人的效果。两晋诗人对包含时序物象在内的自然景象所给予的一种更趋细致的表现,将诗歌的写景艺术引向了以精细的语言摹状形象的方向,这一点在张协诗歌对自然气象的细腻展现中也有所

---

① 刘勰:《文心雕龙·明诗》,周振甫注《文心雕龙注释》,人民文学出版社,1981,第49页。
② 王夫之评选,张国星点校《古诗评选》卷一,河北大学出版社,2008,第37页。

体现。被钟嵘评为"巧构形似之言"的张协尤其擅长状摹露雨云光的姿采,其《杂诗十首》中如"飞雨洒朝兰,轻露栖丛菊"(其二)、"腾云似涌烟,密雨如散丝"(其三)、"翳翳结繁云,森森散雨足"(其四)、"云根临八极,雨足洒四溟"(其十)等,以"飞""轻""栖""洒"等字眼生动表现雨、露的轻盈鲜润,将云、雨形象细贴地比喻为"涌烟""散丝",或是描写云之繁密与雨脚之细密,皆具细腻笔法。是故黄子云《野鸿诗的》谓:"景阳琢辞,实祖太冲,而写景渐启康乐。"①

在写景所带来的意象语言风气扭转的同时,诗人抒情的审美视域也有所变化扩展,这对于意象的经营而言,进一步彰发了景物书写的语象价值。历经正始的哲思之音和入晋的玄风渐炽,诗人沉思体道的精神场域也移向天然的生态空间,山川风月进入诗歌的审美视域更趋频繁,摹物绘景的审美取向更显自觉。于此之后,悲伤荣枯、感慨迁化的描写内容日渐其稀,对生命有限性的感伤逐渐消解,在庄子齐物观的启悟之下,赏景的审美体验得到了进一步丰富和发展。在陶渊明的诗歌中,"欣对山水"已成为重要的抒写主题,陶诗每每于诗序中申述惬心于景之意:"春服既成,景物斯和。偶影独游,欣慨交心。"(《时运诗·序》)"天气澄和,风物闲美。与二三邻曲,同游斜川。临长流,望曾城,鲂鲤跃鳞于将夕,水鸥乘和以翻飞。"(《游斜川诗·序》)晋宋之交,僧众、隐士的游山悟道之风也应合于此种审美兴趣,如庐山诸道人《游石门诗》序文所述:"因咏山水,遂杖锡而游。于时交徒同趣三十馀人,咸拂衣晨征,怅然增兴。虽林壑幽邃,而开途竞进,虽乘危履石,并以所悦为安。既至则援木寻葛,历险穷崖,猿臂相引,仅乃造极。于是拥胜倚岩,详观其下,始知七岭之美蕴奇于此。""各欣一遇之同欢,感良辰之难再,情发于中,遂共咏之云尔。"②此类描述乃是审美心理潜移暗换的经典表达。诗人欣喜赏景、豁情为乐,塑造乐游世间、闲赏山水的自我形象,故而书写岩水之娱成为一时之趋,自然意象的表现对象已比较多地留恋于山水。

可以说从汉代至两晋诗歌自然描写呈现时序景象与渐次生发的风景描写交相辉映的局面,而风景描写以逐步上升之势掩盖了时序描写的抒情力量,这种审美体验的变化促使诗人逐渐从感物兴哀的诗思模式中走出,产生了描写趣味的转向。在以时序描写为基本内容的汉魏诗潮中,抒情主体是以悲哀人生为其自然审美活动的重要基础,自然客体始终停留在属人

---

① 〔清〕王夫之等:《清诗话》,丁福保辑,上海古籍出版社,2015,第896页。
② 逯钦立辑校《先秦汉魏晋南北朝诗》,中华书局,1983,第1086页。

的描写层面。随着晋宋欣赏山水的自然观念和摹写自然风气的兴起,自然山水契合作家审美需要的精神价值得到充分发掘,奠立了人对现实生活新的审美理想,于是诗人们也走出了笼罩诗坛的悲郁情绪,而这种审美趣味和体验方向的变化对于诗歌自然意象的经营是至为重要的。

我们以谢灵运诗歌作为一个承上启下的转折点,可以清晰看到意象经营的语言变化和美感丰富性的增强。谢灵运营造自然意象的艺术精髓首先是注重展现山水中之声响光线与色彩的协调。陈祚明评谢诗说:"每写山川林壑,必取气色声光,是写神之法。"①谢诗充分发掘了诗歌语言描摹物象的独特优势。如"石浅水潺湲,日落山照曜"(《七里濑诗》),石上水流潺潺使人如闻其声,落日映照山峦使人如见其光,又"林壑敛暝色,云霞收夕霏"(《石壁精舍还湖中作诗》),以林间山谷中暮色雾霭暗淡消散的气色变化来形象呈现黄昏时分的山水景象。这样的语言能够唤起读者视觉、听觉、嗅觉、触觉等感官的参与,激生自然物色触发审美情感的隐形力量。其次是擅长将绘画的构图原理移入诗中,凸显风物之间相互映衬的美感效应。美国的H.帕克在《美学原理》中讲道:"对于善于想象的感情来说,每一片风景都是一幅潜在的绘画。"②谢灵运的游览诗和行旅诗是其孑然一身、孤游山林的记录,置身于山水世界,与草木鸟兽同呼吸,无疑是在官场压抑环境下自然人性的释放和强烈生命活力的昭彰。谢诗因此着意抒写游览带来的"怀抱昭旷"的情感力量,诗中云日辉映、空水澄鲜、高林映窗、蒲稗因依、远山对应疏木、石磴衬托红泉,呈现出自然万物和谐共生的自在图景,营造了一个有异于人类社会复杂功利环境的清新世界,所以他的山水诗"不是平面的,而是立体的;不是呆滞的,而是生动的"③。

如果说魏晋诗歌自然描写主要是为了呈现审美主体的情感世界,那么南朝诗歌则转为主要呈现审美客体的物质属性,从对自然事物人格预示特征的揭示发展到对自然景物物质属性的精致呈现。从美学的角度来说,"对于客观对象通过感知、想象、情感多种心理功能的综合活动而达到领悟和理解的感受方式,称为审美观照"④,南朝诗人审美心理和审美理想的变化导致了新的审美观照方式形成,诗家通过对大自然的敏锐感知,充分调

---

① 陈祚明评选,李金松点校《采菽堂古诗选》卷十七评谢灵运《晚出西射堂诗》,上海古籍出版社,2008,第526页。
② [美]H.帕克:《美学原理》,张今译,广西师范大学出版社,2001,第293页。
③ 林文月:《鲍照与谢灵运的山水诗》,收入其《山水与古典》,生活·读书·新知三联书店,2013,第106页。
④ 刘书成、夏之放、楼昔勇等:《美学基本原理》,上海人民出版社,1987,第226页。

动审美感官,采取远观近察的实录式细微描写,把景物按照美的规律捕入诗中,昭示自然景物所含藏的生命精神,体现人对自然山水前所未有的依存性,这本质上是创作主体内在性灵的感性呈现。这一审美意趣和表现对象的转向以清人沈德潜的评价最为经典:"诗至于宋,性情渐隐,声色大开,诗运一转关也。"①自然意象表现对象的丰富与意象经营的新巧也随之彰显。刘勰《文心雕龙·明诗》云:"宋初文咏,体有因革,庄老告退,而山水方滋;俪采百字之偶,争价一句之奇,情必极貌以写物,辞必穷力而追新:此近世之所竞也。"②前半部分说明诗歌题材的变化,后半部分则指出了语言走向靡丽新巧的新趋向以及体物贵尚形似的语言追求。钟嵘评价谢灵运、颜延之、鲍照诸子作品,多以"巧构形似之言""尚巧似""善制形状写物之词"目之,即点示出这些作家敏锐把握审美对象感性形式的语言能力。可以说,从魏晋至于南朝初期,景物描写的渐次丰富在一定程度上激发了诗歌意象表现更趋精细的形态,相比以时序描写为主体的移情和象征意象经营,这是新形态意象语言发展的重要契机。

刘勰在《文心雕龙》之《神思》篇中曾具体指陈"物"与"辞"的关系:"故思理为妙,神与物游,神居胸臆,而志气统其关键;物沿耳目,而辞令管其枢机。枢机方通,则物无隐貌;关键将塞,则神有遁心。"③他强调构思文章的精神活动须与物象触碰生成形象思维,神思存于胸中,由人的意志气格主宰,物象与耳目相接,由辞令使之成为文学形象。其在《物色》篇中又云:"然物有恒姿,而思无定检,或率尔造极,或精思愈疏。"④揭明意象的创造并非容易把握之事,面对同样的物色风景,诗思可以有很大差别,有时轻率地就可以造极,有时精思却愈见其远,因而提出"物色虽繁,而析辞尚简;使味飘飘而轻举,情晔晔而更新"⑤的语言原则,申明要用简炼的言辞,写出景之滋味,体现鲜明的情感。从诗坛的实际创作情形来看,诗歌着力开拓的是意象"精巧绝伦的形式",是魏晋艺术家没有深入探寻过的新天地,这常常被认为是偏离了诗言情志的本质特征,但实际察之,诗歌具备了倾力发展语言具象化功能的自觉意识,意象在形式的遮蔽下潜藏着情感,显然是把意象构造引向了更高的艺术阶段,置于诗歌语言发展的长河中观之,终是有其进步意义的。具体而言,诗歌自然意象与魏晋相比最明显的

---

① [清]沈德潜:《说诗晬语笺注》,王宏林笺注,人民文学出版社,2013,第128页。
② 刘勰:《文心雕龙注释》,周振甫注,人民文学出版社,1981,第49页。
③ 刘勰:《文心雕龙注释》,周振甫注,人民文学出版社,1981,第295页。
④ 刘勰:《文心雕龙注释》,周振甫注,人民文学出版社,1981,第494页。
⑤ 刘勰:《文心雕龙注释》,周振甫注,人民文学出版社,1981,第494页。

特征是：意象化程度增强，构象语言的熔炼程度更高，不再止于之前白描居多的简单层面，动态意象、雕饰意象、抽象意象、隐秀意象、联觉意象等属于复杂层次的意象大量出现；意象的审美密度饱满，视觉美强烈；对意象的捕捉及物象分解能力显有加强。

二、写景的全面渗透与自然意象的精炼

晋宋山水诗的兴起和发展，使山水景色成为营构审美自然意象的核心。齐梁诗歌的发展，又促使景物描写更为广泛地渗透于各类生活场景中，离别、酬和、狩猎、宴乐、行旅、游园、游山等内容与自然风物紧相结合，山水诗、写景诗与抒情诗内容关联、畛域难分，甚而以风景描写笼盖生活事象的叙写，形成事景不分、无景不命笔的抒写格局，诗歌走向了景物饱满而性情淡隐的描写模式。我们且来看谢朓的如下几首诗：

江南佳丽地，金陵帝王州。逶迤带绿水，迢递起朱楼。飞甍夹驰道，垂杨荫御沟。凝笳翼高盖，叠鼓送华辀。献纳云台表，功名良可收。

（《入朝曲》）

选旅辞辇辕，弭节赴河源。日起霜戈照，风回连骑翻。红尘朝夜合，黄沙万里昏。寥戾清笳转，萧条边马烦。自勉辍耕愿，征役去何言。

（《从戎曲》）

国小暇日多，民淳纷务屏。辟牖期清旷，开帘候风景。泱泱日照溪，团团云去岭。岩岧兰橑峻，骈阗石路整。池北树如浮，竹外山犹影。自来弥弦望，及君临箕颍。清义蔚且咏，微言超已领。不见城壕侧，思君朝夕顷。回舟方在辰，何以慰延颈。

（《新治北窗和何从事诗》）

《入朝曲》中表现皇城的宏丽建筑和仪式中的车马鼓吹，把绿水、朱楼、飞甍、驰道、凝笳、高盖、叠鼓、华辀等物象汇合，使得叙事场面抒情化、生活场景精致化，强化了场景与风景融合的情韵美。《从戎曲》中将白日与霜戈、翻风与连骑、红尘与黄沙、清笳与边马等物象交织，构成壮阔、冷凄、枯燥的塞外图景，以自然景象涵容征役心理抒写。《新治北窗和何从事诗》中作者显然有意识地把家宅置入风景之中，把人的栖居之地写成了诗意的精神场域。相比起来，晋宋以行旅游览诗为主要载体的山水描写，大多呈现的

是诗人跋山涉水阅历的天然山水风光,齐梁诗歌则变成了庭前园塘的一隅风光和身边日常的人工自然景观,通过静赏谛观以及宛转侧折的描写,实现了生活的审美化。诗人游走于丘壑之间,流连于园塘之侧,极力描写"畅哉人外赏"的审美体验,奠立了以写景为基本内容的诗歌语言范式。齐梁诗家中,萧统、萧子显、萧纲诸子均对游思文林、对景兴咏的诗思体验作过描述,堪称这种审美取向的经典表达:

> 与其饱食终日,宁游思于文林。或日因春阳,其物韶丽,树花发,莺鸣和,春泉生,暄风至,陶嘉月而嬉游,藉芳草而眺瞩。或朱炎受谢,白藏纪时,玉露夕流,金风多扇,悟秋山之心,登高而远托。或夏条可结,倦于邑而属词;冬云千里,睹纷霏而兴咏。
>
> (萧统《答湘东王求文集及〈诗苑英华〉书》)①
>
> 若乃登高目极,临水送归,风动春朝,月明秋夜,早雁初莺,开花落叶,有来斯应,每不能已也。
>
> (萧子显《自序》)②
>
> 至如春庭落景,转蕙承风;秋雨且晴,檐梧初下;浮云生野,明月入楼。时命亲宾,乍动严驾;车渠屡酌,鹦鹉骤倾。伊昔三边,久留四战;胡雾连天,征旗拂日;时闻坞笛,遥听塞笳;或乡思凄然,或雄心愤薄。是以沉吟短翰,补缀庸音,寓目写心,因事而作。
>
> (萧纲《答张缵谢示集书》)③

这几段谈论文思的陈述本身即可视为写景小品文,其间呈露的是自然景物对创作者审美心理的促发价值以及创作者与客观景物在审美上达到融通的境界。我们看萧纲的侍从文士王囿、鲍至、王台卿诸子在奉命唱和其《往虎窟山寺讲诗》而创作的应制诗中多有"风景其鲜华,水石相辉媚"(王囿)、"神心睹物序,访道绝尘嚣"(鲍至)、"宾徒纷杂沓,景物共依迟"(王台卿)的表达,其中的"风景""物序""景物"等语词具体指示的就是一种明媚清丽、云山水木交辉、声色光影融合的自然景色。兰宇冬在考察"物色"一词在中古诗歌中的词义演变时也认为晋宋诗中的"物色""开始表达在时间流逝中变幻的自然物象了,其意义中的时间意味非常强烈,总是包

---

① 〔清〕严可均校辑:《全上古三代秦汉三国六朝文·全梁文》,中华书局,1958,第3064页。
② 〔清〕严可均校辑:《全上古三代秦汉三国六朝文·全梁文》,中华书局,1958,第3087页。
③ 〔清〕严可均校辑:《全上古三代秦汉三国六朝文·全梁文》,中华书局,1958,第3010页。

含着时间的变幻与流逝",而齐梁诗中的"物色""明显的时间变幻的意味消失,开始表示如'景色、风景'的含义,确指眼前可见的自然风光与景物"①。这种"物色"观念的变迁其实也体现了齐梁诗歌自然描写从时间意象向山水景物意象的全面转向。风景描写的普遍化趋势,对于强化诗歌的诗性语言特征和意象化抒情艺术是有重要意义的。

这种写景语言的普遍性不仅标示了诗歌抒情的特有质性,也从诗歌内部结构上改变了意象的构成方式。真正将意象内在美与外在美并重,就是从南朝诗歌尤其是齐梁诗歌开始的。曹苇舫、吴晓《诗歌意象功能论》一文认为:

> 一个完整的意象必然具有感性和理性的双重成分,意象的感性成分表明了诗人对世界的感受深度,意象的理性成分表明了诗人对世界的理解深度,一个高质量的意象是诗人的感知、情感、理性综合作用的完美结晶。②

以此观点衡量齐梁诗歌的意象经营艺术,可以说诗人注重的是感觉、情感的融合,使意象在外在美上由雕饰走向了更富技巧性的细致与创新,在内在美上从情感的拟喻走向了含蓄的暗示,这代表了齐梁意象语言的新高度。以下就拈出齐梁诗歌意象构建上具有鲜明特色的方面分别予以阐述。

首先是诗歌自然意象细腻化程度的提升。苏珊·朗格说:"细致地进行诉诸感觉的即本质的描写,就是创造经验意象的这样一种主要手法。"③在意象语言走向微观化的审美趋势下,南朝诗歌中天象、时令、花鸟、草木、山水等物象较之以前大为丰富,特称物象也明显增加,如山类之寒山、远岫、危峰,水类之潮波、流沫、澄江,植物类之棠、樱、葭、荙等,体现出物象密度的增强和细腻化程度的提高。梁陈诗歌对意象性状美感的把握极尽细腻纤巧之能事,集中呈现了诗人的审美观察力和想象力。选择物象的纤细追求和意象呈现的细密特点,表征着意象经营的语言自觉。西方理论家曾有过如此观点:

---

① 兰宇冬:《物色观形成之历史过程及其文学实践》,复旦大学2006年博士学位论文,第8页。
② 曹苇舫、吴晓:《诗歌意象功能论》,《文学评论》2002年第6期。
③ [美]苏珊·朗格:《生活及其意象》,收入杨匡汉、刘福春编《西方现代诗论》,花城出版社,1988,第528页。

> 一个人愈能清楚地以观念来复制感官印象,他的想象力就愈大,因为他有一种把感觉现象映现在心中的能力。一个人愈能随心所欲地唤起、连结或联想那些内在的意象,以便完成那些不在眼前的对象的理想表现,他的幻想力就愈大。……一个画家或诗人的想象愈精确,他面前纵然没有被描述的对象,也愈有把握从事于刻画或描绘的工作。幻想愈是丰富多彩,所创造的装饰也就愈独特、愈显著。①

也就是说,精细地把握外在世界的自然物象是艺术家审美感知能力和表现能力的体现。南朝诗歌大力开掘具象化的语言空间,自然描写具有明显的偏好秀丽、柔媚、纤巧、轻盈的审美趣味。从谢灵运开始,诗歌的景物描写便频频措意于大自然中的细微世界,呈现着生气蓬勃的生命力量,对应诗人山园养疴的生活和委顿荒寒的心境。齐梁诗歌更加表现出细赏山水花鸟世界中微小景观的审美取向,此际诗坛语言微观化的倾向日渐凸显,通过视线微缩、意象纤巧的景物书写营造工笔山水世界是这种语言审美取向的外在表现。自然界诸种细小之物构成了这种审美趣味不可或缺的元素,山水景物诗以及宫体诗语言系统汇集了极富幽微纤巧之美的标志性意象群,旨在营造轻秀闲雅的意境。

若我们从彰显这种诗歌品味的语词构造来品察,会看到诗人对意象微细特征的体验形成了具有鲜明标志的取象视角和表达习惯。比如检视逯钦立先生辑校《先秦汉魏晋南北朝诗》,以"细"字作为前缀或后缀构成的气象、草木、山水、人事、名物等属类的具体物象就比较密集地出现于梁陈隋诗语中。由此类语词的复现频次来看,南朝诗中最受青睐的有"细雨""细草"意象。如下列诗句中的细雨意象都甚为明秀清发,极能代表此际诗人择炼意象的特别趣味和语言风姿:

　　莓莓看细雨,漠漠视浓烟。(吴均《答萧新浦诗》)
　　沉云隐乔树,细雨灭层峦。(吴均《酬周参军诗》)
　　轻云纫远岫,细雨沐山衣。(吴均《同柳吴兴何山集送刘余杭诗》)
　　轻风摇杂花,细雨乱丛枝。(王俭《春诗二首》其一)

---

① [英]华兹华斯《抒情歌谣集》一八一五年版序言引威·泰洛所著《不列颠同义语的区别》,收入伍蠡甫、蒋孔阳等编辑《西方文论选》,上海译文出版社,1988,第19页。

丹霞映白日,细雨带轻虹。(王筠《杂曲二首》其二)
冷风杂细雨,垂云助麦凉。(萧纲《和湘东王首夏诗》)
细雨阶前入,洒砌复沾帷。(萧纲《赋得入阶雨诗》)
风轻不动叶,雨细未沾衣。(萧绎《咏细雨诗》)
从风疑细雨,映日似游尘。(萧绎《咏雾诗》)
落晖散长足,细雨织斜文。(虞骞《拟雨诗》)
清风吹麦陇,细雨濯梅林。(张正见《陪衡阳王游耆阇寺诗》)
黄梅雨细麦秋轻,枫叶萧萧江水平。(杨广《四时白纻歌二首·江都夏》)
长廊连紫殿,细雨应黄梅。(薛道衡《梅夏应教诗》)

比如此处所举吴均诗句中所描写的细雨蒙漠如烟、隐灭层峦、润湿山衣的特点,是以鲜明的形象将离别之时的黯然心情和淡淡伤感作了诗性语言的含蓄表现,细雨的描写体现着"写物附意、触兴致情"的意象经营,颇能契合情景融合的审美意境。

南朝诗人留恋细景的审美习惯不仅表现在如上的"细雨"描写中,也表现在一些呈现明阔风景空间的山水诗中。由于诗人刻意描画即目的近景,细小物色往往成为增加景色秀美意趣的醒目意象,细象背后寄寓的是赏景者纤细的情思。如:"细草绿成被"(何逊《石头答庾郎丹诗》)、"石幽衔细草"(王台卿《山池应令诗》)、"檐阴翻细柳"(薛道衡《展敬上凤林寺诗》)、"窗幽细网合"(阳慎《从驾祀麓山庙诗》)、"松门夹细叶"(释惠标《咏山诗三首》其三)、"树高枝影细"(释洪偃《游钟山之开善定林息心宴坐引笔赋诗》),等等。而在"远望樵人细"(虞骞《登钟山下峰望诗》)、"天迥浮云细"(陈叔宝《同江仆射游摄山栖霞寺诗》)、"云薄鳞逾细"(尹式《送晋熙公别诗》)、"野火初烟细"(江总《秋日登广州城南楼诗》)诸意象中,因山的高远、天的辽阔、云的轻薄、火的遥远予人以视觉上"人细""云细""鳞细""烟细"的新鲜感受。在上述静态细象之外,另有"细"作状语(一般含有细弱、轻细、缓慢、细小之意)构成的纤细动态意象。如:"斜柳细牵风"(何逊《伤徐主簿诗》)、"寒水细澄沙"(庾信《卫王赠桑落酒奉答诗》)、"风晚细吹衣"(庾信《咏画屏风诗二十五首》其二十三)、"水瀑细分泉"(姚察《游明庆寺诗》)等,各句意象全靠句腰处兼含状、谓功能的"细"字提起:柳细且细弱地随风而动,水细且细缓地澄汰沙石,风细且细弱地吹动衣裾,瀑细且细缓地流入泉水。这也表征了一种从感官感受之"细"来刻画物态的新倾向,由此彰显诗人对自然景象的细微体察。

对此种体物手法追求最甚者莫过于梁简文帝萧纲、元帝萧绎及其文学侍臣庾肩吾、庾信父子,他们都擅长新造繁巧细微的写景语词。譬如萧纲诗歌景语中出现的"细树含残影"(《晚景出行诗》)、"细松斜绕径"(《往虎窟山寺诗》)、"横阶入细笋"(《晚景纳凉诗》)、"细蕊发香梅"(《玄圃寒夕诗》)、"窗桃落细跗"(《晚日后堂诗》)、"细萍重叠长"(《采桑》)、"离离细碛净"(《玩汉水诗》)、"初霜霣细叶"(《秋闺夜思诗》)等意象就颇为新鲜,体现了他刻意探求自然景物细部姿态的纤细诗心。其描写女性环境、服貌亦有"细帘时半卷"(《苦热行》)、"细隙引尘光"(《艳歌曲》)、"细佩绕衫身"(《率尔为咏诗》)、"笺织细穜花"(《娈童诗》)等意象,同样表现出类似的语言趣味。这种特求纤微而达致逼真效果的构象原则在当时宫廷诗风中是一种普遍的现象,因而不止萧纲如此,在萧绎诗中也可觅得"风细雨声迟"(《夜宿柏斋诗》)、"桃枝夹细流"(《赋得竹诗》)等表达,庾肩吾诗中也出现有"丹藤上细苗"(《从皇太子出玄圃应令诗》)、"春塘细柳悬"(《奉和泛舟汉水往万山应教诗》)、"细藤初上楥"(《暮游山水应令赋得碛字诗》)、"攀丛入细条"(《同萧左丞咏摘梅花诗》)、"风前细尘起"(《远看放火诗》)等意象。庾信诗中细象更是颇为丰富,如:"细雪翻沙下"(《奉答赐酒诗》)、"细火落空槐"(《山斋诗》)、"初莲开细房"(《奉和夏日应令诗》)、"湿杨生细椹"(《对雨诗》)、"山深足细泉"(《奉和赵王隐士诗》)、"细锦凤凰花"(《见游春人诗》)、"细缕缠钟格"(《和赵王看伎诗》)、"细管调歌曲"(《奉和赵王春日诗》)等,尤其在其《咏画屏风诗二十五首》中先后出现了"细尘鄣路起"(其一)、"细管吹丛竹"(其十二)、"行营绕细厨"(其十六)、"龙媒逐细草"(其十七)、"细果尚连枝"(其二十一)等细象。这些诗语中出现的细语物象在南朝诗歌中皆属夐夐独造之新语,虽然它仅属于梁陈诗歌意象语言的特出表达之一种,但却能从一个侧面体现诗人创造新俊之语的艺术才情以及审美感受极尽细腻的深度体验。

  诗歌对细小物象的普遍眷注彰显出诗人重视观照自然审美活动的投入程度,以之作为发现形象新趣、表现形象精微特征的艺术基础,因此构成齐梁陈诗歌所特有的争构纤微的语言风格,在此之中也形成了诗歌独特的意境美感。萧纲君臣的风景诗大多是在日暮或入夜时分宫廷宴享讲颂的情境中创作而成,属于花时宴罢、月夜兴酬之作,因而描写池苑晚景的题材颇为常见,在此类作品中,细象描写尤其重在表现静观谛听近景时所透射的幽静秀美的意境氛围。比如其《晚景纳凉诗》所述乃夏夜景象,诗中依次出现珠帘、桂户、小池、星河、细笋、轻苔、萤火、蚊虫诸物象,细小的景物与轻丽的环境共同构成一幅夏夜的安宁画面。再看其《晚日后堂诗》中也是依次描写了幔阴、碧砌、日影、岸柳、窗桃、长叶、细跗、花、蛱蝶、竹、蜻蜓、同样渲染了仲春傍晚的幽静气氛,王夫之赞曰"得句细"。他以工笔刻绘的方式呈现了一种幽静唯美的意境和闲雅自适的心态,形成其诗歌鲜明的幽细婉丽的特色,含蕴了诗人细微幽渺的情感世界。

除了形象分解的细化特点,从纤微的视角体察景物的性状变化也是齐梁诗意象经营的长处。克罗齐说:"美不是别的,就是意象的精确性,因此也就是表现的精确性。"①对物象性状微小差异的准确把握,表征着意象表现能力的提升。如刘孝绰《咏百舌诗》写鸟声:"迁乔声迥出,赴谷响幽深。下听长而短,时闻绝复寻。孤鸣若无对,百啭似群吟。""出""赴""长而短""绝复寻"的描写将声音动态化,体现出鸟声不断变化的趣味,也可见出听者对鸟声细心的聆听与追踪。诗人意在"通过表象的分解,表象自身获得了清晰化明朗化效果,并使原先未呈现于意识的内容成为感知表象"②。前已述及萧纲诗歌更多聚焦于琐细轻微的景物,在试图捕捉每一个细微变化的形态方面,他也表现出用精细入微的语言极致放大微观景象的造诣。如其以下景句就如同慢镜头的放映:"檐重月没早,树密风声饶"(《秋夜诗》),屋檐重重,月光显得比平日落得早了,树叶茂密,风声也显得比平日更大;"叶密鸟飞碍,风轻花落迟"(《和湘东王横吹曲三首·折杨柳》),叶子茂密,鸟儿便无法疾飞穿梭了,微风徐徐,落花也飘落得迟缓了;"渍花枝觉重,湿鸟羽飞迟"(《赋得入阶雨诗》),雨润花朵,花枝显得沉重,雨湿鸟羽,鸟儿飞得迟缓。每一幕都是效果清晰逼真的图景,体现出作者捕察景物多向美感的敏锐感知力。关于这一构象特点,庾信诗歌写景轻幽新颖、纤细入微的审美特色也值得关注。如其《奉和夏日应令诗》以"早菱牛软角,初莲开细房"描写夏季时物,菱角还比较嫩软,莲蓬也非常细小,故云"软角""细房";以"湿杨生细槚,烂草变初萤"(《对雨诗》)描写霖雨中植被的变化,被雨润湿的杨树枝干上生出细小的菌类,枯草受湿腐烂而变为幼小的萤火虫,从这些不易察觉的景象中引人发现久雨未晴的自然特点。

宴乐升平的生活环境使萧纲诸子沉溺于细致优雅的文学格调中,虽然这种重物色描摹而轻情志抒写的诗语含蕴的情感生命力较为薄弱,并表现为诗家沉浸于这种文学风格的自娱自乐,甚至不无炫示语词技巧的艺术心理,致使诗歌大多轻倩有余而艺术感染力虚弱。但无论如何,他们在描景体物时擅长将近前景象的细节加以拉近、放大、聚焦,通过艺术呈现的高度逼真感展示文学语言的魅力,所营造的轻细靡丽的文学格调对于丰富诗歌

---

① [意]克罗齐:《美学原理 美学纲要》,朱光潜译,外国文学出版社,1983,第241页。
② 吴晓:《意象符号与情感空间:诗学新解》,中国社会科学出版社,1990,第33页。

语言的艺术表现力是具有进步意义的。以萧纲为代表的梁陈文士在自然描写上开辟了倾目细象的书写趣味和新鲜的体物经验，这种注重诗歌语言形式技巧的流风在初盛唐诗坛依然保持着活力，为诗人追随仿效，我们可以看到在杜甫等诗界圣手的创作中，通过对景物精准微细的描摹以彰发物色的生命意趣仍然是增强诗意美感、营造自然审美意象的重要手段，这正是来自南朝诗歌所积淀的语言经验。

其次是通过精巧的构象强化视觉效果。在以心理上的细腻感触分解意象、把握微象的同时，齐梁诗歌还产生了多元展示视觉意象的写景手法，使得造境艺术形成了丰盈的美感层次。

宗白华先生在谈到中国园林营造空间美感的特点时提出有"借景""分景""隔景"等审美布局手段①，显示了园林营造所蕴含的意境韵味。在齐梁陈诗歌意象呈现的审美构思中，我们也可以看到诗人有意借助"借景""分景""隔景"等空间艺术来创生意象、增添写景境趣的语言追求。比如吴均描写月色的"疏峰时吐月"（《登寿阳八公山诗》）、"璧月满瑶池"（《秋念诗》）、"水中千丈月"（《赠鲍春陵别诗》）、"明月落河滨"（《送吕外兵诗》）等，分别以山峰、瑶池、水中、河滨等地理空间作为呈现月色的不同背景，都带有"借景"或"分景"的效果。又其《山中杂诗三首》其一："山际见来烟，竹中窥落日。鸟向檐上飞，云从窗里出。"分别从山际、竹中、屋檐、窗子的角度欣赏烟云、落日与飞鸟、白云，形成精巧新鲜的视觉效果，则显然是一种"隔景"的审美视线。此一笔法亦可见于如"窗中列远岫，庭际俯乔林"（谢朓《郡内高斋闲望答吕法曹诗》）、"窗中度落叶，帘外隔飞萤"（何逊《和萧谘议岑离闺怨诗》）、"帘中看月影，竹里见萤飞"（何逊《送韦司马别诗》）、"水底见行云，天边看远树"（何逊《晓发诗》）、"山头望水云，水底看山树"（萧悫《春日曲水诗》）、"水纹城上动，城楼水中出"（萧纲《开霁诗》）诸描写，都是在一定距离或视角变化的条件下观景，化入了借景与隔景观物的审美心理，使山水意象呈现为"在距离化、间隔化条件下诞生的美景"②。

丰富意象视觉美感的技巧也体现在精妙的修辞运用上，这是凸显意象形象美的基础手段。比如萧纲诗歌偏好利用比喻、拟人、通感等修辞艺术使平常景物焕发新鲜美感。如其"雪花无有蒂，冰镜不安台"（《玄圃寒夕诗》），雪如花却无茎，冰如镜却无台，暗喻中包含反喻；"虹飞亘林际，星度

---

① 宗白华：《中国美学史中重要问题的初步探索》，收入《美学散步》，上海人民出版社，1981，第66页。

② 宗白华：《论文艺的空灵与充实》，收入《美学散步》，上海人民出版社，1981，第26页。

断山隅"(《咏坏桥诗》),以"虹风""星度"的借喻刻绘桥的玲珑姿态和如画色彩美;而其《咏萤诗》:"本将秋草并,今与夕风轻。腾空类星陨,拂树若花生。屏疑神火照,帘似夜珠明。"是以博喻和连喻将飞萤在空、树、屏、帘等参照物前的形态变化分别比喻为星、花、火、珠;又其诗中"萤翻竞晚热,虫思引秋凉"(《玄圃纳凉诗》),以望萤飞而"热"、听虫鸣而"凉"的感受表现对季节变换的细腻体察,是将视觉、听觉与触觉沟通的通感意象。

更可注目的是,在加强意象视觉冲击力和醒目度的方面,齐梁陈诗歌充分发挥构造动态意象的语言艺术,也使自然描写更具流丽之姿。恩斯特·卡西尔说:"一个伟大的画家或音乐家之所以伟大并不在于他对色彩或声音的敏感性,而在于他从这种静态的材料中引发出动态的有生命的形式的力量。"①钱锺书先生也曾说:"语言文字能描叙出一串活动在时间里的发展,而颜色线条只能描绘出一片景象在空间里的铺展。"②正指出了语言艺术在景物描写方面的优势。中古诗歌描写动态的语言活力早在西晋诗歌中已有所呈露。作为魏晋诗坛开拓写景艺术的先驱文人,陆机诗歌就颇讲究激活语言表现动感的描写手段,擅长捕捉"动态中的美"。其《櫂歌行》描写龙船:"龙舟浮鹢首,羽旗垂藻蕤。乘风宣飞景,逍遥戏中波。"前句落实在龙船旗帜的绚丽纹饰上,后句则以旗影乘风而"飞"的动态形象暗示船行水中的轻快疾速,顿显一种动感飘逸的态势。又其《猛虎行》"崇云临岸骇,鸣条随风吟"意象,其新趣亦在于化静为动,以静象的动态化渲染严煞的环境,特别是将层云积聚的景象系于一"骇"字,此字或可解作云势令人产生惊"骇"之感,亦可理解为云层如同惊起之状,那种动感的想象极具艺术的夸张力。与之异曲同工的笔法也体现于《招隐诗》中的山间景色描写:"激楚伫兰林,回芳薄秀木。山溜何泠泠,飞泉漱鸣玉。哀音附灵波,颓响赴曾曲。"诗中的意象构塑刻意在彰显物象的动感上花心思,激风停驻于兰林,回芳迫近于秀木,飞泉之声如同漱玉,山间声响亦如同附着于灵波、曾岩,这些意象的表现融入了将物象人格化的审美心理,把清风、芳香以及山籁与山林应和的动态萦回美感生动地呈现了出来,借以增加山景的奇秀之姿。

诗人着意于景象动感状态的提炼无疑是写景语言更富活力的一种体现。莱辛在《拉奥孔》中的一段话颇能说明动态描写的艺术魅力:

---

① [德]恩斯特·卡西尔著:《人论》,甘阳译,上海译文出版社,1985,第203页。
② 钱锺书:《读〈拉奥孔〉》,收入《七缀集》,生活·读书·新知三联书店,2001,第44页。

> 诗想在描绘物体美时能和艺术争胜,还可用另外一种方法,那就是化美为媚。媚就是在动态中的美,因此,媚由诗人去写,要比由画家去写较适宜。
>
> 因为我们回忆一种动态,比起回忆一种单纯的形状或颜色,一般要容易得多,也生动得多,所以在这一点上,媚比起美来,所产生的效果更强烈①。

相比陆机等魏晋诗人,齐梁陈诗家通过更具语言美感的动态描写,使这种"化美为媚"的意象表现方式提升了一个层次。比如谢朓诗歌自然描写的特出之处便是擅长在平实直摹的基础上增添活泼的动态描写,注重再现自然界真实活现的动感。他在表现春景之暄妍特点时就以大量动态来呈示,"巢燕声上下,黄鸟弄俦匹"(《春思诗》)、"香风蕊上发,好鸟叶间鸣"(《送江兵曹檀主簿朱孝廉还上国诗》)等,皆通过动景与静景更谐和的交织来表现景致的生意盎然之趣,或是展现景物间彼此呼应的连续动态,呈示最逼真的自然现场感。其备受激赏的"鱼戏新荷动,鸟散馀花落"(《游东田诗》)意象,清人陈祚明称是"生动飞舞,写景物之最胜者"②,就是以动取胜来呈现春末夏初的幽丽之景,鱼戏打破了原本静态的新荷,鸟散花落的连续动态体现出欢快生动的和谐生态景观。寓动于静同样是诗人娴熟拿捏的构象艺术,这在谢朓诗中也很多见。如《暂使下都夜发新林至京邑赠西府同僚诗》描写远望帝都金陵壮阔明丽之景象云:"金波丽鳷鹊,玉绳低建章。"将作者内心对都城的眷恋化为月光、星群主动俯就皇宫建筑的姿态;《直中书省诗》有"红药当阶翻,苍苔依砌上",赏景者内心的惊喜情绪转化为红药翻绽、苍苔爬阶的动象。还如他摹写月光的流动之感云"霜月始流砌"(《同羁夜集诗》),表现春色敷染大地有"春色卷遥甸"(《夏始和刘潺陵诗》),都使原本静态的意象具有动势活力,呈现一种幻丽的美感。

朱光潜先生曾指出,技巧的发达可以使诗歌"克服语言描写事物静态的困难"③。在状景摹物的动态艺术技巧方面展现醇熟功力的还有吴均和庾信。吴均诗多注重在动态中融入拟人等修辞手法,使意象由内而外都活化起来。如写梅花"流连逐霜彩,散漫下冰澌。何当与春日,共映芙蓉池"

---

① [德]莱辛著:《拉奥孔》,朱光潜译,人民文学出版社,1979,第 121 页。
② 陈祚明评选,李金松点校《采菽堂古诗选》,上海古籍出版社,2008,第 646 页。
③ 朱光潜:《朱光潜美学文集》第三卷《山水诗与自然美》,上海文艺出版社,1983,第 323 页。

(《梅花落》),富有人格化意味的描写形象呈现了雪花飘舞飞扬的动态,含隐着迎春的情思。写风云鱼鸟的"夕鱼汀下戏,暮羽檐中息。白云时去来,青峰复负侧"(《送柳吴兴竹亭集诗》)、"紫云依夜来,清风扶晚发"(《赠柳秘书诗》)、"朝花舞风去,夜月窥窗下"(《赠周散骑兴嗣诗二首》其二)等,意象也都具有活泼互动的人格姿态和闲适情思。庾信在梁朝的诗歌,写景也注重捕捉那些"最生动的感性形象"①,力求营造活泼的效果。他擅长将静态或无生命之景化成活泛的动景,在《咏画屏风诗二十五首》中就有精彩的呈现,诗中虽然是描写画中之景,但却以动态的展现将景致写得如同眼前实景,且看其中"惊花乱眼飘"(其一)、"水纹恒独转,风花直乱回"(其二)、"遥望芙蓉影,只言水底燃"(其三)、"昨夜鸟声春,惊鸣动四邻"(其四)"翔禽逐节舞,流水赴弦歌"(其十二)、"荷香薰水殿"(其十三)、"悬岩泉溜响,深谷鸟声春"(其二十)、"水光连岸动,花风合树吹"(其二十一)、"竹动蝉争散,莲摇鱼暂飞"(其二十三)、"林香动落梅"(其二十五)等,在无声的画面中以想象展现动态、声音和气息,花之"惊"、芙蓉之"燃"、鸟声中的春意、泉溜之"响"、水光之"动"、蝉的"争散"、鱼的"暂飞",无不感知细腻,使人如临其境,取得了亦幻亦真的效果。宗白华先生云:"画家的眼睛不是从固定角度集中于一个透视的焦点,而是流动着飘瞥上下四方,一目千里,把握大自然的内部节奏,把全部景界组织成一幅气韵生动的艺术画面。"②齐梁陈诗家营构意象时动态化的构思艺术,就可以说是焕发景象气韵生动魅力的体现。

同时,齐梁诗人写景还形成了截取意象并进行艺术加工的审美方式,力避依视线推移进行全方位描写,而更倾向于凸出景象鲜明的特点,这比平铺写景更能浓缩审美体验。比如庾信诗具有"事必远征令切,景必刻写成奇"③的长处,"远征令切"是说他擅长援引历史典故,以深沉哀重的笔调贴切地表达复杂的心绪;"刻写成奇"则表现为运用细密精切的语言表现景物新异的空间关系,或是以印象式的审美重构形成意象。如其"密菱障浴鸟,高荷没钓船。碎珠萦断菊,残丝绕折莲"(《和炅法师游昆明池诗二首》其二)的描写,是把最富独特性的景象剪裁出来,它来自诗人在寻常景物中寻觅特殊景象的审美判断和刻意选择;"残月如初月,新秋似旧秋。露泣连珠下,萤飘碎火流"(《拟咏怀诗二十七首》其十八),也是借露落、萤飘

---

① [德]莱辛著:《拉奥孔》,朱光潜译,人民文学出版社,1979,第83页。
② 宗白华:《中国美学史中重要问题的初步探索》,收入《美学散步》,上海人民出版社,1981,第57页。
③ 陈祚明评选,李金松点校《采菽堂古诗选》,上海古籍出版社,2008,第1081页。

带来的特殊心理感受表达对生命易逝和漂泊之中卑微处境的忧叹,呈露时间流逝中的厌倦无聊情绪。在其他诗家的写景诗中也普遍表现出这种发露景象新异之美的观察眼力。如徐陵《春日诗》:"径狭横枝度,帘摇惊燕飞。落花承步履,流涧写行衣。"张正见《还彭泽山中早发诗》:"摇落山中曙,秋气满林隈。萤光映草头,鸟影出枝来。残暑避日尽,断霞逐风开。空返陶潜县,终无宋玉才。"诗人特别着意于呈现自然中有着出奇美感的景象或瞬间,消隐了清晰的空间与时间变换,以审美营构使山中风景富有新鲜生趣和幽隐深微的美感,遂使景物描写具有独具只眼的审美观察和精巧的语言表现。

三、齐梁陈诗歌对意象内蕴美的掘发

在前述两个方面意象雕琢的基础上,梁陈诗歌进一步发展了熔炼情景具足意象的语言艺术,这是其掘发意象内蕴美的凸出特征。

齐梁陈新体诗在熔炼景中含情的圆融意象方面显有推进,强化了意象的审美功能和情感价值。诗歌崇尚简练晓畅的语言风格,诗人普遍重视择取契应作者心境和审美趣味的景象熔炼为审美意象,于是逐渐摆脱了元嘉山水诗的寓目赋写,形成了一种情意凝缩、美感丰富的意象化抒情语言,景物意象的个性化姿采得到了进一步释放。齐梁陈诗人的景物书写不像刘宋诗歌那样绵密布景,即景含情的描写功力日渐深厚,景物随情思的流动得以呈现衔接,意象更具有隐含情感的想象空间。如吴均创造的一些自然意象已具有立体感,达到了"内在美"与"外在美"的统一。其《入关》诗的意象构造就极为成功:

> 羽檄起边庭,烽火乱如萤。是时张博望,夜赴交河城。马头要落日,剑尾掣流星。君恩未得报,何论身命倾。

诗中"烽火乱如萤"意象将烽火喻为萤火点点,暗指战事紧张激烈的氛围,又体现了夜的凄清和边塞征战的凄楚,萤光在南朝诗歌中多衬托静谧的夜晚,故而它也隐含对平静生活的渴望。而"马头要落日,剑尾掣流星"意象是以马头、剑尾的局部描写指代了一位将士的形象,马头、剑尾、落日、流星的互相映衬展现了大漠边陲独有的黄昏景象,而且由马抬头的动作、剑倏忽而过的速度可以自然联想到马的高大姿态、疾驰的动态、战士的雄姿、大漠的壮阔无边、黄沙漫漫、天空昏黄等景象,同时这一意象又极富张力,"要(邀)"的姿态、"掣"的动作象征着昂扬健勇的精神,而落日的映照、流星的光芒则是转瞬即逝的景象,又赋予诗歌中的战士形象以悲壮惨烈的色彩。吴均诗中这种内外具足的意象还有不少,如《答柳恽诗》:"秋月照层岭,寒风扫高木。"月光流泻于层峦叠嶂带有舒缓之感,寒风扫过高木却是疾速的劲猛,月光中透出哀愁,寒风中透出凄厉,愁绪哀伤之情自然流出。《渡易水》:"日昏笳乱动,天曙马争嘶。"以昏曙时间的跳跃勾连起边塞的壮阔风貌,笳声、马鸣的拟人化使声音中带着凄苦伤感,暗示了军营的紧张激烈气氛。这些诗例已然达到了"意象具足"的高度。这种注入多重意蕴的意象营炼在陈代诗歌中得到了进一步推展扩散。我们看江总悼亡诗《在陈旦解酲共哭顾舍人诗》"人随暮槿落,客共晚莺悲"的描写,表达逝者的人生随暮槿迅速凋落,客居者与晚莺的鸣声一起悲哀,精练的意象把景物与情感融合为一;其行旅诗《于长安归还扬州九月九日行薇山亭赋韵诗》亦有"心逐南云逝,形随北雁来"意象,表达诗人陈亡入隋后心眷南庭、身处北方的矛盾心理和思归情绪。诗中景语精练而又富含情意张力,体现出明晰的景语与情语相融合的诗美效果经营意识。

更能体现诗歌蕴藉特质的是把情感隐藏于意象语言中所形成的性情隐而景物显的描写艺术,这在梁陈诗歌中得到了明显的发展。这种情感含藏式的意象构造可举王籍的《入若邪溪诗》:"艅艎何泛泛,空水共悠悠。阴霞生远岫,阳景逐回流。蝉噪林愈静,鸟鸣山更幽。此地动归念,长年悲倦游。"诗中写景对句"蝉噪林愈静,鸟鸣山更幽"在当时甚得声名,而宋人蔡启《蔡宽夫诗话》则说:"晋宋间诗人造语虽秀拔,然大抵上下句多出一意。如'鱼戏新荷动,鸟散馀花落','蝉噪林愈静,鸟鸣山更幽'之类,非不工矣,终不免此病。"①后世甚或有人将之改写为"风定花犹落,鸟鸣山更幽",以为比原对更胜一筹②。实际上,若是摆脱此句的语境而单论对偶艺术,这种改写是有一定道理的,但若从原诗的整体意境来解读,就会发现诗人所描写的意象正是情志的投射。因为齐梁诗人擅长以清净明澈的水景作为描写对象,衬托没有完全被官场浮浊之气污染的恬淡平和心态,既表达对清朗无扰的隐逸生活的向往,同时也映射对仕宦生涯的倦怠和身染尘滓的疲惫。王籍《入若邪溪诗》和沈约《新安江至清浅深见底贻京邑游好诗》都是此类主题的作品,清澈的水景是诗人人格精神的外化和脱尘追求的象征。基于这一语境背景,王诗中"蝉噪"二句意旨乃在于强调虽有蝉的聒噪之声、鸟儿的乱鸣之声,人却感觉山林间愈加寂静,表达的是身处仕

---

① 蔡启:《蔡宽夫诗话》,郭绍虞辑校《宋诗话辑佚》,中华书局,1980,第379页。
② 〔宋〕沈括:《梦溪笔谈》卷十四,上海书店出版社,2009,第127页。

途躁竞氛围中的诗人内心深处的那份宁静,与诗中"动归念""悲倦游"的情感形成承接关系,因此这一对句"当时以为文外独绝"①是有其道理的。若按后人的改写,虽然追求的是对仗景语意韵对立的美感,但却会打破原诗所隐含的情感意味。于此一例,我们更可窥见齐梁诗的意象择炼对于情感的隐示作用。

南朝诗歌自然意象大多在感性层面达到了美感的充分呈露,而且不断实现着意象隐藏情感的境界,因而更多是以拟情意象、暗示意象取代了南朝以前简单的移情与象征意象,体现出象与意更深层次的圆美交融。

吴晓《意象符号与情感空间》一书指出,拟情意象是"用托物、拟物、比兴等手法将抽象的不可见的情感具象化而产生的意象,它的作用是对情感进行注释、化解,呈现可感可触的景象与画面"②。我们以此衡量南朝诗家意象构造的特点,会发现作家在描写自然景物时多多少少体现出具有一己审美偏好的形象选择,比如鲍照的自然山水描写就典型代表了一种注重意象择炼和雕刻的美感,其诗中汇集了险要奇丽、幽寂深杳、阴沉凛素的山水景观,如高岑深壑、崩波飞潮、寒烟惨雾、迥洲寒风等景物,注重发露其间所含蕴的力量和奇崛之美,意象总是带有一种与作者一时心境深相契合的美感滋味。其《吴兴黄浦亭庾中郎别诗》云:"风起洲渚寒,云上日无辉。连山眇烟雾,长波迥难依。"以自然物象的寒冷黯淡拟喻心境的凄楚,烟雾迷蒙正似惆怅难遣。《日落望江赠荀丞诗》云:"乱流灇大壑,长雾匝高林。林际无穷极,云边不可寻。惟见独飞鸟,千里一扬音。"抓住了乱流、长雾,拟构出与友离别后心绪的繁乱与迷惘,雾气中孤鸟的形象成为自身处境与心境的物化。还有如其他酬赠之作中所见的"夕风飘野籁,飞尘被长道"(《赠故人马子乔诗六首》其一)、"惊飙西北起,孤雁夜往还"(《和王护军秋夕诗》)、"急流腾飞沫,回风起江濆"(《还都道中诗三首》其一)、"戾戾旦风遒,嘈嘈晨鼓鸣"(《从临海王上荆初发新渚诗》)等表现疾风的意象,都带有雄壮与凄飒交融的力量,喻示诗人在特殊处境中心绪激荡不平的状态。标举独特审美风格的意象选择在何逊诗中也有明显的体现。何诗着意营造的黄昏意象群铺展为对黄昏的烟霞、光影、暮潮、声响、色彩等的细致刻画③,如"天末静波浪,日际敛烟霞"(《南还道中送赠刘谘议别诗》)、"苍苍极浦潮,杳杳长洲夕"(《和刘谘议守风诗》)、"林密户稍阴,草滋阶

---

① 陈祚明评选,李金松点校《采菽堂古诗选》卷二十七,上海古籍出版社,2008,第856页。
② 吴晓:《意象符号与情感空间——诗学新解》,中国社会科学出版社,1990,第41页。
③ 据伍文林《何逊山水景物诗刍议》(《古籍研究》2004年第2期)一文中统计,何逊的山水景物诗中描写"夕景"的有25首,占到景物诗总数的45%。

欲暗"(《酬范记室云诗》)之类描写,多以黄昏时分光线变化所形成的奇丽景观表现抒情者心情的黯然和对时间流逝的感知,与诗中反复表达的怀乡之思形成水乳交融的关系。

这种在南朝诗坛流延的普遍化的意象构炼方式,将景物的描写置于显豁的位置,将情感以拟喻的方式渗入景中,形成了典型的表现风格。特别是在梁陈诗中,自然意象隐喻的特点更为突出。我们且再举若干诗例来看。

> 凭轼徒下泪,裁书路已赊。远鼓依林响,连樯倚岸斜。山开云吐气,风愤浪生花。即此余伤别,何论尔望家。二君勖琬琰,无使没泥沙。
>
> （朱记室《送别不及赠何殷二记室诗》）

> 公子远于隔,乃在天一方。望望江山阻,悠悠道路长。别前秋叶落,别后春花芳。雷叹一声响,雨泪忽成行。怅望情无极,倾心还自伤。
>
> （萧统《有所思》）

> 愁人试出牖,春色定无穷。参差依网日,澹荡入帘风。落花还绕树,轻飞去隐空。徒令玉箸迹,双乘明镜中。
>
> （纪少瑜《春日诗》）

> 储皇饯离送,广命传羽觞。侍游追曲水,开宴等清漳。新泉已激浪,初卉始含芳。雨罢叶增绿,日斜树影长。
>
> （萧子显《侍宴饯陆倕应令诗》）

> 画梁朝日尽,芳树落花辞。忽以千金笑,长作九泉悲。镜前尘剧粉,机上网多丝。户馀双入燕,床有一空帷。名香不可得,何见返魂时。
>
> （阴铿《和樊晋陵伤妾诗》）

> 扬云不邀名,原宪本遗荣。草长三径合,花发四邻明。尘随幽巷静,啸逐远风清。门外无车辙,自可绝公卿。
>
> （张正见《赋得落落穷巷士诗》）

>玄泉开隧道,白日照佳城。一朝嗟此路,千载几伤情。秋气悲松色,凄风咽挽声。归云向谷晚,还柳背山轻。唯当三五夜,垄月暂时明。

(张正见《和阳侯送袁金紫葬诗》)

如上这些诗中都嵌入了颇为醒目的自然意象,意象的化炼使诗歌表达的情感更耐寻味。因为这些意象并不是直白的明喻,而更多带有隐喻的特点。如朱记室送别诗中云吐气、风愤的描写实含有对送别心情的形象呈现。而萧统《有所思》中将离别之思化为雷响如叹、雨落如泪的想象,也颇具拟喻色彩。纪少瑜《春日诗》中日光依网、春风入帘、落花绕树的轻盈意象与相思的深隐情怀和萦绕特点颇为贴合,风物与愁人心绪于此交织。萧子显《侍宴饯陆倕应令诗》结尾落笔于"叶增绿""树影长"意象,具有情意浓厚深长的拟喻色彩。阴铿《和樊晋陵伤妾诗》以"朝日尽""落花辞"拟喻昔日美满生活已经逝去,是悼亡哀辞的形象表达。张正见《赋得落落穷巷士诗》乃明志之作,草长、尘静强调身处幽僻,花明、风清喻示情志高洁。他的《和阳侯送袁金紫葬诗》是悼挽之作,其中描写的秋气、凄风本就具有哀伤色彩,其"悲"其"咽"更表达哀挽之情,云归于谷中、柳因风背山而轻飘,都有一种归于寂静以及难舍的情思。如此之类诗中,诗人并非单纯摹写景物,更倾向于用自然景象包裹情感,是一种融情感于物象的意象提取,把无情感的物象化为了有生命、有情感、具有饱满内在意蕴的意象。这种具有审美倾向性的意象经营虽然也可以说是对情感的映射或者拟喻,但却不同于前面所述移情意象的单向度示情特点,而是具有双向的美感空间。它的重心在于造"象",并非简单直白地使物象围绕情感展开,在这种围绕"象"而进行的语言描摹中,把情感的基调融入其中,使人透过"象"去体味其间特有的思绪流动和心灵生态,因而它的经营艺术总体上呈现出"象"明"意"隐的效果,由此通向诗语的隐秀之趣。

与这种情感倾向较为明露的审美意象相比,梁陈诗歌的构象艺术在愈趋精湛的方向上进一步有了暗示的隐含魅力。法国学者程抱一认为:"意象在相当程度上是对事物之间隐秘联系的提示。"① 梁陈的部分诗歌便已显示出这种"隐秘""提示"的构象原则,使一种幽隐微妙的情思在诗中流泻。如以下几首诗,自然的意象对于意境的彰发都有重要作用。

---

① [法]程抱一:《反思:中国诗歌语言及其与中国宇宙论之关系》,《欧洲中国古典文学研究名家十年文选》,江苏人民出版社,1998,第160—161页。

> 回首望归途,山川邈离异。落日悬秋浦,归鸟飞相次。感物伤我情,惆怅怀亲懿。
>
> (刘显《发新林浦赠同省诗》)

> 紫川通太液,丹岑连少华。堂皇更隐映,松灌杂交加。荇浦浮新叶,渔舟绕落花。浴童竞浅岸,漂女择平沙。极望伤春目,回车归狭斜。
>
> (刘孝威《登覆舟山望湖北诗》)

> 烛暗行人静,帘开云影入。风细雨声迟,夜短更筹急。能下班姬泪,复使倡楼泣。况此客游人,中宵空伫立。
>
> (萧绎《夜宿柏斋诗》)

刘显《发新林浦赠同省诗》作为赠别的情感表达,诗中出现了"落日悬秋浦,归鸟飞相次"意象,落日与归鸟的形象明为实写,实则从审美心理上具有揆离和回归的暗示性,与分别之人的情思正相契合,同时落日孤悬与归鸟相飞在画面构图上还形成单与双的视觉对比,也具有映衬孤独征人的暗示效果。刘孝威《登覆舟山望湖北诗》中写景云:"荇浦浮新叶,渔舟绕落花。""新叶"代表着新生之物,"落花"则是逝去的美好的指代,物色对举之中实已暗含了生与息的生命交替,因而语中暗示着"伤春"的幽隐情感。萧绎《夜宿柏斋诗》的意象中则含有人的心绪的暗示,夜深人静之时云影入帘而来,它是寄宿者孤寂心情的外化表现,夜半细缓的风声与急促的更筹声形成低弱与急快的对比,其中呈露诗人寂静中的细腻体验,也渗透出一种寂寞而略带焦虑的情绪。此处虽然只是举了如上几例分析其意象特色,但实际上这种具有暗示意味的意象语言在梁陈诗歌中是比较普遍的现象,它代表诗歌以短悍的形象语言表达精微蕴藉情思的诗性旨趣,也更加标举了诗歌在表现体制上相较于其他文体所独有的审美内蕴。南朝诗歌发展意象经营艺术的进步意义就在于这种诗语特殊魅力的彰显。

通过以上梳理,我们可以明确中古诗歌自然意象经营的演进轨迹和意象语言的美学倾向,自然意象的发展整体上是由白描走向雕饰,由"以象适情"趋向"象中藏情"。魏晋诗歌注重的是意象的心灵属性,而南朝诗歌着力经营的是意象的客观属性,并逐渐重视内外兼具的审美意象的整体塑造,意象发展表征的是自然描写语言审美属性的增强。

第四章　中古诗歌情景结构的经营

美国诗学批评家劳·坡林说:"诗如果写活了,就必须像一棵树那样,巧妙地结构成形,有效地组织起来。诗必须是个有机体,各个部分都服从一个有用的目的,每一部分都和其他各部合作,以维护并表现诗的内在生命。"①就诗的生命有机体而言,古代文学理论中常常谈到的篇法、句法、字法,就是对诗歌内在法度和结构匀称的追求。如王世贞《艺苑卮言》中就说道:"首尾开阖,繁简奇正,各极其度,篇法也。抑扬顿挫,长短节奏,各极其致,句法也。点掇关键,金石绮彩,各极其造,字法也。篇有百尺之锦,句有千钧之弩,字有百炼之金。文之与诗,固异象同则。"②其中所云篇法,讲究诗歌首尾应和的技巧以及在繁简正反处理上的法则,正是对诗歌组织艺术的强调,而句法、字法则是配合篇法进行的细部磋磨。

诗歌的篇法结构艺术是其外在形式的表现,也是抒情叙事独特性的表现。有的时候语言内部结构的安排对于内容的感染力而言具有特殊的效果。比如若要究问《古诗十九首》形成抒情效果的语言机制,那么除了语词的情感浓度和句式的多元特点,《古诗十九首》独具特色的结构艺术也起到了显在的作用。我们具体来看,这组诗歌最为凸出的特点就在于运用比兴与抒述交织的结构,把情感中复杂的内容层层呈现出来。比如习惯从环境推向人物,《西北有高楼》就从华美的楼宇写起,然后出现歌声,慢慢现出一个哀伤的女子一唱三叹,最后表达美好的祈愿。又比如充分利用反衬的笔法抒情,美好的情怀与现实的隔绝,美好的屋宇与悲哀的女子,美好的女子与孤独的生活,美好的游宴与卑微的地位,呈现了诸种外在美好浮华而内在心境悲凉的强烈反差,因而能够深沉地表现男女相思和生命易逝、功名未建的感慨。这样的结构经营特点在魏晋诗歌尤其是三曹七子的作品中时被采用,因此也有人怀疑《古诗十九首》是出于曹植、王粲诸子之

---

① [美]劳·坡林:《怎样欣赏英美诗歌》,殷宝书编译,北京出版社,1985,第10页。
② 王世贞:《艺苑卮言》卷一,丁福保辑《历代诗话续编》,中华书局,2006,第963页。

手。而关于这组诗的创作时代,也有研究者认为非一时、一人之作,兼有西汉与东汉两个时期的作品。若我们从音韵结构加以体察,会看到这些诗的韵脚基本上是两组音的交替,一组是 i、u、ei、ui 等,一组是 a、ao 等,整体而言是谐和有致的,如果形成的时间周期很长,恐怕难以达到这种韵律齐整的效果。因此,若说《古诗十九首》非一时、一人之作,也并不一定客观。由此可见,篇法结构是我们理解诗歌语言张力和情感内蕴的一个重要面向。

恩斯特·卡西尔说:"一个伟大的抒情诗人有力量使得我们最为朦胧的情感具有确定的形态,这之所以可能,仅仅是由于他的作品虽然是在处理一个表面上看来不合理的无法表达的题材,但是却具有条理分明的安排和清楚有力的表达。"①从自然描写与诗歌语言发展的角度来看,自然描写的丰富对诗歌篇法结构的成熟具有推动意义,其表现不仅在于促动诗歌字法、句法的精致化,更在于诗歌情景配合的艺术。本章主要讨论中古诗歌景句组合特征以及景语与情语衔接方式的发展变化,由此观照中古诗歌情景结构走向精健的轨迹。

第一节 魏晋抒情诗由松散渐至有序的结构变化

纵观诗歌的结构经营,可以看到汉魏诗歌主要依托情感的发展接缀并展开诗句,以完成抒情的过程,语言结构的艺术处理尚未成为诗人的自觉追求,因而诗歌章法上大多带有芜杂而缺乏规律的特点。汉代诗歌中景句的组合往往呈现出无序化的特征,诗歌注重情的抒述,景物作为情感的烘托而出现,随着情感的流动次第展开,而景与景的衔接常常流于次序混乱的状态。且看《李陵录别诗二十一首·烁烁三星列》写景部分:

> 烁烁三星列,拳拳月初生。寒凉应节至,蟋蟀夜悲鸣。晨风动乔木,枝叶日夜零。游子暮思归,塞耳不能听。远望正萧条,百里无人声。豺狼鸣后园,虎豹步前庭。

细品便可发现,"烁烁"二句为夜幕初降之景,"寒凉"二句是夜深的景象,"晨风"二句则为概括一日之景,"游子"句至诗末展现了黄昏的萧瑟景象。

---

① [德]恩斯特·卡西尔:《符号形式的哲学》,赵海萍译,吉林出版集团股份有限公司,2018,第 198 页。

诗歌遵循由物及人的思绪，但在时间意象的呈现上却具有不甚统一、前后龃龉的特点。

同样，《古诗十九首》中的《明月皎夜光》描述的是秋去冬来的季节变换景象，诗云：

> 明月皎夜光，促织鸣东壁。玉衡指孟冬，众星何历历。白露沾野草，时节忽复易。秋蝉鸣树间，玄鸟逝安适。昔我同门友，高举振六翮。不念携手好，弃我如遗迹。南箕北有斗，牵牛不负轭。良无盘石固，虚名复何益。

"明月皎夜光"至"众星何历历"句呈现的是月夜促织鸣叫、众星清楚的景象，时间线是明晰的，而"白露沾野草"以下四句时间则比较模糊，是时节转易景象的罗列，后面的"南箕"二句又接续前文"众星何历历"而来，以想象的方式描述星辰的变换。诗歌是依循情感的抒写来择取景物，而并非描写眼前实景，所选景物的组织整体有一种错杂跳跃的痕迹，因而明人钟惺就曾提道："（十九首）即一首中，亦似有非出于一人一时一事者。"①这种尚停留在粗糙状态的结构经营特征，在五言诗发展的初期是较为常见的现象。建安诗人中即使是比较擅长把握结构的曹丕、曹植兄弟，其诗中景句组织也仍有不协调或者松散的特点。如曹丕《杂诗二首》其一中间部分的夜景描写："俯视清水波，仰看明月光。天汉回西流，三五正纵横。"诗人以俯视、仰视的角度变换写景，俯视所见仅占一句，而仰看所见则用三句来写，结构上呈现出前简省、后臃肿的特点。在曹植的诗歌中也有结构不均衡的情况，如其《赠丁仪诗》开篇云："初秋凉气发，庭树微销落。凝霜依玉除，清风飘飞阁。"从"庭树""玉除""飞阁"等描写来看，应该是宫室秋景，而之后"朝云不归山，霖雨成川泽。黍稷委畴陇，农夫安所获"的描写则忽然转为淫雨中的田垄景象，略有衔接不畅之感。由于诗人往往聚焦于一个核心物象进行线性的铺陈，形成一个过程明晰、动态变化的描述性意象，因而景物的组接一般带有松散的特点。比如曹植《杂诗七首》的前两首中，分别围绕"孤雁"和"转蓬"进行描写："孤雁飞南游，过庭长哀吟。翘思慕远人，愿欲托遗音。形影忽不见，翩翩伤我心。""转蓬离本根，飘飖随长风。何意回飙举，吹我入云中。高高上无极，天路安可穷。"此处的孤雁和

---

① 钟惺、谭元春选评，张国光、张业茂、曾大兴点校《诗归·古诗归》卷六，湖北人民出版社，1985，第114页。

转蓬附着了人的情思,宣抒着漂泊无依的情感,由于此时的诗歌语言更偏重于散文体语言的特点,意象的呈现也相对散缓。

由魏至晋,诗歌景语之间的组织、景语与情语的衔接逐渐朝着整饬有序的方向发展,体现出诗人结构经营意识的增强。此时依循空间或时间顺序形成的显性规律的景语组合颇为常见。如王粲《七哀诗三首》其二:

山岗有馀映,岩阿增重阴。(视觉:光线昏暗)
狐狸驰赴穴,飞鸟翔故林。(视觉:鸟兽萧然)
流波激清响,猴猿临岸吟。(听觉:吟响凄清)
迅风拂裳袂,白露沾衣襟。(触觉:风露清冷)

诗歌按照感官感受安排景物,强化低沉、昏暗、压抑的基调,层层烘托出悲凉哀伤的情感氛围。

在陆机《赴洛道中作诗二首》其一中,"山泽"与"林薄"、"虎啸"与"鸡鸣"、"哀风"与"孤兽"的描写,就是按照类别及特征整齐地组织景句的体现。同样在其《招隐诗》中,山间的景象通过"轻条"与"密叶"、"结风"与"回芳"、"山溜"与"飞泉"、"哀音"与"颓响"等描写展现出来,景句的组织也具有整饬的特点。再看潘岳《河阳县作诗二首》其一:

幽谷茂纤葛,(低)
峻岩敷荣条。(高)
落英隧林趾,(低)
飞茎秀陵乔。(高)

作者是按"低—高—低—高"的空间位置变换来安排景物顺序,诗中自然界的秩序暗示出人事的浮沉升降,正与作者所发"卑高亦何常,升降在一朝"的人生感慨暗相吻合,只不过在景语与情语的衔接上稍显率直,景物始终处于情感的包围当中,其自身体现并推动情感的力量还略显微弱。其后,张协的诗歌在景与情的组织方面已体现出富有规律性的特点,以其《杂诗十首》其一为例:

秋夜凉风起,清气荡暄浊。蜻蛚吟阶下,飞蛾拂明烛。(景)
君子从远役,佳人守茕独。离居几何时,钻燧忽改木。(情)
房栊无行迹,庭草萋以绿。青苔依空墙,蜘蛛网四屋。(景)

> 感物多所怀,沉忧结心曲。(情)

这首诗中已经形成了"景—情—景—情"的结构,而且景语与情语之间亦相依相辅,通过"凉风""清气"所展现的萧瑟秋气自然转入对"君子"的思念,衬托思妇之"茕独",之后则通过"庭草""青苔""蜘蛛"等意象着力体现房栊、屋室的清寂,承前契合了"茕独"的心境,从而使末句"沉忧"的情感抒发显得极为自然。这样的情景组织,使景语具有推动情语前进的力量,结构经营的意义得以彰显。

东晋玄言诗兴盛之时,自然景物成为体悟玄理的媒质,诗人重视抒述自然造化的启悟力量,从自然中获得玄理感悟,但由于结构经营欠佳,景语与理语的衔接缺乏紧密性和情感融化,常常表现出生硬、截断之缺陷。比如王羲之《兰亭诗二首》中,诗人的描写落笔于春日和畅之景:"三春启群品,寄畅在所因。仰望碧天际,俯磐绿水滨。"继而接以"寥朗无涯观,寓目理自陈。大矣造化功,万殊莫不均。群籁虽参差,适我无非新。"景与理之间因缺少更细腻的情思过渡,有意粘连的痕迹较为明显,而非顺承无迹的流转。这一点在湛方生《帆入南湖诗》中也有所体现,在"白沙净川路,青松蔚岩首"的秀丽青山景象描写之后,径直转入玄思叩问:"此水何时流?此山何时有?人运互推迁,兹器独长久。悠悠宇宙中,古今迭先后。"景语与理语有前后疏隔之感。此际诗中写景富有规律的诗作偶有出现,如李颙《涉湖诗》中具体描写太湖景色的部分:

> 圆径紊五百,眇目缅无睹。(水)
> 高天淼若岸,长津杂如缕。(天、水)
> 窈窕寻湾漪,迢递望峦屿。(水、山)
> 惊飙扬飞湍,浮霄薄悬岨。(水、山)
> 轻禽翔云汉,游鳞憩中浒。(天、水)
> 黯蔼天时阴,岂峨舟航舞。(天、水)

诗歌在观景时俯仰转换的写景模式,应是得到《易传》所云"仰以观于天文,俯以察于地理"[①]"仰则观象于天,俯则观法于地"[②]自然审美模式的浸润,呈现出天、山、水交替描写的有序性,结构的齐整有致已初具山水诗的

---

① 黄寿祺、张善文:《周易译注·系辞上传》,中华书局,2016,第614页。
② 黄寿祺、张善文:《周易译注·系辞下传》,中华书局,2016,第653页。

形态,表征着诗歌写景向山水诗的过渡。

第二节　宋齐山水诗章法由绵密趋向简约的结构示范

宋齐山水诗的大量创作带动了诗歌语言艺术的发展,由于明确表现出锤炼辞章的审美需求,在情景结构的经营上也呈现出章法绵密的精巧特点。这种结构安排的技巧和自觉追求首先是以谢灵运的山水诗为标志的。

清人方东树曾指出,谢灵运诗歌"起结顺逆,离合插补,惨淡经营,用法用意极深"[①],"章法脉缕衔递、整比完密"[②],这在他的自然山水诗中尤其得到了发挥。比如谢灵运在山水诗中往往顾题布景,诗题较以往抒情诗更为细琐详尽,如实描述具体行程和活动空间,内容展开时亦与题面紧密契合,达到全篇浑融一体的效果。如《田南树园激流植楥诗》写景就紧依题目展开:田南树园(中园屏氛杂,清旷招远风。卜室倚北阜,启扉面南江),激流(激涧代汲井),植楥(插槿当列墉,群木既罗户)。另一首《于南山往北山经湖中瞻眺诗》亦是依题布景:于南山(朝旦发阳崖),往北山(景落憩阴峰),经湖中(舍舟眺迥渚),瞻眺(侧径既窈窕,环洲亦玲珑。俛视乔木杪,仰聆大壑淙)。按题目步步写来,具有秩序井然的效果。这样的章法在他前后出守永嘉、临川以及两次隐居故乡始宁期间所创制的山水诗篇中表现得尤为突出。

按行游视线组织景物也是谢诗山水描写基本的结构方式。诗人常常以游览寻景的踪迹带动景物的出现,使诗歌具有所书如所睹的真实情境感。如其《从斤竹涧越岭溪行诗》前半段的写景:"猿鸣诚知曙,谷幽光未显。岩下云方合,花上露犹泫。逶迤傍隈隩,迢递陟陉岘。过涧既厉急,登栈亦陵缅。川渚屡径复,乘流玩回转。蘋萍泛沉深,菰蒲冒清浅。企石挹飞泉,攀林摘叶卷。"作者的游踪通过"傍""陟""过""厉""登""陵""径复""乘""回转""企""挹""攀""摘"一系列行动呈示出来,奇险的山间景物随着人的移动而变换。又如《登上戍石鼓山诗》以"极目眺左阔,回顾眺右狭"的左右瞻眺引出景物描写,"阔""狭"首先概括了对山景的初步印象,之后再接以远景(日末涧增波,云生岭愈叠)、近景(白芷竞新苕,绿蘋齐初叶),显示出写景层次分明的特点。《登永嘉绿嶂山诗》也是以"行源径转远,距陆情未毕"的描写逐渐向山中深远处探寻,接着引出更幽深之处

[①] 方东树:《昭昧詹言》卷五,吴闿生评,朝华出版社,2019,第215页。
[②] 方东树:《昭昧詹言》卷五,吴闿生评,朝华出版社,2019,第229页。

的景象"涧委水屡迷,林迥岩逾密",其后又以"眷西谓初月,顾东疑落日"展现山深之处令人目迷的景象,以"践夕奄昏曙,蔽翳皆周悉"笼统描述停留山中之久、游历山中行迹之深。同样在其《初去郡诗》《发归濑三瀑布望两溪诗》《入彭蠡湖口诗》等多首山水行旅诗中,都凸显了人在山水之中的踪迹,以此表达审美主体对山水世界的深度参与和留连心态。

同时他又注重融入画面空间美感艺术来布景,通过高处与低处的位移、远景与近景的协配呈现明晰有致的山水空间格局,景物的凸显弱化了抒情诗的抒叙成分,使情、景、理达到了比较合宜的比例。这种景物组织宏纤交映、措辞绵密的方式,呈现出的是一种迥异于魏晋诗歌的抒描密贴、结构深微的诗歌形态。

实际上谢灵运的山水诗并非只是重视景物布置的艺术美感,其在情语与景语的交织融合方面也体现出追求转换自如的结构思维。如果说景物是谢灵运抒情诗和山水诗中承担缩微景观的部分,那么从诗的整体架构而言,他其实也很注重抒情与描写之间的起承转接。比如方东树在品评谢灵运《石门新营所住四面高山回溪石濑茂林修竹诗》时就揭示其中所含倾向于复杂形态的结构艺术,我们且引诗如下:

> 跻险筑幽居,披云卧石门。苔滑谁能步,葛弱岂可扪。嫋嫋秋风过,萋萋春草繁。美人游不还,佳期何由敦。芳尘凝瑶席,清醑满金樽。洞庭空波澜,桂枝徒攀翻。结念属霄汉,孤景莫与谖。俯濯石下潭,仰看条上猿。早闻夕飙急,晚见朝日暾。崖倾光难留,林深响易奔。感往虑有复,理来情无存。庶持乘日车,得以慰营魂。匪为众人说,冀与智者论。

方东树云:"起六句,言已今居。'美人'六句,言无同赏。'结念'二句顿断。'俯濯'六句,续接起六句写景。'感往'六句,续接'孤景莫与谖'下。此诗只用一'断续离合法',古人文多如此。"[1]此诗是把思人之情与山水景色穿插起来,形成交替式抒述结构,因而谓之"断续离合法"。在谢灵运《游南亭诗》等作品中我们皆能领略他试图把情绪与景物交错呈现的意图,情思与行动引出景物的描写,又由景物转向情思或理趣,正如方东树所说是"避一气直下之平顺"[2]。这也使谢诗在处理情、景、理的关系时,因有结构经

---

[1] 方东树:《昭昧詹言》卷五,吴闿生评,朝华出版社,2019,第 242 页。
[2] 方东树:《昭昧詹言》卷五,吴闿生评,朝华出版社,2019,第 227 页。

营而较之东晋玄理诗更有细腻转承的紧凑感,消除了景与理疏隔的突兀。

谢灵运、鲍照、谢朓诸子的山水诗经典结构一般被划分为"记游、写景、兴情、悟理"若干环节①。谢灵运涉及玄理的诗歌比例不小,据台湾学者林文月统计,谢灵运的33首山水诗中,寓玄理之作就有23首之多②。而与东晋玄言诗不同的是,谢灵运在景语与情语、理语的衔接上,体现出了转接密贴的经营意识,使景语与情语在转关接缝处具有紧密的意涵关联,因而就更显畅达。如《从游京口北固应诏诗》从"玉玺戒诚信,黄屋示崇高。事为名教用,道以神理超"开始,一方面宣示宋帝的威仪,另一方面则强调玄理的超越意义。然后从《庄子》典故引出从游之事:"昔闻汾水游,今见尘外镳。"从《庄子》中尧帝见隐士于汾水之阳的描述,说到宋帝亦如尧帝一般有尘外之游。接着就转入景象的描写:"张组眺倒景,列筵瞩归潮。远岩映兰薄,白日丽江皋。原隰荑绿柳,墟囿散红桃。"春日明媚景象的描写当中实则渗透了皇泽遍布的隐喻意义,于是之后便表达对宋帝圣恩的赞美:"皇心美阳泽,万象咸光昭。"最后审视自身:"顾己枉维絷,抚志惭场苗。工拙各所宜,终以反林巢。曾是萦旧想,览物奏长谣。"这几句感悟为官之理和人生志趣的抒写,是承前的皇恩感怀而生的反思,表明自己有愧于在朝为官而有返归山林的宿志,览物赋诗的目的在于表达这种心志。整首诗意序明晰、承续紧密,把悟理、兴情和写景恰切地融为一体。又其《富春渚诗》中"溯流触惊急,临圻阻参错。亮乏伯昏分,险过吕梁壑",既正面描写富春渚水流惊急、崖岸险峻的景象,又化用《庄子》中孔子观水于吕梁的典故,比喻自己涉水之险难,然后引出"洊至宜便习,兼山贵止托。平生协幽期,沦踬困微弱。久露干禄请,始果远游诺"的感想,使山水中的惊险体验与官场浮沉的经历沟通起来,景的描写在情思超越的过程中起到了暗示导引的作用。谢灵运对诗歌结构的精心经营,使景物描写在诗歌内容中具有了转引连接情感与理趣的作用,这是山水诗结构发展的重要意义。

随着山水诗、写景诗的纷涌,诗人对景语的组接以及情景关系的处理形成了一定的法式规范,讲究秩序井然、构图合宜的意象连接。如鲍照《登庐山诗二首》其一就注重从多个方面来展现山景的全貌,高峻、杳冥、深寂等特征体现出山间气象的丰富美感:

悬装乱水区,薄旅次山楹。(叙述行程)

---

① 林文月:《山水与古典》,生活·读书·新知三联书店,2013,第39页。
② 林文月:《山水与古典》,生活·读书·新知三联书店,2013,第45页。

千岩盛阻积,万壑势回萦。(整体印象)
龙岏高昔貌,纷乱袭前名。(整体印象)
洞涧窥地脉,耸树隐天经。(俯仰景象)
松磴上迷密,云窦下纵横。(仰俯景象)
阴冰实夏结,炎树信冬荣。(阴阳气象)
嘈囋晨鹍思,叫啸夜猿清。(昼夜气象)
深崖伏化迹,穹岫阒长灵。(僧隐迹象)
乘此乐山性,重以远游情。(乐山之情)
方跻羽人途,永与烟雾并。(追仙之想)

这首诗不仅景物的组织更具空间和时间上的广阔性,而且在情景的连接上是由山中景致渐转至山中僧道的灵迹,然后顺带抒发乐山之性情和隐逸之情怀。从景语而言,描写显然有艺术的构思,它摆脱了依循诗人游赏视线组织景物而产生的冗馀成分,代之以立体的景观效果。从情景的转化而言,能在景中埋下伏笔,使之自然地向抒情移动,也显示出流畅的特点。

再看谢朓诗歌中全方位、多角度描摹景物的作品更加显出布局的整饬有致、章法井然。且看其《将游湘水寻句溪》诗:

既从陵阳钓,挂鳞骖亦螭。方寻桂水源,谒帝苍山垂。辰哉且未会,乘景弄清漪。瑟汩泻长淀,潺湲赴两岐。轻蘋上靡靡,杂石下离离。寒草分花映,戏鲔乘空移。兴以暮秋月,清霜落素枝。鱼鸟余方玩,缨绥君自縻。及兹畅怀抱,山川长若斯。

前六句是行迹的勾勒,"瑟汩"以下八句是集中绘景,分别摄取流水之声、分流之形、水中蘋萍、水底密石、溪岸花草、水中游鱼、暮秋之月、覆霜之树等镜像,其中交织着远景与近景、大景与小景的配合,由此立体展示句溪之美景。而这种景物描写中所昭示的清旷意趣已然激发出一种豁目醒心的情怀,因此在诗的末尾以鱼鸟之乐与缨绥束缚的对比,抒发畅怀山川的情绪。

再如其《游东田》诗的描写:

戚戚苦无悰,携手共行乐。(情感抒发)
寻云陟累榭,随山望菌阁。(仰视俯视)
远树暧阡阡,生烟纷漠漠。(远景敷写)
鱼戏新荷动,鸟散馀花落。(近景细描)

<blockquote>
不对芳春酒,还望青山郭。(由近及远)
</blockquote>

诗人开首便明确戚然无乐的情绪,中间对景物俯仰、远近的呈现,使这种苦闷得以释怀纾解。谢朓诗歌显然在结构上更为强调空间变换的构图美感和情景汇合的简洁风格。

齐梁诗歌篇法的简约改变了写景抒情烦冗的倾向。据刘跃进《门阀士族与永明文学》一书的详细统计,南朝初期颜延之、谢灵运的诗歌中五言二十二句居于首位,其次是二十句、二十六句,而自永明以后,五言八句、四句及十句的诗体成为主流,如竟陵八友及萧纲、萧绎的五言诗,占据前三位的都是八句式、四句式及十句式①。吴小平先生也对齐、梁、陈三朝文人五言诗的篇幅(句数)进行了统计,指出当时五言诗的形式已明显呈现出趋于短小、固定的特点,尤以五言八句式最为突出,他认为齐梁陈人是在有意识写作乃至于创造诗歌的五言八句式②。早在《尚书》中就已有"辞尚体要,不惟好异"的语言观念,永明诗歌语词句法的简明倾向可以视为文法复古的追求,句数的精简也改变了景句的组织和情景关系的处理方式。景句暗示情感,景语与情语交替,成为齐梁写景新体诗对山水诗风的一种扭转。比如谢朓《送江水曹还远馆》诗就是典型的景、情交替结构:

<blockquote>
高馆临荒途,清川带长陌。(景)
上有流思人,怀旧望归客。(情)
塘边草杂红,树际花犹白。(景)
日暮有重城,何由尽离席。(情)
</blockquote>

这种结构虽然尚未达到景与情的互相映带和紧致的勾连,但是将景与情以合适的容量配合起来的章法是颇为明确的,这可以说是在东晋以及谢灵运诗歌中已有露面的情景交织法的高级简练形态。谢朓诗在遵循一定章法的同时又富于变化,不再一味平顺流畅,时而也追求新奇、逆转,如其《新亭渚别范零陵云诗》:

<blockquote>
洞庭张乐地,潇湘帝子游。云去苍梧野,水还江汉流。停骖我怅望,辍棹子夷犹。广平听方籍,茂陵将见求。心事俱已矣,江
</blockquote>

---

① 刘跃进:《门阀士族与永明文学》,生活·读书·新知三联书店,1996,第108页。
② 吴小平:《论五言八句式诗的形成》,《文学遗产》1985年第2期。

上徒离忧。

诗中"云去""水还"的描写是在彼地与此地间跳跃,以云、水将异地空间连通起来,诗人身在新亭渚的送别场景中,心中却已牵念范云所要到达的彼地零陵,这种跳跃感就将下句"停骖"之送者与"辍棹"之别者的深情厚谊彰显出来,因为有"怅望""夷犹"的瞬间,才有此地与异地的浮想,跳跃式的景物描写填补了遥想的情感空间,体现了情思的细密。又如其《别王丞僧孺诗》前四句描写清畅明丽的初夏景象:"首夏实清和,馀春满郊甸。花树杂为锦,月池皎如练。"之后就转入情感的抒写:"如何当此时,别离言与宴。留襟已郁纡,行舟亦遥衍。非君不见思,所悲思不见。"由清和夏景转入离别哀思,以"如何当此时"的反问作为过渡,体现出由乐景衬托哀情的意思,使面对好景的悲怀更加深沉。

谢朓诗歌的这种结构经营艺术也体现于对诗歌起句的锤炼。方东树云:"谢鲍两家起句,多千锤百炼,秀绝寰区。"①又说:"昔人称小谢工于发端,此是一大法门。"②谢朓诗在以景语作为起句时,已体现出融化情感的力量,如《之宣城郡出新林浦向板桥》诗起首几句:"江路西南永,归流东北骛。天际识归舟,云中辨江树。""永""骛"已暗示了游子羁途的漫长与奔波,"识""辨"则以观望远景之费力渲染远处迷蒙的景象,进一步暗示了前途的迷茫,王夫之说"天际"二句"隐然一含情凝眺之人,呼之欲出,从此写景,乃为活景。"③又如《暂使下都夜发新林至京邑赠西府同僚》诗首句:"大江流日夜,客心悲未央。"以大江奔流不息作为悲伤的隐喻,情感沉郁,被沈德潜评为:"极苍苍莽莽之致。"④正是因为其在开头便使浑重的悲伤直接袭来,将后续所抒发的关山思乡之情、眷恋京都之意以及官场惊惧的生存状态全部包容起来,体现了诗作悲绪绵深的构思。谢朓诗的结构经营显然有意于改变传统山水诗情景模式,追求情景更适切地配合。

相比较而言,刘宋诗歌基于赏景意识的驱动,其语言表现的突出特征是对山水风景进行平面化的赋笔描摹,通过外物引发的审美感受驱散诗人心中的愁郁,主体与客体保持的是人对山水对象主动融入的关系,因而诗人赏景摹景的线索感比较明晰。而永明以后诗歌体式结构的发展变化使得景语的经营与情语的配合进一步达到了精致的状态,景物作为抒写的亮

---

① 方东树:《昭昧詹言》卷六,吴闿生评,朝华出版社,2019,第271页。
② 方东树:《昭昧詹言》卷七,吴闿生评,朝华出版社,2019,第302页。
③ 王夫之评选,《古诗评选》卷五,张国星点校,河北大学出版社,2008,第275页。
④ 沈德潜:《说诗晬语笺注》,王宏林笺注,人民文学出版社,2013,第113页。

点,其涵示情感的张力有所增强,情景的过渡也更为自然。这一点在谢灵运与谢朓诗歌结构特点的差异中有比较明显的体现。

第三节 梁陈诗歌情景结构趋向近体诗的端倪

诗歌情景结合艺术的发展进入梁陈阶段,出现了颇值得注意的结构经营倾向,进一步彰显了结构对于情感表达而言不可或缺的意义。具体而言,山水诗、写景诗的结构艺术经过梁陈阶段的发展,已接近于近体诗的结构特征,渐具结构简约、景语暗示性丰厚、情景衔承紧密、意脉前后照应等诗性自觉。

刘勰在《文心雕龙》中明确强调物象与情感相辅相依的关系,其所云"情以物兴""物以情观"即指出审美主体因触物而兴情、而物又成为情感的外化的循环关系,而要做到情景交融,则审美观照应"目既往还,心亦吐纳"①,语言表现应"写气图貌,既随物以宛转;属采附声,亦与心而徘徊"②,从而达到"物色尽而情有馀"的诗美效果③。刘勰的诗学理论体现出他对情景关系以及情景融合方法的充分思考。明人谢榛云:"景乃诗之媒,情乃诗之胚,合而为诗,以数言而统万形,元气浑成,其浩无涯矣。"④他所主张的"情景论"就其实质而言是"视情景二者之关系不仅为诗歌的审美构成,而且为诗歌的本质构成"⑤,将情与景的融合作为"形成诗歌自然表现之美感的必要前提"⑥。郑敏先生认为:"诗之所以成为诗,因为它有特殊的内在结构。"⑦我们可以看到梁陈诗歌在以空间或时间的基本顺序组织景句的基础上,更多加入了心理感受的线索,并且诗人更加措意于捕捉美感体验最为强烈的片段,或者寻找景物间的相似趣味,从而形成更富暗示性的景物描写。如何逊《夕望江桥示萧谘议杨建康江主簿》诗:

夕鸟已西度,残霞亦半消。风声动密竹,水影漾长桥。旅人多忧思,寒江复寂寥。尔情深巩洛,予念返渔樵。何因适归愿,分路一扬镳。

---

① 刘勰:《文心雕龙注释》,周振甫注,人民文学出版社,1981,第81页。
② 刘勰:《文心雕龙注释》,周振甫注,人民文学出版社,1981,第493页。
③ 刘勰:《文心雕龙注释》,周振甫注,人民文学出版社,1981,第494页。
④ 谢榛:《四溟诗话》卷三,丁福保辑《历代诗话续编》,中华书局,2006,第1180页。
⑤ 郑利华:《明代诗学思想史》,上海古籍出版社,2022,第432页。
⑥ 郑利华:《明代诗学思想史》,上海古籍出版社,2022,第433页。
⑦ 郑敏:《文化·语言·诗学——郑敏文论选》,福建人民出版社,2017,第32页。

诗中夕暮景色的描写,已把离别的惆怅融入了夕鸟西度、残霞半消的时间意象中,那飞去、消失的事物如同抒情者内心美好消失而生的空荡感,而接下来风声摇动着密竹、水影荡漾着长桥的景象描写,则显示了风、水对于竹、桥所产生的变化力量,仿佛人的忧思也被拨动,继而便转入羁旅忧思的抒发。前半部分景物的描写能与后半部分情感的抒张形成异质同构关系,故而能达致情意感召的艺术效果。又如吴均状咏物象的篇章,也不再流于简单的比兴思维,而是将情思隐入描写中。如他的如下几首咏物诗:

> 可怜池里萍,茷茷紫复青。工随浪开合,能逐水低平。微根无所缀,细叶讵须茎。飘荡终难测,流连如有情。
>
> (《萍诗》)

> 微风摇庭树,细雪下帘隙。萦空如雾转,凝阶似花积。不见杨柳春,徒看桂枝白。零泪无人道,相思空何益。
>
> (《咏雪》)

> 春从何处来,拂水复惊梅。云障青琐闼,风吹承露台。美人隔千里,罗帏闭不开。无由得共语,空对相思杯。
>
> (《春咏诗》)

《萍诗》中显然是将萍草人格化,放大它的"随浪""逐水"的姿态,想象它"飘荡""流连"的情思,萍草的踪迹暗示着对人的漂泊命运的叹惋。《咏雪》诗则以精巧的比喻描绘雪的姿态,引发春日的相思,而眼前之景却并非春景,任其零落而无人问津,因而有"相思空何益"之感叹。《春咏诗》中亦将春的气息写成有情感的人,它惊醒万物的同时也撩拨起了人的"相思",宫室的空寂、美人的遥隔,使人只能徒生思情。现代诗歌评论家徐敬亚曾云:"诗,作为情感流动后的文字定型,建筑结构要依存于诗人的内在情绪,依靠诗人的内心节律。用方块字修筑心灵曲线,或起伏,或断裂,外化出来成为诗的形式结构体。"① 在上述意象化的表达中,情感皆以一种暗隐的形态在诗中流动,支配着意脉的流转,因而诗人所咏之物象不仅是物质上的存在物,而且是寄寓情感的有情物。

这样的结构暗示艺术是普遍存在于梁陈写景抒情诗中的表达范式,它

---

① 徐敬亚:《崛起的诗群》,同济大学出版社,1989,第90页。

与山水诗初兴阶段的结构经营模式是大不相同的。调和景物与情意的关系是梁陈诗歌语言艺术的要义所在,由此也产生了一些富有特色的结构组织法式。我们来看以下两首诗的景句规律:

> 月夜三江静,云雾四边收。淤泥不通挽,寒浦劣容舟。回风折长草,轻冰断细流。古村空列树,荒戍久无楼。
>
> (朱超《夜泊巴陵》)

> 由来历山川,此地独回邅。百岭相纤蔽,千崖共隐天。横峰时碍水,断岸或通川。还瞻已迷向,直去复疑前。夕波照孤月,山枝敛夜烟。此时愁绪密,一夕魂九迁。
>
> (萧纲《经琵琶峡》)

这两首诗都通过具有类似暗示意味的意象组合来表达情感。朱超诗中,主要意象依次为:淤泥—阻道、浦寒—舟小、回风—折草、轻冰—断流、秋树—叶尽、荒戍—楼圮,每个意象都暗示了与昔日繁盛景象的对比,意象均朝向同一趋势,即美好繁华景物的消逝,在横向平行层面上犹如失落怅惘的情绪乐音一次次重奏,大大加强了情感的力量,意象的语意复叠代替了节奏的重章复沓,产生了回环往复的情感效果。这些情感境界接近的景象并置,又共同营造出衰飒荒凉的气象,暗示作者在空寂的月夜对历史时间链上世间万象盛衰荣枯、彼长此消的深切体验。在萧纲诗中,意象也具有异曲同工的表现效果:百岭—纤蔽、千崖—隐天、横峰—碍水、崖岸—隔断、孤月—映波、夜烟—笼枝,这些表示遮蔽、阻断或笼罩的意象,织就成朦胧凄清的意境,同时通过一次次重叠强调,极为生动恰切地暗示出了作者"愁绪密"的情感。

类似的具有情感指向性和复沓互映效果的景语组合还可举出不少诗例,如以下阴铿两首作品的结构特点。他的《江津送刘光禄不及》云:"鼓声随听绝,帆势与云邻。泊处空馀鸟,离亭已散人。林寒正下叶,钓晚欲收纶。"鼓声—渐绝、白帆—逝去、泊处—船无、离亭—人散、林叶—飘落、钓翁—收纶,把一系列渐渐消逝的意象组合起来,暗示诗人因送友人不及而产生的失落寂寞情绪。其《游巴陵空寺诗》曰:"日宫朝绝磬,月殿夕无扉。网交双树叶,轮断七灯辉。香尽龛犹馥,幡尘画渐微。借问将何见,风气动天衣。"日宫—绝磬、月殿—无扉、网交—枝间、灯辉—熄灭、香尽—气存、幡画微—尘土满,意象的层叠反复暗示着昔日繁华与今日衰败的对比。

在上述同向性的意象叠加结构中,景物的描写与组织在表达审美情思的基础上,还承担着不断暗示某种心理感受的意义,它使不同的景象在相互碰撞、映照的作用中产生出新的言外之意,其背后蕴含着诗人有意组织的匠心。而在另一方向上,梁陈诗歌中还出现了不少以暗隐的对比原则组织景句的形式,可以说是反向性的意象组合,这也同样能够体现结构经营的印痕。如萧绎《出江陵县还诗二首》其一:"游鱼迎浪上,雏雉向林飞。远村云里出,遥船天际归。"游鱼迎浪、雏雉向林,运动具有明确的方向感,暗示着亲近与回归,而远村、遥船又是邈远迷茫的景象,在对比中映衬出游子孤独、强烈的思乡情怀。陈叔宝《饮马长城窟行》云:"征马入他乡,山花此夜光。离群嘶向影,因风屡动香。月色含城暗,秋声杂塞长。何以酬天子,马革报疆场。"诗意的前后联系中,特别把征马嘶鸣与山花暗香组接起来,把月色照城与塞外秋声映衬,通过对比的画面形成边塞征战与宁静生活交替闪现的效果,因而诗句间既洋溢着对出塞征战慷慨情怀的咏赞,又不无对安宁生活的留恋,彰露出一种复杂的心绪。又如王褒《送观宁侯葬诗》前半部分是比较直露地抒述伤魂之哀,后半部分则将沉痛的心情隐示于描写中,其云:"馀辉尽天末,夕雾拥山根。平原看独树,皋亭望列村。寂寥还盖静;荒茫归路昏。挽铎已流唱,歌童行自喧。眷言千载后,谁将游九原。"这里的"独树""列村"是单与多的对比,暗示孤单的死者与众多的生者;"还盖静""归路昏"与"挽铎流唱""歌童自喧"是静与喧的对比,而同时还盖、归路似有情哀伤,挽铎、歌童似无情自唱,又是有情与忘情的对比。于是哀挽的情绪就从多层对比的内在结构中渗透出来。

如此之类的诗歌,在结构组织上大不同于先前的按照时间或空间线索组织内容,它更措意于以意象的连缀、并置构建起一种暗隐的结构模式,这种模式体现出梁陈诗歌已逐渐由承递连贯结构转向了跳跃结构,情感与景象契合的隐性景语组合方式成为诗性语言的集中体现,此种诗歌篇法转变的重要特征正是具有近体诗艺术格局的原质状态。

梁陈诗歌结构在景句组织潜含美感暗示性的基础上,对景语与情语的衔接艺术也有所推进,更注重整体结构的浑圆和意脉的丝缕勾连,尤其是对五言八句诗结构的把握达到了新的高度。对于此种结构特点,我们可以从何逊的以下两首诗中予以阐析。

> 山中气色满,墟上生烟露。
> 杳杳星出云,啾啾雀隐树。
> 虚馆无宾客,幽居乏欢趣。
> 思君意不穷,长如流水注。

(《野夕答孙郎擢诗》)

> 暮烟起遥岸，斜日照安流。
> 一同心赏夕，暂解去乡忧。
> 野岸平沙合，连山近雾浮。
> 客悲不自已，江上望归舟。
>
> （《慈姥矶诗》）

《野夕答孙郎擢诗》的首联"山中气色满，墟上生烟露"笼统描写山间烟气弥漫的气象，颔联以星星的稀疏与雀声的清亮衬托山野的寂静和山间渐次明晰的清幽景象，再与之后"虚馆无宾客，幽居乏欢趣"连接，所居之处虚静、幽寂的特点已在前面的星辰与鸟雀描写中有所体现，由之自然引出寂寞无聊的情绪，尾联"思君意不穷，长如流水注"的感慨，使得由景向情的过渡颇为顺畅。《慈姥矶诗》首联的"暮烟起遥岸，斜日照安流"先渲染朦胧的基调，暗示行旅者的惆怅，描写的斜日照水带来了较为明亮的色彩，因此颔联表达"一同心赏夕，暂解去乡忧"的兴致，而接着的"野岸平沙合，连山近雾浮"颈联又转向了迷蒙的远景，之后尾联情感自然又跌入了"客悲不自已，江上望归舟"的沉重之中。诗的情感随着景物起伏，景物随着情感变化，衔承自如。

此种具有暗示与映带特点的结构经营在吴均的诗中也有集中的体现。如其《赠王桂阳别诗三首》其三也是按照景、情交替的顺序展开结构，首联云"树响浃山来，猿声绕岫急"，被江山之阴沉景象笼罩。颔联转向行旅之人的情状："旅帆风飘扬，行巾露沾湿。"继以"深浪暗蕙葭，浓云没城邑"，最后以"不见别离人，独有相思泣"结束，形成了孤独的行者被昏暗凄厉的自然景象所裹挟的困境，旅途环境的恶劣与旅者心情的黯然沉重紧相配合，羁旅哀愁的情感随之彰显。

特别值得一提的是，陈代阴铿部分诗歌的情景结构已经达到了简练圆融的隽秀状态。胡应麟《诗薮》云："作诗不过情、景二端。如五言律体，前起后结，中四句，二言景，二言情，此通例也。"[①]阴铿诗歌的结构已具有律诗的艺术构思特点，他的五言诗以八句和十句最多，八句诗一般常在中间四句或前四句安排写景对句，这已经与五言律诗的结构规则非常接近了，诗歌在情与景的转接衔承上也更能体现出细腻的关联性。如其以下二诗：

---

① 胡应麟：《诗薮》内编卷四，王国安点校，北京科学技术出版社，2023，第62页。

怀土临霞观,思归想石门。
瞻云望鸟道,对柳忆家园。
寒田荻里静,野日烧中昏。
信美今何益,伤心自有源。

(《和侯司空登楼望乡诗》)

大江一浩荡,离悲足几重?
潮落犹如盖,云昏不作峰。
远戍唯闻鼓,寒山但见松。
九十方称半,归途讵有踪?

(《晚出新亭》)

《和侯司空登楼望乡诗》首联抒情,思绪从当前的登临霞观回到了遥想中的故土石门,以情兼容景物;颔联即就"望"字而来,又一次由眼前的浮云、鸟道、衰柳再次回到"家园";颈联描写即目的寒田寂静和田野夕阳燃烧于天边的景象,也具有唤起故园思恋的意味;尾联即从眼前"信美"的景色抒发怀土的伤感。诗意中作者的怀乡之思自始至终一线贯穿,情感回环,形成圆融的结构效果。《晚出新亭》也具有类似的结构特征:首联由景及情,在大江的浩荡与离悲的深沉之间构成隐喻,表现愁情繁郁的思绪;颔联入景,落潮、云气的描写很自然地与首联情感契合,暗示着怅惘之情;颈联"唯闻鼓""但见松"的描写又直承前句的"潮落""云昏"气象,景象的朦胧和鼓声的悠远也在悲愁之中增加了怵惕的情感;尾联便转入人生迟暮和归途渺茫的感慨。诗的首联与尾联都是问句形式,前后形成呼应关系,仿佛孤独的旅人面对山水的发问,而回应的只有远戍的鼓声,在意境上呈现了一种深沉悲凉的情蕴。

关于五言诗的篇章经营,刘勰指出应具备"首尾圆合""首尾周密"的特点,这在阴铿诗中已有比较明晰的体现,而律诗的经营法则正如宋代范温所云倾向于"语或似无伦次,而意若贯珠"的体式特点[①],上举阴铿诗即具有律诗意脉似断实连的特征,是一种明为线型实为网状交织的结构,语脉回环呼应,构架严密精巧,这正是梁陈诗歌情景篇法经营艺术向格律诗发展的重要标志之一。由于南朝诗歌情景结构的调控趋于谨严,情景衔接的技巧逐渐灵活,也进一步显示了自然描写在诗歌中的特殊抒情功能。

---

① 胡仔:《苕溪渔隐丛话》卷七引范温《潜溪诗眼》语,人民文学出版社,1962,第43页。

第五章 两汉魏晋赋自然描写语言对南朝诗歌的浸润

南朝之前,赋这一文体在自然描写和形式方面发展到了较高形态。正如朱光潜先生所云,汉赋至于魏晋赋的语言发展趋势是"技巧渐精到,意象渐尖新,词藻渐富丽"①。赋的先期发展如同南朝诗的背景与前奏,就自然景物描写而言,南朝诗歌通过对前代赋体文学经验的吸纳融合激生出新的样态,在敷景手法和语言辞藻方面深得汉晋赋自然描写语言的沾溉,赋的体物语言频繁移于诗中,使诗歌自然描写的语言艺术得以焕新。赋与诗的交互影响已经得到研究界的普遍认同②,然而从总体来看,对诗、赋二体进行单向研究的成果居多,至于诗、赋二者具体是如何沟通的、在哪些方面的融合最为频繁,这些问题则有待从更细层面予以辨析中明。关于南朝诗歌自然描写与前代赋之渊源关系,学界已有论文关涉③。本章从汉晋赋自然描写与南朝诗歌的代际关系入手,以微观层面的探赜揭示赋体写景经验浸润南朝诗歌的具体表现。

第一节 汉赋自然描写语言对南朝诗歌的影响

汉赋作为中国文学中较早发展语言艺术的文体,在自然描写语言表现方面的影响是深厚广远的。汉赋所涉内容具有广阔的视野,呈现题材大备

---

① 朱光潜:《诗论》,朱立元导读,上海古籍出版社,2001,第179页。
② 论文中具有代表性的如徐公持《诗的赋化与赋的诗化——两汉魏晋诗赋关系之寻踪》(《文学遗产》1992年第1期)。
③ 如归青《从赋到诗:山水诗成因初探》(《中州学刊》1994年第2期)、裴仁君《南朝山水诗与汉大赋》(《武警学院学报》2002年第2期)、许瑶丽《论六朝赋风对诗的影响》(《四川师范大学学报》2003年第2期),以及崔向荣、魏中林《元嘉诗歌新变背景下山水诗的赋法意识与实践》(《暨南学报》2010年第2期)等。

的景观,创造了多样的自然描写形态。具体如下表的归纳①:

表3 汉赋题材总览

题类	具体题材					篇数
抒情赋	游赏3 伤悼19	征行20 诫止5	宫怨2 离别1	清思1 讽谏28	述志22	101篇
描写赋	山海12	都邑13	宫室12	苑囿3	射猎11	51篇
论议赋	辩难10	玄理6	论说2			18篇
咏物赋	动物27	植物24	品物41	艺术15	人物9	116篇
事象杂赋	祭祀3 民俗1 祥瑞1	婚姻2 墓冢1 气象7	文体1 战争1 时令7	民族1 神思3 志贺2	修辞1 宴乐1 戍守1	33篇
共计319篇						

表4 汉代咏物赋的具体对象

题类	具体题材
咏动物赋	鹏鸟、鹤、文鹿、鸮、蓼虫、大雀、蝉、鸿、白鹄、王孙、马、鹦鹉、玄猿、孔雀、鹖、莺、白鸠、神乌、神雀、神龙
咏植物赋	柳、梨、杨柳、文木、果、芙蓉、瓜、迷迭、荔枝、郁金、蓝、栗、橘、桑、槐
咏品物赋	簟、几、屏风、薰笼、枕、角杖、合、灯、簧、书槴、扇、针缕、笔、相风、冠、砗磲碗、漏卮、玛瑙勒、笙、洞箫、琴、长笛、筝、酒、鱼俎
咏艺术赋	舞、武、九宫、围棋、樗蒲、塞、弹琴、弹棋、投壶
咏人物赋	机妇、青衣、短人、神女

汉赋语言艺术如刘勰所云已达到了"写物图貌,蔚似雕画"的水准,《文心雕龙·诠赋》对汉代诸赋家的评价云:"枚乘《菟园》,举要以会新;相如《上林》,繁类以成艳;贾谊《鹏鸟》,致辨于情理;子渊《洞箫》,穷变于声貌;孟坚《两都》,明绚以雅赡;张衡《二京》,迅发以宏富;子云《甘泉》,构深玮之风;延寿《灵光》,含飞动之势:凡此十家,并辞赋之英杰也。"②《文心雕龙·才略》篇也涉及汉代多位赋家的赋作特色,如云陆贾"其辩之富矣";贾谊"赋清";司马相如"洞入夸艳,致名辞宗";王褒"以密巧为致,附声测

---

① 此处统计依据的是费振刚、仇仲谦、刘南平校注《全汉赋校注》,广东教育出版社,2005。统计包含存目作品和仅存赋序的作品在内。
② 刘勰:《文心雕龙注释》,周振甫注,人民文学出版社,1981,第81页。

貌,泠然可观";扬雄"辞人最深""搜选诡丽""理赡而辞坚";王延寿"瑰颖独标,其善图貌写物";等等①。总体上还是侧重于对汉赋语言风格上华艳赡富特点的肯认。南朝诗歌自然描写中咏物、行旅、山水大备格局的形成,其艺术源头可以上溯至汉赋书写视野的开拓,南朝诗人刻画自然景象语言技巧的成熟,也在一定程度上得益于汉赋"傅色揣称,品物毕图"②的自然描写技巧,这其中显性或隐性的关联值得追索。

汉赋山水物色描写艺术对于南朝诗歌的启示,南朝文论家已有敏锐的感知。刘勰《文心雕龙·通变》篇就明确指出汉赋"夸张声貌"的描写旨趣影响后世文学较大,以至于后继者"循环相因,虽轩翥出辙,而终入笼内"③。梁代裴子野在《雕虫论》中也指出,"若悱恻芳芬,楚骚为之祖;靡漫容与,相如和其音。由是随声逐影之俦,弃指归而无执"④,认为赋的华靡语言风格与后来"深心主卉木,远致极风云,其兴浮,其志弱"⑤的文学风貌有着密切关系。刘勰与裴子野的汉赋批评实际也透露了汉赋艺术特征在中古文学创作中的强大气场。可以看到,南朝诗家宗仰汉赋名家的心理是极为深沉的。谢灵运就是常与汉代赋家神游的代表,他在诗中多借用扬雄、司马相如、贾谊等人的故事暗喻自己的人生遭际,《北亭与吏民别诗》中直言"爱赋托子云",《斋中读书诗》中亦有"又哂子云阁"之典故,哂笑扬雄因恐惧工莽加害于己而从天禄阁跳下几近身亡的愚鲁行为,其中也不免透露自己身处复杂官场争斗之中而产生的恐伤心理,又其《还旧园作见颜范二中书》诗中云"投沙理既迫,如邛愿亦愆",化入贾谊谪居长沙和司马相如临邛卖酒两个典故,比喻自己不得已而赴任永嘉。谢灵运对赋的文体特征及分类有明晰认识⑥,并自觉学习前代赋作的艺术,可以说,赋是促成他对诗歌题材和语言形式创新的重要资源库,正如黄节先生所说:"汉魏以前,叙事写景之诗甚少,以有赋故也。至六朝,则渐以赋体施之于诗,故言情而外,叙事写景兼备。此其风,实自康乐开之。"⑦谢朓也与谢灵运有着

---

① 刘勰:《文心雕龙注释》,周振甫注,人民文学出版社,1981,第502—503页。
② 刘师培:《〈汉书·艺文志〉书后》,收入张先觉编《刘师培书话》,浙江人民出版社,1998,第109页。
③ 刘勰:《文心雕龙注释》,周振甫注,人民文学出版社,1981,第331页。
④ 〔清〕严可均校辑:《全上古三代秦汉三国六朝文·全梁文》,中华书局,1958,第3262页。
⑤ 〔清〕严可均校辑:《全上古三代秦汉三国六朝文·全梁文》,中华书局,1958,第3262页。
⑥ 关于谢灵运的赋学思想,可参见易闻晓《谢灵运诗赋的关联与分异》(《山西师大学报》2011年第6期)、丁功宜《论谢灵运对赋的认识》(《广西右江民族师专学报》2001年第1期)、林晨《谢灵运的赋学批评》(《宜宾学院学报》2007年第4期)等研究文章。
⑦ 萧涤非:《读诗三札记》,作家出版社,1957,第30页。

同样宗仰前贤的情结,他的诗中屡屡化用司马相如的典故,如"常希茂陵渴"(《冬绪羁怀示萧谘议虞田曹刘江二常侍诗》)、"茂陵将见求"(《新亭渚别范零陵云》),是他对自己称疾闲居的惯用表达。江淹亦自称"爱奇尚异,深沉有远识,常慕司马长卿、梁伯鸾(梁鸿)之徒,然未能悉行也"(《自序》)。而从何逊"朝洒长门泣,夕驻临邛杯"(《咏早梅》)、"相如阻禁闱,何由从简易"(《石头答庾郎丹诗》)等诗句也同样可以看到追晞司马相如的情结。这些文人长久浸润于汉赋之中,受其人格魅力影响并探求古人笔意,其诗歌描写自然的艺术多少会受到汉赋遗风的浸染。下面就从摹景方式和语言艺术两个方面,就汉赋自然描写对于南朝诗歌的渊源性意义进行探究。

一、汉赋写景模式对南朝诗歌的启发

汉赋中绝大多数作品均涉及自然描写,总体来看,其描绘山水景物的方式大致可归为三类:苞举山水式、体物细微式、抒情缀景式。南朝诗歌绘景图物的语言表达模式与汉赋所发展的这种体物方式有深厚关联。

"苞举山水式"主要在汉代都邑赋中大量运用,像枚乘的《七发》、司马相如《子虚赋》《上林赋》、班固《两都赋》、张衡《西京赋》《南都赋》等。枚乘《七发》中"原本山川,极命草木,比物属事,离辞连类"①的描述正是"苞举山水式"自然描写的典型体现,即列举山川风物、草木鸟兽的名称,尽可能多地把同类性质的事物归纳描述,其目的在于通过张大其事的方式"润色弘业"。如《子虚赋》依次罗举山形、矿物、玉石、土质、芳草、水产、树木、鸟兽等自然物事的多样种类来呈现苑囿之富丽。《上林赋》也分别呈现了八水异态分流的奇观,水中应有尽有的鱼鸟珠石,奇形怪状的山石,五彩斑斓的美玉,种类繁多的果木,尽显天子上林苑的豪奢气派和粲然景观。张衡《西京赋》描写长安的天然地形,也是枚举上林苑富饶的珍禽异草、湖沼物类,其铺张之盛达到极致。这类"骋辞之赋"搜词宏富、布景密实,对南朝宋齐时期的自然描写启发良多。宋齐诗歌自然山水描写移步换景、密铺景物、赋写全景的模式与汉赋"苞举山水"的艺术表现手法具有一致性。如清人陈祚明《采菽堂古诗选》评谢灵运《石门新营所住四面高山回溪石濑茂林修竹》"俯濯石下潭,仰看条上猿"二句云:"《子虚》《上林》,极写山川其上、其下,以至东西南北,大奇致也。此俯仰上下,以二句当古赋通体。"②极形象地解释了这一模拟方式。可以说,在谢灵运、鲍照、颜延之、

---

① 〔清〕严可均校辑:《全上古三代秦汉三国六朝文·全汉文》,中华书局,1958,第238页。
② 陈祚明评选,李金松点校《采菽堂古诗选》,上海古籍出版社,2008,第539页。

谢朓、江淹诸子诗歌山水描写的定型过程中,均可看出宗法汉赋"苞举山水式"写景方式的踪迹。谢灵运等人写景的"繁密"特点在南朝宋齐时代形成了山水描写的典型范式,但这种以赋体写景的方式也形成了刘勰所说的"物色繁"的弊端,钟嵘《诗品》对南朝多位诗人的品评中屡有"颇以繁芜为累"(评谢灵运)、"微伤细密"(评谢朓)、"雕文织彩,过为精密"(评宋孝武帝刘骏)等评语①,以及今人评价谢灵运诗歌"基本是意象的有序的组合,而不是语句的具有明确逻辑联系的构成"②的观点,都与宋齐诗歌取法汉赋写景模式而导致诗语芜累的现象有关。

"体物细微式"指的是随物赋形、尽风景之变的描写方式,多见于汉代咏物赋、山海赋、宫殿赋。如枚乘《柳赋》《梁王菟园赋》、公孙乘《月赋》、朱穆《郁金赋》、班彪《览海赋》、班固《终南山赋》、王延寿《鲁灵光殿赋》等,图物写貌能曲尽其态,开启了细致摹物、用词巧丽的风气,是南朝诗歌形成穷尽形貌的体物语言的艺术源头。枚乘《柳赋》描写忘忧馆所植柳树:"枝逶迟而含紫,叶萋萋而吐绿。出入风云,去来羽族。既上下而好音,亦黄衣而绛足。蜩螗厉响,蜘蛛吐丝。阶草漠漠,白日迟迟。吁嗟细柳,流乱轻丝。"不仅对柳树之枝与叶进行细部勾勒,而且细致捕捉到鸟儿上下舞鸣之态、风日变化之状,笔法细腻而活泼。张奂《芙蕖赋》虽只有"绿房翠蒂,紫饰红敷。黄螺圆出,垂蕤散舒。缨以金牙,点以素珠。潜灵根于玄泉,擢英耀于清波"几句,却也彰显了细摹的语言旨趣,对莲蓬之貌、荷花之状、莲心之形、芙蓉之色作了工巧描绘。汉赋"描形写影,名状形容,尽其工巧"③的艺术积淀对南朝诗歌自然描写的新变蓄积了语艺经验,王充《论衡·定贤》篇以"言眇而趋深"④评价汉赋,就指出其细小而深微的语言特色,齐梁诗歌自然描写也正是朝着取景纤细、摹景深细这一趋势发展的。

"抒情缀景式"是"缘情发义,记物兴辞"⑤的写景方式,借景呈现深沉的感情,按照日本学者小尾郊一的说法,是"感情移入的自然"⑥,主要见于汉代宫怨赋、纪行赋,如班婕妤《自悼赋》、司马相如《长门赋》、刘歆《遂初

---

① 杨明:《文赋诗品译注》,上海古籍出版社,1999,第57、82、101页。
② 章培恒、骆玉明主编《中国文学史新著》,第三编第三章《南朝的美文学》,复旦大学出版社,2007,第326页。
③ 祝尧:《古赋辨体》卷二,荀卿《礼赋》注,徐志啸编《历代赋论辑要》,复旦大学出版社,1991,第33—34页。
④ 王充:《论衡》第二十七卷,上海人民出版社,1974,第420页。
⑤ 祝尧:《古赋辨体》卷三,徐志啸编《历代赋论辑要》,复旦大学出版社,1991,第34页。
⑥ [日]小尾郊一:《中国文学中所表现的自然与自然观——以魏晋南北朝文学为中心》,邵毅平译,上海古籍出版社,2014,第18页。

赋》、班彪《北征赋》、蔡邕《述行赋》等。《长门赋》中所出现的浮云、阴气、雷声、飘风、猿吟、鸢翔、鹤鸣等意象意旨鲜明,皆在烘托女子幽居冷宫的凄凉处境和哀惨心境。《遂初赋》集中描述赴任途中所见原野萧条寒冷的景象,寓托作者政治上受排挤的苦闷。南朝行旅诗、宫怨诗大量采取了这种写景方式。将班婕妤《自悼赋》写景部分与梁代何思澄《奉和湘东王教班婕妤诗》对比,可以看出后者在处理同一题材时有意延续了汉赋的手法:

> 潜玄宫兮幽以清,应门闭兮禁闼扃。华殿尘兮玉阶苔,中庭萋兮绿草生。广室阴兮帷幄暗,房栊虚兮风泠泠。感帷裳兮发红罗,纷綷縩兮纨素声。
>
> (班婕妤《自悼赋》)①

> 寂寂长信晚,雀声喧洞房。蜘蛛网高阁,驳藓被长廊。虚殿帘帷静,闲阶花蕊香。悠悠视日暮,还复守空床。
>
> (何思澄《奉和湘东王教班婕妤诗》)

班赋与何诗皆通过室内景象的特写呈现人的情绪。赋中"幽""清""暗""虚""泠泠"等形容词具有强化宫室荒凉寥落、阴暗冷清、空广幽深的效果,映衬着受冷落之人的孤独情思,诗中"洞房""长廊""虚殿""闲阶""空床"等名词也是极力烘托宫室的空与静;赋中以飞尘起落、青苔覆阶、绿草遍庭暗喻女子无人眷顾的命运,诗中蛛网、驳藓、花蕊的衬托也与赋的表达异曲同工;赋以风声、纨素声衬托宫室的清空寂静,诗中也通过雀声衬托寂寂的宫殿。相近的表现手法呈现着相似的意境,构成了人格化的自然书写。由此我们可以看到南齐以后抒情诗歌大多发扬"抒情缀景式"手法的语言趋向。

二、汉赋自然描写语言对南朝诗歌的沾溉

考察南朝诗歌写景艺术对汉赋的深层次接受,则需进一步落实到语言风气传播和语言技巧取法的层面。此处主要从猎其艳辞、仿拟意象两方面对南朝诗歌承继汉赋语言的痕迹细节作一些比对分析。

其一,猎其艳辞。孙月峰评司马相如《子虚赋》云:"驰骋锤炼,穷状物

---

① 〔清〕严可均校辑:《全上古三代秦汉三国六朝文·全汉文》,中华书局,1958,第186页。

之妙,尽摘词之致,既宏富,又精刻。"(《评注昭明文选》)①,《子虚赋》的语言特点颇能代表汉赋的措辞艺术。南朝诗人写景时的沉吟铺辞对"修词璀璨,敷彩陆离"的汉赋多有借鉴。丰繁的汉字本身在形态上就具有形象美感,比如汉赋多用联边字铺陈景物,"联边"字即偏旁相同的字,在山水词库极为丰富,刘勰称之为"状貌山川,古今咸用"②,是汉赋描写景象的核心语汇,作家往往借之形成重沓铺陈、稠叠抒写的模式,此种字法艺术也是汉赋形成宏大叙写景观的语言基础。如扬雄《蜀都赋》中"尔乃苍山隐天"一段极力摹状山之高峻,便用了"岎嶛""增崭重崒"等意义相近的词语反复形容,写水亦复如此。刘勰《文心雕龙·物色》指出:"及《离骚》代兴,触类而长,物貌难尽,故重沓舒状,于是嵯峨之类聚,葳蕤之群积矣。及长卿之徒,诡势瑰声,模山范水,字必鱼贯。"③呈现"物貌"、昭示"物情"的文学审美需求,刺激了语言的丰富与发展,才会出现"嵯峨""葳蕤"之类连绵状物词"类聚""群积"的现象,汉赋的"字必鱼贯"正是这种发展的突出体现,尤其是"山""石""水"等为偏旁的联边字,在汉赋中出现的频率极高。如方伯海评王延寿《鲁灵光殿赋》就说:"写宫室之高大危峻,多取象于'山'旁,高低压叠,多取象于'石'旁。"④南朝诗歌的山水描写仍是以"联边"字作为基本语汇,如谢灵运《泰山吟》:"岱宗秀维岳,崔崒刺云天。崟崿既嶮巇,触石辄芊绵。登封瘗崇坛,降禅藏肃然。石间何晻蔼,明堂秘灵篇。""崔崒""崟崿""嶮巇"等山旁语词具有强化山之险峻气势的作用;又如何逊《渡连圻诗二首》中出现的"峻岨""汰流""激濑""峻嶒""磅磄""岞崿""谸岘""岩岈"等词语也是充分聚合山旁、水旁字,以呈现山的高峻、水的激荡。

除联边字外,南朝诗歌在图写山川云物时对汉赋摹物形容词的撷拾也比较频繁,以具代表性汉赋为例加以比对,可以清晰地看到这一点。

如:枚乘《梁园菟园赋》有"修竹檀栾"⑤,何逊诗曰"水漾檀栾影"(《望廨前水竹答崔录事诗》)。

枚乘《七发》云"㴔泪潺湲,披扬流洒"⑥,谢灵运诗有"威摧三山峭,㴔泪两江驶"(《游岭门山诗》)。

---

① 费振刚、仇仲谦、刘南平校注《全汉赋校注》,广东教育出版社,2005,第86页。
② 刘勰:《文心雕龙注释》,周振甫注,人民文学出版社,1981,第421页。
③ 刘勰:《文心雕龙注释》,周振甫注,人民文学出版社,1981,第493页。
④ 费振刚、仇仲谦、刘南平校注《全汉赋校注》,广东教育出版社,2005,第862页。
⑤ 〔清〕严可均校辑:《全上古三代秦汉三国六朝文·全汉文》,中华书局,1958,第236页。
⑥ 〔清〕严可均校辑:《全上古三代秦汉三国六朝文·全汉文》,中华书局,1958,第239页。

司马相如《上林赋》有"崇山矗崴,崔嵬嵯峨""步櫩周流"之语①,鲍照诗曰"矗崴高昔貌"(《登庐山诗二首》其一),谢朓诗有"櫩隙自周流"(《冬日晚郡事隙诗》)。

司马相如《长门赋》有"罗丰茸之游树"②,庾肩吾诗曰"春树转丰茸"(《奉使北徐州参丞御诗》)。

扬雄《羽猎赋》有"万物权舆于内,徂落于外"③,颜延之诗曰"开冬眷徂物,残悴盈化先"(《应诏观北湖田收诗》)。

扬雄《甘泉赋》中描写云"翠玉树之青葱""珍台闲馆,璇题玉英"④,谢朓诗有"玉树望青葱"(《和沈祭酒行园诗》),鲍照诗有"绣甍结飞霞,璇题纳行月"(《代陆平原君子有所思行》)。

张衡《思玄赋》"拂穹岫之骚骚"⑤,被鲍照化用为"穹岫阂长灵"(《登庐山诗二首》其一)。

张衡《西京赋》中"状亭亭以苕苕""瞰宛虹之长鬐""赫昈昈以弘敞""嚻声震海浦""岩险周固,衿带易守"⑥诸句,南朝山水诗亦可觅得近似的表达:"苕苕岭岸高"(鲍照《望水诗》)、"中坐瞰蜿虹"(江淹《从冠军建平王登庐山香炉峰》)、"彤庭赫宏敞"(谢朓《直中书省诗》)、"金练照海浦,箛鼓震溟洲"(颜延之《车驾幸京口三月三日侍游曲阿后湖作》)、"岩险去汉宇,襟卫徙吴京"(颜延之《车驾幸京口侍游蒜山作》)。

张衡《南都赋》云"杳蔼翁郁于谷底"⑦,徐勉诗有"杳蔼枫树林"(《昧旦出新亭渚诗》)。

王延寿《鲁灵光殿赋》出现"丹柱歙赩而电烻""飞梁偃蹇以虹指""中坐垂景,俯视流星""崱屴嶷嶫""云覆霮䨴,洞杳冥兮"⑧诸语,江淹诗中承袭其语辞的有"瑶草正翕赩"(《从冠军建平王登庐山香炉峰诗》)、"红草涵电色"(《还故园诗》)、"偃蹇寻青云"(《杂体诗三十首·郭弘农璞游仙》)、"俛伏视流星"(《从冠军建平王登庐山香炉峰诗》)等,刘绘诗有"崱

---

① 〔清〕严可均校辑:《全上古三代秦汉三国六朝文·全汉文》,中华书局,1958,第242页。
② 〔清〕严可均校辑:《全上古三代秦汉三国六朝文·全汉文》,中华书局,1958,第245页。
③ 〔清〕严可均校辑:《全上古三代秦汉三国六朝文·全汉文》,中华书局,1958,第405页。
④ 〔清〕严可均校辑:《全上古三代秦汉三国六朝文·全汉文》,中华书局,1958,第403—404页。
⑤ 〔清〕严可均校辑:《全上古三代秦汉三国六朝文·全后汉文》,中华书局,1958,第760页。
⑥ 〔清〕严可均校辑:《全上古三代秦汉三国六朝文·全后汉文》,中华书局,1958,第762—764页。
⑦ 〔清〕严可均校辑:《全上古三代秦汉三国六朝文·全后汉文》,中华书局,1958,第768页。
⑧ 〔清〕严可均校辑:《全上古三代秦汉三国六朝文·全后汉文》,中华书局,1958,第790—791页。

艻似龙鳞"(《入琵琶峡望积布矶呈玄晖诗》),鲍照诗曰"靐霴冥寓岫,濛昧江上雾"(《还都道中诗三首》其三)。

王延寿《王孙赋》云"攀窈袅之长枝"①,江总诗曰"攀条惜杳袅"(《游摄山栖霞寺诗》)。

从以上比对可以看出汉赋所开发的较丰富的语词形态成为南朝诗歌创作借取的语言资源,这种形态不仅体现为描写词汇的数量激增,而且也表现为构词炼字技巧的发展。如汉赋中早已体现出锻造动词的自觉意识,描写花开之状,朱穆《郁金赋》"吐芳荣而发曜",苏顺《叹怀赋》则云"桂敷荣而方盛","吐荣"与"敷荣"是花朵含苞待放和热烈开放的不同状态,动词的择选细贴准确。汉赋中名词活用为动词也不乏其例,如班固《终南山赋》"蜜房溜其巅"中的"溜"字本指细小水流,活用为动词后意指蜜房排列如水流;班彪《览海赋》中描写波浪涌起的景象如"翼飞风而回翔","翼"字也是同样用法。如上之例均体现出汉赋调遣动词所彰显的艺术活力。前面第一章中已分析过南朝诗歌的动词琢炼及其审美旨趣,可以说汉赋已先期打开了语词锤炼的艺术空间,为诗语的发展开拓了一条以技艺淬炼文学语言的路径。

其二,仿拟意象。清人陈祚明《采菽堂古诗选》评谢灵运《七里濑诗》"荒林纷沃若,哀禽相叫啸"二句曰:"尝读《上林赋》,见其中林木鸟兽,森森聒聒,纷幡飞舞,叹为化工。此二句能得之。"②评谢朓《游山诗》则云:"荡漾苍蔚,有赋家之心。"③南朝诗歌自然意象的化炼从汉赋中汲取了诸多营养,尤其在意象营构上深得汉赋之精髓。南朝诗人诸多写景名句的构意就是从汉赋景句中翻新而出。比如将谢灵运的神来之笔"园柳变鸣禽"(《登池上楼诗》)与汉代孔臧《杨柳赋》中"鸣鹄隼聚,百变其音"一句比较,二者均以柳为描写对象,意象内容非常接近,加之动词"鸣""变"的重合,显示诗句灵感来自赋句具有极大的可能性。再比如谢朓诗中名句"澄江静如练"(《晚登三山还望京邑诗》),因比喻的形象美和妥贴度而得到后世赞赏,实则在班彪《览海赋》中便已有"顾百川之分流,焕烂熳以成章"的形容,于此亦可见谢朓精炼意象的语源之所在。

潜习汉赋营构审美意象的方法,是南朝诗歌对汉赋更深层次的继承。例如广取譬喻构成审美意象在汉赋中已经形成了传统,刘勰《文心雕龙·

---

① 〔清〕严可均校辑:《全上古三代秦汉三国六朝文·全后汉文》,中华书局,1958,第791页。
② 陈祚明评选,李金松点校《采菽堂古诗选》,上海古籍出版社,2008,第526页。
③ 陈祚明评选,李金松点校《采菽堂古诗选》,上海古籍出版社,2008,第645页。

比兴》即云："至于扬班之伦,曹刘以下,图状山川,影写云物,莫不纤综比义,以敷其华,惊听回视,资此效绩。又安仁《萤赋》云'流金在沙',季鹰《杂诗》云'青条若总翠',皆其义者也。"①汉赋中的比喻意象生动而丰富,如张衡《南都赋》以"箭驰风疾"喻水流之急速,刘骏骈《玄根赋》状喻荷花"菱茨吐荣,若摅锦而布绣",马融《长笛赋》描写笛声还运用了通感手法:"听声类形,状似流水,又象飞鸿。"南朝诗歌同样注重以比喻意象提升风景描写的诗化美感②,其借鉴汉赋笔法的痕迹也是随处可见。如对明月的描写,南朝诗中就有多处形象的拟喻,以流水比喻月光并不鲜见,而寻觅汉赋中的表达,班婕妤《捣素赋》中就已有"晖水流清"的比喻,将月光的清辉比作轻轻流动的细水,增强了动态美感。鲍照咏月有"始见西南楼,纤纤如玉钩"(《玩月城西门廨中诗》),何逊有"初宿长淮上,破镜出云明"(《望新月示同羁诗》),均来自公孙乘《月赋》"隐圆岩而似钩,蔽修堞而分镜"之喻③。直承汉赋的巧喻也可拈出不少,如庾信《寻周处士弘让诗》中"泉飞疑度雨,云积似重楼"的摹画,就是反用了王褒《甘泉赋》描写远看宫殿景象时所用的"却而望之,郁乎似积云"之比④;庾信《将命使北始渡瓜步江诗》"观涛想帷盖"亦出自枚乘《七发》描写江水涨潮"浩浩澄澄,如素车白马帷盖之张"⑤的比喻。此外,汉赋中惯用的多方譬喻的摹物方式,以多个喻体形容物象不同方面的特征,或是形容观察角度变化后的不同效果,如王逸《荔支赋》描写荔枝树之形貌曰:"其形也,暧若朝云之兴,森如横天之彗,湛若大厦之容,郁如峻岳之势。……灼灼若朝霞之映日,离离如繁星之著天。皮似丹罽,肤若明珰。"⑥由比喻句连缀成荔枝树的形象,分别以美丽的喻体呈现荔枝树的繁茂、高大的形象以及色彩、果实、果皮的特征。回观梁陈诗人多以风雨等自然气象作为咏物对象,喜以参照物为背景组成连喻或博喻,既绘出了物象之多姿,又增添了语言的形象美,王夫之《姜斋诗话》称许齐梁咏物诗"广比譬""极镂绘之工"⑦,于此可见齐梁诗积极接受汉赋语言技艺的一个侧面。

---

① 刘勰:《文心雕龙注释》,周振甫注,人民文学出版社,1981,第395页。
② 刘一:《变迁的风景:论比喻技巧在元嘉、元和、元祐诗歌中的演进》(《文学遗产》2014年第4期)一文认为元嘉诗歌在图写自然风景时,较多利用比喻来雕琢、夸饰,此风至齐梁大盛。笔者对南朝诗歌写景比喻句的数量进行了统计,约出现110例之多。
③ 〔清〕严可均校辑:《全上古三代秦汉三国六朝文·全汉文》,中华书局,1958,第233页。
④ 费振刚、仇仲谦、刘南平校注《全汉赋校注》,广东教育出版社,2005,第202页。
⑤ 〔清〕严可均校辑:《全上古三代秦汉三国六朝文·全汉文》,中华书局,1958,第239页。
⑥ 〔清〕严可均校辑:《全上古三代秦汉三国六朝文·全汉文》,中华书局,1958,第784页。
⑦ 〔清〕王夫之:《姜斋诗话笺注》,戴鸿森笺注,上海古籍出版社,2012,第157页。

值得注意的是,汉赋中还出现了新造物象语词增强意象内蕴的语言追求,如班婕妤《捣素赋》:"见禽华以麋色,听霜鹤之传音。伫风轩而结睇,对愁云之浮沉。"①"禽华"指禽鸟南飞时的花,"霜鹤"是落霜时节之鹤,二词在中心物象之外又包含了时令气候的变化,"风轩"含有人立轩中迎风凝望的意思,"愁云"则将愁绪移入云端使情传远。这种语句紧致的构词法在汉赋中初露端倪,而后在南朝诗歌中成为流行。从语源上看,诗受到汉赋的影响是有迹可寻的。汉赋中所透露的此种构词的新倾向,为南朝诗人的自然意象语言提供了新的视角和语言技巧,自然描写语词凝练、意涵饱满的效果实与此种文体的沟通有密切关联。

概言之,南朝诗歌自然描写在艺术层面的迅速开掘,与其在语言表现方面对前代赋的直接或间接承继有关,这是毋庸置疑的。汉赋的几种写景类型演化为南朝诗歌自然描写的基本形式,南朝诗歌"新变"的追求正是在这几种写景类型更迭交替的过程中实现的;汉赋自然描写的辞采意象更是被南朝诗歌大量采撷模仿,逐步形构成其绮丽纤细美学风貌的一道标志。通过对汉赋山水景色描写艺术的借鉴,南朝诗歌摹画自然物色的语言技巧得以丰富、拓展,这也成为中古时期诗、赋二体沟通互鉴的显在表现。

第二节 魏晋赋自然描写与南朝诗歌的传承关系

魏晋文苑不仅五言腾踊,诗章大盛,辞赋也在其间播散着独特的艺术魅力。刘勰在《文心雕龙》之《时序》《才略》二篇中就屡屡注目魏晋群才在辞赋方面的成就,他指出曹丕"妙善辞赋";王粲诗赋堪称"七子之冠冕";徐幹"以赋论标美";"刘劭《赵都》,能攀于前修,何晏《景福》,克光于后进";至于有晋一代,晋明帝"振采于辞赋";"吉甫(应贞)文理,则《临丹》成其采";"张华短章,奕奕清畅,其《鹪鹩》寓意,即韩非之《说难》也";成公绥"选赋而时美";潘岳"钟美于《西征》";左思"业深覃思,尽锐于《三都》";郭璞《南郊赋》"穆穆以大观"②。诸如此类片语品评,表现出刘勰对魏晋赋艺术水准的充分认可。

就自然景物书写而言,魏晋赋在汉赋的积淀基础上取得了更进一步的

---

① 〔清〕严可均校辑:《全上古三代秦汉三国六朝文·全汉文》,中华书局,1958,第186页。
② 刘勰:《文心雕龙注释》,周振甫注,人民文学出版社,1981,第478、479、504、505页。

发展。不仅题材内容有所拓展,游览、山水、咏物、季候成为文人乐此不疲的书写对象;而且语言形式愈趋严整,摹景写物的构词锻句及意象凝练均趋向于精巧化的特质;同时,体物构象中涵容玄思理趣的独特质性也在一定程度上增强了辞赋作品辞理兼胜的深趣。魏晋赋在摹景写物方面的独特艺术贡献与"山水方滋"的南朝诗歌有着密切的传承关系,在写景语言发展的路途上,魏晋赋的实践及其所奠定的语体风格为南朝诗歌刻画自然的形貌声色以及自然意象的营造提供了艺术方向和语言基础。南朝诗歌自然描写在题材范围、辞采句法、意象章法诸方面都表现出取法魏晋赋的审美倾向,透过魏晋赋的折光来观照南朝诗歌,有利于从文体互渗的角度探究前代赋与南朝诗的授受关联。

一、题材上的前后接续

就摹景体物的艺术发展而言,魏晋赋所引领的赏观自然的审美思潮和细摹物色的创作风气对南朝诗歌的题材新变产生了直接且显要的影响。通观魏晋文学演进特点,创作主体萌发的文体自觉意识带动了诗赋领域自然审美观念的自觉,文学空间中的情景构建方式由情以物兴转向了情物交融,对风景物色的审美欣赏成为灌注于自然书写中的新鲜审美体验,造就了魏晋迄于南朝文学中自然题材愈见繁多的现象。在这一转变过程中,魏晋赋的创作趋向具有不容忽略的先驱意义。

自《诗经》《楚辞》滥觞以来,自然景物描写就成为抒情言志的媒介,并形成了中国诗歌的固有传统,但是刻画自然的审美意趣却并非一成不变。在诗赋二体迅速发展的中古阶段,自然景物的情意化抒写最显著的变化即是由"感物"向"赏物"的审美转向,由此引发了自然审美观和语言表现功能的显著变化。从细处察之,诗赋因文体功能有别,其间所涵容的自然描写在审美功能上也呈现出略存差异的相貌。单看魏晋诗歌的自然书写,主要有"感物兴哀"和"赏景寓怀"两种抒述模式。"感物兴哀"一般归旨于面对凛戾萧索景象触发的沉郁情绪,描写的着眼点多是羁戍途中的萧飒景象和节序推迁的衰落景象,前者以曹操《苦寒行》、王粲《从军诗》、曹植《赠白马王彪诗》、陆机《从军行》《赴洛道中作诗》、刘琨《扶风歌》等作品为代表,后者如曹丕、曹植、傅玄、张华、左思、张协、陶渊明诸子的同题《杂诗》,阮籍《咏怀》组诗,曹丕、陆机同题《燕歌行》,张载《七哀诗》,江逌《咏秋诗》,卢谌《时兴诗》,曹毗《咏冬诗》,湛方生《秋夜诗》,等等,其中表现季节推转迁换的景物描写构成了"感物兴哀"抒情的主旋律。"赏景寓怀"的景物描写则兴起于建安文士流连池苑风景的群体创作,风态物色描写成为一时之趋,如曹丕、曹植及建安七子的公宴酬唱诗,潘岳《金谷集作诗》,嵇康《四言赠兄秀才入军诗》,陆机《悲哉行》,张华《上巳篇》,孙绰诸子的《兰亭》唱和组诗以及以庾阐《三月三日临曲水诗》为代表的节令游赏诗悉属此类。而后兴起的对行旅所见山川风光的集中铺写和游仙诗、招隐诗中奇幻山水的想象描绘,也构成了"赏景寓怀"的重要部分,潘岳《河阳县作诗》《在怀县作诗》、李颙《涉湖诗》、庾阐《观石鼓诗》、湛方生《天晴诗》、郭璞《游仙诗》可堪代表。宏观俯瞰这种题材的倾向性,"赏景寓怀"的抒写模式在魏晋诗歌中并未形成排压其他的势头,占据诗潮主流的依然是以"感物兴哀"为旨归的凛戾萧索自然景物书写。而与诗歌联璧辉映的魏晋赋情形则不尽相同,赋中固然不乏传统的"感物兴哀"主题,然其最突出的贡献在于蕴含"赏物寓怀"旨趣的自然景物描写大为丰富,此中已然涵蓄了新的审美趣味和语言形态。魏晋赋中大量自然山水题材的集中涌现和创作实践,在文坛形成了一股风势,一定程度上加速了自然描写审美观念由感物向赏物的转变和摹景体物书写风气的流行。这说明魏晋文学自然审美观的转向主要是由赋领起的,并由此催生了诸多倾情描写山水风物的篇翰,使得魏晋文学自然题材的发展又向前迈了一大步。

基于文本进行具体考察,可以发现魏晋赋首先是在摹景体物内容方面有了显而易见的开拓。刘勰在《文心雕龙·诠赋》篇中概举赋的题类有"京殿苑猎""述行序志"及"草区禽族,庶品杂类"[①]等,大体涵盖了汉至两晋赋的主要内容。魏晋赋的主要贡献是在这三大类别的基础之上,继续将书写自然的内容推向了丰富多样的境地,下表罗举魏晋赋所关涉的丰富题类:

表5　魏晋赋题材总览

题类	具体题材	篇数
抒情赋	箴诫2　感怀86　闲思11　述志24　征行18　游乐8	149篇
描写赋	山海32　都邑24　宫室8　登览14　射猎9	87篇
论议赋	赞述2　论说10	12篇
咏物赋	动物93　植物99　品物86　艺术45　人物13	336篇
事象杂赋	气象37　嘉瑞4　时令12　神思2　典礼18　宴乐6	79篇
共计663篇		

---

① 刘勰:《文心雕龙注释》,周振甫注,人民文学出版社,1981,第80页。

如上题类在汉赋中大多已经存在,但魏晋赋在延续性题类的创作数量上大都超过了汉赋。而且可以看到,魏晋赋中以描述山河之美为题旨的山水赋集中涌现,尤其是如曹操《沧海赋》、成公绥《大河赋》、孙绰《望海赋》、木华《海赋》、郭璞《江赋》等以水为描写对象的作品数量达到26篇,《文选·江赋》李善注引语云:"(郭璞)乃著《江赋》,述川渎之美"①,颇可表明此类山水赋自然描写的审美旨趣。与此相应,以佳节游乐、园苑游赏、登高眺览为主要内容的游览赋在汉赋中仅寥寥数篇,魏晋赋中数量明显增多。描写风云雷电、冰雪霖霁、寒凉暑热等自然气象以及季候风物的内容也占据不少篇幅,尤其四节更替之时的瘁景、衰景、凛戾之景在赋这条线上经过反复描写得以进一步成熟。尤其是魏晋赋作抒情表达中对游娱观览产生的赏景审美意识的特别标举值得注意,其典型体现是惯用"览""观""临""眺"等字眼开篇,领起全赋,定下欣赏景物的基调,如"览岛屿之所有"(曹操《沧海赋》)②、"临济川之鲁淮,览洪波之容裔"(曹丕《济川赋》)③、"静闲居而无事,将游目以自娱"(曹植《游观赋》)④、"涉青林以游览兮,乐羽族之群飞"(潘岳《射雉赋》)⑤、"登兹橹以遐眺,辟曾轩以高晾"(欧阳建《登橹赋》)⑥、"临浙江以北眷,壮沧海之宏流"(顾恺之《观涛赋》)⑦、"临清川而嘉宴,聊暇日以游娱"(阮瞻《上巳会赋》)⑧之类开篇表达不胜枚举,自然景物的唯美书写由此展开。这便是欣赏景物的审美观念发生变化后引起的自然景物描写取向的变化。我们不妨择举魏晋赋中山、水、游乐、登览、节令、时序、行旅、射猎、闲情之类题材中关乎山水风景描写的片段具体来看:

> 尔乃寒泉悬涌,浚湍流带。林薄丛茏,幽蔚隐蔼。八风之所归起,游鸟之所喧会。潜瑕石,扬兰茝,回翔鹈集,凌鹆鹔鹭。禽鸟栖阳以晨鸣,熊虎窟阴而夕嗥。
>
> (郭璞《巫咸山赋》)⑨

---

① [梁]萧统:《文选》,[唐]李善注,中华书局,1977,第183页。
② [清]严可均校辑:《全上古三代秦汉三国六朝文·全三国文》,中华书局,1958,第1055页。
③ [清]严可均校辑:《全上古三代秦汉三国六朝文·全三国文》,中华书局,1958,第1072页。
④ [清]严可均校辑:《全上古三代秦汉三国六朝文·全三国文》,中华书局,1958,第1126页。
⑤ [清]严可均校辑:《全上古三代秦汉三国六朝文·全晋文》,中华书局,1958,第1990页。
⑥ [清]严可均校辑:《全上古三代秦汉三国六朝文·全晋文》,中华书局,1958,第2084页。
⑦ [清]严可均校辑:《全上古三代秦汉三国六朝文·全晋文》,中华书局,1958,第2236页。
⑧ [清]严可均校辑:《全上古三代秦汉三国六朝文·全晋文》,中华书局,1958,第1877页。
⑨ [清]严可均校辑:《全上古三代秦汉三国六朝文·全晋文》,中华书局,1958,第2147页。

第五章　两汉魏晋赋自然描写语言对南朝诗歌的浸润

览丹源之冽泉，眷悬流之清派。漱玄濑而漾沘，顺黄崖而荡博。激重岩之绝根，拂崇丘之飞崿。然后阴乘洞出，边浍旁开。倏熠高骛，晧暚长怀。盘溢郁没，云转飙回。屏侧为之飞阴，壁岸为之陂隤。列以青林，荫以绿枝。柽松蓊茸于其侧，杨柳婀娜乎其下。则高溜承崖，悬泉属岭。别流分注，冰莹玉静。清波引镜，形无遁影。

（应贞《临丹赋》）①

尔乃碧巘增邃，灌木结阴。轻云晻暖以幕岫，和风清泠而启衿。

（谢万《春游赋》）②

逍遥远望，乃欣以娱。平原博敞，中田辟除。嘉麦被垄，缘路带衢。流茎散叶，列倚相扶。水幡幡其长流，鱼裔裔而东驰。风飘飖而既臻，日掩薆而西移。

（曹丕《登城赋》）③

凌元巳之清晨，溯微风之泠然。川回澜以澄映，岭峭崿以霏烟。轻霞舒于翠崖，白云映乎青天。风透林而自清，气扶岭而载轩。

（褚爽《禊赋》）④

繁华晔而曜野兮，炜芬葩而扬英。鹊营巢于高树兮，燕衔泥于广庭。睹戴胜之止桑兮，聆布谷之晨鸣。

（傅玄《阳春赋》）⑤

舍予车以步趾，玩卉木之璀错。翳青青之长松，荫肃肃之高柞。缘阻岑之绝崖，蹈偏梁之悬阁。石壁立以切天，岌磊隗其欲落。超阳平而越白水，稍幽薆以迥深。秉重峦之百层，转木末于九岑。浮云起于毂下，零雨集于麓林。上昭晰以清阳，下杳冥而

---

① 〔清〕严可均校辑：《全上古三代秦汉三国六朝文·全晋文》，中华书局，1958，第1660页。
② 〔清〕严可均校辑：《全上古三代秦汉三国六朝文·全晋文》，中华书局，1958，第1938页。
③ 〔清〕严可均校辑：《全上古三代秦汉三国六朝文·全三国文》，中华书局，1958，第1074页。
④ 〔清〕严可均校辑：《全上古三代秦汉三国六朝文·全晋文》，中华书局，1958，第1843页。
⑤ 〔清〕严可均校辑：《全上古三代秦汉三国六朝文·全晋文》，中华书局，1958，第1714页。

昼阴。闻山鸟之晨鸣,听玄猨之夜吟。

(张载《叙行赋》)①

天泱泱以垂云,泉涓涓而吐溜。麦渐渐以擢芒,雉鷕鷕而朝鸲。

(潘岳《射雉赋》)②

鸟栖庭林,燕巢于幕。既乃青阳结荫,木槿开荣。森条霜重,绿叶云倾。阴兴则暑退,风来则气清。前临塘中,眇目长洲。晨渠吐溜,归潮夕流。

(庾阐《闲居赋》)③

上举诸例的自然描写形象络绎,笔法细腻,在词采的藻丽、意象的细刻、骈偶的罗织、意境的清新诸方面的艺术构造显而易见。如所引应贞《临丹赋》对丹水的描写,先后用了"漾沚""荡博""盘溢郁没""云转飙回"等词摹状水势之飞动激荡,而后又以"高溜""悬泉""冰莹玉静""清波引镜"等词彰显水流之清莹,与前之惊险动势形成对比效应,以展现丹水不同的美感。又如谢万《春游赋》的描写,其中精炼语言而呈示的形象颇为生动,山峦因碧绿的色彩增加了深邃之感,灌木连接成荫,轻云朦胧如为远岫遮上了幕帘,和风清泠吹起了人的衣襟,意象的美感因这种细腻的语言而产生了秀丽的姿彩。在骈句的运用锤炼方面,诸如曹丕《登城赋》中的"水幡幡其长流,鱼裔裔而东驰",褚爽《禊赋》中的"川回澜以澄映,岭峭崿以霏烟",张载《叙行赋》中的"浮云起于毂下,零雨集于麓林",潘岳《射雉赋》的"天泱泱以垂云,泉涓涓而吐溜。麦渐渐以擢芒,雉鷕鷕而朝鸲",庾阐《闲居赋》的"森条霜重,绿叶云倾",皆体现了对仗整饬的美感效应。诸赋中所涉山水世界的描写从意境而言均透露出对超越人的物质性存在的渴望和追寻精神空灵的向往。

可以说魏晋赋中具有上述艺术特征的自然描写是比较普遍的,彰显了自然景物描写在范围拓展和艺术技巧提升两方面都发展到了一个具有新质的阶段,而汉赋与魏晋诗歌在摹山范水方面都没有达到可堪与魏晋赋相媲美的高度。元嘉之雄谢灵运明确提出"文体宜兼,以成其美"(《山居赋

---

① 〔清〕严可均校辑:《全上古三代秦汉三国六朝文·全晋文》,中华书局,1958,第1949页。
② 〔清〕严可均校辑:《全上古三代秦汉三国六朝文·全晋文》,中华书局,1958,第1990页。
③ 〔清〕严可均校辑:《全上古三代秦汉三国六朝文·全晋文》,中华书局,1958,第1679页。

序》)的主张①,表征了南朝诗人主动接纳文体沟通的自觉性以及赋体艺术经验流向诗体的可能性。上述魏晋赋中自然景物描写的丰富样态,通过文体互渗对南朝诗歌产生激发作用是可想而知的,尤其与晋宋之际诗坛的"山水方滋""声色大开"的描写取向具有密不可分的文体传承关系。

特别要注意的是,在魏晋赋中数量剧增的要数刘勰所云"草区禽族,庶品杂类",即以描写草木禽鸟昆兽及物事杂品为主要内容的咏物赋,咏物赋的数量几埒于其他题材数量的总和。夏侯湛、成公绥、傅咸、傅玄诸家皆倾力于制撰咏物赋。咏物赋的大量出现大致有两方面原因,一是伴随着大赋式微,咏物赋更适宜小赋的审美结构机制,即如刘勰《文心雕龙·诠赋》所云:"至于草区禽族,庶品杂类,则触兴致情,因变取会;拟诸形容,则言务纤密,象其物宜,则理贵侧附:斯又小制之区畛,奇巧之机要也。"②二是由于魏晋玄学思潮的风靡,文学的体玄功能受到前所未有的张扬,通过摹写体察品物及事象的方式悟解老庄"道"论成为具有时代特征的言志范型,这一哲学背景也促进了精巧小赋的滋生。目光转向南朝诗坛,以皇室成员为核心的文学集团构成其创作生态的主要景观,诗歌唱酬多发生于宫廷聚饮场合,即景赋物、静观体物或许是最契合这一场合的创作内容,因此"覃及细物"的咏物题材在齐梁之际蔚为大观。咏物题材是南朝诗与魏晋赋存在历史承继关系的最佳印证,其主要表现是魏晋咏物赋的辈然繁兴显著抬升了文学摹写物色的具象化程度和"穷物之变"的细致化体物特性,对南朝咏物诗起到了艺术先导作用。

具体比较起来,在创作动机上,魏晋咏物赋明确标举"措万物于笔端"的写作意图,旨在不断拓宽赋作咏写的对象范围,这在关于作赋缘起的描述中屡有提及。比如三国吴人杨泉作《五湖赋》,缘于感慨"名山大泽,必有记颂之章",而五湖"独阙然未有翰墨之美",故"述而赋之"③,他的《蚕赋》缘于"古人作赋者多矣,而独不赋蚕,乃为蚕赋"④。成公绥的《天地赋》亦是因"历观古人,未之有赋"⑤而作。受这一兼蓄万物、题材创新的赋学观念导引,名类繁多的草木鸟兽悉数入赋,使魏晋咏物赋呈现出包笼万物的内容取向,大大拓宽了写景体物的取材范围。

---

① 〔清〕严可均校辑:《全上古三代秦汉三国六朝文·全宋文》,中华书局,1958,第2604页。
② 刘勰:《文心雕龙注释》,周振甫注,人民文学出版社,1981,第81页。
③ 〔清〕严可均校辑:《全上古三代秦汉三国六朝文·全三国文》,中华书局,1958,第1453页。
④ 〔清〕严可均校辑:《全上古三代秦汉三国六朝文·全三国文》,中华书局,1958,第1453页。
⑤ 〔清〕严可均校辑:《全上古三代秦汉三国六朝文·全晋文》,中华书局,1958,第1794页。

表 6　魏晋咏物赋的具体对象

题类	具体题材
咏动物赋	鹢鸡、莺、鹧雀、白鹤、鹦鹉、雁、龟、蝉、蝙蝠、菓然、孔雀、蚊、青龙、鸠、猕猴、大狗、骐马、蚕、雉、山鸡、鹰、鸡、马、猎犬、猿猴、仪凤、燕、斑鸠、青蝇、蜉蝣、萤火虫、叩头虫、鸿雁、乌、蜘蛛、螳螂、飞鸟、鹪鹩、鳖、白鸠、虿、蟋蟀、鸡鹑、鱼、鹏鸟、龙马、凤凰、玄鹤、蜜蜂、蚍蜉、长鸣鸡、鹅、鹭鹈、鸒、蛾
咏植物赋	迷迭、槐、柳、芙蓉、橘、菊、葡萄、石榴、紫花、郁金、芸香、蜀葵、宜男花、藷、瓜、李、桃、枣、桑椹、木槿、款冬、桑树、梧桐、木兰、浮萍、芧、桐、菓、朱实、朝菌、朝花、枞杜、茱萸、松柏、黍、长生树、蔗、莾、菽、竹、柑、枇杷、春花
咏品物赋	玉玦、马脑勒、砗磲碗、宝刀、扇、酒、迷迭香、承露盘、黄龙旗、织机、砗磲觯、笔、砚、相风、节、纸、栉、镜、火、琉璃碗、瑱、漏刻、百枝灯、楠榴枕、缁车、寒食散、八磨、井、冰井、楂、饼、汙卮、画像、烛、玉、雀钗、釭灯、合欢被、船、鲸鱼灯、奇布、杖、豆羹、蜡灯、竹簟、冰、流火
咏艺术赋	琵琶、琴、笳、筝、弹棋、投壶、草书、啸、藏钩、鞞舞、笙、鼓吹、笔歌、击壤、围棋、斗枭、斗鸡、冶、箜篌、角、长笛、四维
咏人物赋	洛神、骷髅、幽人、列仙、织女、逸民、穆天子、奇士、神女、庞郎、下野

同时,大量咏物赋的集中创作也使咏物题材的基本写物风貌得以固定。刘熙载《艺概·赋概》云:"赋取穷物之变。如山川草木,虽各具本等意态,而随时异观,则存乎阴阳晦明风雨也。"①山水草木在不同的时间和气象环境中是形态有异的,赋家摹物应该把握其间的变化差异,才能体现其对自然的敏锐觉察和体物功力。魏晋赋咏写动植物便集中体现了这一点。兹以工于咏物的夏侯湛为例,他的《浮萍赋》描绘水中孤生的浮萍漂荡于水面的状态:

> 因纤根以自滋兮,乃逸荡乎波表。散圆叶以舒形兮,发翠绿以含缥。荫修鱼之华鳞兮,翳兰池之清潦。既澹淡以顺流兮,又雍容以随风。有缠薄于崖侧兮,或回滞乎湍中。纷上下以靡常

---

① 〔清〕刘熙载:《艺概》,上海古籍出版社,1978,第 99 页。

兮,漂往来其无穷。仰熙阳曜,俯凭绿水。淳不安处,行无定轨。流息则宁,涛扰则动。①

其中于浮萍舒散之状、色彩的浓淡、游鱼与清波的映衬、萍草随波逐流的姿态变化诸方面进行了纤细无遗的刻画。其《芙蓉赋》短章的描写更显精巧:

> 临清池以游览,观芙蓉之丽华。潜灵藕于玄泉,擢修茎乎清波。焕然荫沼,灼尔星罗。若乃回萦外散,菡萏内离;的出艳发,叶恢花披;绿房翠蒂,紫饰红敷;黄螺圆出,垂蕤散舒;缨以金牙,点以素珠。固陂池之丽观,尊终世之特殊。尔乃采淳葩,摘圆质,析碧皮,食素实。味甘滋而清美,同嘉异乎橙橘。参嘉果以作珍,长充御乎口实。②

以细致的观察描画出荷叶外散、荷花纷披、垂蕤散舒、莲实圆润等细部姿态,其间所嵌动词、形容词则具有形象勾勒荷叶初生、荷花含苞、荷蕊繁茂、莲子孕生、采摘莲实全过程的意味,所点缀的颜色字亦如明珠跃蹦,使芙蓉的姿貌华美可人。诸如此类描摹,正可代表广泛施用于当时赋中的工巧休物笔法。

若取题咏对象相同的赋和诗进行比较,南朝咏物诗对魏晋咏物赋巧似摹物方式的承袭不乏其例。例如咏萤,潘岳《萤火赋》状写萤火虫之姿态:"颎若飞焱之霄逝,彗似移星之云流。动集阳晖,灼如隋珠。"③将萤比作飞逝之炎光、移流之星光,又云萤火虫动若阳光,闪烁如明珠。傅咸《萤火赋》描写萤火虫之特性:"哀斯火之湮灭兮,近腐草而化生","当朝阳而戢景兮,必宵昧而是征",提及腐草化为萤的民间认知以及此微虫在昼阳之下隐形而在夜间出没的特点,并引申出萤火形象的象征意蕴:"假乃光而谕尔炽兮,庶有表乎洁贞。"④萤光炽热可用以比拟人的一片洁贞之心。取南朝诗中相同的题咏来看,萧纲《咏萤诗》云:"本将秋草并,今与夕风轻。腾空类星实,拂树若花生。屏疑神火照,帘似夜珠明。逢君拾光彩,不吝此身倾。"其中出现了相连的比喻描写,萤火虫飞舞空中如星光陨落,在屏风间

---
① 〔清〕严可均校辑:《全上古三代秦汉三国六朝文·全晋文》,中华书局,1958,第1851页。
② 〔清〕严可均校辑:《全上古三代秦汉三国六朝文·全晋文》,中华书局,1958,第1851页。
③ 〔清〕严可均校辑:《全上古三代秦汉三国六朝文·全晋文》,中华书局,1958,第1991页。
④ 〔清〕严可均校辑:《全上古三代秦汉三国六朝文·全晋文》,中华书局,1958,第1755页。

如神火照耀,在帝幕中如夜珠明亮,其设喻对象显然与潘岳赋具有相似性,而末尾表达若逢君拾取光彩则愿以身相倾的期冀,也照应了傅咸赋的象征意义。沈旋《咏萤火诗》云:"火中变腐草,明灭靡恒调。雨坠弗亏光,阳升反夺照。泊树类奔星,集草疑馀燎。望之如可灼,揽之徒有耀。"其中对萤火虫在"阳升"时以及泊于树中、集于草间的形迹特点的表现,在语意上也与上述二赋相应和。又如咏写石榴,潘岳《河阳庭前安石榴赋》将石榴喻为"若珊瑚之映绿水",其花果外形乃是"丹葩结秀,朱实星悬"①,潘尼《安石榴赋》"披绿叶于修条,缀朱华兮弱干"②,夏侯湛《石榴赋》"接翠萼于绿叶兮,冒红牙以丹鬚",都是形象的刻画③。比照南朝诗中的石榴,萧绎《咏石榴诗》云"还忆河阳县,映水珊瑚开",明显化用潘岳赋的比喻;王筠《摘安石榴赠刘孝威诗》云"素茎表朱实,绿叶厕红蕤",也在语词和描写视角上与前面三赋有所重叠。再看对枣的咏写,傅玄《枣赋》以"斐斐素华,离离朱实"④状写枣花之素淡、枣果之盛多,萧纲《赋咏枣诗》亦有"白英纷靡靡,紫实标离离"的描绘,同样从其花与实的色彩及繁盛之状着眼。在抒咏相同自然物象时所体现的赋与诗的立意暗合和辞藻相类,已能显示南朝诗歌在咏物题材上借鉴魏晋赋的浓重痕迹,也标志着赋体"铺采摛文,体物写志"的功能在诗赋融合的过程中逐渐蔓延到了诗中。

刘勰《文心雕龙·物色》篇总结南朝前期文学风貌时写道:"自近代以来,文贵形似,窥情风景之上,钻貌草木之中。吟咏所发,志惟深远;体物为妙,功在密附。故巧言切状,如印之印泥,不加雕削,而曲写毫芥;故能瞻言而见貌,即字而知时也。"⑤他所揭明的文学的时代性审美特点,即形似之风的张扬、细密体物的艺术探求、巧言切状的语言潜力,基本上表征的是山水诗、咏物诗(包含写景诗中的咏物部分)的艺术特质。如上所述,这些特点在魏晋咏物赋中已形成了自觉的探索意识,为南朝诗歌以咏物为主要方式的自然描写树立了艺术范型。

二、语言上的广泛渗透

南朝以降,诗歌领域追逐"巧丽"的炽热态度前所未有,刘克庄《后村诗话》曾说:"诗至三谢,如玉人之攻玉,锦工之织锦,极天下之工巧组丽,

---

① 〔清〕严可均校辑:《全上古三代秦汉三国六朝文·全晋文》,中华书局,1958,第 1990 页。
② 〔清〕严可均校辑:《全上古三代秦汉三国六朝文·全晋文》,中华书局,1958,第 2001 页。
③ 〔清〕严可均校辑:《全上古三代秦汉三国六朝文·全晋文》,中华书局,1958,第 1852 页。
④ 〔清〕严可均校辑:《全上古三代秦汉三国六朝文·全晋文》,中华书局,1958,第 1718 页。
⑤ 刘勰:《文心雕龙注释》,周振甫注,人民文学出版社,1981,第 494 页。

而去建安、黄初远矣。"①这一绵延于南朝诗坛的语言审美趣味促使赋与诗的相互扩散愈发频繁。摹景写物主要的语言手段和语言活力在魏晋赋中已然获得了调动和激发,如祝尧《古赋辨体》所总结的:"琢句练字,描画细腻,自是晋宋间所长。"②南朝诗歌自然描写繁辞日滋,在极貌写物、穷力追新的语言表现上,势必要吸纳前代文学的语言经验,以扩展诗歌描写语言的表现艺术,魏晋赋所发展的较为丰富的语言形态对南朝诗歌的浸润是有迹可寻的。

在语词层面,魏晋赋自然描写辞藻的丰富性为南朝诗歌状景体物提供了直接的语用资源。比如从《诗经》以来形成的大量使用联绵词和叠词描状景物形象美的基本摹物手法,经过魏晋赋的反复运用,大大充实了表现力,而后南朝诗歌联绵词、叠词的运用显然已步入了工准高妙的境地,其间魏晋赋的过渡作用是不能小觑的。在更宽泛的层面,南朝诗歌对魏晋都邑赋、山水赋写景语汇的化用模仿是普遍现象,兹取潘岳、左思、郭璞、木华等赋家的代表作品为参照来看赋的语词向诗的流通。

如潘岳《射雉赋》有"天泱泱以垂云""麦渐渐以擢芒,雉鷕鷕而朝雊"③之句,谢朓诗中的"泱泱日照溪,团团云去岭"(《新治北窗和何从事诗》)以及谢灵运诗句"鷕鷕翚方雊,纤纤麦垂苗"(《入东道路诗》),明显有承袭其语词的痕迹。

潘岳《闲居赋》有"游鳞瀺灂"④的表达,王筠诗中化用为"游鳞互瀺灂"(《北寺寅上人房望远岫玩前池诗》)。

潘岳《西征赋》云"吐清风之飂戾"⑤,鲍照诗有"飂戾长风振"(《代櫂歌行》)。

潘岳《秋兴赋》云"天晃朗以弥高"⑥,何逊诗有"城霞旦晃朗"(《九日侍宴乐游苑诗为西封侯作》)。

左思《蜀都赋》有"红葩紫饰,柯叶渐苞""云飞水宿,唪吭清渠""差鳞次色,锦质报章"⑦等描写,比照谢灵运诗句"山桃发红萼,野蕨渐紫苞"(《酬从弟惠连诗》)、萧统诗句"云翔杂水宿,弄吭满清池"(《相逢狭路

---

① 〔宋〕刘克庄:《后村诗话》前集卷一,王秀梅点校,中华书局,1983,第5页。
② 祝尧:《古赋辨体》卷六,谢惠连《雪赋》注,徐志啸编《历代赋论辑要》,复旦大学出版社,1991,第42页。
③ 〔清〕严可均校辑:《全上古三代秦汉三国六朝文·全晋文》,中华书局,1958,第1990页。
④ 〔清〕严可均校辑:《全上古三代秦汉三国六朝文·全晋文》,中华书局,1958,第1987页。
⑤ 〔清〕严可均校辑:《全上古三代秦汉三国六朝文·全晋文》,中华书局,1958,第1982页。
⑥ 〔清〕严可均校辑:《全上古三代秦汉三国六朝文·全晋文》,中华书局,1958,第1980页。
⑦ 〔清〕严可均校辑:《全上古三代秦汉三国六朝文·全晋文》,中华书局,1958,第1883页。

间》)、王筠诗"群飞皆唼呓"(《北寺寅上人房望远岫玩前池诗》)、鲍照诗"怪石似龙章,瑕璧丽锦质"(《从庾中郎游园山石室诗》),诗句采撷赋语也是显而易见的。

左思《吴都赋》中有"百川派别,归海而会""檀栾蝉蜎,玉润碧鲜""篁筹有丛""苞笋抽节""幂历江海之流""旷瞻迢递,迥眺冥蒙"诸语①,南朝诗中化用其语词或立意的诗句则有"派别朝洪河"(谢朓《和王长史卧病诗》)、"澹潋结寒姿,团栾润霜质"(谢灵运《登永嘉绿嶂山诗》)、"傍眺郁篁筹"(谢朓《游山诗》)、"苞笋出芳丛"(谢朓《同赋杂曲名·曲池之水》)、"幂历草初辉"(虞炎《饯谢文学离夜诗》)、"结构何迢递,旷望极高深"(谢朓《郡内高斋闲望答吕法曹诗》)等。

左思《魏都赋》有"兰渚莓莓""穷岫泄云"之语②,谢灵运诗中有"莓莓兰渚急"(《石室山诗》),谢朓诗亦有"渫云已漫漫"(《游敬亭山诗》)。

郭璞《江赋》出现"虎牙嵥竖以屹崒""幽涧积岨""玉珧海月,土肉石华""葭蒲云蔓,樱以兰红,扬皜毦,擢紫茸""随风猗萎,与波潭沲"③等描写,南朝诗中承袭其语词之例则有"崭绝类虎牙"(鲍照《登庐山诗二首》其二)、"山积陵阳阻"(谢朓《宣城郡内登望诗》)、"扬帆采石华,挂席拾海月"(谢灵运《游赤石进帆海诗》)、"白华皜阳林"(谢灵运《郡东山望溟海诗》)、"新蒲含紫茸"(谢灵运《于南山往北山经湖中瞻眺诗》)、"潭沲青帷闭"(萧纲《和湘东王阳云楼檐柳诗》)等等。

木华《海赋》中"波如连山,乍合乍散""云锦散文于沙汭之际,绫罗被光于螺蚌之节""群飞侣浴,戏广浮深""翻动成雷,扰翰为林。更相叫啸,诡色殊音"诸语④,南朝山水诗中也有接近的表达:"云起垂天翼,水动连山波"(王筠《早出巡行瞩望山海诗》)、"云锦曜石屿,罗绫文水色"(刘峻《登郁洲山望海诗》)、"蚌节流绮藻"(鲍照《望孤石诗》)、"回楂急碍浪,群飞争戏广"(何逊《入西塞示南府同僚诗》)、"荒林纷沃若,哀禽相叫啸"(谢灵运《七里濑诗》)。

孙绰《游天台山赋》中有"践莓苔之滑石,搏壁立之翠屏。揽樛木之长

---

① 〔清〕严可均校辑:《全上古三代秦汉三国六朝文·全晋文》,中华书局,1958,第1884—1886页。
② 〔清〕严可均校辑:《全上古三代秦汉三国六朝文·全晋文》,中华书局,1958,第1887页,第1889页。
③ 〔清〕严可均校辑:《全上古三代秦汉三国六朝文·全晋文》,中华书局,1958,第2147—2148页。
④ 〔清〕严可均校辑:《全上古三代秦汉三国六朝文·全晋文》,中华书局,1958,第2062页。

萝,援葛虆之飞茎""法鼓琅以振响,众香馥以扬烟""荫落落之长松"①的描摹,谢灵运诗云"苔滑谁能步,葛弱岂可扪"(《石门新营所住四面高山回溪石濑茂林修竹诗》)、"清霄扬浮烟,空林响法鼓"(谢灵运《登石室饭僧诗》),鲍照诗云"长松何落落"(《代边居行》),赋与诗之语言贯通也是有迹可寻的。

  如上所举虽然是散句,但是也颇能作为表征和线索,显示南朝山水诗句对魏晋赋篇之语词运用或意象形构的承袭取法。

  至于句法构造的层面,魏晋赋趋向紧健精密的筑句艺术与南朝诗的景句构造倾向也具有隐形的联系。六七言句作为赋句的主要类型,是魏晋赋语言活跃度的集中体现。赋句响字多在句首,最基本的两种景句形态是名词领起句和动词领起句。名词领起句重在指陈描述物象形貌及存现状态,如"翡鸟翔于南枝,玄鹤鸣于北野,青鱼跃于东沼,白鸟戏于西渚"(曹植《闲居赋》)②之类。此类句型中由联合短语、偏正短语作谓语而形成的紧缩句在此际得到了极大发展,呈现络绎而出之势。联合结构景句譬如:"岭颓鲜而殒绿,木倾柯而落英"(湛方生《秋夜赋》)③、"云乍披而旋合,雷暂辍而复零"(傅咸《患雨赋》)④、"路逶迤以迫隘,林廓落以萧条"(潘岳《登虎牢山赋》)⑤、"寒鸟悲而饶音,衰林愁而寡色"(陆机《述思赋》)⑥、"野暄卉以挥绿,山蒨蒨以发苍"(王廙《春可乐赋》)⑦,各句谓语部分由"而""以"等连词接缀,前后语在逻辑上是并列的关系。偏正结构景句如:"黄应春以吐绿,葩涉夏而扬朱"(范坚《安石榴赋》)⑧、"木应霜而枯零,草随风而摧折"(成公绥《木兰赋》)⑨、"天泱泱以垂云,泉涓涓而吐溜"(潘岳《射雉赋》)⑩、"风戾戾而动柯,露零零而隔树"(卢谌《蟋蟀赋》)⑪"离禽嘤嘤而晨鸣,轻帷翩翩以微举"(曹毗《秋兴赋》)⑫,此中各句谓语部分前后语是修饰限定关系。这样的句式在魏晋赋的描写语言中得到大量使用,表

---

① 〔清〕严可均校辑:《全上古三代秦汉三国六朝文·全晋文》,中华书局,1958,第1806页。
② 〔清〕严可均校辑:《全上古三代秦汉三国六朝文·全三国文》,中华书局,1958,第1127页。
③ 〔清〕严可均校辑:《全上古三代秦汉三国六朝文·全晋文》,中华书局,1958,第2268页。
④ 〔清〕严可均校辑:《全上古三代秦汉三国六朝文·全晋文》,中华书局,1958,第1750页。
⑤ 〔清〕严可均校辑:《全上古三代秦汉三国六朝文·全晋文》,中华书局,1958,第1980页。
⑥ 〔清〕严可均校辑:《全上古三代秦汉三国六朝文·全晋文》,中华书局,1958,第2009页。
⑦ 〔清〕严可均校辑:《全上古三代秦汉三国六朝文·全晋文》,中华书局,1958,第1571页。
⑧ 〔清〕严可均校辑:《全上古三代秦汉三国六朝文·全晋文》,中华书局,1958,第2173页。
⑨ 〔清〕严可均校辑:《全上古三代秦汉三国六朝文·全晋文》,中华书局,1958,第1796页。
⑩ 〔清〕严可均校辑:《全上古三代秦汉三国六朝文·全晋文》,中华书局,1958,第1990页。
⑪ 〔清〕严可均校辑:《全上古三代秦汉三国六朝文·全晋文》,中华书局,1958,第1657页。
⑫ 〔清〕严可均校辑:《全上古三代秦汉三国六朝文·全晋文》,中华书局,1958,第2075页。

征着追求语言紧密、意象饱满的趣向。回观南朝诗坛,紧缩句同样是南朝诗歌景语的主要构句形态,不仅"岫远云烟绵,谷屈泉靡迤"(鲍照《春羁诗》)、"浦狭村烟度,洲长鸟息游"(萧纲《龙丘引》)之类"二三"节奏联合结构句频繁出现,造成了意象的密集排列和相互映发,在主谓结构中穿插介宾或动宾结构的偏正式嵌套句型更是成为写景的流行句式,如"松色随野深,月露依草白"(鲍照《过铜山掘黄精诗》)、"皎洁冒霜雁,飘扬出风鹤"(鲍照《岁暮悲诗》)、"落花随燕入,游丝带蝶惊"(萧纲《春日诗》)、"花月分窗进,苔草共阶生"(阴铿《班婕妤怨》)等。此类辞致侧密的景句形态在南朝以前的魏晋诗中虽然时有露面,但始终被掩盖于"二一二"节奏的主谓宾句式中,没有获得景物描写的艺术效果。刘宋以后,此类颖异句式开始具有丰繁之姿,成为写景的核心句式,我们在前面的句法讨论中已有阐说。诗中这类写景句式的涌入,虽然并未显示出与魏晋赋直接而显在的语言联系,但从此种构句所蕴含的语法原则和艺术旨趣而言,诗与赋是同出一辙的。经过魏晋赋对此类写景句式的琢磨锻造,使复杂结构的景句形态趋于精致化,有利于通过句式结构的复杂化传递景象生命意趣的丰富性,这便为诗歌写景体物语言的发展铺垫了艺术基础。

赋中常用的动词领起句适宜于放大物象之动态,如"振绿叶以葳蕤,吐芬葩而扬荣"(曹丕《沧海赋》)①、"流翠叶于纤柯兮,结微根于丹墀"(曹植《迷迭香赋》)②、"映晓云而色暗,照落景而俱红"(庾阐《海赋》)③等,皆在展扬描写对象动感的形态。这种句式也多用于表现主体观览客观景物的行为及感受,流灌着鲜明的赏景意识,如:"临漳水之长流兮,望园果之滋荣。仰春风之和穆兮,听百鸟之悲鸣。"(曹植《登台赋》)④、"目白沙与积砾,玩众卉之同异。扬素波以濯足,溯清澜以荡思。"(张华《归田赋》)⑤、"启石门而东萦,沿汴渠其如带。托飘风之习习,冒沉云之蔼蔼。"(陆机《行思赋》)⑥、"践莓苔之滑石,搏壁立之翠屏。揽樛木之长萝,援葛藟之飞茎。"(孙绰《游天台山赋》)⑦,各句句首的动词强化了审美主体主动参与自然世界并享受其中的风吟鸟鸣、素波清澜的审美体验。从谢灵运开始,南朝诗描述山水的景句中增添了形态活泼的连动句式,如前面句式一章已

---

① 〔清〕严可均校辑:《全上古三代秦汉三国六朝文·全三国文》,中华书局,1958,第1072页。
② 〔清〕严可均校辑:《全上古三代秦汉三国六朝文·全三国文》,中华书局,1958,第1128页。
③ 〔清〕严可均校辑:《全上古三代秦汉三国六朝文·全晋文》,中华书局,1958,第1678页。
④ 〔清〕严可均校辑:《全上古三代秦汉三国六朝文·全三国文》,中华书局,1958,第1126页。
⑤ 〔清〕严可均校辑:《全上古三代秦汉三国六朝文·全晋文》,中华书局,1958,第1789页。
⑥ 〔清〕严可均校辑:《全上古三代秦汉三国六朝文·全晋文》,中华书局,1958,第2010页。
⑦ 〔清〕严可均校辑:《全上古三代秦汉三国六朝文·全晋文》,中华书局,1958,第1806页。

提及谢诗中的"溯溪终水涉,登岭始山行""迎旭凌绝磴,映泫归澣浦"之类,连续的动词嵌入不仅生动表现出人的赏览行踪,而且暗含赏景者得归自然怀抱后肆情畅游的乐趣。这种表现人与自然亲近合一、相融相通的艺术句式,在魏晋赋中启其先端,在南朝诗中呈放光彩,其间也有审美趣向上的共同性。

魏晋赋中的名词领起句和动词领起句具有推进景语走向细致纤密方向的积极意义。不仅如此,赋中倒装、错综等异质句式也显有增多,例如"游曲观之清凉"(曹植《娱宾赋》)①、"仰春风之和穆"(曹植《登台赋》)②、"背玄涧之重深"(曹植《九华扇赋》)③之类描写,修饰语与名词的换位导致语意的迂回曲折,这类句式在魏晋赋中是较为稳定的景句形态。异质句式在南朝诗歌中同样成为一种琢炼语言的趋新追求,比如以"锻句深曲"闻名的谢灵运,其景句中颠倒、省略就是常态,而合乎语法规则的景句反而罕有,清汪师韩《诗学纂闻》就有谢诗"句不成句"④之说。从诗歌写景语言发展的趋势来看,这也可以视为谢灵运有意创造曲折景句形态的自觉意识的体现。而这种追求应该说与魏晋赋中已然积淀而成的句法创变艺术有着深度的关联。更进一步言之,句式的凝紧和错综直接关系到意象的细致营造,最终导向的是景语情意化功能的舒张。有研究者指出,从建安赋开始,"创造意象,使情趣与物象契合,从而构成一个诗的境界"成为一种自觉的追求⑤,南朝诗歌发展构象艺术也体现出与魏晋赋的趋同性,擅长通过细巧的描写透露主体之幽思,明了的感物抒情嬗变为含隐的暗示抒情,极大彰显了化炼平常景物为情思意象的诗性内涵,走向了如清人朱庭珍所说的"情即是景,景即是情,如镜花水月,空明掩映,活泼玲珑"⑥之效果。

我们再从写景章法的层面探求魏晋赋延续于南朝诗的艺术脉络。当汉赋依循空间方位的挪移而展开的显性写景结构渐趋式微,代之而起的是魏晋小赋情景交织的隐性写景结构,这种变化与永明以后诗歌情景结构的转向是一致的。南朝初期诗歌处理山水题材多取法汉代都邑赋、苑猎赋的空间结构,赋作驾驭的兼顾四方的宏阔空间场域经过诗歌的移植改造,形成注重高低、远近、前后并且兼顾整体气象与局部细景的缩微景观叙写结

---

① 〔清〕严可均校辑:《全上古三代秦汉三国六朝文·全三国文》,中华书局,1958,第1126页。
② 〔清〕严可均校辑:《全上古三代秦汉三国六朝文·全三国文》,中华书局,1958,第1126页。
③ 〔清〕严可均校辑:《全上古三代秦汉三国六朝文·全三国文》,中华书局,1958,第1128页。
④ 汪师韩:《诗学纂闻》,《丛书集成续编》第157册,上海书店出版社,1994,第220页。
⑤ 程章灿:《魏晋南北朝赋史》,江苏古籍出版社,2001,第55页。
⑥ 朱庭珍:《筱园诗话》卷一,郭绍虞编选、富寿荪校点《清诗话续编》,上海古籍出版社,2016,第2212页。

构,比如谢灵运、鲍照、颜延之诸子笔下的山水景物描写,总体呈现左右兼顾、远近俱包的相似写景模式,往往依次罗举山势的险峻、山石的峭叠、景色的推移、声色的叠映等特征,显然尚未脱离汉大赋叙景结构的浓重印记。这种结构模式易造成如谢灵运诗歌"繁密""堆垛"的弊病,也不再适应新体诗结构简练的艺术追求,因此齐梁诗家逐渐摒弃了这种写景程式,开始依循魏晋小赋以情感统领景物的结构模式,走出繁密,回归到了清省的写景方向。诗赋融通带来的诗歌结构处理的变化,于此亦可见一斑。

诚然,在观照前代赋自然描写语言艺术浸润南朝诗歌的基础上,我们还应看到南朝赋作与诗歌之间的语言互动沟通,以及二体在写景语言上共同的倾向性,即追求语词的新异巧丽、句法的整饬紧凑、意象的精巧映衬。我们且以萧纲《晚春赋》作为参照来看南朝赋的语言特点:

> 待馀春于北阁,藉高宴于南陂。水筛空而照底,风入树而香枝。嗟时序之回斡,叹物候之推移。望初篁之傍岭,爱新荷之发池。石凭波而倒植,林隐日而横垂,见游鱼之戏藻,听惊鸟之鸣雌。树临流而影动,岩薄暮而云披。既浪激而沙游,亦苔生而径危。①

此赋是萧纲描摹春色时景的成熟短制,颇可代表南朝赋写景艺术中的语言经营。赋中字词的锤炼新奇精准,如"水筛空而照底,风入树而香枝"二句中,"筛"字体现了水的明净如同将映水之物过滤一般,"照"字则指水流清莹,使人可以览照水底,"入"字体现了风的轻柔状态,"香"字以形为动,表示轻风吹拂使枝头散发出芬芳气息,极好地呈现了水明风清、时物秀发的晚春景色。赋中整炼的句式也体现出法式严格的排布艺术。全赋十六句共可划分为三类句式:"待馀春"二句与"嗟时序"之下四句、"见游鱼"之下二句是以虚词"于""之"联系起来的"动+宾+补"结构;"水筛空"二句以及"石凭波"二句、"树临流"二句是虚词"而"连接的"主+状+谓"结构,中间又套叠一个介宾短语作为状语成分;末尾二句是副词"既""亦"引领一个分句,中以"而"字显示因果逻辑关系。三种句式分别各占八句、六句、二句,在结构上无论是增添介宾结构补语还是状语,或是形成因果关系,都旨在具体化呈现景象的静动变化和不同特点的形态。而在意象的选择和融合方面,作者显然更倾向于以不同物象彼此映带的手法形成接续的

---

① 〔清〕严可均校辑:《全上古三代秦汉三国六朝文·全梁文》,中华书局,1958,第2994页。

画面,依次呈现的并置物象有"水""空""风""树""篁""岭""荷""池""石""波""林""日""鱼""藻""雄鸟""雌鸟""树""影""岩""云""浪""沙""苔""径",物象之间形成精巧有致的构图美感,经作者审美眼光的重构产生了活泼的关系,汇合成纤细而微的水岸景致。萧纲《晚春赋》代表了南朝中后期赋体多所倾重的语言追求,摆脱凡腐而崇尚精丽正是作家锻炼淘洗语言的旨趣所在,这与南朝诗歌的语言发展以及不断筛沥语言、精炼语言的审美取向是同频共振的。在此我们只是先简略说明在语言风格上南朝诗与赋所体现的接近的审美倾向性,若要从文体层面详细分析此际诗赋语言在具体层面的沟通,则需要另作更为深入的讨论。

三、诗赋共同的尚辞追求

如上所述,魏晋赋与南朝诗在摹景体物方面最直接且密切的交集表现在山水物色题材的承继性和摹景语言的渗透性,这一现象的产生主要是基于诗赋文类共同的"尚辞"审美追求。我们看到,作为从文学创作实践活动中脱化而出的理论认知,中古诗学对诗歌的审美质性早有客观的判断,即强调诗歌情志与辞采相辅相依的关系,最经典的表达是刘勰在《文心雕龙》中反复致意的对情辞关系的认知,如"情者,文之经,辞者,理之纬"(《情采》)①、"情理设位,文采行乎其中"②、"情周而不繁,辞运而不滥"(《熔裁》)③。中古诗学对辞采之于诗歌的独立意义也给予了重视。吟咏情性虽然是诗之本旨,但是辞采作为申纾性灵的载体,确是诗歌获得美感效应的重要元素。钟嵘《诗品序》中不满东晋玄言诗"理过其辞,淡乎寡味"④,认为此类诗作只着力于在内容上申发义理而掩盖了辞采,故有寡淡而少味的缺点,他强调五言诗"干之以风力,润之以丹彩"的双重美感⑤,就是充分表明辞采是诗歌文体不可缺失的美感因子。中古诗歌领域语言文辞的表现功能和审美功能均得到了长足发展,这与当时文艺界对辞采独立意义的认知是息息相关的。

在文体特征上,赋与诗的语言审美风格最为接近,"赋颂歌诗,则羽仪乎清丽"(《文心雕龙·定势》)⑥,"清丽"乃诗赋二体的审美共性,这一共

---

① 刘勰:《文心雕龙注释》,周振甫注,人民文学出版社,1981,第346页。
② 刘勰:《文心雕龙注释》,周振甫注,人民文学出版社,1981,第355页。
③ 刘勰:《文心雕龙注释》,周振甫注,人民文学出版社,1981,第356页。
④ 杨明:《文赋诗品译注》,上海古籍出版社,1999,第30页。
⑤ 杨明:《文赋诗品译注》,上海古籍出版社,1999,第36页。
⑥ 刘勰:《文心雕龙注释》,周振甫注,人民文学出版社,1981,第339页。

通的风格取向,致使"尚辞"风潮在魏晋南朝诗赋发展的长流中产生了强大气场,左右着诗赋的气质风貌。辞赋这一被标举为"丽文"的体类,其"尚辞"取向尤易及于愈演愈烈的地步。元代祝尧在《古赋辩体》中就曾批评说:"盖自长卿诸人,就骚中分出侈丽一体,以为辞赋。至于子云,此体遂盛。不因于情,不止于理,而惟事于辞。"①"盖西汉之赋,其辞工于楚骚;东汉之赋,其辞又工于西汉;以至三国、六朝之赋,一代工于一代。辞愈工则情愈短,情愈短则味愈浅,味愈浅则体愈下。"②于是在自然描写方面,魏晋赋虽然尽呈其体玄敷理的意旨,深染理茂气厚的理性审美姿彩,然而在文类艺术经验传承的过程中,南朝诗歌自然景物描写更多是循着"尚辞"意识的张扬,倾力于语言诸方面功能的发掘,故而辞藻的流通成为魏晋赋与南朝诗之间沟通最活跃的部分,而魏晋赋体玄敷理的示范意义则被南朝诗歌悄然摒弃了。南朝之初谢灵运诗中尚有玄理之流风,方东树《昭昧詹言》即云:"晋、宋人好谈名理,不出《老》《庄》小品,故以此等为至道所止,每以此入诗为精悍,而康乐似所得为深。"③其后,诗歌的玄理色彩便逐步淡褪,及至齐梁咏物诗流行,玄思色彩已消失殆尽,故严羽《沧浪诗话·诗评》有"南朝人尚词而病于理"之评价④。然而这种"尚辞"流风一旦过度就会偏离本旨,不免造成繁采寡情的浮弱之弊。刘勰曾对南朝诗人诗法辞赋的弊端言之尤明:"昔诗人什篇,为情而造文;辞人赋颂,为文而造情。""为情者要约而写真,为文者淫丽而烦滥。而后之作者,采滥忽真,远弃风雅,近师辞赋;故体情之制日疏,逐文之篇愈盛。"(《文心雕龙·情采》)⑤这种趋势在盛唐诗人那里才真正得到了扭转和纠正。但是换个角度来看,由诗赋沟通所掀起的"尚辞"之风确实在一定程度上为南朝诗歌摆脱溺乎玄风的状态、回归审美本质产生了推助作用。"尚辞"成为复归"诗缘情而绮靡"文体质性的出发点,这正是诗赋互动的独特价值所在。

---

① 徐志啸编《历代赋论辑要》,复旦大学出版社,1991,第38页。
② 徐志啸编《历代赋论辑要》,复旦大学出版社,1991,第39页。
③ 方东树:《昭昧詹言》卷五,吴闿生评,朝华出版社,2019,第237—238页。
④ 严羽:《沧浪诗话校释》,郭绍虞校释,人民文学出版社,1983,第148页。
⑤ 刘勰:《文心雕龙注释》,周振甫注,人民文学出版社,1981,第347页。

第六章 中古诗歌自然描写语言艺术散论

中古尤其是南朝诗歌在自然描写中形成了具有普遍性和倾向性的艺术旨趣,语言表现和意象美学也积淀凝结为丰富多彩的相貌。探究其间的诗性审美特质,不仅应对普泛的特点归纳总结,其时诗坛所萌发的极富新趣的写景习惯和审美经验也值得予以关注和阐析。

第一节 中古闺情诗自然描写的隐喻意象与女性化特征

纵览中古诗歌题材的发展,以女性生活情感和自然景物为书写内容的作品是其中重要的部分,二者在表现手法和语言艺术方面所积淀的技巧引人瞩目。从诗歌的题材旨趣而言,女性书写与自然书写是平行向前的,但在实际的诗歌抒情语言空间中,二者又是常常交融的,自然书写之于女性题材是具有特别意义的审美元素。女性题材中重要的闺情题类,就发展了情(闺思)以物(自然景物)迁的抒情传统,着重将女性情思与春秋代序的自然景象绾合起来推动情感的流动,形成了独具特色的抒情范式。

中国古典诗歌托物吟志的传统由来已久,闺情诗中的自然景物描写则是重要的抒情媒介。通过开拓景物烘托情感、象征情感的暗示空间,不仅使男女离怨的情感内容得以流丽地抒写,而且使怨思经过寄托于物的过程成为具有普泛意义的情感,实现了由个体现实处境的幽怨悲思到"恒常的、普遍的情感"的升华过程。这种引向"非个人化的普遍性的品格"[1],正是诗歌获得深厚艺术感染力的旨趣所在。一般来说,作为闺情诗内容主体的女性书写是研究者关注的焦点,而作为女性情思寄托的自然描写则少有人注目。本节就后者展开探讨,揭示中古闺情诗自然描写的艺术特征,并尝

---

[1] 童庆炳:《文学理论要略》,人民文学出版社,1995,第163页。

试对闺情诗自然描写与齐梁宫体诗语言审美取向形成的深层关系进行讨论。

一、闺情诗的感物传统

在儒家传统诗教观中,诗歌具有的"经夫妇"的道德淑化力量是文学社会功能的一个重要体现,因此关涉夫妇之义、男女情感的诗歌作品备受重视。作为先秦经典文本的《诗经》即被视为"经夫妇"之文学源头而受到特别推崇。如《诗大序》就指出,《关雎》置于"风之始",乃表现"后妃之德也",具有"风天下而正夫妇"的用意①。再看《诗小序》对《国风》篇什的阐释,如说《绿衣》乃卫庄姜因"妾上僭,夫人失位"而作②;《雄雉》怨刺卫宣公"不恤国事"而致"军旅数起,大夫久役,男女怨旷"③;《氓》讽刺卫宣公时代"男女无别,遂相奔诱,华落色衰,复相弃背"的社会风气等④,也都是从"男女之衷""经夫妇"的角度出发加以阐说的。后世妇女文学为《诗经》中的男女题材作品附会以本事的现象屡次出现(如刘向所编《列女传》),也正是基于《诗经》的这一伦理功能。清代学者方熏云:"诗,人情也。人道以夫妇始,故多帏房燕婉之辞。"⑤清人袁枚亦概括《诗经》在题材倾向方面"半是劳人思妇率意言情之事"⑥。受儒家文艺伦理观和抒情传统影响,汉末以至南北朝,以闺阁思妇伤离悲怨为主要内容的闺情诗始终占据着女性书写的主流地位。南朝诗人王融《春游回文诗》有云:"离情隔远道,叹结深闺中。"世间有征戍之劳苦,闺阁必有室家之怨思。五言古诗自汉代兴起之初,闺思之音便是诗歌中的特殊风景,近人黄侃特别把"笃匹偶"作为"篇题杂沓"的文人五言诗的重要题材之一⑦。到南朝后期,宫廷文士编撰了"词关闺闼"的歌辞集《玉台新咏》,可谓闺情题材的集大成者,足见文人对这一诗歌传统的重视。钟嵘在《诗品》中就颇措意于汉魏六朝的闺情佳作,尤其肯定女性的创作成就,他赞赏汉代秦嘉与妻子徐淑的赠别之作"文亦凄怨",特别欣赏徐淑的才情,认为其"叙别之作,亚于《团扇》矣"⑧,又

---

① 阮元:《十三经注疏·毛诗注疏》,中华书局,1980,第 269 页。
② 阮元:《十三经注疏·毛诗注疏》,中华书局,1980,第 297 页。
③ 阮元:《十三经注疏·毛诗注疏》,中华书局,1980,第 302 页。
④ 阮元:《十三经注疏·毛诗注疏》,中华书局,1980,第 324 页。
⑤ 方熏:《山静居绪言》,见郭绍虞编选;富寿荪校点《清诗话续编》,上海古籍出版社,2016,第 1551 页。
⑥ 〔清〕袁枚:《随园诗话》卷一,顾学颉校点,人民文学出版社,1982,第 2 页。
⑦ 黄侃:《文心雕龙札记》,中华书局,2016,第 28 页。
⑧ 杨明:《文赋诗品译注》,上海古籍出版社,1999,第 63 页。

将南朝女性文人鲍令晖、韩兰英的闺情作品与"玉阶"之赋(班婕妤《自悼赋》)、"纨素"之词(班婕妤《团扇诗》)相媲美①。男性文人中,谢惠连的闺情诗受到钟嵘重视,因其创作了《秋怀诗》《捣衣诗》等闺情佳篇,钟嵘给予"工为绮丽歌谣,风人第一"的褒扬②。钟嵘的品评也说明了闺情相思题材在中古抒情诗歌中的特殊地位。唐人欧阳询编著的《艺文类聚》便于"人部"专设"闺情类"③,收入了从《诗经》到隋代的大量闺情诗,足见此类题材丰富而特殊的文学意义。

闺情诗在其形成之初,便奠定了感物兴歌的抒情模式。先秦两汉时期的诗乐理论中早已反复强调"应感起物而动"的心理活动,在古人看来,音乐作为移风易俗的重要载体,是心灵受外物感发而表现出来的艺术形式,所谓"乐者,音之所由生也,其本在人心之感于物也"④,是对于音乐发生外在因素的典型表述。而古人也早就将感知物化作为文学发生的重要因素而屡加强调,西晋文人陆机明确提出通过玄览(深入观照)的方式"遵四时""瞻万物"来获得创作灵感的源泉。到了南朝,刘勰总结的"物色之动,心亦摇焉"(《文心雕龙·物色》)⑤,钟嵘所讲的"四候之感诸诗"(《诗品序》),以及前引萧子显所云"风动春朝,月明秋夜,早雁初莺,开花落叶"(《自序》)之类的感性表达⑥,均是以四时景象作为审美体验的来源,强调社会环境中自然景色、四时迁变对人的思想情感和文学创作的激发作用。

《诗经》便已开始了感物兴歌的"室思"之哀。近人骆鸿凯云:"风诗十五,信有劳人思妇触物兴怀之所作矣。"⑦针对此类室思题材作品,朱熹《诗集传》多从"物感说"的角度加以解析,指出:"物因风之动以有声,而其声又足以动物也。"⑧由此视角观之,《草虫》篇乃"诸侯人夫行役在外,其妻独居,感时物之变,而思其君子如此"⑨,《雄雉》篇乃"见日月之往来,而思其君子从役之久也"⑩,《中谷有蓷》篇是"凶年饥馑,室家相弃,妇人览物起兴,而自述其悲叹之词"⑪,《葛生》篇是"妇人以其夫久从征役而不归,故言

---

① 杨明:《文赋诗品译注》,上海古籍出版社,1999,第109页。
② 杨明:《文赋诗品译注》,上海古籍出版社,1999,第79页。
③ 欧阳询:《艺文类聚》卷三十二,上海古籍出版社,2013,第869—888页。
④ 王文锦译解《礼记译解》,中华书局,2001,第525页。
⑤ 刘勰:《文心雕龙注释》,周振甫注,人民文学出版社,1981,第493页。
⑥ 〔清〕严可均校辑:《全上古三代秦汉三国六朝文·全梁文》,中华书局,1958,第3087页。
⑦ 黄侃:《文心雕龙札记》,中华书局,2016,第194页。
⑧ 〔宋〕朱熹注《诗集传》,赵长征点校,中华书局,2011,第1页。
⑨ 〔宋〕朱熹注《诗集传》,赵长征点校,中华书局,2011,第11页。
⑩ 〔宋〕朱熹注《诗集传》,赵长征点校,中华书局,2011,第27页。
⑪ 〔宋〕朱熹注《诗集传》,赵长征点校,中华书局,2011,第58页。

葛生而蒙于楚,蔹生而蔓于野,各有所依托"①,对草木昆虫之于室思的感发力量多有揭示。其后,《楚辞》中的代序之悲沿袭了《诗经》"感时物之变"的抒情传统,诸如"日月忽其不淹兮,春与秋其代序。惟草木之零落兮,恐美人之迟暮"(《离骚》)之类,往往以伤时悼迁的描写,引出美人迟暮之悲,表达君臣遇合的象征。两汉抒情诗歌尚不发达,而在作为主流文学形态的汉赋中,以宫廷女性受冷落后陈辞自伤为主要内容的宫怨题材,明确体现了通过自然景物对男女别离进行审悲观照的文学意识,这对诗歌而言无疑具有启示意义。司马相如《美人赋》向梁孝王描述了一位居于"上宫闲馆"的寂寞美人渴慕爱情的幽思,赋中"时日西夕,玄阴晦冥,流风惨冽,素雪飘零,闲房寂谧,不闻人声"几句黄昏阴惨景象的描写②,与美人的心境十分契合,烘托出美人迟暮之哀和孤独处境。而其脍炙人口的名作《长门赋》是代失宠的陈皇后陈辞通意,其中最动人心怀的描写是陈皇后的绕台遣怀和月夜愁思:她登台遥望,但见浮云四塞,天暗日昏,旋风起闺,帷幄飘摇,下台周览,但见白鹤哀号,孤雌栖木;明月内照,人在空堂,愈增惆怅。景物的描写处处映射着陈皇后的"愁闷悲思"③。此外,张衡《定情赋》所描述的"草虫鸣""草木零"之时"思美人兮愁屏营"④,蔡邕《青衣赋》以"明月昭昭,当我户扉。条风狎猎,吹予床帷"衬托卑微侍女的孤寂⑤,都凸显了自然景物在闺情题材作品中不可或缺的抒情作用。上述之作借黄昏景象进行氛围营造和情感表现,表达对女性难耐孤独、哀乞垂青的怜悯。而才女班婕妤《自悼赋》与《捣素赋》中更为细腻妥帖的景物描写则表明了女性驾驭宫怨题材的天然优势。无论是《自悼赋》中以"华殿尘兮玉阶苔,中庭萋兮绿草生。广室阴兮帷幄暗,房栊虚兮风泠泠"的描写渲染出的深宫寂寥⑥,还是《捣素赋》中闺阁女子在"广储悬月,晖水流清,桂露朝满,凉衿夕轻"气氛下的捣衣情景⑦,均婉转切情,充分利用了自然景物对于女性愁怨心理的烘托作用,因此成为闺情题材的标杆作品。

汉魏两晋的闺情诗,在发挥自然景物的情感表现方面上承《诗经》《楚辞》与汉赋的传统,同时又受到当时弥漫的"履霜悼迁,抚节感变"的文学

---

① 〔宋〕朱熹注《诗集传》,赵长征点校,中华书局,2011,第93页。
② 〔清〕严可均校辑:《全上古三代秦汉三国六朝文·全汉文》,中华书局,1958,第245页。
③ 〔清〕严可均校辑:《全上古三代秦汉三国六朝文·全汉文》,中华书局,1958,第245页。
④ 〔清〕严可均校辑:《全上古三代秦汉三国六朝文·全后汉文》,中华书局,1958,第769页。
⑤ 〔清〕严可均校辑:《全上古三代秦汉三国六朝文·全后汉文》,中华书局,1958,第853页。
⑥ 〔清〕严可均校辑:《全上古三代秦汉三国六朝文·全汉文》,中华书局,1958,第186页。
⑦ 〔清〕严可均校辑:《全上古三代秦汉三国六朝文·全汉文》,中华书局,1958,第186页。

审美趣味的影响，进一步凝定了触景感物以抒发思妇郁结的典型表达，擅长女性题材的曹魏文人是这一表达方式的先行者。《乐府解题》曰："晋乐奏魏文帝'秋风''别日'二曲，言时序迁换，行役不归，妇人怨旷无所诉也。"[1]指出曹丕乐府诗中的闺情旨趣。针对曹植《杂诗五首》，古人评云："汉末多征役别离，妇人感叹。故子建赋此，起句谓皎月流辉，轮无辍照，以其馀光未没，似若徘徊。"[2]可以见出曹丕、曹植对于闺情作品蕴藉的抒情力量的认同，并在自己的创作中予以书写。这一时期的诗歌中，以"感"为中心语而组成的表达诗人内心因季节迁转而有所触动的词语颇为丰富，其中尤以"感物"一词出现得最为频繁。这种源于自然景物的兴发作用而抒遣情怀的描写方式标示了文学的时代特征。"感物"一词频频出现于闺情诗，使之成为"感物"审美风气的代表诗体。如魏明帝曹睿诗中借明月烛床帷、微风冲闺闼等描写抒发"感物怀所思"之情（《乐府诗》）；傅玄诗中写"春至草不生"触动其"感物怀思心"之情绪（《青青河边草篇》）；潘岳悼妻之作写及由"四节代迁逝"而兴"悲怀感物来"之哀（《悼亡诗三首》其三）；陆机诗中亦抒发"四节逝若飞"之季节迁转使人顿生"感物恋所欢"之心理（《拟庭中有奇树诗》），或在"明月入我牖"之时生出"踯躅感节物"之悲（《拟明月何皎皎诗》）；张华诗铺写苔草遍生户牖、翔鸟相鸣、草虫和吟的景象，自然引出"心悲易感激"的情绪（《情诗五首》其一），因"房栊自来风，户庭无行迹。兼葭生床下，蛛蟊网四壁"的萧条室景而发"感物重郁积"的沉重忧伤（《杂诗三首》其三）；等等。诸如以上种种，皆体现闺情诗特别注重从自然界萧条衰飒景象的观照中获得激发情感的契机，以便从自然的触媒中引出闺妇思恋的幽隐情愫，这也体现出中古诗歌闺情作品重"情"、重"感"的思维模式，以及由景象带动深沉情意书写的营象艺术。所以说闺情诗的发展在中古诗歌感物兴情审美思潮背景下，强化了物象对于思情的触动作用以及主体与客体心物相通的情感交流，其深沉悲哀的抒情旨趣在一定程度上推动了诗歌感物抒情模式向深细境界的发展，彰显了自然描写在男女怨旷题材中独特的美感功用。也因这种诗歌内在审美机制的定型，闺情诗的自然描写与情思主题的配合形成了比较鲜明的特点，在景与情的关联性上更注重比兴艺术思维所寄托的隐喻深旨，在写景的语言色彩上尤其是南朝的作品更倾向于契合女性化思绪的体物视角和审

---

[1] 〔宋〕郭茂倩编《乐府诗集·相和歌辞七》，聂世美、仓阳卿校点，上海古籍出版社，2016，第426页。

[2] 〔陈〕徐陵编《玉台新咏笺注》，〔清〕吴兆宜注，程琰删补，穆克宏点校，中华书局，2017，第68页。

美趣味。

二、中古闺情诗自然描写的隐喻意象

中古诗歌女性题材作品在书写方式上大致有两种倾向,一是直接描写女性容貌神态的赋体艳歌,二是以览物兴怀的方式烘托女性情态心理的诗体情歌。前者注重对女性的脸庞、玉手、头饰、纤腰、服物、神态、声音、动作、体态进行从局部到整体的描摹,以比较直观化的方式呈现女性的生活状态和心境情思,诸如曹植的《美女篇》以及傅玄、陆机的同题《艳歌行》均属此类,这种赋法描写在魏晋时期并未占主流,要到梁陈宫体诗风大行之时才重新萌发生机。后者则一直是中古闺情诗的主要表现艺术,"闺思悯己,托情寓物"是此类诗体情歌典型的抒述方式。诗中女性抒情主体所思的对象有的"遥役不得归",有的"宿昔当别离",或者"恩绝旷不接",甚至是"重壤永幽隔",而无论基于何种情感,受社会身份和家庭身份的限制,她们只能在闲房空室的狭窄生活空间中结思怀人,抚枕独叹,时而"自伤命不遇",时而"常恐新间旧",这便造成了抒情主体——女性或替女性代言的男性排解愁绪的空间不出闺闼、户牖、庭院的狭小范围,景物与情意便形成了较为稳定的隐喻关系,呈现出比体意象不断复现的类型化特点。

囿于这一时期不平等的两性关系,无论是男性代言还是女性自抒,闺情诗大都从女性之于男性的寄托关系角度进行抒写,因此汉魏时期闺情诗的自然描写反复出现的是浮萍依水、女萝寄松、葛蔓成荫、瓜葛相连、菟丝附萝等相对固定化、程式化的意象。如魏明帝曹叡的乐府诗《种瓜篇》就是典型的表达,在诗歌所表现的意旨中,女性的爱恋往往表现为对男性的倚靠(寄托不肖躯,有如倚太山)、攀附(菟丝无根株,蔓延自登缘)、托付(萍藻托清流,常恐身不全)和仰仗(被蒙丘山惠,贱妾执拳拳),因女性依附性的社会地位,这些意象也带有明显的依托隐喻,当然这类隐喻意象属于比较简单的比兴思维。随着闺情诗创作走向更加丰富的艺术形态,隐喻意象随之拥有了更为多样的形态和意旨。其中以芳草与水泽、飞鸟与嘉树、阳光与闺室的对应关系形成的三类比体意象,通过诗中的不断复现而成为闺情诗的基本意象。

一是以芳草寄生水泽喻指女性优渥幸福的生活状态。芳草因受水泽滋养而生机勃发、光艳无比,诗人惯常借此比喻女子受到爱情滋润、得到隆宠的幸福状态。曹魏甄皇后的《塘上行》由"蒲生我池中,其叶何离离"开端,即是女子得宠风光的隐喻。后来陆机同题之作云"江蓠生幽渚,微芳不足宣。被蒙风雨会,移居华池边",表达女性受到渥宠的生活正如芳草遇水滋荣的状态。将水边芳草与女性生命状态相比配,由此成为闺情诗常见的开篇方式。如傅玄《秋兰篇》开首以"秋兰映玉池,池水清且芳"起兴,意在表达君妾的相思之情,郭茂倩云:"其旨言妇人之托君子,犹秋兰之荫玉池。"①即指出意象所含的隐喻之旨。陆机《拟青青河畔草诗》也以"靡靡江蓠草,熠熠生河侧"起首,抒写当轩而织的皎皎姝女中夜思念良人的情感,"江蓠熠熠"与"姝女阿那"相互映发,草润水泽的隐喻指向也非常显豁。在南朝闺情诗的相关篇章中,表现芳草对水泽的依托依然具有形象隐喻的特点,或者女子在水泽边的自赏也成为诗人注目的对象,可以说这一意象已经成为闺情诗书写的共识语言,并经诗人之手产生了多变的表达。

二是以飞鸟对嘉树的萦绕栖托隐喻男女之间的相恋情思。曹植《杂诗七首》其三述说独守空闺的织妇感伤良人从军不归,落笔于特写镜头:"飞鸟绕树翔,噭噭鸣索群。"鸟对树的飞绕隐喻妇对夫的依恋,其意涵指向甚为明晰。又如梁武帝萧衍《古意诗二首》其一云:"飞鸟起离离,惊散忽差池。嘈嘈绕树上,翩翩集寒枝。"这里的描写旨在寄寓征役人与闺中妾遥隔相思的心理。王僧孺《何生姬人有怨诗》开头云:"寒树栖羁雌,月映风复吹。逐臣与弃妾,零落心可积。"形象表达羁雌对寒树的栖托,与逐臣、弃妾的无可依托对比,彰发了主体与自然客体情感共鸣的审美意趣。在费昶的《长门怨》中也有"绛树摇风软,黄鸟弄声急"的描写,语言虽无悲绪,但其烘托幽居之人冷清与寂寞的指向性是显而易见的。

三是以阳光照耀女性屋室隐喻女子得到男子的宠爱。班婕妤《自悼赋》中就有"蒙圣皇之渥惠兮,当日月之盛明"的感慨②,日月象征的就是皇帝的隆宠。及至闺情诗中,阳光与女性的关系具象化为阳光对美人居所或其人的照耀。谢灵运《日出东南隅行》有"晨风拂幨幌,朝日照闺轩"的描写,萧纲《拟落日窗中坐诗》亦有"杏梁斜日照,馀晖映美人"意象映衬女性孤独之情思。

上述几种比体隐喻意象依托心与外物的异质同构关系,使物象以实景或譬喻的双重意旨出现,成为闺情诗话语中惯用的比兴手段。而当这类比体隐喻的反复出现形成符号化的表达方式后,闺情诗也终归流于个性的丧失和情感的乏味。因而诗歌的发展中必然呼唤更多地引入具体的实景自然描写,以适应渲染闺思、烘托闺中之人孤独生存境遇的抒情需求。因而

---

① 〔宋〕郭茂倩编《乐府诗集·杂曲歌辞》,聂世美、仓阳卿校点,上海古籍出版社,2016,第803页。
② 〔清〕严可均校辑:《全上古三代秦汉三国六朝文·全汉文》,中华书局,1958,第186页。

我们看到,在上述比体隐喻意象复现的基础上,闺情诗的自然描写也逐步走向了愈见丰富的实景描摹。作家在自然界选择的情感对应物,既是"模仿自然",也是诗人内心的"自我表现",而这种景象呈现因为闺情诗题旨的特点也形成了明确的指向性。

迁逝之悲是蔓延于汉魏两晋诗歌的重要主题,也是闺情诗自然描写的主要内容。钟嵘《诗品序》云:"若乃春风春鸟,秋月秋蝉,夏云暑雨,冬月祁寒,斯四候之感诸诗者也。"[①]其中"秋月秋蝉"和"冬月祁寒"就是闺情诗典型的自然背景。汉末《古诗十九首》中"多鸣悲"的蟋蟀映衬"寒无衣"的游子,孟冬的寒气、北风的惨栗烘托相思之情就是典型之例。曹魏以后,文人在闺情诗中将四时推迁的景象描绘得愈发细致,诗中笼统的时序之悲逐步为悲风起闺闼、明月照罗帷、丝虫绕户牖、绿苔上阶庭等具象化的景物描写代替。如明人方弘静撰《刻玉台新咏序》即云:"至夫春华方艳,秋月俄辉,白日未移,红颜将敛,君王不御,荡子忘归。长信宫深,羞乞大夫之赋;昭阳风起,忽闻弦管之声。玉阶苔生,菱镜长掩,又何寥乎其幽瘁也!"[②]既强调了自然描写在闺情诗中触引情感的作用,也形象概括了诗中自然描写大多不脱离春花、秋月、风起、苔生等意象。从闺情诗的具体情形而言,"月照罗帐"和"丝虫野草"意象是闺情诗时序抒情模式最具代表性的表达。

《古诗十九首·明月何皎皎》云:"明月何皎皎,照我罗床帷。忧愁不能寐,揽衣起徘徊。"《梦雨诗话》解释说:"月照罗帐,思妇典型环境所见典型景物;月光皎洁与罗帐透明,一石二鸟写法,后世多用之。"[③]如曹植诗中以"明月照高楼,流光正徘徊"引出愁思妇的"悲叹有馀哀"(《怨诗行》),成为闺情诗经典的抒情意象。张华以"明月曜清景,昽光照玄墀"映衬幽人"回身入空帷"之凄然(《情诗五首》其二),潘岳《悼亡诗三首》其二以"皎皎窗中月,照我室南端"开头引出思妇之悲情,江淹《杂体诗三十首·张司空华离情》由"秋月映帘栊,悬光入丹墀"写起,继而转入思妇之清夜相思,都选择了以月光流照衬映主体心理的抒写艺术,也使"明月入帷"成为闺情诗"感物而造端"的经典笔法。

"丝虫绕户,野草当阶"是又一典型意象。刘勰《文心雕龙·物色》谈到四时景物对人心的摇荡作用时说,"微虫犹或入感,四时之动物深矣"

---

① 杨明:《文赋诗品译注》,上海古籍出版社,1999,第38页。
② 吴冠文、谈蓓芳、章培恒汇校《玉台新咏汇校》,上海古籍出版社,2011,第9页。
③ 曹旭:《古诗十九首与乐府诗选评》,上海古籍出版社:2002,第39页。

"一叶且或迎意,虫声有足引心"①。曹植"闲房何寂寞,绿草被阶庭"(《杂诗七首》其七),已树立了绿草被阶的隐喻范式,南朝闺情诗中也频频出现此意象,如刘铄《拟行行重行行诗》有"堂上流尘生,庭中绿草滋",刘孝威《怨诗》有"丹庭斜草径,素壁点苔钱",卢思道《有所思诗》有"洞房明月下,空庭绿草深",王胄《燕歌行》云"庭草无人随意绿",都是以阶庭生草的醒目意象暗示哀绵相思。而萧衍《捣衣》将别后独守的思妇的哀怨情绪寄托于"阴虫日惨烈,庭草复芸黄",徐悱《赠内》有"网虫生锦荐",吴均有"寒虫隐壁思"(《与柳恽相赠答诗六首》其五),柳恽《长门怨》云"网户思虫吟",《捣衣》有"思牖草虫悲",萧纲《代乐府三首·楚妃叹》有"草萤飞夜户,丝虫绕秋壁"等,也都是小虫微物触动心怀的生动表达,使微虫变为思妇的化身或情感投注对象。

  从比体隐喻意象的复现和实景意象描写的经典化两方面特点,可以看到中古闺情诗自然描写具有意象类型化的抒写倾向,表征了闺情诗创作对传统抒写手法的固守以及突破公式化意象抒写的艰难,从而在一定程度上造成了抒写格局和艺术表达的有限性。值得注意的是,南朝闺情诗在意象的情感张力方面更为注重细腻的构象艺术,对魏晋闺情诗的程式化书写有所超越。如果说魏晋闺情诗歌自然描写多停留在烘托女性的心理活动层面,那么南朝闺情诗相比而言在表达上更注重调动景语的暗示功能,使自然描写的独立意义进一步得到凸显。一方面,南朝闺情诗更为密集地使用拟人化写景手法,将风月、苔草、昆虫与户牖、阶庭、帷帐、床闼之间的情意化关系给予强烈彰显。在诗人笔下,月光温情脉脉,多愁善感:"明月入绮窗,仿佛想蕙质。"(江淹《杂休诗三十首·潘黄门岳述哀》)、"虫声绕春岸,月色思空闺。"(萧子晖《春宵》)、"祇恐多情月,旋来照妾床。"(萧纲《夜夜曲》),月色的人格化描写将女子春日思念、伤感、孤寂的缠绵情思暗示出来,修辞化的自然景物与抒情主人公的情思更为贴近,情感表现力得以提升。另一方面,诗人更加注重对景物间互动关系的营造和捕捉,使之包含暗示男女情感的深层意味,景语传递出的言外之意更为丰富。如谢朓《赠王主簿诗二首》其一是以闺思的抒情模式表达思友之情,诗中"蜻蛉草际飞,游蜂花上食"的意象非常鲜明,着意雕绘的是蜻蛉与草叶、游蜂与花朵的亲密动态,其中包含爱情依恋的隐喻。又其《和王主簿季哲怨情诗》也是闺情诗拟作,诗中惊艳的"花丛乱数蝶,风帘入双燕"意象同样委婉含蓄,数蝶在花间乱舞,双燕于帘间出入,这种谐和依恋的景象营造出热闹的

---

① 刘勰:《文心雕龙注释》,周振甫注,人民文学出版社,1981,第493页。

春色,反衬女子"故心人不见"的感伤。尽管南朝齐梁以后诗歌因情感的狭隘与匮乏而遭到后世唇焦舌敝式的抨弹,但不可否认的是,南朝文人对语言审美特性的重视前所未有,在捕捉自然景物的生命情调和情感表现力方面尤其表现出惊人的敏锐,闺情诗景物描写的变化便是显例。

三、南朝闺情诗自然描写的女性化特征

闺情诗的抒情主体大多是男性,而抒情主人公则是女性气质的化身,其主要内容也是女性的闺思愁怨,凝聚女性情思的自然描写也随之沾染了女性化的气质,这一特点在南朝诗歌中体现得极为突出,主要表现于如下二端。

一是自然描写语言的轻艳特色。"诗缘情而绮靡"是中古诗人对诗歌本质的共同体认,而闺情诗正是这一审美本质的集中体现。前面已提到钟嵘在评价班婕妤与谢惠连诗歌时就将"怨深文绮""绮丽歌谣"作为闺情诗语言的重要特色,古人对《玉台新咏》的评价,也多从风格的"绮艳"说起,如明人袁宏道赞赏《玉台新咏》的语言风格是"清新俊逸,妩媚艳冶,锦绮交错,色色逼真"①,梁启超亦指出《玉台新咏》"目的在专提倡一种诗风,即所谓言情绮靡之作是也"②。作为闺情诗重要抒情部分的自然描写也难脱绮艳的格调,尤其在南朝诗歌中达到了极致。比如通过对比可以看出,梁陈闺情诗在描写女性和自然景物时,呈现出嗜好轻缓柔弱动态美的共同审美趣味。表现女性轻柔美的特征,喜写女性之"衫轻""轻帷""轻带""轻幌"等,写景亦偏好以"轻"作修饰词强化景物轻柔的韵致。在写景动词的选用上也偏好柔缓特点,"依""度"等词复现频率较高,像"夏叶依窗落"(刘孝绰《夜不得眠》)、"落照度窗边"(萧纲《和徐录事见内人作卧具》)等,可以说都是对女性动态的模仿。在梁陈宫体诗风盛行的情况下,景物与女性描写辞藻的沟通比比皆是,女性描写语言的轻艳特质也传递到了景物描写中。且看下面几组例子中女性描写与自然描写的对照:

> 钗光逐影乱,衣香随逆风。(刘缓《江南可采莲》)
> 云斜花影没,日落荷心香。(萧纲《苦热行》)

---

① 徐陵编《玉台新咏笺注》,〔清〕吴兆宜注,程琰删补,穆克宏点校,中华书局,2017,第599页。

② 徐陵编《玉台新咏笺注》,〔清〕吴兆宜注,程琰删补,穆克宏点校,中华书局,2017,第613页。

窗疏眉语度,纱轻眼笑来。(刘孝威《郗县遇见人织率尔寄妇诗》)
庭花对帐满,隙月依枝度。(萧纲《贞女引》)

玉貌歇红脸。(萧纲《乐府三首·妾薄命篇十韵》)
晴天歇晚虹。(萧纲《奉和登北顾楼诗》)

日移孤影动,羞睹燕双飞。(萧纲《金闺思二首》其一)
孤飞本欲去,得影更淹留。(萧纲《咏单凫诗》)

密态随流脸,娇歌逐软声。(萧纲《美女篇》)
苔衣随溜转,梅气入风香。(萧绎《和鲍常侍龙川馆诗》)

微笑隐香屏。(萧纲《美女篇》)
晚橘隐重屏。(萧纲《大同十年十月戊寅诗》)

妆窗隔柳色,井水照桃红。(萧纲《和湘东王名士悦倾城诗》)
水照柳初碧,烟含桃半红。(萧纲《旦出兴业寺讲诗》)

从上述几组诗例可以看到,辞藻的互用和意象的接近造成女性描写与自然描写语言格调极为逼近,这在梁陈诗歌中是比较普遍的现象。大多数宫体诗的景物描写普遍隐藏着女性的身影,或是将女性的气质、特征附丽于所咏之物,表面看是体物,实际上抒写的是女性的幽隐思绪。如萧纲《秋闺夜思诗》中的几句写景:"迥月临窗度,吟虫绕砌鸣。初霜陨细叶,秋风驱乱萤。"诗中月光度窗、吟虫绕砌、秋风驱萤的景象,因其语言的细巧纤丽而富有女性气质,仿佛是思妇徘徊于窗前、砌上并驱散流萤的身影。在梁陈抒情诗频频使用的比喻修辞中,诗人也更倾向于轻柔唯美的女性视角。如刘孝威《奉和逐凉诗》中的连喻:"长河似曳素,明星若散珰。倚岩欣石冷,临池爱水凉。月纤张敞画,荷妖韩寿香。""曳素""散珰"是闺妇日常生活情景,"张敞画""韩寿香"也是与儿女私情密切相关的故实,显然诗歌是把描写女性的语言施于自然描写,使自然环境中女性的身影若隐若现,诗中未写女子形象,但句句写景都暗示女性的存在并且流露对洞房深闺女子的欣赏心态。有研究者就指出,宫体诗"对女性美的欣赏,有时还移情到咏物题材的诗歌中,在他们眼中,花草山川,星月风云,也都带着女性的芳泽媚态"①。

二是意象构造时追求景物与女性形象相互映照的审美趣味。风物与闺中女子的形象并置强化了明丽、芳香、柔媚的诗意境界，相互映发而成天然和谐的画面。在宫体诗中，女性生活娱乐的场景处处是妆窗映柳、柳絮依酒、梅花入衣、树临舞席的轻幽景象。诗人多留意摄取风景与女性相互点缀的镜像，如王僧孺《月夜咏陈南康新有所纳诗》中人与月相对，是"开帘一种色，当户两相映"的艳丽景象；姚翻《同郭侍郎采桑诗》中女子的光艳借"日照茱萸领，风摇翡翠篸"托出；萧纲《和林下妓应令诗》中写宴席间的舞女"泉将影相得，花与面相宜。篪声如鸟哢，舞袂写风枝"，把人与景糅合在一起，取得了明丽的美感；刘缓《看美人摘蔷薇诗》中的美人与蔷薇"鲜红同映水，轻香共逐吹"，也是别有韵味。诗中女性的动作神态也因自然风物的映衬而更显娇美，或是美人主动以"红妆映落晖"（萧纲《咏中妇织流黄》），以"却扇承枝影，舒衫受落花"（萧纶《见姬人诗》）；或是风光与人相亲，时而"流风拂舞腰"（萧纲《夜听妓诗》），时而"横枝斜绾袖，嫩叶下牵裾"（萧绎《看摘蔷薇诗》）；或是景成为美人的一道纱帐，无论是"回花半隐身"（刘孝绰《赋得照棋烛诗刻五分成》）还是"竹树隔罗衣"（何逊《苑中诗》），均使美人形象更加旖旎朦胧。当她们的歌声舞影与风景相融，又别是一番美感幻境："歌声临树出，舞影入江流"（徐君茜《别义阳郡二首》其一）、"影逐斜风来，香随远风入"（沈约《为邻人有怀不至诗》），意象中女子的影像若隐若现，通过与景物的协配增添了神秘美。这样将女性与自然融合的描写，增添了景物与人物描写在视觉美感上的互映互通，笔法的新趣于此可见。

从南朝后期诗坛的整体风向来看，"辞须蒨秀，意取柔靡"是梁陈文人诗歌创作普遍的语言追求。在这种审美趣味的影响下，闺情诗自然描写的女性韵致得到了进一步强化。清人王闿运说："爰及齐梁，因有宫体，游览咏物，悉入闺情。盖取其妍丽，始能绵邈。论者不晓其旨，辄以佻仄讥之，此不究而妄言也。"②如他所言，梁陈诗坛闺情泛滥、艳语云集的现象正缘于诗人"妍丽""绵邈"的语言追求，因此"游览咏物"等题材中都有闺情的影子。陈祚明在其《采菽堂古诗选》中亦云："梁陈之弊，在舍意问辞，因辞觅态。阙深造之旨，漓穆如之风。故闺闼之篇，是其正体；次则分赋物类，

---

① 刘跃进：《〈玉台新咏〉史话》，马燕鑫校补，国家图书馆出版社，2015，第59页。
② 周颂喜整理《王闿运未刊手书册页》，《船山学刊》2001年第2期。

流连景光。"①闺情诗的语言品位和情感特质产生了辐射效应,即使无关闺情的题材,也同样体现出闺情作品的写景趣味。如沈约于学省遣怀,落笔于"网虫垂户织,夕鸟傍檐飞"(《直学省愁卧诗》),萧子范夏夜咏怀,关注的是"虫音乱阶草,萤光绕庭木"(《夏夜独坐诗》),纤丽柔靡的写景笔调中流露出闺阁情思。故而隋代李谔针对齐梁文风有"连篇累牍,不出月露之形,积案盈箱,唯是风云之状"②的讥嘲。

  南朝闺情诗虽然对自然意象的营造有所推进,但到了梁陈时期,闺情之作的旨趣往往偏重娱情,因此距离情动于中的"哀思"越来越远。比如因偏爱"高楼怀怨""长门下泣"题材而被称为"闺奁妙手"③的萧纲,其所倡宫体"半为闺闼之篇",然而却大多走向了"纵缘情即景,赋物酬人,非刻画莺花,即铺张容服。辞矜藻缋,旨乏清遥"④的方向。且看萧纲的《秋闺夜思诗》,开首即表明"非关长信别,讵是良人征?"思者既无宫中失宠之怨,亦无良人远征之忧,只是与君数日不见,便有"九重忽不见,万恨满心生"之悲,这种恨与悲远未达到君子"遥役久不归"带来的深沉哀痛,充其量是发发牢骚而已,再加上柔靡纤丽的语言雕饰,大大削弱了闺情诗的哀伤基调,从而失去了感动人心的力量,流为艳语的罗织。李延寿《南史·梁本纪论》便指责萧纲"文艳用寡,华而不实""哀思之音,遂移风俗"⑤。不仅是萧纲一人,梁陈帝王及文学侍从的闺情诗普遍偏嗜女性化色彩浓厚的"清辞巧制",将闺情诗视为"艳语"的载体,而远离了其"感物托寓""吟咏情性""淳厚清婉"的风人之旨。正如陈祚明所云:"且夫闺闼之篇,古人亦皆托兴;时物之感,君子祇以道怀。今迹其所假,寻于末流,于咏歌之道,亦已失据矣!"⑥因梁陈宫廷文人对"哀艳"诗风的偏嗜,这一传统题材走向了与诗歌的"情性"本质愈行愈远的方向,这正是导致其备受后人诋诃的主要原因。

---

① 陈祚明评选《采菽堂古诗选》,李金松点校,上海古籍出版社,2008,第695页。
② 〔唐〕魏征等:《隋书》卷六十六《李谔传》,中华书局,1973,第1544页。
③ 钟惺、谭元春选评《诗归·古诗归》,张国光、张业茂、曾大兴点校,卷一三,湖北人民出版社,1985,第260页。
④ 陈祚明评选《采菽堂古诗选》,李金松点校,上海古籍出版社,2008,第694页。
⑤ 〔唐〕李延寿:《南史》,中华书局,1975,第252页。
⑥ 陈祚明评选《采菽堂古诗选》,李金松点校,上海古籍出版社,2008,第695页。

第二节　南朝诗歌的写"影"风气

　　文学作品对景象声气光影等抽象特征的着意描绘,是从《楚辞》开始就有所表现的唯美艺术倾向,南朝诗歌在自然景物中所达到的"声色大开"的艺术境界,其中一个重要侧面便是对景物之姿采及深趣的彰发,因而特别在物色的光影声气描写艺术上显出独特的审美眼光和锤炼功力,以之作为发掘景物之神采的艺术手段。明显可以看到的是,以刘宋诗歌作为分界线,自然描写的语言活力在山水诗初兴的审美风潮带动下有了大幅的提升,光影声色的表现艺术在永明以后更是成为一种能够焕生自然描写内在韵律和唯美意趣的典型手段。梁简文帝萧纲闺情诗中有《倡楼怨节诗》,以描写上林苑之明丽春景作为映衬,表达闺中女子感伤年光易逝的思绪及相思欲吐的情怀,诗中对朝日照梁、春鸟争飞的秀美春光作了这样的声光交融的描写:"片光片影皆丽,一声一啭煎心。"风光丽影清新宜人,鸟声鸣啭令人心动,把春日景象描摹得活力十足。实际上,从景物描写的取象视角和语言特点来看,以梁代宫廷诗人为代表的南朝后期诗坛,的确颇为擅长从声色光影的角度描绘自然景色旖旎绚丽的魅力。这其中,尤以对景物之"影"的描写,形成了一种在当时诗坛甚为流行的写景视角和幻彩的语言技巧,深得诗家偏爱,也开辟了以物影描写丰富景物呈现笔法、构造虚实相映艺术境界的语言空间。

　　明代擅长水墨画的文人徐渭在《画竹》诗中云:"万物贵取影,写竹更宜然。"①指的是画竹时更适宜将竹影呈现出来,画出竹丛的那一片"秾阴",如此则能体现传神的画技。诗画艺术相通,徐渭所讲的绘画技巧正是早就萌发于南朝诗歌中的写物艺术。南朝中后期诗坛,在描写景物上注重写"影"成为一时之趋的风气,诗人于"影"的丰富描写中尽显其逼真肖似的摹画功力和审美追求,使"影"的描写进入了中国古典诗歌勾绘自然山水的视界之中,写"影"之句更是成为诗人争相雕镂的传神诗眼,对唐诗宋词乃至明清诗文的景物描写影响甚深。关于南朝诗歌兴起的这种写"影"风气及其所蕴含的语言艺术、文化背景,目前所见讨论寥寥无几②,本节就

---

① 语出徐渭《画竹》一诗。
② 关于南朝诗歌影描写的讨论,仅见沈扬《瞬间之美的感伤——齐梁文学中的光与影》一文,刊载于《古典文学知识》2014 年第 5 期。

此试作论析。

一、绘"影"的先声

从词源学的角度来看,远自先秦,迄于南朝,由"景"到"影"经历了一个含义变化的过程。据颜之推《颜氏家训·书证篇》考证①,东晋以前,"影"多以"景"代之。"景"大致有三种意思:

其一,《尔雅》释"景"为"大也"②。《诗经》中"高山仰止,景行行止"(《小雅·车舝》)、"神之听之,介尔景福"(《小雅·小明》)等语,景皆作大之意。

其二,《说文解字》云:"景,光也。"③《楚辞》中"惭光景之诚信兮,身幽隐而备之"(《惜往日》)、"借光景以往来兮,施黄棘之枉策"(《悲回风》),正是先秦时代以景指光的较早描写。汉代以后,诗歌在描写自然时多以日、月景象作为主体意象,借以抒写对时节流逝、人生短促的叹惋,"景"字就被作为日、月的代名词来使用。曹植诗中的"明月澄清景"(《公宴》)、"圆景光未满"(《赠徐幹》)等句,《文选》注曰:"景,光也。""圆景,月也。"④"景"都指的是月夜的清光。陆机的乐府诗几乎篇篇有"景",有如"清川含藻景"(《日出东南隅行》)句,"藻景"指"日光有文"⑤;"邈矣垂天景"(《折杨柳行》)中,"景"指天边落日。

其三,《集韵·梗韵》曰:"景,物之阴影也。"⑥如《楚辞》中的《九章·悲回风》有"入景响之无应兮"之句,宋人洪兴祖补注即曰:"景,於境切,物之阴影也。"⑦汉魏以后,"形影(景)""影(景)响"之类词语便常常入诗了,如曹植《杂诗七首》其一"形影忽不见,翩翩伤我心",《赠白马王彪》"年在桑榆间,影响不能追"之类。描写人或自然物象的影像,在西晋诗歌中开始零星出现。傅玄《杂诗三首》其一咏雁云:"玄景随形运,流响归空房。"《文

---

① 《颜氏家训·书证》云:"《尚书》曰'惟影响。'《周礼》云'土圭测影,影朝影夕。'《孟子》曰'图影失形。'《庄子》云:'罔两问影。'如此等字,皆当为光景之景。凡阴景者,因光而生,故即谓为景。《淮南子》呼为景柱,《广雅》云'晷柱挂景。'并是也。至晋世葛洪《字苑》傍始加彡,音於景反。而世间辄改治《尚书》《周礼》《庄》《孟》从葛洪字,甚为失矣。"〔北齐〕颜之推著,庄辉明、章义和撰《颜氏家训译注》,上海教育出版社,2020,第 302 页。
② 胡奇光、方环海:《尔雅译注》,上海古籍出版社,2016,第 3 页。《广韵》:"景,大也,明也,像也,光也,炤也。"
③ 〔汉〕许慎:《说文解字》,卷七,〔宋〕徐铉校定,中华书局,1963,第 138 页。
④ 〔梁〕萧统编《文选》,〔唐〕李善注,中华书局,1977,第 282、339 页。
⑤ 刘运好:《陆士衡文集校注》,凤凰出版社,2007,第 560 页。
⑥ 丁度:《集韵》(中),中国书店,1983,第 875 页。
⑦ 〔宋〕洪兴祖:《楚辞补注》,白化文等点校,中华书局,2015,第 123 页。

选注》曰:"景,影也,谓雁影,映于月光而色玄也。"① 陆机《塘上行》中描写原本幽生于渚边之江蓠"移居华池边"之后"发藻玉台下,垂影沧浪渊"的郁盛之态,繁茂之香草垂影清渊之中实含有隐喻妇人雍容宫室生活的意味,而繁华终究难逃芬芳消歇的命运,正与女性色衰易逝的命运形成映照,抒发了对女性青春易去的悯惜之情和繁华难久、好景难存的人生寄慨。晋宋之际诗歌中的自然物象之"影"就渐次增多了。陶渊明《归鸟》诗中描写翼翼翻飞之鸟"顾俦相鸣,景庇清阴",形象表现了归鸟暂憩于树荫下求得庇护的天然之性;其《九日闲居》诗中也通过"往燕无遗影,来雁有馀声"表现重阳之时天清气明、万里寂静的景象;他的《杂诗十二首》其二中也留下了在素月清辉洒照之时"挥杯劝孤影"的孤独形象。可见陶渊明已比较注重在意象熔炼中以鸟影、人影的描写表现寂寥清凄的情感基调。从审美视角刻画"影"的形象还是大多出现于写景诗中,尤其是对水中倒影的描写最具美感。《文选》李善注云:"山临水而影倒,谓之倒景"②。晋人闾丘冲《三月三日应诏诗二首》其一描写春日嘉木、宫室、清流相映的景象云:"垂荫倒景,若翱若翔。"影像在水中形成了翱翔的幻象,写春景甚为明爽。还有王彪之的"蓬莱阴倒景"(《游仙诗》)、谢灵运的"张组眺倒景"(《从游京口北固应诏》),都是对水中倒映景象的刻画。前引《颜氏家训》已有提及,改"景"为"影"自东晋葛洪始,也正是在晋宋之交,"景"与"影"二字意思逐渐分离。"景"仍指日月光辉,渐有景物之意,如在"薄云罗阳景"(谢安《兰亭诗二首》其二)、"景气多明远"(殷仲文《南州桓公九井作》)两句中,"景"皆作"风景"言;"影"则逐渐频繁地进入诗人视野,成为诗歌描写自然物色时着意摄取的意象。

如果说上文所举晋宋之际的写影还只是极少出现的诗语,那么到了永明时期,就是真正显出了刻意绘影的审美倾向。在当时文坛号为"辞宗"的沈约就表现出浓厚的写影趣尚,其指咏风景的诗篇中先后出现了月影、云影、蓬影、鹤影、鸢影、石影等多种自然影像,如:"方晖竟户入,圆影隙中来。"(《应王中丞思远咏月诗》)、"皎洁在天汉,倒影入华池。"(《和王中书德充咏白云诗》)、"照愁轩之蓬影,映金阶之轻步。"(《八咏诗·登台望秋月》)、"夜止羽相切,昼飞影相乱。"(《八咏诗·夕行闻夜鹤》)、"双剑爱匣

---

① 〔梁〕萧统编:《六臣注文选》,〔唐〕李善、吕延济、刘良、张铣、吕向、李周翰注,中华书局,2012,第550页。

② 〔梁〕萧统编:《文选》,〔唐〕李善注,中华书局,1977,第313页。《说文》:"日西落,光反照于东,谓之反景。在上曰反景,在下曰倒景。"

同,孤鸾悲影异。"(《豫章行》),他在品鉴嘉赏后辈文士的作品时,评价王筠之诗"声和被纸,光影盈字"(《报王筠书》)①,称许刘杳之文"句韵之间,光影相照"(《报刘杳书》)②,"光影"在此是比喻王、刘二人辞采斐然,也可以说是对当时文坛所尚崇的清词丽句的形象指称。沈约诗中对光影、物影的直接描摹,是他营造清词丽句审美风格的特意选择,颇能标示流行于诗界的体物兴趣。

同时代诗家中,谢朓的写影也形成了特色,诗中时见"参差复殿影"(《落日同何仪曹煦诗》)、"池北树如浮,竹外山犹影"(《新治北窗和何从事诗》)、"婵娟影池竹""云阴满池榭"(《奉和随王殿下诗十六首》其一、其二)等描写,把水中宫殿之影、月影、竹影、云影、树影含纳于景物描写中,散发出清幽的气氛,体现了谢朓写景的独特眼力,此类描写为其诗歌语言增添了流丽的美感,钟嵘《诗品》谓其"奇章秀句,往往警遒"③,大概可于此见出。与沈约同时期的何逊,更可称得上是通过写"影"构建了其诗中的标志意象。何逊尤其着意于水中影像的描写,清人田雯在其《古欢堂集杂著卷二》中点评何逊的诗歌艺术曰:"大约水部(何逊)之作,不费雕饰,如庖丁解牛,风成于骎然。'幽蝶弄晚花,清池映疏竹''水底见行云,天边看远树',是其诗之真境也。"④田氏援引何逊描写倒影之佳句谓之其诗的"真境",指出何逊诗歌意境的营造特点,诸如此类的描写可以说是代表了何逊诗歌对清爽明澈的诗意境界的追求。还有如"叶倒涟漪文,水漾檀栾影"(《望廨前水竹答崔录事诗》)、"水影漾长桥"(《夕望江桥示萧谘议杨建康江主簿诗》)、"霞影水中浮"(《春夕早泊和刘谘议落日望水诗》)等,皆是何逊诗歌自然描写的清丽之笔,构成颇具爽目特征的景物描写,体现其擅长通过此种明秀的描写含蓄传递淡淡的乡愁羁思的语言风格。

二、写景而嗜"影"的浓厚风气

从诗歌语言艺术和写景技巧的渊源关系来看,沈约、谢朓在齐梁诗坛具有巨大影响力。沈约历仕宋、齐、梁三朝,比谢朓、萧衍等人年长二十多岁,直至萧纲十一岁时才离世⑤,是跨越齐梁两代的诗坛领袖;谢朓虽在萧

---

① 〔清〕严可均校辑:《全上古三代秦汉三国六朝文·全梁文》,中华书局,1958,第3115页。
② 〔清〕严可均校辑:《全上古三代秦汉三国六朝文·全梁文》,中华书局,1958,第3116页。
③ 杨明:《文赋诗品译注》,上海古籍出版社,1999,第82页。
④ 收入郭绍虞编选《清诗话续编》,富寿荪校点,上海古籍出版社,2016,第675页。
⑤ 参见曹道衡、刘跃进:《南北朝文学编年史》,人民文学出版社,2000,第128页,第193页,第402页。

纲出生前已离世,但其诗歌也受到梁代文人的推崇和追摹①。因此,出现于他们诗歌中的绘影兴趣直接或间接触发梁代文人敏感的艺术体验应该是情理中事。写影真正成为一时风气正是在萧梁时代,以简文帝萧纲、湘东王萧绎为中心的文人圈,写诗大量摄取自然景物的影像细腻描绘,促成了写景而嗜影的浓厚风气。二萧兄弟及与之交往甚密的文人皆表现出写影的强烈兴趣,这可以从其诗中写影句出现的次数略窥一斑:萧纲(52)、萧绎(28)、庾信(20)、庾肩吾(11)、刘孝威(6)②。他们还首次将"影"引入咏物诗描写的对象范围,以写影倡和,现存6首:

> 萧纲《水中楼影诗》
> 王台卿《咏水中楼影诗》
> 刘孝威《禊饮嘉乐殿咏曲水中烛影诗》
> 庾肩吾《三日侍宴咏曲水中烛影诗》
> 萧绎《咏池中烛影诗》
> 萧绎《望江中月影诗》

其中,简文帝萧纲无疑是写影风气的引领者,他与周围文人的唱和之作往往体现出撷取影像的浓厚兴趣。如萧纲的《山池诗》呈现傍晚于山池边游赏所见景象,其中有"停舆依柳息,住盖影空留"的描写,庾肩吾、鲍至、王台卿、庾信皆有和诗,均以影描写与萧纲桴鼓相应:

> 水逐云峰暗,寒随殿影生。(庾肩吾《山池应令诗》)
> 树交楼影没,岸暗水光来。(鲍至《山池应令诗》)
> 长桥时跨水,曲阁乍临波。(王台卿《山池应令诗》)
> 荷风惊浴鸟,桥影聚行鱼。(庾信《奉和山池诗》)

同样,萧纲的《汉高庙赛神诗》有"日正山无影,城斜汉屡回"的描写,刘遵、王台卿均有《和简文帝赛汉高帝庙诗》,分别以"霓裳影翠微"(刘遵)和"树出垂岩影"(王台卿)呼应简文。萧纲《咏舞二首》其一有"扇开衫影乱"句,刘遵、徐陵和诗中亦有"影逐相思弦"(刘遵《应令咏舞诗》)、"烛送

---

① 萧纲《与湘东王书》云:"至如近世谢朓、沈约之诗,任昉、陆倕之笔,斯实文章之冠冕,述作之楷模。"《颜氏家训·文章》载刘孝绰亦"常以谢(朓)诗置几案间,动静辄讽味"。
② 此处统计依据的是逯钦立辑校《先秦汉魏晋南北朝诗》,中华书局,1983。

空回影"(徐陵《奉和咏舞诗》)的描写。

萧氏兄弟的审美趣味如同诗坛之风向标,经其倡首并在诗中频撷影像以构造幻丽的诗境景象后,梁陈文人翕然从之,诗中"影"像频出。以陈代存诗量较多的江总和张正见为例,江总诗歌中影意象出现10处,而张正见的诗歌中则多达24处,足见其对写影之盛爱。连北朝诗歌也不例外,温子昇、邢邵、王褒诗中都可见"影"描写。此时不但自然物的影像不断涌现于诗中,诗人摄取影意象的视野也明显拓宽。归纳而言,诗歌中出现的影涵盖了天文类(日影、月影、星影、云影、霞影、燐影)、山水类(山影、石影、岸影、桥影、船影、棹影、桡影、波影、涧影、冰影)、植物类(树影、枝影、叶影、花影、竹影、蓬影、桂影、桐影、槐影、莲影、萝影、薜影)、动物类(鸟影、鸾影、鹤影、凫影)、建筑类(殿影、城影、披影、檐影)、闺阁类(阁影、窗影、烛影、帘影、尘影)、人事类(人影、舞影、妆影、钗影、鬓影、衣影、旗影、盖影、轩影、笼影、剑影)等等。

关于齐梁陈文人的写影艺术,古代评家已有注目,颇值得留意的是明人陈祚明的《采菽堂古诗选》,其中对南朝诗歌写影隽句多予品扬。例如,认为萧纲的"丝条转暮光,影落暮阴长"(《戏作谢惠连体十三韵诗》)二句"写日影笼葱,大佳"①,赞其"镜澈倒遥墟"(《玩汉水诗》)句妙在"丽语兼以生致"②;评点王僧孺的"日华随水泛,树影逐风轻"(《秋日愁居答孔主簿诗》)二句"写光写影,光动影摇,最佳致"③;评点庾肩吾"水光悬荡壁,山翠下添流"(《奉和春夜应令诗》)的描写具有"景物骀荡"之美④;评庾信的"城影入黄河"(《拟咏怀诗二十七首》其二十六)"生动且壮"⑤,又其"影照两边人"(《镜诗》)乃是"神仙语,人不解道"⑥;评刘删"属与松风动,时将薜影垂"(《赋松上轻萝诗》)"语颇缥萧"⑦;评阴铿的"楫影乍横浮"(《观钓诗》)是"楫影横浮,画不能尽"⑧;等等,体现出陈祚明对于南朝诗歌写影风气和艺术魅力的敏锐感知。

写影蔚成风气,描摹光影的笔法同时也日臻成熟,诗人刻意使影与声、光、色、阴、尘、香、纹、风等物象在对偶句中相互碰撞,出现频率最高的是影

---

① 陈祚明评选《采菽堂古诗选》,李金松点校,上海古籍出版社,2008,第708页。
② 陈祚明评选《采菽堂古诗选》,李金松点校,上海古籍出版社,2008,第703页。
③ 陈祚明评选《采菽堂古诗选》,李金松点校,上海古籍出版社,2008,第793页。
④ 陈祚明评选《采菽堂古诗选》,李金松点校,上海古籍出版社,2008,第812页。
⑤ 陈祚明评选《采菽堂古诗选》,李金松点校,上海古籍出版社,2008,第1102页。
⑥ 陈祚明评选《采菽堂古诗选》,李金松点校,上海古籍出版社,2008,第1134页。
⑦ 陈祚明评选《采菽堂古诗选》,李金松点校,上海古籍出版社,2008,第1005页。
⑧ 陈祚明评选《采菽堂古诗选》,李金松点校,上海古籍出版社,2008,第956页。

与香气的对举,如"细树含残影,春闺散晚香"(萧纲《晚景出行诗》)、"月带圆楼影,风飘花树香"(刘孝绰《奉和湘东王应令诗二首·春宵》)、"影出朱城外,香归青殿中"(庾肩吾《春日诗》)、"炉香杂山气,殿影入池涟"(庾肩吾《侍宴宣猷堂应令诗》)、"衣香随岸远,荷影向流斜"(沈君攸《采莲曲》),等等,以一种光气影像相融的语言艺术全方位地呈现了自然风景中的影像之美,颇能体现齐梁文学藻丽的语言特点。

从总的艺术造诣来看,梁陈文士在描绘影的形貌和呈现影的动态两方面积淀了甚为丰富的语言技巧,构造了诸多醒目的意象,在萧纲及其周围文人的作品中可以清晰地看到写影的这种技巧特点。因观察角度不同,"影"在诗人笔下呈现不断变换的相貌。如:"分影照胡兵"(江总《关山月诗》)、"船交桡影合"(刘孝威《钓竿篇》)、"叶开随足影"(阴铿《雪里梅花诗》)、"近丛看影密"(萧绎《看摘蔷薇诗》)、"叶合影还沉"(刘孝绰《酬陆长史俺诗》)、"流清云影深"(祖孙登《咏水诗》)、"疏槐未合影"(萧纲《饯庐陵内史王修应令诗》)等,或状写月光分影于胡兵,或写桡影之交叠,既有深重的叶影、丛影、云影,亦有疏松轻盈的槐影,这种纤细无遗的描写极能体现梁陈诗歌细腻靡丽的语言风格。诗人并不拘于"殿影入池涟"之类以寻常笔法绘出的常见无奇的静影,更多的是颖异笔法的写影。例如充分调动通感的手法,把物影变成了可感可触的对象。且看"珠帘影空卷"是帘卷影亦卷,影子顿时具有了柔软的感觉,"寒随殿影生"中影子能透出寒意,"日影桃蹊色"中影子能染上色彩,皆以精巧的想象将物影描绘得灵动新鲜,再次体现了风行当时的极尽纤巧的语言艺术。

同样,巧密地摹状物影动态中的丰富相貌亦能体现焕生景语活力的技巧。如"光浮动岸影"(沈君攸《赋得临水诗》)、"落照移楼影"(刘孝威《侍宴赋得龙沙宵月明诗》)、"水影若浮天"(萧绎《望江中月影诗》)、"风生树影移"(庾仲容《咏柿诗》)、"樯风吹影落"(张正见《赋得雪映夜舟诗》)之属,形象呈现光的晃耀或风的拂动之下影的变化之状;又如"人来间花影"(祖孙登《赋得涉江采芙蓉诗》)、"游尘随影入"(王筠《和吴主簿诗六首·春月》)、"水影摇丛竹"(庾信《咏画屏风诗二十五首》其二十五)之类,则是活泼摹画物影与人或其他事物的互动。在影像动态的描绘方面,萧纲诗歌特别具有意象创化的语言美感,他能够借物影描写增加自然风景光影瞬变的动感,倾向于将人的情思或动作赋予物影,因而具有一种鲜活的审美效果。像"落花还就影"(《纳凉诗》)、"日影去迟迟"(《戏作谢惠连体十三韵诗》)、"影入箸衣镜"(《歌》)、"风旗争曳影"(《上巳侍宴林光殿曲水诗》)诸句,影像在此得到了逼近的呈现和情思的融入:落花还要俯就影子,日影离去得颇为迟缓,影子进入了穿衣镜中,风中的旗子争相拽扯影子。语意之间包含着依恋的温情和幻美的感觉。又其《秋晚诗》中"促阴横隐壁,长晖斜度窗。乱霞圆绿水,红叶影飞缸"四句,也描画了一个极美的特写镜头:夕阳西下,壁上仍留短阴,长长的馀晖缓缓度过窗边;绿水上圆圆点点的霞光映照,夕阳下一片红叶的影子飘落缸中。这样的描写借影成功营造出幽深寂静的意境。诸如此类之分体画面,特别能体现萧纲诗歌融入丰富想象力的写影语言艺术,以及在景物描写中隐藏的情思意蕴,对于写"影"手法无疑具有开拓性的意义。

这种描写影的形貌和诸般动态的精妙语言艺术,代表了梁陈诗歌在写"影"方面所能达到的语言水准,也反映出梁陈诗人在写影艺术上所彰显的灵敏的审美感悟力以及精巧的语言表现力。唐以后诗歌的写影艺术往往带有梁人馀气,正可说明梁陈诗人在创新写影语言方面的开拓之功。

三、"影"意象风靡的文化背景

如上所述,描写自然风景中的影像虽然在晋末宋初的诗歌中已间或有之,在永明时期开始兴起,但真正成为风气则是到了萧梁时期。若要进一步追索写影在此时呈现出大观景象更深层次的文化背景,那么当时文坛盛行的佛教思想以及佛典语言语汇对这种写景语言兴趣所产生的影响也是有迹可寻的。东晋以后,佛教盛于江左。永明时期以"竟陵八友"为核心的西邸文士便常常组织集团性的奉佛讲佛活动①,他们"同集于邸内之法云精庐,演玄音于六宵,启法门于千载,济济乎,实旷代之盛事也"(沈约《为齐竟陵王发讲疏》)②。迨及梁代,梁武帝萧衍延续了在竟陵王西邸时的奉佛信仰,他对佛教的热衷远远超过了永明文人,当时君臣上下靡然从之,出现了"时英满君囿,法侣盛天园"(萧纲《蒙预忏悔诗》)的崇佛盛况,佛教法会上往往"法侣成群,金山满坐"(萧纲《又答湘东王书》)③。梁武帝对学习佛典非常重视,他亲自讲说佛经,群臣上下兴起浓郁的讲颂佛法之风,简文帝萧纲曾描述当时僧侣文士聚会畅论佛法的情景云:"乃于玄圃园,栖聚德心之英,并命陈、徐之士,抠谈永日,讲道终朝"(《玄圃园讲颂并序》)④,"道俗辐凑,远迩毕集,听众白黑,日可两三万"(《答湘东王

---

① 高文强:《佛教与永明文学批评》,湖北教育出版社,2006,第24—27页。
② 〔清〕严可均校辑:《全上古三代秦汉三国六朝文·全梁文》,中华书局,1958,第3137页。
③ 〔清〕严可均校辑:《全上古三代秦汉三国六朝文·全梁文》,中华书局,1958,第3012页。
④ 〔清〕严可均校辑:《全上古三代秦汉三国六朝文·全梁文》,中华书局,1958,第3020页。

书》)①。这种覆盖面极广的崇佛之风,便构成了梁代宫廷诗人相似的"游心释典,寓目词林"②的文化背景和精学底蕴,释典语言在他们的诗歌中多少也会有所渗透。

作为梁代引动写影风气的核心人物,萧纲也是一位虔诚的佛教徒。他受萧衍之命剃顶受戒,法名因理,多次参与法会、忏悔、唱导、供养佛像等佛事活动,对佛典更是极为熟稔,他的诗歌中偏好描写"影"就与佛典中的"影"喻形成了文学与哲学思想的映照。"影"在佛教语言中指的是佛像,即佛祖法身的象征。北凉昙无谶译《大般涅槃经》卷二十六记载:猎师追逐一鸽,鸽惶怖战栗,入于舍利佛影中,恐怖顿无,于是人们认为佛之"身影犹有是力"③。东晋佛陀跋陀罗译《佛说观佛三昧海经》中亦云:降祸于百姓的毒龙走入佛影,弃恶就佛,龙恐佛离去后自己复堕恶道,泣涕不舍,佛于是坐石窟中,跃身入石,留影于石壁,以后遂形成了"供养佛影"的传统,认为"影亦说法"④。这些故事是在昭告世人,佛像具有庇佑众生、感化恶徒的强大威力。观瞻佛影的修行方式在晋宋之际经高僧慧远等人的倡导开始在中土流行,慧远和谢灵运、鲍照分别作有《万佛影铭》《佛影铭》《佛影颂》,这对诗人观照山水也产生了重要影响⑤。在研习佛法过程中,萧纲对佛影的传说尤为措意,在其关涉佛理的作品中屡有提及,如:"惜命小鸟,欣入影中"(《吴郡石像碑》)⑥、"影石仙人,造伽蓝于离越"(《为人作造寺疏》)⑦、"明镜石龛,独徘徊于留影"(《为人造丈八夹纻金薄像疏》)⑧、"影生千叶,花成四柱"(《式佛像铭》)⑨、"花窟炎聚,石影光轻"(《大爱敬寺刹下铭》)⑩,诸篇均与寺院活动及佛教造像活动相关,其中的"影"指的就是佛像,也涵容了佛祖留影于石壁的传说。"影"亦如同法雨、法水,具有"佛之慧光"的喻示意味,如萧纲文中有如下表达:"犹处禅寂,影现十方"(《重

---

① 〔清〕严可均校辑:《全上古三代秦汉三国六朝文·全梁文》,中华书局,1958,第3011页。
② 梁元帝萧绎《内典碑铭集林序》称:"子幼好雕虫,长而弥笃,游心释典,寓目词林,顷尝搜聚,有怀著述。"《全上古三代秦汉三国六朝文·全梁文》,中华书局,1958,第3053页。
③ 《大正藏》,台湾新文丰出版公司,1983,第12册,第773页下。
④ 《大正藏》,台湾新文丰出版公司,1983,第15册,第680—681页。
⑤ 详见何剑平《佛影的传说及其对中国山水诗的影响》,收入《学林漫录》第十五辑,中华书局,2000,第179—193页。
⑥ 〔清〕严可均校辑:《全上古三代秦汉三国六朝文·全梁文》,中华书局,1958,第3031页。
⑦ 〔清〕严可均校辑:《全上古三代秦汉三国六朝文·全梁文》,中华书局,1958,第3034页。
⑧ 〔清〕严可均校辑:《全上古三代秦汉三国六朝文·全梁文》,中华书局,1958,第3034页。
⑨ 〔清〕严可均校辑:《全上古三代秦汉三国六朝文·全梁文》,中华书局,1958,第3025页。
⑩ 〔清〕严可均校辑:《全上古三代秦汉三国六朝文·全梁文》,中华书局,1958,第3026页。

请开讲启》）①、"故器有水缘,方见圆曦之影"（《请幸同泰寺开讲启》）②,"山含影色,地入毫光"（《大法颂并序》）③、"澄明离日,照影春星"（《神山寺碑》）④、"智灯含影,慧驾驰骓"（《湘宫寺智蒨法师墓志铭》）⑤、"慧日潜影,慈轮罢应"（《为人造丈八夹纻金薄像疏》）⑥,此诸句中的"影"皆含"佛光辉照"之喻义⑦。佛典中的"影"通常也是佛教万象皆空观念的客体指称。如鸠摩罗什译《金刚般若波罗密经》就以"六喻"阐说"万法皆空"："一切有为法,如梦、幻、泡、影,如露亦如电,应作如是观。"⑧梁代僧伽婆罗译《佛说大乘十法经》亦有偈语曰："法如水中月,亦如响等事,复如影像等,智者诸不觉。"⑨鸠摩罗什译《大智度论》卷六有"十喻"之说："解了诸法,如幻、如焰、如水中月、如虚空、如响、如揵闼婆城、如梦、如影、如镜中像、如化。"⑩"影"在其中便是诸种色相之一种,是抽象理念的客观映现。西晋竺法护译《光赞经》卷三曰："不起不灭,犹如水影。"⑪刘宋时期求那跋陀罗译《过去现在因果经》卷二曰："譬如月影现波浪水。"⑫"水影""月影"就是阐发"十喻"中的"如影""如水中月"的。梁代宫廷文士中,梁武帝萧衍作有《十喻诗五首》,萧纲有《十空诗六首》,也是对前述"十喻"思想的诗性阐说,表达对佛教幻空理念的哲思体悟。佛典语汇中的"影"喻表达是否对于齐梁诗歌的语言具有一定的辐射作用和直接启示,还是一个需要详加考释的问题,但以萧纲为代表的梁代文人大量采撷自然中的影像入诗,与其学佛修养和佛理观念的浸润有密切关系。若从萧纲诗歌整体内容特点来看,佛理诗在其作品中占据大约三分之一的比重,而其写景诗、咏物诗中也常常夹杂着佛理的内容,这些自然之"影"的描写以抒情的形态融入其以佛理思想为底蕴的诗歌语言中,也成为其宗教思想的诗意表达。

---

① 〔清〕严可均校辑：《全上古三代秦汉三国六朝文·全梁文》，中华书局，1958，第 3006 页。
② 〔清〕严可均校辑：《全上古三代秦汉三国六朝文·全梁文》，中华书局，1958，第 3006 页。
③ 〔清〕严可均校辑：《全上古三代秦汉三国六朝文·全梁文》，中华书局，1958，第 3024 页。
④ 〔清〕严可均校辑：《全上古三代秦汉三国六朝文·全梁文》，中华书局，1958，第 3030 页。
⑤ 〔清〕严可均校辑：《全上古三代秦汉三国六朝文·全梁文》，中华书局，1958，第 3028 页。
⑥ 〔清〕严可均校辑：《全上古三代秦汉三国六朝文·全梁文》，中华书局，1958，第 3034 页。
⑦ 萧统诗中也有"器月希留影,心灰庶方扑"（《讲席将毕赋三十韵诗依次用》），以"留影"喻义希望佛光能映照于心中,以拂拭掉心中之尘垢。〔梁〕萧统著；俞绍初校注《昭明太子集校注》，中州古籍出版社，2001，第 14 页。
⑧ 《大正藏》，台湾新文丰出版公司，1983，第 8 册，第 752 页中。
⑨ 《大正藏》，台湾新文丰出版公司，1983，第 11 册，第 766 页中。
⑩ 《大正藏》，台湾新文丰出版公司，1983，第 25 册，第 101 页下。
⑪ 《大正藏》，台湾新文丰出版公司，1983，第 8 册，第 167 页下。
⑫ 《大正藏》，台湾新文丰出版公司，1983，第 3 册，第 630 页上。

综上所述,物影描写在晋宋之际零星出现,经沈约、谢朓的尝试,终在萧梁时代于萧纲、萧绎的引领下成为诗歌中独出的意象。自然界的万千物影在齐梁诗歌中的形象呈现,形成了嗜好取"影"的新鲜绘景视角,可以说是在景物描写方面的艺术开拓。在南朝诗歌中具有光彩的写"影"风气,不仅拓展了自然景物描写的取象范围,而且丰富充实了诗歌意象的经营方式,形成了诗人观照自然风景时眷恋物"影"的审美习惯,更掘深了自然景物描写的意趣妙境和语言表现。南朝诗歌写"影"风气被于后世,写影佳句在唐诗宋词中大放光彩[①],在明清诗文中依然不断出现,由此足以看出南朝诗歌对于后世文学所产生的深远影响。

第三节 北朝诗歌自然描写的内容倾向与语言表现

自然风景在南朝是"情必极貌以写物,辞必穷力而追新"创作趋势下诗人普遍追逐的描写内容,在北朝也同样是诗歌广泛咏写的对象。相较南朝诗歌在模山范水方面的成就,北朝诗歌自然景物描写的内容倾向性和语言表现的转向特别值得关注。

一、偏尚苍雄阔远的塞垣风景

在南朝诗歌的自然景物描写中,嘲风咏月、点染物色之类的内容显然占据支配性地位,北朝诗歌受到南人写景风气的浸淫自不必言,但在内容倾向上呈现出与南朝诗歌的显要区别。北朝形之词咏的更多是与北方地理环境、文化气质颇为契合的苍雄阔远、清瑟枯寒的自然景象,尤其是对塞垣荒僻萧条风景和自然界枯寒衰飒景物的眷恋与倾力描写蔓延于北朝诗歌中,是这一内容倾向的鲜明标识。

军旅征行之辞在北方少数民族中是素被尊崇的传统乐歌,其中对塞垣苦寒风气的刻画乃北朝诗歌自然描写绵延而下的核心内容。北魏诗歌中边地画面已零星闪现,无论是李谐出使梁朝途中所作《江浦赋诗》中的"边笳城上响,寒月浦中明",还是温子昇表现闺思的《捣衣诗》篇末"蠮螉塞边绝候雁,鸳鸯楼上望天狼"的画面并置,或是祖叔辨《千里思诗》诗尾以"无

---

① 唐诗中的影描写可举李白为例,其诗歌中含"影"的作品据统计达54首之多(参见夏芹《论李白诗中的"影"意象》,宁波大学2012年硕士论文);宋词写影之盛状可参见赵雪沛、陶文鹏《论宋词绘影绘声的艺术》一文(《文学遗产》2007年第4期)。

因上林雁,但见边城芜"呈露昭君远嫁的绝望,皆可视为描写塞垣风景的先声。迨及北齐,奠都邺城,其时不仅建安邺中诸子"多酬酢之章"的风气在隔代嗣响,而且建安诗歌"悲哀刚劲,洵乎北土之音"①的精神特质亦有所复归。军旅从征诗中对苍雄阔远景象的呈现最能标示北齐一代诗歌的雄健力量。且看裴让之和祖珽的同题诗:

> 沙漠胡尘起,关山烽燧惊。皇威奋武略,上将总神兵。高台朔风驶,绝野寒云生。匈奴定远近,壮士欲横行。
>
> (裴让之《从北征诗》)

> 翠旗临塞道,灵鼓出桑乾。祁山敛霁雾,瀚海息波澜。戍亭秋雨急,关门朔气寒。方系单于颈,歌舞入长安。
>
> (祖珽《从北征诗》)

裴诗写景的"高台"一联,显然有意择取"高台""绝野"两个迥远的意象,并配合以劲质的炼字"驶"与"绝"凸显荒阔边徼北风急猛、原野遍寒的情状;祖诗则于中间写景部分布列"祁山""瀚海""戍亭""关门"等地理意象和"霁雾""波澜""秋雨""朔气"等季节意象,以时空错综的方式构建出边地的苍壮景象。

进入北周,由于周明帝宇文毓、滕王宇文逌、赵王宇文招等雅尚文辞,故南来的王褒、庾信因其丰富醇熟的诗歌创作经验而备受推崇,二人尤其在边塞自然风景描写上达到了时人难匹的境地。据史书记载,王褒在南朝时就能写出"妙尽关塞寒苦之状"的《燕歌行诗》②,说明描述"关塞征役之事"、"军旅苦辛之辞"的军歌正是他所擅长之处,这或许与王褒曾亲历过征战生活不无关系。王褒诗中就提及自己"征战数曾经"(《从军行二首》其一),西征新疆疏勒,东行太行山,正是因为他曾亲历戎行,熟悉荒遐之区的生活,故而诗中的边地景物描写能以情切土风的逼真效果见长。可以说,在南北诗坛唯有王褒诗歌以细致的笔调集中呈现了边地的辽迥、荒衰、寒冷与战气。若以前代及南朝的同题诗歌作比,便能明显体察王褒诗歌边塞风物描写之翔实。譬如《饮马长城窟行诗》,前代蔡邕、陈琳、曹丕、陆机

---

① 刘师培:《南北文学不同论》,收入程千帆撰《文论十笺》,武汉大学出版社,2008,第90页。

② 令狐德棻等:《周书·王褒传》,中华书局,1971,第731页。

及南朝萧统、张正见均有同题之作,而对边地的自然景象则少有措笔,如张正见诗中仅以"伤冰敛冻足,畏冷急寒声"两句笼统概括了北地天寒地冻的景象。相较之下,王褒的《饮马长城窟行诗》写陇山景象则要具体切实得多:

> 北走长安道,征骑每经过。战垣临八阵,旗门对两和。屯兵戍陇北,饮马傍城阿。雪深无复道,冰合不生波。尘飞连阵聚,沙平骑迹多。昏昏垅坻月,耿耿雾中河。羽林犹角觝,将军尚雅歌。临戎常拔剑,蒙险屡提戈。秋风鸣马首,薄暮欲如何。

诗歌中间部分的景句不仅呈现了北方雪深掩道、冰川无垠、尘土飞聚、平沙茫茫的迢阔景象,而且特别聚集于北方地理风貌中垅坻昏月、雾中长河的特殊镜头,以放收有致的笔法勾描出一幅边塞寒冬图景,其具体性和生动性已超越了前述参照作品。王褒诗歌不仅在边关景象的描绘上呈现出辞藻丰富的特点,其熔铸清苦苍茫意象的艺术功力也别有长处。比如南北文人都有尝试的乐府古题《关山月诗》,王褒与徐陵的作品就很不同:

> 关山三五月,客子忆秦川。思妇高楼上,当窗应未眠。星旗映疏勒,云阵上祁连。战气今如此,从军复几年。
>
> （徐陵《关山月二首》其一）

> 关山夜月明,秋色照孤城。影亏同汉阵,轮满逐胡兵。天寒光转白,风多晕欲生。寄言亭上吏,游客解鸡鸣。
>
> （王褒《关山月诗》）

二诗格式上皆五言八句。徐诗前四句对举客子思妇相忆之愁,后四句仅对边地气象作浮泛的敷染,以"星旗""云阵"映衬战气,以"疏勒""祁连"指代边疆,大概想象的成分居多。王诗则用六句着意刻画"月"这一核心意象,从月映孤城的静态画面起笔,渲染苍壮凄寒的气氛,接着由静而动,先是月光"影亏""轮满"的形态变化,以月缺类比阵形、月圆类比逐北之车轮,勾起人们对战地严阵以待的肃杀形势和紧张激烈的追杀场面的想象,还蕴含对戍边之长久经历的暗示,再是"光白""晕生"的月色变化,表现北地天寒多风,月色时而皎洁、时而凄迷,暗示夜晚难眠的焦灼心境。单就"月"的意象,就体现了诗人综合视角转换、细腻体察等要素的精悍笔力。

较之王褒,庾信似未真正深入过边关战场,他的边塞风景描写并不如王褒那样具体如实,而是擅长通过远景描摹、想象组合或描刻局部小景等手段来凝缩意象。比如,因记室从军一般做文书工作,并不在战争第一线参与打仗,其《同卢记室从军诗》中便从远景着笔:"连烽对岭度,嘶马隔河闻。"还有《拟咏怀诗二十七首》其二十六"萧条亭障远,凄惨风尘多。关门临白狄,城影入黄河"的描写,把本来相隔极远的地理景象,通过艺术加工变成极具空间立体感的图画式边关影像,气势浑厚;其《伏闻游猎诗》从诗题看是听到射猎之事并未参与,因此着力刻绘想象的局部场面:"马嘶山谷响,弓寒桑柘鸣。闻弦鸟自落,望火兽空惊。"这也体现出庾信诗歌擅于炼造特殊意象的特点。

基于文化渊源和文人群体的构成,隋代诗歌中朔漠题材依然迭吟递唱。隋炀帝杨广、名声甚著的杨素都在这一题材领域中尽逞其才。杨广的诗尤以《饮马长城窟行诗》为代表。兹引全诗如下:

> 肃肃秋风起,悠悠行万里。万里何所行,横漠筑长城。岂台小子智,先圣之所营。树兹万世策,安此亿兆生。讵敢惮焦思,高枕于上京。北河秉武节,千里卷戎旌。山川互出没,原野穷超忽。拟金止行阵,鸣鼓兴士卒。千乘万骑动,饮马长城窟。秋昏塞外云,雾暗关山月。缘岩驿马上,乘空烽火发。借问长城候,单于入朝谒。浊气静天山,晨光照高阙。释兵乃振旅,要荒事方举。饮至告言旋,功归清庙前。

诗歌中段"山川"以下十句以写景与叙事互间的方式展开,首先呈现了山河相接、莽原无垠的辽阔远景,绘出拟金鸣鼓的激战背景;而后凝缩于秋气昏沉中的"塞外云"和雾色阴暗中的"关山月"两个意象,愁云惨雾暗示"饮马长城窟"时的阴郁气氛;进而转写天山浊气归净、高阙迎光的明朗景象,契合单于归顺、入朝求谒的叙写。景象随事象而变的结构,使诗歌在抒述中流转自然与意境苍壮兼得,诚如沈德潜所云,炀帝"边塞诸作,矫然独异,风气将转之候也"①。

杨素的《出塞诗》也堪为佳品,薛道衡、虞世基均有同题之作,三诗皆借助对塞漠严酷自然环境的描写烘托恶战的艰辛,进而咏赞汉军横扫胡兵的勇力与雄豪气概。其中杨素的作品写景尤为成功,且看其《出塞二首》

---

① 沈德潜:《古诗源》,中华书局,1963,第3页。

其一云：

> 漠南胡未空，汉将复临戎。飞狐出塞北，碣石指辽东。冠军临瀚海，长平翼大风。云横虎落阵，气抱龙城虹。横行万里外，胡运百年穷。兵寝星芒落，战解月轮空。严镳息夜斗，骍角罢鸣弓。北风嘶朔马，胡霜切塞鸿。休明大道暨，幽荒日用同。方就长安邸，来谒建章宫。

诗歌通过对边塞战场悚栗景象的描写彰显将士志不可拔的决心及隋朝靖绥边疆的国威，写景进一步烘显了战争的惨烈和势不可挡的气概。如"兵寝"一联，通过"星芒落""月轮空"的黎明景象，不仅暗示遭遇了彻夜的恶战，也喻示战争结束如同紧张的黑夜过后迎来了新的黎明。尤其"北风"二句，对战后肃杀景象的呈现最能体现其造语雄深的特点：凛冽的北风中战马嘶鸣已令人心惊，而胡天霜野塞外的鸿鸟叫声尤显凄戾，好似为战亡的将士哀号悼鸣，这一场面与汉乐府《战城南诗》中亡魂哀求乌鸟"且为客豪"的壮烈场景相类似。

诚然，边塞风景描写并非北朝诗人独擅，南朝鲍照、吴均皆负盛名。鲍照的"疾风冲塞起，沙砾自飘扬。马毛缩如猬，角弓不可张"（《代出自蓟北门行》）、"薄暮塞云起，飞沙被远松"（《代陈思王白马篇》），吴均的"羽檄起边庭，烽火乱如萤。……马头要落日，剑尾掣流星"（《入关》）、"关山昼欲暗，河冰夜向塞"（《送归曲》）、"白日辽川暗，黄尘陇坻惊"（《酬郭临丞诗》）等奇崛诗句，开创了峭健的塞垣风物描写，然而这类苍壮的写景并未在南朝形成潮流，终被纤巧轻丽的景物描写所淹没，而王褒、庾信、杨广、杨素等人的塞垣风景描写融入了北朝边塞诗的河流，形成了蝉联而下的脉络，构建并丰富了边塞景物描写以劲健相尚的语言形态，开启了真正意义上的边塞诗的闸门，此乃北人"诗歌劲直，习为北鄙之声"[①]的集中体现。

二、追逐萧瑟枯寒的景物意象

在塞漠题材写景集中呈示的苍雄阔远景象之外，追逐萧瑟枯寒的景物意象是北朝诗歌自然描写的普遍现象，形成其内容倾向的另一面向。

北朝的政治生态对自然描写风格具有不可忽略的影响。北魏的政权

---

① 刘师培：《南北文学不同论》，收入程千帆撰《文论十笺》，武汉大学出版社，2008，第94页。

争斗与民族排斥严酷激烈,不仅彭城王元勰、孝庄帝元子攸、节闵帝元恭、济阴王元晖业、中山王元熙等皇族贵胄因内斗接连丧命,本土文人、南来文人与统治集团的关系也极为紧张①。北齐统治期间歧视汉人的现象依然严重②,至后主武平年间已是"政乖时蠹"的局面③。即使到了四海一统的隋代,也仍不免"当路执权,逮相摈压"的现状,政治的高压导致"转死沟壑之内者,不可胜数,草泽怨刺,于是兴焉"④。受政治生态影响,北魏诗歌自然描写主要呈示为借自然物象托寓政治失意和流寓怀乡之思,悲郁萧瑟的基调也由此奠定。如孝庄帝元子攸被尔朱兆强逼缢于寺中,临终发出"思鸟吟青松,哀风吹白杨"(《临终诗》)的自挽之音;冯元兴因元义失势被废,"乃为浮萍诗以自喻",以池草"脆弱恶风波,危微苦惊浪"(《浮萍诗》)影射官场风波险恶,呈露出身卑微之人的内心悲苦;李骞赠给卢元明、魏收的诗中呈现了"寒风率已厉,秋水寂无声。层阴蔽长野,冻雨暗穷汀。侣浴浮还没,孤飞息且惊"(《赠亲友》)的荒郊景象,诗中"寒风""秋水""层阴""长野""冻雨""飞鸟"等系列意象或为实景,却也无不具有浓厚的象征色彩,映射自己遭遇官场革职、立足不稳的处境。萧瑟的景物中隐藏的悲凉意绪与魏晋古韵一脉相承。

在由南入北的流寓文人笔下,自然景物更具有沉重的萧瑟哀郁气质。比如,刘昶因刘宋政权争夺而被追杀,在逃奔北魏道中写下《断句诗》云:

白云满鄣来,黄尘暗天起。关山四面绝,故乡几千里。

诗中展现了北方多风的气候条件下产生的特有景象:首先突出防卫的堡垒,因为地域平阔,故风起云飞的景象尽收眼底,白云似乎涌来,很快覆没了堡垒;次写黄尘被风卷起的昏暗景象,亦十分契合北地平城一带"土气寒凝,风砂恒起"⑤的地域特色。白云笼罩、黄尘弥天与第三句关山四面阻隔的意象联合,有力逼出"故乡几千里"的绝望情绪。荒茫的景色描写中寄寓着政治的风云变幻、前程的昏暗渺茫以及人生穷途的深沉悲慨。另一

---

① 史载"家世寒素"的温子昇便遭遇了被执权者胁迫的命运,元天穆逼迫他从征,扬言若温不从,除非他跑到吴越或北胡,才可放过。参见北齐魏收撰《魏书·文苑传·温子昇传》,中华书局,2017,第2028页。
② 关于北齐政权对汉人的歧视,曹道衡先生《南朝文学与北朝文学研究》一书在第254—257页有详细论述,商务印书馆,2015。
③ 李百药:《北齐书·文苑传序》,中华书局,1972,第602页。
④ 魏征等:《隋书·经籍志集部总论》,中华书局,1973,第1091页。
⑤ 〔梁〕萧子显:《南齐书·魏虏传》,中华书局,1972,第990页。

位值得一提的是弃梁投魏的萧综。他的诗仅存《听钟鸣》和《悲落叶》两首,抒写了极为深沉的客思之苦。他夜闻钟声而"愁思无所托,强作听钟歌",由历历钟声起笔,转入"西树隐落月,东窗见晓星"的夜色,进而写不眠之人被"乌啼哑哑"之声"惊客思,动客情",不由悯伤孤雁与别鹤,心情如"飞蓬旦夕起,杨柳尚翻低"般起伏不宁,于是"气郁结,涕滂沱"。《悲落叶》诗以树叶"重叠落且飞,纵横去不归"比喻自己入北难归,又以落叶"一霜两霜犹可当,五晨六旦已飙黄。乍逐惊风举,高下任飘飚"喻示自己不知根于何处的流离命运的悲惋。

北齐、北周及隋代诗歌在写景风格上基本遵循北魏诗歌所奠定的清寒悲瑟基调。比如王褒、庾信受其入北后"寂寞灰心尽,摧残生意馀"(王褒《和殷廷尉岁暮诗》)、"如彼梧桐,虽残生而犹死"(庾信《拟连珠》其二十七)落寞心境的影响,尤擅写萧瑟冷峭的景物。王褒诗中无论是狩猎场面、别离时分还是置身山间、郊野,都极尽"华露霏霏冷,轻飙飒飒凉"(《九日从驾诗》)、"滴沥寒泉溜,叫啸秋猿啼"(《和从弟祐山家诗二首》其二)之类的萧条之象。庾信诗中举凡闺思、悼伤、离别、行旅、游赏、咏怀等内容,也都杂染了风霜与野情,特别是以反复呈现惊骇、枯残、朽断的景物意象群为诗趣,在南北诗坛不啻空谷足音。检视庾信诗歌,惊骇的鸟兽意象随处可见,如"雁惊独衔枚"(《和宇文京兆游田诗》)、"惊雉逐鹰飞"(《冬狩行四韵连句应诏诗》)、"山鸟一群惊"(《奉答赐酒诗》)、"鱼惊似听琴"(《西门豹庙诗》)、"望火兽空惊"(《伏闻游猎诗》)等。枯残意象如"枯桑落古社"(《经陈思王墓诗》)、"山枯菊转芳"(《从驾观讲武诗》)、"枯枫乍落胶"(《园庭诗》)、"穿荷低晚盖,衰柳挂残丝"(《上益州上柱国赵王诗二首》其一)、"崩堤压故柳,衰社卧寒樗"(《奉和永丰殿下言志诗十首》其九)等。还有"萤排乱草出,雁舍断芦飞"(《和何仪同讲竟述怀诗》)、"欹桥久半断,崩岸始邪侵"(《幽居值春诗》)、"山长半股断,树古半心枯"(《别庾七入蜀诗》)、"雨歇残虹断"(《奉报赵王出师在道赐诗》)、"湿雁断行来"(《奉和赵王喜雨诗》)等朽断意象。类是者甚多,不胜枚举。清人陈祚明鉴评庾信诗往往措意其独创之处,对诗中频频出现的枯寒意象群有精彩点评,如:

  评《和宇文京兆游田诗》"涧寒泉反缩,山晴云倒回":"'涧寒'二句,苍异。"①

---

① 陈祚明评选《采菽堂古诗选》,李金松点校,上海古籍出版社,2008,第1087页。

评《从驾观讲武诗》"树寒条更直,山枯菊转芳":"'树寒条更直',北地景物良然,南人见之,甚以为异,不意子山当时便已入咏。"①

评《别庾七入蜀诗》"山长半股断,树古半心枯":"枯树寒灰,每以自况。知公在北,虽生如死。"②

评《奉和赠曹美人诗》"络纬无机织,流萤带火寒":"谢茂秦言古人诗有用'寒火者',以为新警。今观此句,后人无如其自然者。"③

评《就蒲州使君乞酒诗》"鸟寒栖不定,池凝聚未流":"鸟寒为风,池凝为雪,分承细。"④

如若庾信初入北朝凭借一篇《枯树赋》赢得认可是事实,那么更能说明他擅长刻画此类意象群的鲜明写景风格⑤。于盛景中寻找衰景,于衰景中寄托愁思,是王、庾二人对北朝本土悲郁健野审美趣味的自觉迎合,尤其是庾信诗中不时流露出惯于欣赏衰景的倾向,发现其中蕴蓄的美与力量,如"赖有南园菊,残花足解愁"(《秋日诗》),正是这一审美追求的体现。王夫之《古诗评选》云:"凡杜(杜甫)之所为,超新而僻,尚健而野,过清而寒,务纵横而莽者,皆在此(庾信)出。"⑥明确指出杜诗"新僻""健野""清寒"的格调与庾信写景风格的渊源关系。

隋代诗歌虽未在枯寒意象群方面持续发展,但描写清瑟萧条的景象已成趋势。无论是杨素、薛道衡、卢思道、孙万寿、李德林、元行恭、尹式等北方文人,还是王胄、虞世基等南来文士,其写景诗中都体现出这一相似倾向。

刘勰《文心雕龙·时序》云:"文变染乎世情,兴废系乎时序。"⑦北朝诗歌自然描写的内容取向,与北朝自十六国以来边战四起、文人往往"潜思于

---

① 陈祚明评选《采菽堂古诗选》,李金松点校,上海古籍出版社,2008,第1091页。
② 陈祚明评选《采菽堂古诗选》,李金松点校,上海古籍出版社,2008,第1119页。
③ 陈祚明评选《采菽堂古诗选》,李金松点校,上海古籍出版社,2008,第1123页。
④ 陈祚明评选《采菽堂古诗选》,李金松点校,上海古籍出版社,2008,第1125页。
⑤ 日本汉学家兴膳宏《枯木上开放的诗——诗歌意象谱系一考》(收入蒋寅译《日本学者中国诗学论集》,凤凰出版社,2008)一文就曾对庾信所创出的枯树意象及其象征性进行过详细分析。
⑥ 王夫之评选《古诗评选》,张国星点校,河北大学出版社,2008,第326页。
⑦ 刘勰:《文心雕龙注释》,周振甫注,人民文学出版社,1981,第479页。

战争之间,挥翰于锋镝之下"①的创作生态有关,也与北朝自魏以来"定鼎沙朔,南包河、淮,西吞关、陇"②的地理形势不无关系,其间亦不可忽略其与北方尚武民族心理、悲劲的文学审美追求之间的关系,由此形成了擅写塞垣景气、悲寒萧枯风景的写景趋向。自先秦两汉起,士人对音乐之"悲"的审美体认影响到文学创作,形成了文学中"悲"情的广泛表达,尤其在汉代诗歌中得到了集中体现③,北朝诗歌写景普遍沾染的悲郁萧瑟基调具有回归"悲美"写情的倾向。写景的趋向性决定了北朝诗歌整体呈现出悲郁健野、清远散朗的审美基调和气殊苍厚的古朴风格,这是北朝诗歌自然描写疏离南朝绮靡矜巧风气的表现。

三、对南朝诗歌写景语言形态的摹拟与疏离

缘于北朝本土文化与汉文化的地理殊隔和文学传承的断裂,北朝文士虽怀抱浓厚诗歌创作兴趣,却苦于本土的文学积累不足,必然要将汉魏两晋和工于缀景的南朝诗歌作为借鉴的标本。当北魏分化为东魏、西魏之际,南朝诗歌经宋、齐、梁三代文人之手,唯美的诗风已经定型,诗歌中渐次丰富的自然物色咏写,也顺理成章进入了北朝诗歌的视野。北朝所在的河朔中原地区,地理风貌比不上南方之风物繁富,在景物描写的表达艺术上,由建安至于南朝诗歌所积淀的表达经验和语言形态便成为北朝文人写景构思的直接艺术来源,特别是南朝诗歌在写景语言上已经达到了刻画纤微、语词丽密、意象圆融的稳定形态,足资北朝诗歌取法,因而步趋南朝便成为北朝诗歌自然描写发展的内在推动力。

在追摹魏晋南朝诗歌的过程中,北朝诗歌自然描写的语言风格也经历了由古质直简到踵事增华的过程。可以看到,在北魏本土诗人郑道昭的登山抒怀之作中,写景语言尚存古质,而到了温子昇,绘景体物细致纤丽的程度与南朝诗歌相比已难分轩轾,如其《春日临池诗》:

光风动春树,丹霞起暮阴。嵯峨映连壁,飘飘下散金。徒自临濠渚,空复抚鸣琴。莫知流水曲,谁辨游鱼心。

---

① 令狐德棻等:《周书·王褒庾信传论》,中华书局,1971,第 743 页。
② 令狐德棻等:《周书·王褒庾信传论》,中华书局,1971,第 744 页。
③ 关于汉代文学"悲美"意识的具体表现,可参见徐公持《论汉代悲情文学的兴盛与悲美意识的觉醒》一文,载《文艺研究》2015 年第 8 期。

诗中描写春日黄昏丽景，依次罗举春树上晃耀的日光、绯红的晚霞、翠微如连璧的山脉、飘飖如黄金的树叶等意象，不仅写景逼肖，而且充分彰显了红、翠、金几种色彩调和于一体的视觉美感。摹绘景物形貌讲求细腻的笔法和明丽的色调，颇得南朝诗歌的精髓。

北齐文人置身于风景秀美的漳水之滨，在描摹轻秀景色时更为主动地翘首异域，对南朝诗人写景的流丽风格自觉追摹，尤其在赋形写貌的纤琐细微、构景巧似、意象的组织雕饰诸方面与南朝诗歌神似。譬如阳休之诗中对春秋风物的描摹："柔露洗金盘，轻丝缀珠网。渐看阶苴蔓，稍觉池莲长。蝴蝶映花飞，楚雀缘条响。"（《春日诗》）、"日照前窗竹，露湿后园薇。夜蛩扶砌响，轻蛾绕烛飞。"（《正月七日登高侍宴诗》）将纤琐细微之景摄于笔端，摹景细贴。咏物诗中魏收与刘逖对雨的形态变化的描摹，则充分体现出构景巧似的手法：

泻溜高斋响，添池曲岸平。滴下如珠落，波回类璧成。

（魏收《喜雨诗》）

细落疑含雾，斜飞觉带风。湿槐仍足绿，沾桃更上红。

（刘逖《对雨诗》）

不难察见，两首诗均以连番的比喻及多方设喻的手法刻画雨的千姿百态，也是对南朝咏物诗随物赋形、尽风景之变写景方式的自觉临摹。

在意象的组织和雕饰方面，文名相埒的魏收和邢邵是其中最突出的代表。魏收诗歌写景擅长渲染意象的明丽色彩美，他比较注重意象的并置，如其"雪溜添春浦，花水足新流"（《櫂歌行》）、"春风宛转入曲房，兼送小苑百花香"（《挟琴歌》）、"树静归烟合，帘疏返照通"（《后园宴乐诗》）三联景句，便是以"雪溜"与"春浦"，"春风"与"花香"，以及"树""帘"与"烟""月"构成的意象互衬的画面美取胜。邢邵的《齐韦道逊晚春宴诗》："日斜宾馆晚，风轻麦候初。檐喧巢幕燕，池跃戏莲鱼。石声随流响，桐影傍岩疏。谁能千里外，独寄八行书。""檐"与"燕"、"鱼"与"莲"、"石声"与"流响"、"桐影"与"岩石"诸意象通过动态、声响、形影的交映互衬构成了和谐清爽的画面，利用意象的配合营造意境也颇为成功。

北齐以后，北方本土文人对南朝诗歌纤细华艳的写景语言风格依然持有兴趣。比如历仕北齐、北周而后入隋的北方本土文士中，魏澹、李孝贞、辛德源等人的诗歌都热衷于纤丽的景物描摹。魏澹所存五首诗皆体现其擅于摹状微细景物的特点,如写萱草"带心花欲发,依笼叶已长。云度时无影,风来乍有香"(《咏阶前萱草诗》),石榴"新枝含浅绿,晚萼散轻红。影入环阶水,香随度隙风"(《咏石榴诗》),完全步武南朝咏物诗的格调。李孝贞在摹形状声方面的细腻程度更胜一等,如摹鸟声"间关既多绪,变转复无穷。调惊时断绝,音繁有异同"(《听百舌鸟诗》),从音中含情、调声变转、时断时续几个方面展现了对鸟声的细腻体察。同样,关陇文人辛德源写景也颇有纤绮流丽色彩,如《白马篇》本是以抒写侠士豪情为辞旨的传统乐歌,在他的笔下则变成了相竞逐春的风流景象。这类写景明显属于南朝绮丽诗风的馀绪。

虽然北朝诗歌自然描写难脱踵丽增华的趋向,但是随着北周苏绰、隋代李谔等人改革诗文的呼声此起彼伏和南北诗风的杂糅混同,北朝后期尤其是隋代诗歌自然描写已悄然出现了转向的迹象,即逐渐疏离了南朝诗歌写景华绮纤细的宫掖之风,走向了标举清远、情物交融的方向。《隋书·文学传序》云:"高祖(杨坚)初统万机,每念斫雕为朴,发号施令,咸去浮华。"①隋炀帝的诗歌趣味亦明确彰示去华慕清的追求。明人陆时雍《诗镜总论》云:"隋炀从华得素,譬诸红艳丛中,清标自出。虽卸华谢彩,而绚质犹存。"②围绕其身边的侍从文人如王胄、虞世基等,皆表现出切近炀帝诗歌审美趣味的倾向。据《隋书·王胄传》记载,炀帝曾评价王胄、虞世基、庾自直的诗歌曰:"气高致远,归之于胄;词清体润,其在世基;意密理新,推庾自直。"③其他诗坛领袖的作品亦靠近属辞尚清的风格,如沈德潜称杨素"诗格清远"④,"清思健笔,词气苍然"⑤,陈祚明亦云:"越公(杨素)诗清远有气格"⑥,他与薛道衡的赠答诗如《赠薛播州诗十四章》就被誉为"词气宏拔,风韵秀上"⑦。卢思道所存诗歌不仅《听鸣蝉篇》"词意清切,为时人所重"⑧,其写景大多以清朗劲质为美,陈祚明即云:"卢子行(卢思道)诗如秋山晴涧,石子离离。树影青流,游鱼白漾,非惟毛发可鉴,使人心骨俱

---

① 魏征等:《隋书》,中华书局,1973,第1730页。
② 丁福保辑《历代诗话续编》,中华书局,2006,第1410页。
③ 魏征等:《隋书》,中华书局,1973,第1741页。
④ 沈德潜:《古诗源》,中华书局,1963,第356页。
⑤ 沈德潜:《古诗源》,中华书局,1963,第3页。
⑥ 陈祚明评选《采菽堂古诗选》,李金松点校,上海古籍出版社,2008,第1160页。
⑦ 魏征等:《隋书·杨素传》,中华书局,1973,第1292页。
⑧ 〔唐〕李延寿:《北史·卢思道传》,中华书局,1974,第1076页。

清。"①近人刘师培亦称赏卢思道"长于歌词,发音刚劲"②。

隋代诗歌自然描写不再聚焦于精雕景物的物理相貌,而是重在通过开掘景物的心灵属性营造情物浑融的意境,这是北朝诗歌自然描写语言转向的另一表现。锤炼具有情感表现力的景物意象在隋诗中不乏诗例。如尹式《别宋常侍诗》将流寓命运的悯伤寄托于新奇的意象:"别有相思处,啼乌杂夜风。"意谓当此分别之际尚不觉相思,等到孤身一人听到夜风中啼乌之声,才是最能触动相思之时,把相思的情感通过啼乌声夹杂夜风声的意象渲染得真切而有力。王眘《七夕诗二首》其一写天将晓时牛女相会景象,其中"落月移妆镜,浮云动别衣"的意象情意饱满深厚,不仅实写落月浮云,还将月亮的移动比为织女的妆镜被移走,将飘动的浮云比为织女离别时飘舞的衣裙,使实象附着了情感;同时,上句喻指梳妆情景,下句即写离别,句意之间的跳跃亦暗示了相聚之短暂。论及情景兼胜的浑融境界,元行恭仅存的两首诗也堪为典范:

> 旅客伤羁远,樽酒慰登临。池鲸隐旧石,岸菊聚新金。阵低云色近,行高雁影深。欹荷泻圆露,卧柳横清阴。衣共秋风冷,心学古灰沉。还似无人处,幽兰入雅琴。
>
> (《秋游昆明池诗》)

> 颍城百战后,荒宅四邻通。将军树已折,步兵途转穷。吹台有山鸟,歌庭聒野虫。草深斜径没,水尽曲池空。林中满明月,是处来春风。唯馀一废井,尚夹两株桐。
>
> (《过故宅诗》)

《秋游昆明池诗》起首二句即表达旅客羁远、登临感怀的伤心之情。中六句写景紧密配合情感展开:"池鲸"二句写石状鲸鱼经磨蚀已显得古旧,而岸边新发的菊花却锦簇如金、生机无限,"旧""新"交映,暗示了池苑历经朝代更迭的沧桑变化;"阵低"二句着眼于云色与雁行,景色虽高旷,但"阵低""影深"却予人以萧瑟之感;"欹荷"二句虽细腻清新,但荷是"欹荷",柳是"卧柳",也是渐衰的景象。景物描写与"旅客伤羁远"的基调紧恰契

---

① 陈祚明评选《采菽堂古诗选》,李金松点校,上海古籍出版社,2008,第1165页。
② 刘师培:《南北文学不同论》,收入程千帆撰《文论十笺》,武汉大学出版社,2008,第94页。

合。《过故宅诗》则通过多变的写景手法展现故宅颓败的景象,表达了人事沧桑的深沉寄慨。首联一"颓"一"荒"为全诗奠定了基调;"将军"二句融典故入景,既写树木摧折、道路阻断的实景,又借冯异和阮籍的故事暗示军功和文才兼备的祖辈们已人去宅空的悲哀以及时世沧桑、世道难行的深沉感悟;"吹台"二句是反笔,以昔日繁华地"吹台""歌庭"为山鸟野虫占据表现荒凉无人的衰败,"聒"字传神表现了诗人目睹此景的烦郁心情;"草深"二句是正写,"径没""池空"再次强调了池苑的荒芜程度和凋败情景;继而"林中"二句,明月、春风的描写本更适宜幽丽明秀的景象,安放此处似乎不太相宜,然而再看最后"唯馀"二句,便可体会到原来作者意在"以乐景写哀"的用心。最后两句炼字极用心,一方面,明月春风本是赏景的好时机,而眼前只剩废弃的枯井和仅余的梧桐,"一"与"两"相对,强调生意殆尽;另一方面,"尚夹"强调废井尚有两株梧桐相伴,似乎又夹杂略感宽慰的心情。上述诗例中景语自足的意义空间充分展示了隋代诗歌所能达到的情景融合的艺术境界。自隋以后,这也成为诗歌写景的趋势所在。

综其要而言之,与南朝诗歌自然景物描写曲尽纤微、声色浏亮的唯美主义倾向相比,北朝诗歌在内容上更着力于呈现苍雄阔远的塞垣风景和清瑟枯寒的景物形象,由此形成了悲郁健野、清远散朗的风格。北朝诗歌自然描写在语言表现方面虽然受到南朝诗歌摹景纤细、巧构形似、妍丽流靡的语言形态的浸淫,一度流于模仿南朝,但到了隋代,诗歌写景逐渐疏离了南朝诗歌藻采细巧的微观语言模式,已然生成了不拘摹刻、柔犷调匀、情景调和的宏观语言形态,正如《隋书·文学传序》所论,江南文学重声律,故有"清绮"之美,河朔文学重词义,故以"气质"取胜[1]。自然描写的上述内容取向和语言表现趋势是构成北朝诗歌精神内核的关键所在,也是唐诗诸风格中刚健清新一脉的原生点,是盛唐诗"变六朝之绮丽为浑成,而能复其挺秀"[2]的前奏阶段,因此应给予特别关注。

---

[1] 魏征等:《隋书》,中华书局,1973,第 1730 页。
[2] 吴乔:《围炉诗话》卷一,见郭绍虞编选《清诗话续编》,富寿荪校点,上海古籍出版社,2016,第 457 页。

结　语

　　相比唐诗经典化进程的加速以及受推崇程度的加深，六朝诗歌审美特性的强化和对语言形式的肆力开拓，在很大程度上被唐诗强大的影响力遮蔽了。在后世诗界和诗学思想领域，六朝诗歌的艺术价值和其作为唐诗先端的意义虽然经过有明一代杨慎等诗家的揭示①，但六朝诗歌独立于诗史谱系的艺术质性以及其时诗坛在语言开拓方面的全面积淀，尤其在促进性情与形式融合方向上的积极推动等问题，仍有待于从明清以来主流评价话语的缝隙中予以正面凸显和揭示，才能使六朝诗歌被遮蔽的意义以及与唐诗的内在诗艺联系得以充分显露。

　　魏晋文学批评有着对文学审美特性的自觉体认以及对文学语言形式美愈趋明晰的要求，在诗歌创作中则呈现为凝聚此种文学取向的丰富语言艺术。如果说文学思想是概括诗歌根本性质的宏观总结，那么诗歌语言的具体表现则是一个鲜活的想象空间，对其深趣的探掘并不能通过诗歌社会背景或思想内容的研究来实现，而将中古诗歌作为语料进行语言学分析也并不能完全涵盖其特殊意义。诗歌的语言艺术应该是诗学问题中具有独立意义的一个面向。六朝诗歌创作形成了大力开发语言的普遍现象，在某种程度上可以说正是诗歌语言和体式发展过程中的内在要求，从本质上说，这是一种认同诗歌的语言性并不断丰富诗性语言新形式的创作探索。恩斯特·卡西尔说："如果语言在其发展中需要不断更新的话，那么没有比诗更好更深厚的源泉了。"②英国诗评家伊丽莎白·朱也持有相近的诗学观念，她说："诗是语言的保养和更新的重要源泉之一。已过世的诗人们为语言提供了传统的遗产，提供了如今依然生气勃勃、精妙绝伦的东西；活着的诗人们推动着语言前进。新的一代不会完全按先辈们的方式去感受世

---

① 具体情形可参见郑利华著《明代诗学思想史》第十二章《杨慎诗学的涵容性与独立性》，上海古籍出版社，2022，第362—375页。
② ［德］恩斯特·卡西尔：《符号形式的哲学》，赵海萍译，吉林出版集团股份有限公司，2018，第268页。

界,一代人有一代人的语言。"[①]从这一角度来说,执着于语言的锤炼与创新,是诗人从语言维度上提升诗意厚重韵趣、凸显语言本体价值的不懈追求,这也是从本体意义上确立诗歌抒情写意审美语言有别于其他文体的特殊质性。

以自然描写为审美核心所形成的诸多语言特征,充分表征诗人对语言技术层面的重视以及文学语言变革的内在动力,当诗歌中的自然描写成为承载生命情感内容与蕴含语言形式的重要部分时,语言的内涵与形式获得了一种统一的形态,这对于诗歌表达旨趣的丰富和表现艺术的发展具有重要的意义。本书从语言形式角度对中古诗歌自然描写语言演进轨迹的梳理和新变细节的辨察,正是尝试对中古诗歌在文学语言发展中的意义进行掘发。在已有研究的基础上进行一种切入语言细部的讨论,旨在对魏晋与南北朝诗歌语言在整体上和微观层面的联系与差异进行比照辨析,对自然描写的繁兴与诗歌语言发展的依辅关系予以分析提炼,以彰示此际诗歌在自然描写与新巧语言形式相融合的过程中所形成的特有的情意表现方式和审美意趣。

经过前面各章的论述,我们从诗歌的语词层对写景语言中具有创新指向的炼词艺术进行了考察,揭示六朝诗人在语词表现力上的独特探索。六朝诗歌自然描写对实词与虚字的全面精炼,在一定程度上体现出激发诗歌语言"自由"特性的自觉意识。"名·名"式物象名词的"陌生化"组合和距离张力使语词碰撞出丰富的意蕴和意象美感,改变了单向形态的构词模式,彰显了构建诗性语言的个性选择。动词在南朝诗歌的景句锤炼中也凝缩了新变的诉求,具有新异精准的措辞特点,体现了南朝诗家对动词新趣和美感的倾力掘发。数词作为自然描写中具有特定意涵和表现张力的语词,在南朝诗歌中同样彰示出语言美感,尤其庾信诗歌焕发了数词新的表现价值,无论是抒情语言中含蕴典故的委婉表达还是自然描写语言中所彰显的气象和审美新趣,都使数词在语言形式和诗意韵趣两方面体现出了更为典范的经营法式,强化了诗歌语言内在结构和意蕴的复合性。诗语中承载音声功能的双声、叠韵和叠词在南朝诗歌中获得了显在的发展,通过具体的情景形象在时空境界中的延长、伸展,使情思意志与景象描写更为细贴地融合起来。南朝诗家也从虚字的向度不断强化语词的涵盖力,尤其是凝注于副词的炼字匠心使得写景语言更加强化了整密劲健的句式特点和

---

① [英]伊丽莎白·朱:《当代英美诗歌鉴赏指南》,李力、余石屹译,四川人民出版社,1987,第79页。

细密紧承的语意脉络。在语词层面的全方位磋磨,说明诗人是把语言作为艺术创新的重要维度,通过对语言经营空间的撑展释放诗性语言,将语言从工具形态和思辨形态切实提升到了审美形态。

在诗歌的句法层,着重呈现南朝诗歌自然描写句法精微的具体表现,对其间的美感意趣加以总结。将景语作为彰发诗歌语言美感、构塑情景融合语言模式的核心单元,认为南朝五言诗写景句的句式经营体现出诗歌句式结构更趋精细化与复杂化的特点,特别是对"二一二"与"二二一"写景句的着力开发,不仅使诗篇结构达到了调和谐畅、圆美流转的状态,也为自然山水描写提供了多重实现途径,对经典句式的发展创新提升了诗语的表现内涵,体现出南朝诗人描写自然所特有的意涵细密、映发互动的审美旨趣。景句锤炼在对仗艺术趋于稳定的过程中起到了示范价值,成熟的邻对构成多元多向的诗意境界,工对的强化也丰富了对仗的类型,因而对诗歌语言的形式美追求具有推动意义。

对于自然意象的讨论,则是聚焦于魏晋诗歌以"情"统"象"的特点以及南朝诗歌在意象语言精细化层面的发展,重点关注的是齐、梁、陈、隋诗坛熔炼情景具足意象的艺术表现,由此方面彰显自然描写所具有的情感表达价值。魏晋诗坛普遍的时序意象营造体现出"移情"与"象征"的显在特点,南朝诗歌塑造审美意象的重要表征是自然意象细腻化程度的提升、构象精巧的视觉效果以及情景具足的意象熔炼,尤其齐梁诗歌代表了意象语言发展的新高度,意象在外在美上由雕饰走向了更富技巧性的细致与创新,在内在美上从情感的拟喻转向了含蓄的暗示。

我们就情景结构的讨论是对中古诗歌情景结合方式的变化进行观照,总结情景结构由显豁平面而至隐示暗连的处理艺术,由此窥探诗人对情景关系的重视以及六朝诗歌性情渐隐特点背后所隐含的结构深趣。汉魏诗歌主要依托情感的发展连缀诗句,诗歌结构的艺术处理尚未成为诗人的自觉追求,因而章法上大多带有芜杂而缺乏规律的特点。宋齐山水诗的大量创作明确表现出构建章法的审美需求,在情景结构的经营上也标举章法绵密的精巧特点,尤可注意的是山水诗、写景诗经过齐、梁、陈阶段的发展,体现出结构简约、景语暗示性丰厚、情景衔承紧密、意脉前后照应等经营特点,已接近于近体诗的结构特征,进一步显示了自然描写在诗歌中的特有抒情旨趣。

在究察诗歌写景艺术及语言表现的外在影响方面,辨析了六朝诗歌自然描写发展中汉魏两晋赋的渗透程度和语言上的深度联络。认为汉赋中形成的"苞举山水式""体物细微式""抒情缀景式"等写景方式与南朝诗歌绘景体物的语言表达模式有深厚关联,汉赋的辞采意象更是被南朝诗歌大量采撷模仿,而魏晋赋在写景视域和山水描写方面的开拓也为南朝诗歌提供了艺术方向和语言基础,南朝诗歌在题材的开拓、辞采句法的炼造和意象章法的营构方面都带有魏晋赋的痕迹。

最后是从中古闺情诗自然描写的语言风格、南朝诗歌的写"影"风气及其文化背景、北朝诗歌自然描写的内容倾向与语言表现三个方面进行了散点透视。第一,认为闺情诗的自然描写与情思主题的配合形成了比较鲜明的特点,景与情的关联性注重比兴所寄托的隐喻深旨,写景的语言色彩倾向于契合女性化情思的体物视角和审美趣味,表达上注重调动景语的暗示功能,使自然描写的独立意义得到进一步凸显。第二,南朝诗坛对景物光影声气的刻画值得关注,特别是对物色之"影"的描写兴趣不仅拓展了书写自然的取象范围和意象的经营方式,而且形成了诗人观照自然风景时眷恋物"影"的审美习惯,掘深了自然景物描写的意趣妙境和语言表现。第三,以南朝诗歌自然景物描写纤巧丽靡的唯美主义特点作为参照,北朝诗歌在内容上更倾向于呈现苍雄阔远的塞垣风景和清瑟枯寒的景物形象,由此形成了悲郁健野、清远散朗的语言风格,尤其是隋代诗歌逐渐疏离了南朝诗歌藻采细巧的微观语言模式,形成了情景融合的语言形态。

通过以上诸方面的探掘,旨在从诗歌文本空间中尽可能细致地抽绎中古诗歌自然描写在语言形式上的诸种独特征象,彰示景语在审美韵趣、情感暗示力方面的独特价值。厘清这些语言现象,有利于揭示中古诗歌"返回到语言的具体性、生动性以至诗意性"的种种内在表现[1]。囿于笔者研究识见的浅陋,本书所做的仍然是基础性的工作,对此论题进行视境宏通的审视和持续深化的阐析,将是今后研究中继续努力的方向,唯此才能更好地对六朝诗歌的诗史意义加以全面把握,并进一步对唐诗与六朝诗歌的深层关系进行客观辨察。

---

[1] 甘阳:《语言与神话·序言》,生活·读书·新知三联书店,1988,第19页。

参考文献

一、古人著述

[1] 黄寿祺,张善文.周易译注[M].北京:中华书局,2016.
[2] 房玄龄,等.晋书[M].北京:中华书局,1974.
[3] 沈约.宋书[M].北京:中华书局,1974.
[4] 萧子显.南齐书[M].北京:中华书局,1972.
[5] 姚思廉.梁书[M].北京:中华书局,1973.
[6] 姚思廉.陈书[M].北京:中华书局,1972.
[7] 李延寿.南史[M].北京:中华书局,1975.
[8] 李延寿.北史[M].北京:中华书局,1974.
[9] 魏收.魏书[M].北京:中华书局,2017.
[10] 李百药.北齐书[M].北京:中华书局,1972.
[11] 令狐德棻,等.周书[M].北京:中华书局,1971.
[12] 魏征,等.隋书[M].北京:中华书局,1973.
[13] 逯钦立辑校.先秦汉魏晋南北朝诗[M].北京:中华书局,1983.
[14] 严可均校辑.全上古三代秦汉三国六朝文[M].北京:中华书局,1958.
[15] 周秉高编著.全先秦两汉诗·两汉卷[M].呼和浩特:内蒙古大学出版社,2011.
[16] 程俊英.诗经译注[M].上海:上海古籍出版社,2004.
[17] 朱熹注,赵长征点校.诗集传[M].北京:中华书局,2011.
[18] 洪兴祖,白化文,等点校.楚辞补注[M].北京:中华书局,2015.
[19] 金开诚,等校注.屈原集校注[M].北京:中华书局,1996.
[20] 隋树森集释.古诗十九首集释[M].北京:中华书局,2018.
[21] 夏传才校注.曹操集校注[M].石家庄:河北教育出版社,2013.
[22] 夏传才,唐绍忠校注.曹丕集校注[M].石家庄:河北教育出版社,2013.

[23]曹植著.曹植集校注[M].赵幼文校注.北京:人民文学出版社,1984.

[24]王巍校注.曹植集校注[M].石家庄:河北教育出版社,2013.

[25]张蕾校注.王粲集校注[M].石家庄:河北教育出版社,2013.

[26]林家骊校注.徐幹集校注[M].石家庄:河北教育出版社,2013.

[27]杜志勇校注.孔融陈琳合集校注[M].石家庄:河北教育出版社,2013.

[28]林家骊校注.阮瑀应玚刘桢合集校注[M].石家庄:河北教育出版社,2013.

[29]张兰花,程晓菡校注.三曹七子之外建安作家诗文合集校注[M].石家庄:河北教育出版社,2013.

[30]阮籍著.阮籍集校注[M].陈伯君校注.北京:中华书局,1987.

[31]嵇唐撰.嵇康集校注[M].戴明扬校注.北京:中华书局,2015.

[32]陆机.陆士衡文集校注[M].刘运好校注整理.南京:凤凰出版社,2007.

[33]陆云著.陆士龙文集校注[M].刘运好校注整理.南京:凤凰出版社,2010.

[34]潘岳.潘岳集校注[M].董志广校注.天津:天津古籍出版社,2005.

[35]聂恩彦校注.郭弘农集校注[M].太原:山西人民出版社,1991.

[36]陶潜.陶渊明集校笺[M].龚斌校笺.上海:上海古籍出版社,1996.

[37]顾绍柏校注.谢灵运集校注[M].郑州:中州古籍出版社,1987.

[38]李运富编注.谢灵运集.[M].长沙:岳麓书社,1999.

[39]鲍照.钱仲联增补集说校《鲍参军集注》[M].上海:上海古籍出版社,1980.

[40]谢朓.曹融南校注集说.谢宣城集校注[M].上海:上海古籍出版社,1991.

[41]沈约.沈约集校笺[M].陈庆元校笺.杭州:浙江古籍出版社,1995.

[42]刘峻.罗国威校注.刘孝标集校注[M].北京:中华书局,2021.

[43]萧统.俞绍初校注.昭明太子集校注[M].郑州:中州古籍出版社,2001.

[44]萧纲.梁简文帝集校注[M].肖占鹏,董志广校注.天津:南开大学出版社,2015.

[45]萧绎.萧绎集校注[M].陈志平,熊清元校注.上海:上海古籍出版社,2018.

[46]吴均.吴均集校注[M].林家骊校注.杭州:浙江古籍出版社,2005.

[47]何逊.何逊集校注[M].李伯齐校注.北京:中华书局,2010.

[48] 陶弘景著. 陶弘景集校注[M]. 王京州校注. 上海:上海古籍出版社,2021.

[49] 江淹. 江文通集校注[M]. 丁福林,杨胜朋校注. 上海:上海古籍出版社,2017.

[50] 王筠撰. 王筠集校注[M]. 黄大宏校注. 北京:中华书局,2013.

[51] 阴铿. 阴铿诗校注[M]. 张帆,宋书麟校注. 兰州:兰州大学出版社,1989.

[52] 蹇长春,王会绍,余贤杰注. 傅玄 阴铿诗注[M]. 兰州:甘肃人民出版社,1987.

[53] 庾信撰. 庾子山集注[M]. 倪璠注;许逸民校点. 北京:中华书局,1980.

[54] 王褒. 王褒集校注[M]. 牛贵琥校注. 北京:中华书局,2021.

[55] 康金声. 温子昇集笺校全译[M]. 太原:山西古籍出版社,2000.

[56] 邢邵. 邢邵集笺校全译[M]. 康金声、唐海静注译. 太原:山西古籍出版社,2006.

[57] 康金声,宋冰著. 魏收集笺校全译[M]. 太原:山西古籍出版社,2005.

[58] 祝尚书. 卢思道集校注[M]. 成都:巴蜀书社,2001.

[59] 胡大雷选注. 齐梁体诗选[M]. 保定:河北大学出版社,2004.

[60] 郭茂倩编撰. 乐府诗集[M]. 聂世美,仓阳卿校点. 上海:上海古籍出版社,2016.

[61] 吴冠文,谈蓓芳,章培恒汇校. 玉台新咏汇校[M]. 上海:上海古籍出版社,2011.

[62] 徐陵编. 玉台新咏笺注[M]. 〔清〕吴兆宜注,程琰删补. 穆克宏点校. 北京:中华书局,2017.

[63] 费振刚,仇仲谦、刘南平校注. 全汉赋校注[M]. 广州:广东教育出版社,2005.

[64] 韩格平,等校注. 全魏晋赋校注[M]. 长春:吉林文史出版社,2008.

[65] 萧统编. 文选[M]. 李善注. 北京:中华书局,1977.

[66] 张溥. 汉魏六朝百三家集题辞注[M]. 殷孟伦注. 北京:中华书局,2007.

[67] 张燮. 七十二家集题辞笺注[M]. 王京州笺注. 上海:上海古籍出版社,2016.

[68] 杨明. 文赋诗品译注[M]. 上海:上海古籍出版社,1999.

[69] 刘勰. 文心雕龙注释[M]. 周振甫注. 北京:人民文学出版社,1981.

[70] 吴淇撰. 六朝选诗定论[M]. 汪俊,黄进德点校. 扬州:广陵书社,2009.

[71] 陈祚明评选. 采菽堂古诗选[M]. 李金松点校. 上海：上海古籍出版社，2008.

[72] [日]遍照金刚撰.《文镜秘府论》汇校汇考[M]. 卢盛江校考. 北京：中华书局，2015.

[73] 钟惺，谭元春选评.《诗归》[M]. 张国光，张业茂，曾大兴点校. 武汉：湖北人民出版社，1985.

[74] 王夫之评选. 古诗评选[M]. 张国星点校. 保定：河北大学出版社，2008.

[75] 沈德潜选. 古诗源[M]. 北京：中华书局，1963.

[76] 严羽. 沧浪诗话校释[M]. 郭绍虞校释. 北京：人民文学出版社，1983.

[77] 许学夷. 诗源辩体[M]. 杜维沫校点. 北京：人民文学出版社，1998.

[78] 胡应麟撰. 诗薮：精校本[M]. 王国安点校. 北京：北京科学技术出版社，2023.

[79] 王夫之. 姜斋诗话笺注[M]. 戴鸿森笺注. 上海：上海古籍出版社，2012.

[80] 方东树. 昭昧詹言[M]. 吴闿生评. 北京：朝华出版社，2019.

[81] 刘熙载. 艺概[M]. 上海：上海古籍出版社，1978.

[82] 何文焕辑. 历代诗话[M]. 北京：中华书局，1981.

[83] 丁福保辑. 历代诗话续编.[M]. 北京：中华书局，2006.

[84] 王夫之，等撰. 清诗话[M]. 丁福保辑. 上海：上海古籍出版社，2015.

[85] 郭绍虞编选. 清诗话续编.[M]. 富寿荪校点. 上海：上海古籍出版社，2016.

[86] 袁仁林. 解惠全注. 虚字说[M]. 北京：中华书局，1989.

[87] 曲德来，迟文浚，冷卫国主编. 历代赋 广选·新注·集评 1 卷[M]. 沈阳：辽宁人民出版社，2001.

[88] 迟文浚，宋绪连主编. 历代赋 广选·新注·集评 3 卷[M]. 沈阳：辽宁人民出版社，2001.

[89] 徐志啸编. 历代赋论辑要[M]. 上海：复旦大学出版社，1991.

[90] 郭丹主编. 先秦两汉文论全编[M]. 上海：上海远东出版社，2012.

[91] 穆克宏，郭丹主编. 魏晋南北朝文论全编[M]. 上海：上海远东出版社，2012年版.

[92] 程千帆. 文论十笺[M]. 武汉：武汉大学出版社，2008.

二、近人论著

[1] 章培恒,骆玉明主编.中国文学史新著(增订本)[M].上海:复旦大学出版社,2007.
[2] 刘师培撰.中国中古文学史讲义[M].程千帆,曹虹导读.上海:上海古籍出版社,2000.
[3] 王瑶.中古文学史论[M].北京:北京大学出版社,2014.
[4] 徐公持编著.魏晋文学史[M].北京:人民文学出版社,1999.
[5] 曹道衡,沈玉成编著.南北朝文学史[M].北京:人民文学出版社,1991.
[6] 曹道衡,刘跃进.南北朝文学编年史[M].北京:人民文学出版社,2000.
[7] 曹道衡.南朝文学与北朝文学研究[M].北京:商务印书馆,2015.
[8] 曹道衡.中古文学史论文集[M].北京:中华书局,2002.
[9] 曹道衡.中古文学史论文集续编[M].北京:中华书局,2011.
[10] 吴先宁.北朝文化特质与文学进程[M].北京:东方出版社,1997.
[11] 葛晓音.八代诗史[M].北京:中华书局,2012.
[12] 章培恒主编.中国中世文学研究论集[M].上海:上海古籍出版社,2006.
[13] 王钟陵著.中国中古诗歌史——四百年民族心灵的展示[M].北京:人民出版社,2005.
[14] 傅刚.魏晋南北朝诗歌史论[M].北京:商务印书馆,2017.
[15] 程章灿 魏晋南北朝赋史[M].南京:凤凰出版社,2001.
[16] 郭建勋.先唐辞赋研究[M].北京:人民出版社,2004.
[17] 汤用彤.汉魏两晋南北朝佛教史[M].上海:上海人民出版社,2015.
[18] 汤用彤撰.魏晋玄学论稿[M].上海:上海古籍出版社,2001.
[19] 汤一介.郭象与魏晋玄学(第三版)[M].北京:北京大学出版社,2009.
[20] 罗宗强.玄学与魏晋士人心态[M].天津:天津教育出版社,2005.
[21] 罗宗强.魏晋南北朝文学思想史[M].北京:中华书局,2006.
[22] 钱志熙.魏晋诗歌艺术原论[M].北京:北京大学出版社,2005.
[23] 阎采平.齐梁诗歌研究[M].北京:北京大学出版社,1994.
[24] 卢清青.齐梁诗探微[M].台北:台北文史哲出版社,1984.
[25] 张仁青.六朝唯美文学[M].台北:台北文史哲出版社,1980.
[26] 田晓菲.烽火与流星:萧梁王朝的文学与文化[M].北京:中华书局,2010.

［27］刘跃进.门阀士族与永明文学［M］.北京:生活·读书·新知三联书店,1996.

［28］魏耕原.谢朓诗论［M］.北京:中国社会科学出版社,2004.

［29］陶文鹏,韦凤娟主编.灵境诗心 中国古代山水诗史［M］.南京:凤凰出版社,2004.

［30］王国璎.中国山水诗研究［M］.北京:中华书局,2007.

［31］丁成泉.中国山水诗史［M］.武汉:华中师范大学出版社,2014.

［32］李文初等.中国山水诗史［M］.广州:广东高等教育出版社,1991.

［33］王玫.六朝山水诗史［M］.天津:天津人民出版社,1996.

［34］何国平.山水诗前史 从《古诗十九首》到玄言诗审美经验的变迁［M］.广州:暨南大学出版社,2011.

［35］刁文慧.五世纪到七世纪风景诗审美范式研究［M］.北京:北京语言大学出版社,2015.

［36］萧驰.诗与它的山河 中古山水美感的生长［M］.北京:生活·读书·新知三联书店,2018.

［37］王建疆,等.自然的空灵 中国诗歌意境的生成和流变［M］.北京:光明日报出版社,2009.

［38］林文月.山水与古典［M］.北京:生活·读书·新知三联书店,2013.

［39］徐艳.中国中世文学思想史:以文学语言观念的发展为中心［M］.上海:上海古籍出版社,2012.

［40］葛兆光.汉字的魔方——中国古典诗歌语言学札记［M］.上海:复旦大学出版社,2008.

［41］吴小平.中古五言诗研究［M］.南京:江苏古籍出版社,1998.

［42］葛晓音.先秦汉魏六朝诗歌体式研究［M］.北京:北京大学出版社,2012.

［43］胡大雷.中古诗人抒情方式的演进［M］.北京:中华书局,2003.

［44］王云路.汉魏六朝诗歌语言论稿［M］.西安:陕西人民教育出版社,1997.

［45］王云路.中古诗歌语言研究［M］.西安:世界图书出版西安有限公司,2014.

［46］郭锡良编著.汉字古音手册(增订本)［M］.北京:商务印书馆,2010.

［47］王力.中国语法理论［M］.北京:中华书局,2015.

［48］王力.中国现代语法［M］.北京:商务印书馆,2011.

［49］王力.汉语诗律学［M］.北京:中华书局,2021.

[50] 杜晓勤. 六朝声律与唐诗体格[M]. 北京:北京大学出版社,2017.

[51] 王德明. 中国古代诗歌句法理论的发展[M]. 桂林:广西师范大学出版社,2002.

[52] 冯胜利. 汉语韵律句法学[M]. 上海:上海教育出版社,2000.

[53] 郁沅. 心物感应与情景交融[M]. 南昌:百花洲文艺出版社,2006.

[54] 李健. 魏晋南北朝的感物美学[M]. 北京:中国社会科学出版社,2007.

[55] 陈伯海. 意象艺术与唐诗[M]. 上海:上海古籍出版社,2015.

[56] 严云受. 诗词意象的魅力[M]. 合肥:安徽教育出版社,2003.

[57] 吴晓. 意象符号与情感空间——诗学新解[M]. 北京:中国社会科学出版社,1990.

[58] 陈植锷. 诗歌意象论:微观诗史初探[M]. 北京:中国社会科学出版社,1990.

[59] 祝菊贤. 魏晋南朝诗歌意象论[M]. 西安:陕西师范大学出版社,2000.

[60] 汪耀进编. 意象批评[M]. 成都:四川文艺出版社,1989.

[61] 盛子潮,朱水涌. 诗歌形态美学[M]. 厦门:厦门大学出版社,1987.

[62] 袁行霈. 中国诗歌艺术研究(第3版)[M]. 北京:北京大学出版社,2009.

[63] 萧涤非. 读诗三札记[M]. 北京:作家出版社,1957.

[64] 黄侃. 文心雕龙札记[M]. 北京:中华书局,2016.

[65] 吴小如,等编著. 汉魏六朝诗鉴赏辞典[M]. 上海:上海辞书出版社,1992.

[66] 钱锺书. 谈艺录[M]. 北京:生活·读书·新知三联书店,2007.

[67] 李浩. 唐诗的文本阐释[M]. 西安:陕西人民出版社,2022.

[68] 马德富. 杜诗语言艺术[M]. 成都:四川大学出版社,2022.

[69] 郑利华. 明代诗学思想史[M]. 上海:上海古籍出版社,2022.

[70] 朱立元主编. 美学[M]. 北京:高等教育出版社,2016.

[71] 朱光潜. 朱光潜美学文集(第3卷)[M]. 上海:上海文艺出版社,1983.

[72] 朱光潜. 诗论[M]. 武汉:武汉大学出版社,2008.

[73] 宗白华. 美学散步[M]. 上海:上海人民出版社,1981.

[74] 顾城著. 顾城文选 卷1 别有天地[M]. 哈尔滨:北方文艺出版社,2005.

[75] 郑敏著. 文化·语言·诗学——郑敏文论选[M]. 福州:福建人民出版社,2017.

[76] 胡建次,邱美琼编著.日本中国古典诗学研究500家简介与成果概览[M].南昌:江西人民出版社,2010.
[77] 蒋寅编译.日本学者中国诗学论集[M].南京:凤凰出版社,2008.
[78] 周发祥.西方文论与中国文学[M].南京:江苏教育出版社,1997.
[79] 杨匡汉,刘福春编.西方现代诗论[M].广州:花城出版社,1988.
[80] 沈奇选编.西方诗论精华.[M].广州:花城出版社,1991.
[81] 赵毅衡编选."新批评"文集[M].北京:中国社会科学出版社,1988.
[82] 徐志啸.北美学者中国古代诗学研究[M].上海:上海古籍出版社,2011.
[83] 钱林森编.牧女与蚕娘:法国汉学家论中国古诗[M].上海:上海古籍出版社,1990.
[84] 乐黛云,陈珏,龚刚编选.欧洲中国古典文学研究名家十年文选[M].南京:江苏人民出版社,1998.
[85] 王恩衷编译.艾略特诗学文集[M].北京:国际文化出版公司,1989.
[86] [日]小尾郊一.中国文学中所表现的自然与自然观——以魏晋南北朝文学为中心[M].邵毅平,译.上海:上海古籍出版社,2014.
[87] [日]古田敬一.中国文学的对句艺术[M].李淼,译.长春:吉林文史出版社,1989.
[88] [日]兴膳宏.六朝文学论稿[M].彭恩华,译.长沙:岳麓书社,1986.
[89] [日]小川环树.论中国诗[M].谭汝谦,陈志诚,梁国豪合,译.贵阳:贵州人民出版社,2009.
[90] [日]小川环树.《风与云:中国诗文论集[M].周先民,译.北京:中华书局,2005.
[91] [日]松浦友久.中国诗歌原理[M].孙昌武,郑天刚,译.沈阳:辽宁教育出版社,1990.
[92] [俄]什克洛夫斯基,等.俄国形式主义文论选[M].方珊,等,译.北京:生活·读书·新知三联书店,1989.
[93] [德]马丁·海德格尔.诗·语言·思[M].张月,石向骞,曹元勇,译.郑州:黄河文艺出版社,1989.
[94] [德]顾彬.中国文人的自然观[M].马树德,译.上海:上海人民出版社,1990.
[95] [德]恩斯特·卡西尔.《人论》[M].甘阳,译.上海:上海译文出版社,1985.
[96] [德]恩斯特·卡西尔.语言与神话[M].于晓,等,译.北京:生活·读

书·新知三联书店,1988.

[97] [德]恩斯特·卡西尔.符号形式的哲学[M].赵海萍,译.长春:吉林出版集团股份有限公司,2018.

[98] [美]孙康宜.钟振振,译.抒情与描写——六朝诗歌概论[M].上海:上海三联书店,2006.

[99] [美]勒内·韦勒克,奥斯汀·沃伦.文学理论[M].刘象愚,等.译.杭州:浙江人民出版社,2017.

[100] [美]孙康宜,宇文所安主编.剑桥中国文学史·上卷(1375年之前)[M].刘倩,等.译.北京:生活·读书·新知三联书店,2013.

[101] [美]劳·坡林.怎样欣赏英美诗歌[M].殷宝书,编译.北京:北京出版社,1985.

[102] [美]高友工,梅祖麟.唐诗的魅力——诗语的结构主义批评[M].李世耀,译.上海:上海古籍出版社,1989.

[103] [美]蔡宗齐.语法与诗境:汉诗艺术之破析[M].北京:中华书局,2021.

[104] [美]苏珊·朗格.情感与形式[M].刘大基,等.译.北京:中国社会科学出版社,1986.

[105] [意]克罗齐.美学原理 美学纲要[M].朱光潜,译.北京:外国文学出版社,1983.

[106] [英]查尔斯·查德维克.象征主义[M].肖聿,译.太原:北岳文艺出版社,1989.

[107] [英]伊丽莎白·朱.当代英美诗歌鉴赏指南[M].李力,余石屹,译.成都:四川人民出版社,1987.

[108] 林庚.略谈唐诗的语言[J].文学评论,1964(1).

[109] 木斋.论建安山水题材五言诗及其诗歌史意义[J].社会科学战线,2006(5).

[110] 钱志熙.中古山水诗主客关系的转变[J].文史知识.1998(4).

[111] 钱志熙《论初唐诗歌沿袭齐梁陈隋诗风及其具体表现》,《励耘学刊(文学卷)》[J].2005年第1期.

[112] 戴燕.在研究方法的背后——读小尾郊一《中国文学中所表现的自然与自然观》及顾彬《中国文人的自然观》[J].文学遗产.1992(1).

[113] 王建疆《自然的玄化、情化、空灵化与中国诗歌意境的生成》,《学术月刊》[J].2004年第5期.

[114] 王建疆《中国诗歌史:自然维度的失落与重建》,《文学评论》[J].

2007 年第 2 期.

[115] 童庆炳《文学语言论》,《学习与探索》[J]. 1999 年第 3 期.

[116] 张莉,葛亮对谈《和而不同:关于时代与语言的那些事儿》,《天涯》[J]. 2022 年第 5 期.

[117] 王一川《"文学是语言的艺术"吗?》,《文学自由谈》[J]. 1997 年第 5 期.

[118] 徐艳《关于从文学形式角度研究中国古代文学的思考》,《中国文学研究》[J]. 第 3 辑.

[119] 冯胜利《汉语诗歌研究中的新工具与新方法》,《文学遗产》[J]. 2013 年第 2 期.

[120] 韩经太,葛晓音,冯胜利《走向诗性语言的深层研究——中国诗歌语言艺术原理三人谈》,《文艺研究》[J]. 2021 年第 5 期.

[121] 葛晓音《论齐梁文人革新晋宋诗风的功绩》,《北京大学学报》[J]. 1985 年第 3 期.

[122] 赵敏俐《论五言诗体的音步组合原理》,《岭南学报》[J]. 2016 年第 2 期.

[123] 蔡瑜《永明诗学与五言诗的声境形塑》,台湾《清华学报》[J]. 2015 年第 1 期.

[124] 谢思炜《汉语造词与诗歌新语》,《河北学刊》[J]. 2015 年第 3 期.

[125] 谢思炜《五言诗基本句式的历史考察》,《西北师大学报》[J]. 2019 年第 3 期.

[126] 蒋寅《语象·物象·意象·意境》,《文学评论》[J]. 2002 年第 3 期.

[127] 欧千华. 六朝五言诗空间描写的句式与关键转变[D]. 国立台湾大学文学院中国文学系 2020 年硕士学位论文.

[128] 彭富春《文学:诗意语言》,《哲学研究》[J]. 2000 年第 7 期.

[129] 朱立元《从审美意象到语言文字——试论作家的意象—语符思维》,《天津社会科学》[J]. 1989 第 4 期.

[130] 曹苇舫,吴晓《诗歌意象功能论》,《文学评论》[J]. 2002 第 6 期.

[131] 徐公持《诗的赋化与赋的诗化——两汉魏晋诗赋关系之寻踪》,《文学遗产》[J]. 1992 年第 1 期.

[132] 郑敏《语言观念必须革新——重新认识汉语的审美与诗意价值》,《文学评论》[J]. 1996 年第 4 期.

后 记

犹记得 2010 年夏天我在复旦大学以《中古诗歌中的自然描写》为题完成博士论文的情景。毕业工作之后，使这篇论文成为一本正式出版物的路途，我却走了如此之久的时间。

这个论题本是在博士开题之初导师郑利华先生为我定下的，他认为我的学术资质和特点更适宜于从文本细读的方向上去发展研究能力，在选题上不妨可以开阔宏大一些，有利于以后进行拓展式的研究。基于对中古诗歌与自然描写密切关系的敏锐体认，郑老师认为在此论域虽然已有以日本学者小尾郊一为代表的相关著述，但是这一现象的重要性决定了它仍然需要更为深细的考察探索，因此鼓励我以此为题勇于尝试。回望那时的我，因为学业基础的薄弱和资质的平庸，在接下这个题目时确有一种不知所措的惶恐之感，而要在已有研究的基石上亮出些许的创见，更是令我感到力不从心。带着唯有的一股认真坚持的劲头，我总算按时完成了论文，但是却清楚地知道这份给郑老师和我自己呈交的答卷只是合格而已，并没有达到出彩的水准。入职以后，我总是感到自己对这个论题的理解并不深入，对于如何展开以及探掘中古诗歌的特质，还没有形成明晰的认识，尤其是研究方法的掌握和理论阐释能力的获得，对我而言还是摸不到门径，因此自然缺乏对此论题进一步精深研究的底气。一开始只是对其中所涉及的零散问题以单篇论文的形式修改并力争发表，在这种撰文的思考中，我感觉自己理性探究问题的能力逐步提升，便愈来愈不能满足于当初博士论文所形成的浅表论述，于是全面重写这个题目的意志日渐笃定。经过持续的文本阅读，我对从语言维度讨论自然描写的特殊质性有了浓厚的兴趣，决定凸显这一视角进行比较细致的挖掘，之后又不断涉猎语言哲学、文学语言学方面的中西论著，大量阅读相关的期刊论文，更是感觉进入了一片语言的深茂树林，也使我更加坚定了以自然描写为中心研究中古诗歌语言形式的必要性。2019 年 9 月，选题获得国家社科基金后期资助项目立项，又对我完成这个题目给予了莫大的鼓励和支持，也是在项目的无形督促之下,才有了现在的这一成果。

能够拿出这样一本成果,与我的博士导师郑利华先生将我带入这一研究领域并且多年来以包容的胸怀不断勉励我有直接的关系。从立身处世到学术研究,郑老师对我的指引和润物无声的影响不可悉数,却又历历在目。记得刚刚得知自己成为郑门的准弟子,郑老师就打来电话,谆谆叮嘱要认真读书,早一点为博士的选题做准备。等到入学之后,每两周一次的亲炙教诲,更成为我们领略老师严谨治学、谦和为人之风采气度的难忘韶光。追随郑老师求学的三年时光如流水匆逝,到了就业的关口,老师对我能够入职高校念之甚切,那些关怀和诚意推荐至今都在我的记忆中不时浮现。工作之后,随着我在学业和生活中的成长,我对老师的感佩更见加深。虽然有渭北江东的空间遥隔,但我却从未感觉到与老师疏远过,只因老师自始至终都没有放弃过我这样一个痴愚的学生。每逢到西安来开会,他在匆忙的行程中总是要留出些时间邀我见面,从科研到生活关怀备至,既是一位温良朴厚的师者,也是一个心地纯净的朋友。这些年来我屡次就申报科研项目和提升论文撰写能力向老师求教,仿佛还把自己视为是老师的在读弟子一般,而老师从来都是真挚耐心地回复我。老师对我所关注的诗歌语言研究也是多次肯定,我能够坚持这一学术方向,与老师的指点和鼓励有极大的关系。在科研之途中,老师拿出来的一部部厚重坚实的学术著作,于我而言更有一种鞭策的力量和学术示范意义。从《王世贞年谱》《前后七子研究》到《明代诗学思想史》,我作为一位忠实的读者,真切感受到老师步履坚定的学术积累,又因对老师的生活境况深有了解,知他是在悉心照料年迈父母的坚守中勇毅地持守着自己的学术理想和一丝不苟的治学精神,故而我常常是带着无限的敬畏和感动阅读着这些大著,浸润其中,我所得到的学术滋养和范式指引,恐怕是此一生也言说不尽的。能入郑门,实乃三生有幸!

我能够有今日的学术成长,还与我的硕士导师李浩先生对我的教诲和扶掖有重要的关系。是李老师带我走入古代文学研究的广阔天地,并以其高瞻远瞩的学术识见和治学理路为我们这些尚处于学术懵懂状态的学子各自圈了一块适宜开拓并且视角新鲜的自留地,使我真正步入了学术研究的轨道。我的第一篇学术论文是在李老师的指导下在台湾的学术期刊上发表的,我能够走入复旦大学继续攻读博士学位,也缘于李老师坚持以豁达包容的学术胸襟鼓励学生们大胆走出去。我工作之后,如果说还取得了些许进步的话,也离不开李老师的扶助支持。作为学生,我对李老师在学术上的开疆拓土、守正创新深感敬畏,他的《唐诗的文本阐释》《唐代关中士族与文学》《唐代三大地域文学士族研究》《摩石录》等大著一路伴随我学术的成长,具有不断刷新我的狭窄学术视野的强大引力。李老师于我亦如慈父,他以平和淡泊的心态给了我很多生活和学问的指引。每次去府上拜访,事务繁忙的他总愿意留出充足的时间畅论当今学术大势,指示尤可开拓的学术空间,也会谈到他一路走来的生活苦乐、学术追求,这种煮茗笑谈的时光使我更加领略了李老师的真性情,每次离开时都有一种意犹未尽之感。

在我平凡的人生中,能够遇到这样两位恩师,就是不平凡的运气。这几年我在学术上步伐的缓慢已足可证明我的懈怠和学术智识的庸常,但每次遇到两位恩师,我总感到他们还在期待着,正是这种目光,使我能够坚持下来。

前行的路上,我也始终没有忘记在学术上给过我指点和鼓励的其他良师益友。感谢复旦大学古籍所陈广宏、黄仁生、黄毅、谈蓓芳、徐艳、吴冠文诸位老师在博士论文撰写和答辩过程中给过我的教诲,这也许是迟到的感谢,但却是必须要讲的肺腑之言。我对语言研究的兴趣正是产生于古籍所这个温馨的学术家园,以上诸位师长的论著对我形成选题方向产生了重要影响,这是我在复旦园求学期间至为珍视的学术财富。还要感谢博士学习期间我的几位同窗学友汤志波、韦乐、石晓玲、姚潇、李贞、王小燕、曾绍皇、刘竞飞、陈文辉,与他们相知,为我的博士岁月留下了美好的乐章,毕业之后虽然联系往来并不频繁,但是彼此之间的真情厚谊却一直珍存于我的心底。

在这里,我也要给我的家人留出一方表达谢意的空间,没有这些至爱,就没有今天的我。在我怀孕即将分娩之时,父亲因心肌梗塞遽然离世,成为我心中永远的伤痛。当我一连几天给父亲打电话未得到回复而心生疑虑时,却未曾想过他竟是在某天清晨刷完牙后直接倒在了地上,无言地告别了他五十八年命运多舛的人生。父亲离开了,我也永远失去了再叫一声"爸爸"的权利,可是直到今天,我仍然可以感受到他还在看着我、帮助我。看到此书的面世,父亲一定是微笑的。我要感谢坚强独立的母亲,在父亲离开后的这几年,她没有要求我们经常去陪伴她。自从成家后,每次回老家我们都是来去匆匆,她从未有过半句怨言。母亲以她的朴素和聪敏教养了我、影响了我,我唯愿她身体康健、心情舒畅。感谢我的爱人喜存,我们从硕士同窗的相知相惜到而今的执手前行,他总是用他的理性纠正我的感性,使我能够自信地面对生活。我的每一次挫败,都有他温暖的手将我拉起来,我的每一次进步,也都得益于他正面的敲打或者侧面的鞭策。与君相识,何其有幸!

  本书申报国家社科基金后期资助项目得到陕西人民出版社的大力支持,责任编辑晏藜女士在出版过程中付出诸多心力,在此一并致以衷心感谢!

  这本成果的完成算是对我曾经的博士学习作了一个交待,也是一个新的开始。我愿意把这本书看作我平凡的人生之路上的第一朵小花,希望这朵花能够开得灿烂。

刘燕歌

2023 年 7 月 20 日